YOUNG AGE小說鮮視界！

YA!

青春滿點！活力滿載！好看滿分！

窩囊廢（ウラナリ）

板橋雅弘◎著　玉越博幸◎圖

窩囊廢的世界裡，有這些人……

黑木隼：十五歲，中學三年級。除了一百七十六公分、五十二公斤的瘦長身材和少見的大手大腳外，隼是個超級普通的男生，沒想到一個恰北北的右勾拳卻把他的普通生活打得天翻地覆……

藤森咲良：身分成謎的美少女，年紀和隼差不多，活潑外向又帶著強悍的個性卻跟隼呈一百八十度大相反。那個一見面就賞了隼一記右勾拳、還大罵他是『窩囊廢』的怪女生就是她。

朝風同學：跟隼同班。擔任班長的他，不但功課一級棒、人緣又好，還是手球社社長兼最佳守門員。不知為何，大家都不會直呼他的名字，總是敬稱他為『朝風同學』。

出雲：手球社的最佳射手。雖然個子矮，動作卻很敏捷，只是個性也很容易衝動，常常看隼不順眼。

老爸：隼的老爸，職業是『雜文家』，意思就是靠寫作吃飯的人。他看起來應該是個和平主義者，而大概是父子倆相依為命的關係吧！隼的溫吞個性跟老爸還滿像的。

老媽：隼的老媽，留著一頭短髮，外表看起來很俐落，實際上也是個頭腦清晰的女強人。平常個性冷靜的她，一坐上摔角比賽的觀眾席卻會變成令人害怕的瘋狂摔角迷。

瀨戶老師：隼念的學校高中部的體育老師，也是手球社的指導老師，說話語氣像男人、個性像男人，不過長得挺漂亮，而且有目測『D罩杯』的好身材！

目錄

1. 我是窩囊廢？

『隼。』

聽到有人呼喚，我停下了腳步。

這裡是放學後的操場。雖說已到了放學時刻，但現在不愧是黃金週假期剛過、逐漸步入初夏的季節，天色總算不再轉黑，而是一片藍天。身為『回家社』社員的我——肩上揹著裡頭沒有課本或筆記本，只是因為不想手上沒拿東西才帶著上學的書包；身上穿著已稍嫌太厚的制服外套——正準備離開校園。

我回頭一看，發現身穿運動服和運動褲、在班上擔任班長的朝風同學就站在我眼前。朝風同學手上握著不大也不小的球。因為他同時擔任手球社社長，我想那一定是手球吧！

『啊——』

我用算不上回答的不帶勁聲音回應。我本來就不是那種個性活潑的人，而且朝風同學叫我的時候，我正好陷入沉思之中。

一個十五歲的三年級中學生，本來就正是難相處的年紀。

這個年紀的男生會想著回家後要吃什麼填肚子，光是呼吸就會肚子餓。尤其我是屬於高大體型的身材，如果大家覺得用『高大』來形容不適當的話，可以改成『瘦長』也無所謂。所以，我比一般體型的人需要補充更多的營養。

『她好像有事找你。』

看見朝風同學攤開手一比，我才發現他身邊站了一個女生。

那女生穿著我沒見過的制服，是最近流行的灰色格子背心配格子裙。她好像揹著背包的樣子。裁短的裙子底下大膽地露出一雙美腿和小巧的膝蓋，與伸出短袖襯衫袖口的手臂同樣有著健康的古銅膚色。

誰啊？

我用我那總是顯得無力、就算換上死魚眼也沒什麼差別的眼神集中視線，注視著那女生的臉孔。

剎那間，我不禁愣住了。

『金色蒙布朗。』

這句話從合不攏的嘴巴裡溜了出來。

照理說，別人不可能聽得到這句意思不明的話才對，但是那女生彷彿要發出『哼』一聲似的歪了一下頭後，以一副堅決的模樣不客氣地朝著我走來。留在原地的朝風同學一副很擔心的表情看著我這邊的狀況。

那女生在我眼前停下腳步。緊閉雙唇的她用大大的眼睛不客氣地瞪著我，朝我身上由上往下地掃過一遍。

被她的視線這麼一掃，原本合不攏嘴巴的我不禁拉緊嘴唇，全身肌肉也變得僵硬，整個人呆立不動。

『你真的是黑木隼？』

儘管那女生以充滿懷疑的語調這麼問，聲音卻是十分悅耳的女高音。

『沒錯。』

我的成績一般，品行一般，也沒有身懷特技，像我這樣的人怎麼可能出現冒名者？

那女生猛然垂下原本因為憤怒而聳起的肩膀。她表現出來的沮喪情緒是如此明顯，我不禁覺得耳邊彷彿就快響起舉重選手鬆開高高舉起的槓鈴時，會有的落地聲。

『太讓我失望了。』

搞什麼啊？

這時，我總是習慣放空的腦袋總算動了起來。我完全沒有見過這女生的印象。不管再多回想幾遍，還是沒印象——嗯，確定沒印象。當然了，我也沒印象做過讓她失望的事情。

一路思索到這裡，我決定說些什麼反駁她，但在這時——

那女生直直挺起向前傾的身子，她原本落在地面的視線也重新移回我的臉上。或許大家會覺得我看太多老式卡通了，但是在她的瞳孔深處，我真的看見了熊熊燃燒的藍白色火焰。

那女生把右手舉高到半空中。

啪！

我的腦袋瓜在震盪，震度至少有芮氏規模六以上。雖然我的腦袋好不容易免於崩裂，但是身體大幅度地傾向了右方。

我被人揍了。那女生的右手不是比布，當然更不可能是比剪刀，而是比石頭揍人。

嗡嗡作響的耳鳴聲才停下來，左臉的刺痛感隨即襲來。

『像你這種「嗚啦哪哩」，就叫作窩囊廢！』

那女生丟下這句話後，便轉身背對著我，以比走向我時更傲慢的態度不客氣地離開了。

有好一會兒，我只能發愣目送著那女生的背影。可是，看著她頭也不回地走遠，讓一頭仔細梳理過的長髮優雅地隨著從操場吹拂過的微風擺動，我再也忍不下去了。我都忘了自己到底有多久沒這麼激動過了。憤怒帶來的能量使我的腦部發熱，彷彿就快有輻射能從我的口中噴出。

『喂！妳開什麼玩笑?!混帳！』

怒罵的話取代輻射能從我的口中噴出後，我先是搖搖晃晃地移動身子，沒多久後開

始快步直追那女生。

我打算揍她嗎？這我也不確定。不過，應該不會吧！我想強調的是，平常是個和平主義者的我，當時真的感到極度氣憤，說什麼也沒辦法忍受單方面挨罵又挨揍，卻沒有反擊。

『我勸你別追上去得好。』

我向前撲的身體被人用力地制止了，朝風同學用右手抓住了我的手臂。

『放開我。你不是也看到了嗎？』

『我看到了，也嚇了一跳。不過對方是女生，而且，說不定她是有什麼原因才會這樣。』

『我管她有什麼原因……』

當我準備甩開朝風同學抓住我手臂的右手，把怒氣出在他身上時，他主動鬆開了右手，然後直接用那隻手輕輕拍打我的肩膀。忽然間，我放鬆了全身的力氣。難道朝風同學不僅成績優異，還擁有除邪鎮惡的力量？搞不好他還是個陰陽師呢！我恢復了一點冷靜，說：

『我根本沒見過她。』

朝風同學露出溫和的微笑直視著我的眼睛，接著遞出他握在左手裡的球說：

『你要不要試著把現在這股怒氣都出在這顆球上？我陪你。』

當我回過神時，球已經被放入了我的手中。

『只要拿球丟某個目標就行了嗎？』

『沒錯。生氣時只要丟東西出氣，不是都能夠鎮定下來嗎？你只要拿這顆球丟我就好了。』

『丟你？』

這時朝風同學已經橫越操場走去，我拿著球跟在他後頭。

『我會確實接住你的憤怒，因為我是手球社社長，也是守門員。』

我看見操場角落有一個球門，看起來就像小了一號的足球球門。

『照理說手球是屬於室內競技，但是我們學校的體育館已經被其他社團塞得滿滿了，所以我們都是在這裡練習。』

朝風同學一邊說明，一邊拉著我的右手，讓我站在以球門為中心往外畫線的曲線上。

『這裡是六公尺線。』

『是距離球門的半徑有六公尺長的意思嗎？』

『沒錯。』

朝風同學繼續拉著我的手臂，讓我面向球門，接著往後退了兩步左右。我看見只有球門的正面位置前畫著比較短的線。

『這裡是七公尺線。比賽中必須從六公尺區域外射門，可是在我們有得分機會時，對方如果犯規，我們就可以從七公尺線朝著只有守門員看守的球門射門。』

『真麻煩的規則。』

『我只是說明一下而已，你還不用記。』

朝風同學留下我獨自站在七公尺線的位置，自個兒往球門走去。他張開雙腳站到球門前後，就像投降的人一樣彎著膝蓋、高舉雙手。這樣的姿勢明明顯得沒出息，卻讓人覺得朝風同學的身體比平常大了一圈，雖然不至於有光環出現，但是他身上確實散發出一股威嚴。

『我準備好了，隼。儘管用力丟過來吧！』

我望著手中的手球。雖然我依舊是滿腔的怒氣，但早就沒有想藉著丟球來發洩的衝動了。

『我覺得沒什麼關係了。』

朝風同學沒理會我的碎碎唸，他巧妙地利用剛剛那女生的台詞，以嘲弄的語調大喊說：

『怎麼啦？窩囊廢。你連丟球都不會嗎？別讓我失望啊！』

儘管知道這是朝風同學要我丟球的策略，並不是他的真心話，生性單純的我還是無法控制全身的血液衝上腦門。我脫掉深藍色的制服外套，說：

『丟就丟嘛！』
我從朝風同學要我站著的區域線往後退了一段距離後，張開右手抓住手球，指尖陷入了球面。
我瞪著朝風同學看。
再來就任憑身體的感覺來動作了。
我用力舉高右手，向朝風同學丟出手球。
咚！
隨著沉重的聲音響起，手球陷在朝風同學的腹部位置。不用說，那顆球當然被他用兩手擋住了，不過他也摔了個屁股著地。
『好驚人的速度。』
看見朝風同學眼睛瞪大得像顆豆子的模樣，我突然覺得難為情了起來。
『碰巧而已。怎麼說呢？可能是憤怒的力量吧！』
手球在空中畫出一條拋物線被丟了回來。
『再丟一次看看。』
我慢慢把球放在地上，說：
『不要了，社團時間不是已經開始了嗎？』
不知不覺中，四周已經聚集了幾名社員。

『你們在幹嘛？』

有個身材矮小但看似動作敏捷的傢伙，一副感到可疑的表情看了我一眼。

『只是玩一下傳球而已，出雲。』

『可是你不是在守門？』

『是啊！我好不容易才守住。』

雖然現場氣氛不至於太尷尬，但我也沒有理由繼續留在這裡，於是我撿起外套，輕輕舉起手並向朝風同學使了一下眼色後，便離開了手球場。

朝風同學的聲音從背後傳來：

『告訴你一件事。』

我停下腳步，回過頭看。

『那傢伙的名字是櫻，我看到她背包名牌上的羅馬拼音。』

櫻？果然還是沒印象。

『隼，你要不要加入手球社？』

我只是曖昧地笑笑，什麼也沒回答地往正門方向走去。走了一會兒後，我發現腳上還穿著室內拖鞋，所以又悄悄地回頭，往教室走去。

2. 老爸與春採高麗菜的義大利麵

從學校步行十分鐘左右回到家後，我說了句：『我回來了。』便直接走向自己的房間。

當我來到最裡面的客廳時，看見老爸頂著睡醒後就沒梳理過的一頭蓬鬆亂髮，身上隨便套著牛仔襯衫，坐在餐桌前工作，桌上擺著筆記型電腦和攤滿整桌的文件資料。我先打開冰箱拿出牛奶，咕咚咕咚地倒進啤酒杯後，一口氣喝光了杯裡的牛奶。然後，我對著老爸的背影說：

『我想煮點東西吃，你餓了嗎？』

老爸停下敲打電腦鍵盤的動作，頭也沒回的『嗯』了一聲，然後舉高雙手伸展了一下，接著只轉過頭，勉強地與我對上視線說：

『還有培根塊喔！』

『那我煮義大利麵好了。』

我先把裝滿水的大鍋子點上了火，然後從冰箱拿出培根。看看蔬果室，稍微想了一下後，決定再拿出高麗菜。我先把培根和高麗菜切成適當大小，接著在平底鍋內抹上一層橄欖油，放進切開的紅辣椒和壓碎的蒜頭。在充分炒過培根後，也放進高麗菜一起炒，最後再加入適量的鹽和胡椒。

因為義大利麵還需要三分鐘才能煮熟，所以我趁著空檔回到自己的房間，換上長袖T恤和牛仔褲。在班上，我被認為算是動作遲鈍的傢伙；事實上，我也很少有動作俐落的表現，因為就算這樣也能夠打混過去。可是在家裡就不行了。雖然老爸會做家事，但是他有時會外出，所以沒辦法全交給老爸來處理。等到我發現時，我的手腳已經不知不覺變得俐落了。人啊！只要有心去做就做得到，沒心去做就做不到，不過如果不用做，那當然最輕鬆了。

嗶嗶嗶嗶嗶。

在計時器的聲音催促下，我急忙跑向廚房。撈起義大利麵後，放進平底鍋裡與配料拌勻，最後從上面撒下事先做好的蒜片乾和起司粉，料理就算大功告成。

老爸把資料用力推向一旁後，將電腦放在資料堆上，讓桌面騰出能擺兩盤義大利麵的空間。

『喲！是春天鮮採的高麗菜煮的義大利麵啊？如果加上鯷魚會更完美。』

老爸裝出一副很了不起的模樣說，然後做出雙手合十的動作，我也跟著老爸這麼做。

『開動了。』

『開動了。』

當我回到家時，就算沒說『我回來了』，老爸也不會特別生氣，而他自己從外面回來時，有時也會不發一語地走進來。這樣的老爸在吃飯前卻絕不會忘記說『開動了』。與其說這是老爸的教育方針，不如說他只是因為太貪吃罷了。

『很不錯。』

老爸名片上的職稱是『雜文家』。聽說只要有人委託老爸，不管是什麼樣的內容，他都有辦法修改成『讓人看得懂的文章』。雖然老爸也從事料理方面的執筆工作，但是他剛剛發表的感想未免太單調無趣了吧！

『就沒有再多一點什麼形容嗎？』

老爸停下手中轉動叉子捲起麵條的動作，發出『嗯』的一聲點頭說：

『配上咖啡和還不錯的沙拉當成商業午餐來賣的話，我想想啊……應該可以賣個含稅八百四十圓的價格。』

『這評價很難分辨是好是壞欸！』

『那這樣，以五段式評價來說是四，以隼的成績單來說的話，相當於國文或音樂的成績。』

咬在口中的高麗菜味道變苦了。真是個討人厭的老爸。

『反正我其他科目都是三啦！』

我絕不算是個優秀的學生。以班上成績來說，我的分數算是比中間再高一點。在課堂上，我也不算是個認真上課的學生，還經常忘記交作業。雖然班導總是不太想和我眼神交會，但是我能夠理解班導的心情。我想班導不是嫌我礙眼，一定是我根本進不到班導的視野裡吧！或許該說，像朝風同學那樣的資優生會親切地對我說話，才教人感到不可思議。

想到這裡，我想起了櫻——朝風同學讓我聯想到了她。雖然丟了手球後，心情應該變得比較爽才對，但是隨著時間經過，憤怒的情緒原來是會一點一點地慢慢湧上心頭。

『氣死人了。』

內心的嘀咕不小心從嘴裡溜了出來。

『老爸只是把事實說出來而已。』

『不是啦！我不是在說你。』

『那是在說誰？』

我猶豫了一下後，決定問問老爸。

『你認不認識一個叫做櫻的女人？』

聽到我沒頭沒腦地突然這麼問，反而換成是老爸露出質疑的表情說：

『她幾歲？姓什麼？』

『年紀跟我差不多，應該是個國中生吧！我不知道她姓什麼，也不確定名字是不是寫成櫻花的櫻。』

老爸有技巧地把最後剩下的高麗菜送進嘴裡後，將叉子放在餐盤上，雙手交叉在胸前說：

『不認識欸！她怎麼了？』

我抱著會被取笑的決心說出放學後的經過，不出所料，老爸聽了果然大笑不已。

『呵呵大笑』——國文成績拿到四的我腦海裡浮現了這句成語，並且反過來露出生氣的表情皺眉給老爸看。如果要用成語來形容我現在的表情，應該是『愁眉苦臉』吧！

『沒必要笑成這樣吧？那一拳很痛欸！』

我揉著左臉說。我的臉頰發熱了起來，彷彿當時的疼痛感重現了似的。

『這樣很浪漫啊！老爸可是很羨慕你有這種遭遇。』

『那是因為你沒被女生打過，才會說出這麼不負責任的話。』

老爸用鼻子冷笑一聲說：

『我雖然沒被女生用拳頭揍過，但是我挨過巴掌，也被你媽甩過幾次巴掌。不過，我人生頭一遭挨女生巴掌是在十五歲的時候，就跟你現在的年紀一樣。』

『真的啊？』

我就是這麼蠢，明明在生氣，還是不小心應了老爸一句。

『那時候正好是午休，我和同學們在教室裡聊天，結果隔壁班的女生走了進來。她一站到我面前，就大叫「差勁透頂」，然後用力甩了我一巴掌。雖然不是拳頭，而是巴掌，但那一下可真是痛死我了。』

老爸一副沉浸在回憶中的模樣笑著。

『差勁透頂啊……』

我好像是被罵『窩囊廢』吧！

『你老爸我啊！那時候腳踏兩條船，後來把先交往的女生給氣炸了。哈哈哈！老爸那時候的女人緣很好呢！』

我頓時覺得全身無力，搞半天老爸只是想吹牛而已。老爸摸著他微微鼓起的肚子。

『真的是差勁透頂。』

聽到我一副難以置信的表情這麼講，老爸表情嚴肅地探出上半身逼近我，說：

『我不這麼認為。比起腳踏兩條船，一個十五歲男生沒有交女朋友，也沒有喜歡的女生，那樣才叫作差勁透頂。』

我突然感覺到腹部深處一陣刺痛，老爸的指摘根本是近乎犯規的重擊，我不禁呻吟著。

『沒必要硬是找個女生來喜歡吧！』

『你的身高已經贏過老爸，身體早就做好喜歡異性的準備了。』

『體重比你少了很多就是了。』

『相對地，你穿的鞋子尺寸比老爸大了兩公分。』

『那純粹因為我是個大腳丫罷了。』

『總之……』老爸頓了一下，繼續說：『戀愛是件很美妙的事情。可以的話，老爸也想再談一次戀愛。』

『那就去談啊！』

我把冷掉的義大利麵扒到嘴裡。

『我吃飽了。』

我拿起餐盤準備站起來時，老爸遞出他的盤子說：

『我也吃飽了。你班上的同學一定不知道你會做這麼好吃的義大利麵吧？』

『什麼意思？如果你是在說爸媽離婚、我和老爸兩人住在一起的事，我想班上大部分的同學都知道了吧！』

『雖然我不是這個意思，不過還是跟你說一聲「委屈你啦」！』

『這又沒什麼，爸媽離婚也不是太稀奇的事。』

我離開餐桌，開始洗盤子。

過了一會兒後，背後傳來老爸悠哉的聲音。

『對了，那個叫做櫻的女生是個美女嗎？』

『……說不定是。』

可能是水龍頭的流水聲蓋過了我的回答，老爸沒有發表感想。我回頭一看，發現他正準備開電腦。我把話含在嘴裡輕聲說：

『她很像金色蒙布朗。』

我並不是那麼清楚記得櫻的長相，不過印象卻相當鮮明。

洗完盤子後，我從佔了客廳一整面牆的書架上抽出一本厚重的字典。

『這本借我。』

老爸抬頭瞥了一眼說：

『要查單字啊？查完後記得放回去喔！』

我抱著國語字典躲進了自己的房間。

我打消原本想坐在書桌前椅子上的念頭，在床上躺了下來。

『嗚——』

我發出聲音翻著字典，一下子就找到了我想找的單字。

『嗚啦哪哩：1.蔓生植物在樹梢結實，或指該果實。▽該果實多為發育不良。2.臉色蒼白、弱不禁風的樣子，或看似如此的人。』

我啪嗒一聲蓋上了字典。我早有預感『嗚啦哪哩』不會是太好聽的用詞，畢竟櫻說像我這種『嗚啦哪哩』就是『窩囊廢』時，臉上甚至浮現了侮蔑的表情。不過，她這個形容詞實在用得太好了。雖然我不甘心得想要發飆，但是『窩囊廢』的含意和語感都太符合我了。我剛剛只告訴了老爸被打之前的經過，如果我把在那之後被叫成『嗚啦哪哩』和『窩囊廢』的事也說出來，老爸肯定會開心得拍手叫好吧！櫻不僅知道『嗚啦哪哩』這個絕不會在國中生日常對話裡出現的單字，還能夠做出確切的比喻，或許她的國文成績有五也說不定。朝風同學為了激怒我而故意用了這個字眼，他的國文成績當然也和其他科目一樣都是五。

我的身高一百七十六公分、體重五十二公斤，有著白皙皮膚、修長的手腳，就連手指都很修長。我大手大腳的，腳足足有二十七・五公分那麼大。我的臉型細長，下巴尖尖的。或許長得像我這樣的城市男孩並不稀奇，可是連我都覺得自己缺少生命力。

原來如此，我是窩囊廢啊！櫻是金色蒙布朗，我是窩囊廢。

在接受事實的同時，怒火也漸漸升起。雖然忍不住想把字典往牆上砸，但是一想到事後有可能被老爸罵個臭頭，也就忍住了衝動。拿東西出氣是不好的行為。我環視了房間一遍，只是房間裡當然不可能有手球了。

3. 允許入社

我不確定是做了夢，還是睡著前的混沌腦袋下意識地轉動了。

反正，我就是遭到櫻的一陣拳打腳踢，那狀況只能用『慘不忍睹』來形容。那不是吵架，也不是被欺負。櫻所使出的拳頭和飛腿，宛如格鬥家般招招準確，沒有白費半點力氣。她華麗且冷酷的攻擊落在我全身上下，我彷彿化為人體沙包似的，意識逐漸變得朦朧，甚至已經感覺不到疼痛。最後，櫻使出上段踢擊朝我的頸背飛來。

致命的一擊。

在完完全全承受這一擊後，我慢慢準備陷入沉睡之中。

然而，事情還沒有結束。

『喂，起來啊！』

才覺得肩膀怪怪的，我的腦袋就跟著晃動了起來。我心想會不會是裁判暫停比賽，正在看我傷得多重，但是這種事情當然不可能發生了。

我微微張開眼睛，趴在桌上的頭慢慢抬起來。眼前出現的不是櫻的臉，而是一張陌生臉孔正在窺視我。對方是個女的，但不是我們班上的女生，她看起來年紀大多了，這麼一來，她應該是老師——想到這裡時，我慌張地坐正身子，讓背部貼在椅背上，並擦乾嘴角的口水。

『是，我起來了。』

我用著打結的舌頭好不容易才這麼回答。

五月的充足陽光投射在教室裡，而現在是四周被暖洋洋的空氣包圍的午休時間。姑且不論在這種好天氣還留在教室裡是好是壞，那些沒打瞌睡、讀著課本和參考書的同學們個個忍著笑意在看我。老爸總會說我讀的學校是為了喜歡唸書的小孩而存在，也就是說，這所學校不適合我。

『你就是黑木隼嗎？』

有種不好的預感。記得昨天也聽過類似的話，而我就是在聽完類似這樣的話後，被櫻揍了一拳。

『是的。』

站在桌子旁跟我說話、看似老師的女人穿著整套深紅色運動服。一頭短髮的她看起來像是完全沒有化妝，不過她的五官相當勻稱，她的年紀應該差不多二十幾歲吧！我好像看過外型就像個體育老師的她，但就是叫不出名字來。

『我是瀨戶，在高中部教體育。』

『喔！原來如此。』

這下我總算明白了。如果是在同校區裡的高中部老師，認得臉卻說不出名字來是很正常的事。

『你跟我來一下。』

瀨戶老師語調冷漠地這麼告訴我，然後自顧自地準備離開教室。我在搞不清楚狀況下，甩了甩頭讓自己振作一些後，追著瀨戶老師的腳步走出走廊。我跟著她敏捷的腳步，以平常的兩倍速度在走廊上前進。當我走下階梯、走過連接走廊、穿過沒什麼機會踏進的高中部大樓，最後抵達高中部的體育館時，早已經上氣不接下氣了。

我們學校是國立的，從相當於小學的國小部開始實施六・三・三的一貫教育。雖然我們學校的國小部是設在附近的另一塊用地，但國中部和高中部是設在同一塊用地上。

空盪盪的體育館裡，我看見朝風同學在等著我。

『歡迎來到手球部。』

朝風同學把手球丟給了我。不知道是不是我多心，接到的手球似乎比昨天的球大了一圈，感覺也比較重。

『我是高中部的手球社顧問，有時候也會指導一下國中部的手球社。』

瀨戶老師站在已擺設好的球門前說。

這下我總算搞懂自己為什麼會被叫來這裡。原來在我還為了櫻的事情耿耿於懷時，已經有人擅自幫我提出了手球社的入社申請。

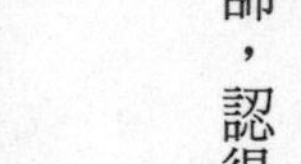

『我應該還沒回答要不要入社吧！』

我輕輕瞪了朝風同學一眼，說。

『嗯？是嗎？』

朝風同學竟然裝傻。

『不管本人的意願如何，應該先確認一下本人的能力。』

雖然我很想反駁瀨戶老師說的順序不對，但是看見她已經在球門前擺好姿勢的模樣，想也知道反駁沒用。

『你只要像昨天那樣丟球就好了。』

朝風同學一副『再簡單不過了』的模樣說，然後把手輕輕搭在我的肩上。

『先講好喔！我又不恨瀨戶老師，而且事情已經過了一天。』

我一邊拖拖拉拉地說，一邊試著在地板上運球。不知道運了幾下後，我失手沒能抓住彈起的球，瀨戶老師看了立刻向朝風同學抱怨說：『運球技術很爛。』

『學一下子就會了啦！而且我敢掛保證，他射門的力道真的很強。』

『可能嗎？既然這樣，那丟過來吧！』

瀨戶老師先偏了一下頭，然後重新面向我說。我放棄掙扎了。如果我不丟球，瀨戶老師好像不會放過我的樣子，而且被她用懷疑的口吻說：『可能嗎？』實在讓人有點不爽。

我前進到七公尺線的位置，然後踩著區域線說：

『站在這條線後面丟出去就好，是嗎？』

『沒錯。』

我瞥了朝風同學一眼，看見他用眼神催促著我。我一邊搔了搔太陽穴，一邊用鼻子嘆氣，最後點點頭，雖然我心裡早已決定要丟球，但就是想假裝成我是出自無奈才丟的樣子。儘管我是個很單純的人，但畢竟正值青春期，所以情緒變化也挺複雜的。

我用手掌包住手球，然後用力張開手指牢牢抓住球。對我來說，用單手抓住手球一點也不困難。

我站在七公尺線後方，面向著瀨戶老師，看著她的眼睛，不禁覺得自己快要被她的氣勢給壓倒了。還是趕緊把球丟出去的好——這麼決定後，我用腳尖踢了一下地面，同時朝著瀨戶老師丟出了手球。

我以為自己把球丟向了瀨戶老師。

結果球卻是大幅度地偏向球門右上方。

我的身體也失去了平衡，就這麼向前撲倒在地。

瀨戶老師苦笑著撿起手球，然後丟了回來。

『你的肩膀太用力了。』

這下子我全身的血液好像真的都衝上了腦門。我站起來，心想這次一定要成功，可

是抓住手球的指尖卻不停地顫抖。

這次丟出去的球偏向了左邊，接著再丟出去的球在球門前被彈了回來，在那之後的球飛越過了球門上方。丟到第五次時，總算丟進了勉強穿過球門的位置，雖然瀨戶老師立刻做出反應地跳向球的方向，但沒能夠接住球。

我用雙手撿起從地板滾了回來的球。雖然我還想再丟，但是瀨戶老師已經離開了球門。

『不予置評。如果是在打棒球的話，他會是個老是沒辦法把球丟進捕手擺好位置的手套裡、讓捕手傷透腦筋的投手。不止這樣，他還會丟出一大堆觸身球，搞不好打手會被他K死。』

我羞愧地垂下頭。

『可是瀨戶老師，隼他——』

瀨戶老師以手勢制止了想要幫我辯護的朝風同學。

『他的球速確實相當驚人。只要不是朝正面丟來，一般程度的守門員都沒辦法擋下來。』

『就是啊！』

瀨戶老師站到我面前，朝風同學也走了過來。

『讓我看看你的手。』

我乖乖地伸出了右手，張開手掌。

『他的手確實相當大，而且手指看來也很修長，剛剛也整個握住了三號球。相信過不久之後，也會懂得控球吧！』

『老師的意思是？』

聽到朝風同學帶著興奮的語氣問，我把落在地板上的視線往上移，就在這時——

『允許入社。』

瀨戶老師的高亢聲音在體育館裡響起。

『太好了，隼。』

儘管聽到朝風同學這麼說，我卻一點感覺都沒有，況且我根本沒決定要加入手球社。即使如此，總覺得我如果沒有一起表現出開心的模樣，會對朝風同學過意不去，所以臉上也就不禁浮現僵硬的微笑，而瀨戶老師伸出的手也在這時出現在眼前。

瀨戶老師力道十足地握住我的手說：

『今天下了課記得去參加練習。』

『啊？』

等到我發覺時，才知道已經沒有後路可退了。算了，反正閒著也是閒著，說不定冷門運動的輕鬆社團正好可以讓我換一下心情。

『球門已經有了朝風，45也有了出雲，接下來只要好好栽培一下隼，相信三年後要參加Inter-high（全國高校綜合體育大賽）不是夢吧！』
『是的，只要能夠加強得分力，一定沒問題。』
聽到瀨戶老師和朝風同學的對話，我的眼睛瞪得像豆子一樣圓滾滾的——什麼是Inter-high啊？
朝風同學一副很得意的模樣立刻為我作了說明。
『高中部手球社在我們學校的體育類社團當中，算是難得存在的強隊。他們不僅經常打進東京大賽的前八名，去年瀨戶老師成為教練時，還一路打進了決賽。相信今年一定也能夠有很好的成績。當然了，能有這麼好的成績，也是因為有手球社的高中少得可憐就是了。』
『我都不知道這些事情。』
『而且，學生時代的瀨戶老師可是個名聲響叮噹的女子手球選手呢！』
瀨戶老師刻意發出『哇哈哈』的笑聲，難為情地笑著說：
『手球是我的生命。難得我們學校是採取一貫教育制度，如果有不錯的人才，應該可以從國中部就開始栽培，所以我就把球星探任務交給了擔任社長的朝風。他這次算是找來一塊挺不錯的原石。』
雖然反應慢了些，但我開始想打退堂鼓了——說不定我被捲入了一件相當不得了的事情。雖然我沒有特別討厭運動，但是提到毅力，我就頭痛了。如果要集訓，我也應付不來，可以的話，我甚至希望不要參加晨訓。

「那個……」

就算沒有直截了當地說出「我要退社」，至少也應該先叮嚀些什麼，免得將來退不了社。就在我這麼想時，午休結束的鐘聲響起了。

「糟糕，我們跑回去吧！」

朝風同學說了句：「老師再見。」並表現出完全符合體育社社員的態度向瀨戶老師深深一鞠躬後，跑了出去。資優生絕對不允許自己遲到。比較適合偶爾在第五堂課遲到的我，不得已也跟著跑了起來。從高中部的體育館到國中部大樓有一段不短的距離。

我一邊跑著，一邊對朝風同學說：

「欸，剛剛談的事啊……搞不好我上不了高中部。」

「你成績沒那麼差吧？」

「目前是還好啦！可是有很多人升上三年級以後都開始用功了。」

「這樣的話，你也用功就好啦！」

「光是要忙社團就很累人的樣子。」

我們一邊聽著最後的鐘聲，一邊衝進了國中部大樓。幸好我們兩格兩格地跳上樓梯，所以進到教室時，還沒見到老師出現。在準備回到各自的座位上時，朝風同學在我耳邊說：

『功課和社團是可以兩者兼顧的。』

被嚇了一跳的我斜眼一瞄，看見了露出爽朗笑容的朝風同學。

4. Post與45

放學後，朝風同學沒有給我半點時間猶豫，就要我穿上運動服，帶我到了操場的一角。

『都三年級了才變成新進社員，好像很丟臉耶！』

『沒有人會在意的。』

『我可能沒辦法和大家混熟。』

『我們社團的人感情都很好，你很快就會融入大家了。』

練習前，朝風同學把我介紹給社員們，我輕輕向大家點了一下頭。

傳來了零零落落的掌聲。那個身材矮小、看似動作敏捷的出雲雖然一副冷淡模樣，但也拍了手。如此稀疏的掌聲讓我覺得有點難為情。

社團活動從暖身操開始進行，做完伸展體操後，大家一邊避開其他社團的人，一邊跑了操場三圈。除了體育課和就快遲到的早晨之外，與運動絕緣的我也能夠輕鬆地跟上大家，這讓我不禁暗暗鬆了口氣。因為才聽到瀨戶老師提起要參加什麼Inter-high不著邊際的話題不久，所以我內心其實有些皮皮挫。

『好了，開始練習比賽。』

聽到朝風同學這麼喊，社員們都發出了歡呼聲。當我慢吞吞地跟在大家後頭走著時，朝風同學走近我說：

『因為得配合其他社團，所以我們一個星期只能進行兩次採用比賽形式的練習。』

『我先在旁邊看好了。』

『這樣也好。只要在旁邊看，應該會慢慢搞懂規則。』

我看見幾名一年級社員正在搬球門。

『我去幫忙。』

我拿出新進社員應有的態度跑向他們，並伸手扶著球門，發現就我一個人顯得特別高。

『你不用幫忙啦！學長。』

被人稱為『學長』，我不禁難為情了起來。

『沒啊，我是新進社員嘛！』

『因為隼學長是被朝風社長和瀨戶老師挖角過來的，所以算是菁英分子。』

看來，社員們好像都知道我是怎麼加入手球社的了。

『不過，我是從回家社被挖角過來的耶！』

一年級社員們聽到我這麼說，都笑了出來。

趁著大家笑得開心的時候，我沒出息地問：

『手球社的練習會很累人嗎？』

『一點也不會，超輕鬆的，因為參加我們社團很好玩。對吧？』

其他的社員也一副沒什麼顧慮的模樣點點頭。看來，大家似乎都很享受身為手球社社員的樂趣。

『雖然一年級必須負責雜務，但是手球社沒有其他體育社團會有的那種怪怪的階級關係。』

『這樣感覺很好。』

心情像個一年級生的我聽了，直率地感到高興。

設置好球門後，我和抱著膝蓋坐在球場旁邊的一年級生們一起坐著。

比賽似乎是把三年級生和二年級生隨便分成兩組來進行。球場上總共有十四名社員，這是看到我用手指點著人數時，坐在隔壁的一年級生告訴我的。

『每組球隊有七個球員，其中一個球員是守門員。』

我搔了搔頭說：

『不好意思，因為我是「超」乘以十次左右的超初學者。』

一年級生聽了，噗哧一聲笑了出來。

『只要射進對方的球門就能夠得分，像這樣的常識你應該知道吧？』

『嗯，我知道。不過能得到幾分啊？』

『很正常，一球一分。』

『一場比賽通常可以得多少分？』

『這也要看比賽啦！不過，差不多二十分左右吧！』

『一場比賽會射進那麼多球，守門員不就很辛苦？』

『是啊！雖然朝風社長說沒有什麼位置比守門員更有趣，但是可以的話，我不想當守門員，還是在Post或45比較好。』

『Post？45？』

我記得瀨戶老師好像也說過45怎樣又怎樣了。

『啊，對喔！你是超初學者。』

比賽開始的哨子聲在這時響起了。

一年級生把視線移向球場，我也跟著看向球場。

在球場中央，拿著球的選手迅速把球傳給了同伴。在那之後，那顆球又被傳了兩次。最後從對手的球門前——我記得是朝風同學說的六公尺線——朝著球門被投了出去。

球門是由朝風同學防守。

被投出的球朝球門的右角飛去，做出反應的朝風同學敏捷地跨開腳步擋下了球，接著身體滑向在地上滾動的球，讓球停住了。

『好厲害喔！』

坐在我旁邊的一年級生感到佩服地說。

『剛剛那樣原來是很好的表現啊？我只看得出來阻擋了對方得分。』

『我剛剛也有提到，手球和足球不同，手球的得分機會比較多。因為球門比較小，所以大家會認為比較好防守，但其實要擋球並不容易。』

朝風同學一傳出手中的球後，轉眼間比賽就變成來到對方球門附近的攻守戰。經過幾次傳球後，這次成功射了門。

『正常會是這樣的狀況。』

對於第一次看手球比賽的我來說，比賽進行的速度快得讓人頭暈目眩，我根本不知道『這樣的狀況』是什麼樣的狀況。不過，我搞懂了會被對方得分才是正常的狀況。

之後的比賽也進行得比我想像中更快，這中間替換了幾名選手，坐在我旁邊的一年級生也上了場。我大概搞懂了比賽規則，真的只是大概而已。規則就是以傳球或運球的方式移動手球，然後從六公尺線外側射門；除了快速攻球的時候，選手們很少採用運球的方式，大多是採用傳球的方式；手球不會被一個選手一直拿在手上，會一個一個地傳下去。大概就是這些規則吧！

老實說，我覺得挺有趣的。看得我也想加入比賽，有點蠢蠢欲動的感覺。

『你是不是也想參加比賽了啊？』

等到我發覺時，不知道什麼時候已經下場的朝風同學就站在我身邊。他用毛巾擦了擦額頭的汗水後，直接坐了下來。

『球場的大小是四十公尺長、二十公尺寬，球門高兩公尺、寬三公尺。高中以上的話，正式比賽時間是上半場三十分鐘加下半場三十分鐘，總共一小時，國中則是上下各二十五分鐘。手球的重量和大小也不一樣，高中以上是使用外徑五十八到六十公分的三號球，國中是使用外徑五十四到五十六公分的二號球。』

『喔？所以上次的球……』

我搞懂了一件事。

『嗯，你有發現瀨戶老師給你的手球比較大吧？因為那是高中部用的。』

『所以我才會控制不了球啊？』

『應該多少也受到壓力的影響吧！』

『而且那時候也沒在生氣。』

朝風同學呵呵笑著。他露出的整齊牙齒彷彿反射著春天的陽光似的，看起來爽朗無比。

『如果說得簡單點，手球就像是足球加籃球再除以二的運動。不過，拿到手球時必須在三秒鐘內丟出，而且拿球時最多只能走三步。正式比賽的時候，一組球隊可以登記十二名選手，在比賽當中，這些選手可以不限次數地替換。這樣選手比較不會太累，也能夠因此加快比賽速度，比賽也會變得更緊張刺激。』

當我試著在腦中回想朝風同學的說明時，他乾脆爽快地說：

『再來就剩下實戰經驗了。你要不要和選手替換看看？』

『等一下啦！還有一大堆規則我不懂。』

朝風同學站了起來，同時催促慌張不已的我也跟著他站起來。

『玩玩看就會懂了。』

『不要啦！我真的不懂。』

『不懂什麼？』

我呻吟了一下子後，想起剛剛那個一年級生說的話。

『比方說Post或是45之類的。』

『喔？你已經知道這些用語了啊？』

朝風同學一副感到很意外的表情。

『這兩個都是指攻擊要點的位置。Post是指球門的正前方，45是指在球門左右四十五度的位置射門。在我們社團裡，右側45位置的出雲是最佳射手。』

『原來是這樣子啊！』

我剛才就看見選手們常把球傳給出雲，而他也成功射門了好幾次。我發現出雲是個左撇子。

『左撇子的人從右側朝球門投球，會比站在相同位置的右撇子更有利。』

『就像棒球的左打者離一壘比較近，所以比較有利那樣嗎？』

『好像一樣，又好像不一樣。就算到球門的距離一樣，角度卻不同，所以左撇子的人能夠抓到的射門角度比較大。』

『憑我的腦子實在無法理解。』

『所以我才說玩玩看就會懂啊！』

見我遲遲不肯站起來，朝風同學繞到我背後，用兩手撐起我的身體，硬是把我拉了起來。

『你負責Post的位置。當隊友拿到球時，你就盡量站到球門正前方。如果拿到了球，不管怎樣你就是想辦法射門，好不好？』

『一點也不好。』

『因為你的身高很高，就算有人守著你，你只要從上面射門就好了。』

朝風同學從背後一路推著我到球場上，當我回過神來時，才發現自己已經加入了比賽。

儘管顯得驚惶失措，我還是拚命在球場上跑著。我看見隊友拿到了球，於是照著命令跑到對手球門的正前方，並且依樣畫葫蘆地往六公尺線附近的位置一站，結果球就傳了過來。慘了，怎麼辦？我沒有太多時間考慮。總之，我只有三秒鐘而已。

『喂，這邊！』

出雲的聲音從45位置傳了過來。我本來想把球傳給他，但是我看見兩名守備球員守著他。

我這邊的守備球員是一年級生，他的個子還沒長高。我先狠狠瞪了他一眼，然後在射門之前，也對著守門員卯足全勁地發出帶有殺氣的目光。守門員可能也是個一年級生，他露出顯得畏怯的表情。

我立刻射了門。我沒有選擇瞄準球門邊緣這種高難度又自曝其短的方法，而是把守門員當成了射球目標。這麼一來，就算方向多少偏移了點，也一定能夠射進球門。

投出去的手球直直地向前飛去。

球彷彿被吸引了似的飛進守門員架在胸前的手中，但或許是球速太快，手球從手中彈了出來，然後彈向上方，最後好不容易飛進球門裡。

我不禁鬆了口氣。

就這樣，我的首次射門任務總算順利完成。明明沒有消耗太多體力，我卻忍不住想當場癱坐在地上。出雲一副彷彿在說『算了，就不跟你計較了』的表情，用拳頭頂了一下我的肩膀。

『很好，隼。』

朝風同學的聲音傳了過來。雖然我輕輕舉高手回應了他，但其實我心裡很明白，如果剛剛的射門是碰上他當守門員的話，絕對會被擋下來。

5. 看摔角比賽約會

外面下著雨，這讓我變得憂ㄩˋ。因為我寫不出憂ㄩˋ的ㄩˋ，所以當我心情變得消沉時，就在心中把憂ㄩˋ唸出來。

因為到了梅雨季節，雨當然會綿綿下個不停。整天下著雨，衣服會變得潮濕也是沒辦法的事。想到要讓農作物長得好，這個時期當然要下雨比較好；夏天就是要夠熱，冬天就是要夠冷才好。就算體育服發出像是發酵的怪臭味，就算一換上室內拖鞋，腳底就會凍傷，都必須接受這就是夏天、這就是冬天的事實。身為一個會在超商買東西的消費者，我自認對這方面的事情比一般國中生更加敏感。異常天氣可是物價的天敵。

所以在去年以前，即使進入梅雨季節，我也只會覺得要撐傘很麻煩而已。到了春天，老是想睡覺很麻煩。到了夏天，老是汗流浹背也很麻煩——春天和夏天之間的季節也有不同的麻煩事。老天爺一定是以給人添麻煩為樂吧！

今年我之所以會變得憂ㄩˋ，是因為不能練手球。除了輪到我們使用體育館的日子之外，只要一下雨，社團活動就必須中止。對身體已逐漸習慣運動的我來說，這就像勉強踩下煞車，把原本一邊調高變速器段數一邊加快速度的腳踏車停下來一樣，相當吃力。

『晴耕雨讀喔！』

星期五放學後，我在教室裡瞪著雨看時，朝風同學輕輕搭著我的肩膀這麼說。

『成語嗎？』

雖然我不懂意思，但聽起來很像中國故事的感覺。

『嗯，晴天耕作，雨天讀書。』

『你是要我早點回去用功啊？』

『我自己會這麼做。至於給你的建議是別太心急。』

『我又沒有。』

朝風同學一副大人的模樣露出苦笑說：

『只要有了基本體力，你的手球很快就會進步的，因為你的才能有我和瀨戶老師掛保證。如果你覺得精力太旺盛的話，可以在房間裡做一些肌肉訓練。』

『你是說Hindu Squat❶之類的嗎？』

『你是摔角迷啊？』

『沒有啦！不算是。』

對於我不小心在Squat前面加上Hindu（印度的）的說法，朝風同學迅速做出了回應。像我這種一下子就會出紕漏的人，要跟一個不管對哪方面都有某種程度了解的人交談，有時候還挺花心力的。

『走吧！』

我抱起書包，拿了雨傘，從座位上站了起來。

我和朝風同學兩人各自撐著傘走到校門口後，分成左右兩路。

『週末的天氣預報是雨天。如果你想做蹲坐動作的話，蹲到一半就好，不然膝蓋的負擔會太重，這樣很容易受傷。』

『喔！』我回應朝風同學的叮嚀後，踏上了回家的路。雖然下著雨，我卻忍不住想要快跑。

我想我應該不是摔角迷，不過說到有關摔角的知識，我一定贏得了朝風同學，而且我每隔兩個月就會去看一次摔角比賽。今天我也是計畫先回家後，再去比賽會場。就算今天沒有下雨，我也沒打算參加社團活動。

回到家後，我看見老爸拚命敲打著電腦鍵盤。因為我的生活費和學費都是靠老爸這樣賺來的，所以不能打擾他。我很客氣地輕輕說一聲『我回來了』後，就回到自己的房間換衣服。我換上自認算是帥氣的衣服。說是帥氣的衣服，其實也不過是選了領口沒有鬆垮的長袖T恤，外面套上老爸上次買給我的夾克，再配上剛洗好的牛仔褲而已。

我走出房間來到客廳時，發現老爸擺出了雙手交叉在胸前的姿勢，凝視著比天花板

譯註❶：Hindu Squat指一邊把雙手交叉在腦後，一邊蹲坐的動作。

更高的遠方。老爸一定是在等待手拿羽毛筆的天使從天而降吧！

我正打算安靜地出門時，老爸開口對我說：

『今天是約會的日子啊？』

『嗯，是啊！』

老爸把雙手繞到腦後，喃喃說：

『好久沒看摔角了。』

『你可以代替我去，我無所謂。』

老爸臉上突然浮現摔角選手會有的那種邪惡笑容說：

『不了。有個比摔角選手更恐怖的人坐在旁邊，根本沒辦法專心看比賽。』

我抱著一點點的期待結束與老爸的對話，套上了鞋子。我讓大腳丫套好笨重的大鞋子後說：

『我出門了。』

我在期待什麼啊？其實也沒期待什麼啦！

我拿起雨傘，關上了大門。

我到現在還不太敢獨自搭電車。自從老爸發表了『笨蛋才會花時間搭車上學』的意見，所以搬來離學校很近的這棟公寓後，我一直都是走路上學。在升上國中三年級之前，我都是搭電車搖啊搖地上學，剛開始不知道有多少次快迷了路，也曾經一臉快要哭出來的表情被帶到站務室裡。或許是這件事在我心裡留下了陰影，所以只要我獨自搭電車，就會感到不安。總覺得在迷迷糊糊之中就會坐過頭到了終點站，然後被帶到不知名的城市去。不是我在說，連我都覺得自己是個很不可靠的國中三年級生。

當然了，我這次不僅沒有迷路，甚至比約定時間早了十分鐘抵達比賽會場。當我來到會場的前廊上，立刻聽見『有多的入場券要賣嗎？沒有也可以便宜賣你喔！』的黃牛的低沉聲音，也看見不知道是打扮得花稍還是低調，總之就是穿著鬆垮垮衣服的摔角迷們一邊收著雨傘，一邊來回穿梭。我看見老媽已經站得直挺挺地在那裡等我了。老媽的視線從手上的雜誌移開，確認是我來了後，便伸手扶著鏡架，推了推粗框眼鏡說：

『喲！你是不是又長高了？』

或許我長高了幾公厘也說不定。但是，肉眼應該看不出幾公厘的變化才對，畢竟我和老媽一個月前才見過面而已。

『應該沒什麼變吧！』

我擔心自己不能好好說話，結果反而變得比平常說話更含糊不清。每次都是這樣，和老媽見面時，剛開始總會覺得不自在。

『說得也是，反正你又沒打算當個摔角選手吧！現在這樣就夠高了。』

老媽算是大家口中形容的女強人吧！一頭短髮、身穿俐落褲裝的老媽，看起來像個頭腦清晰、冷酷無情的女人。以女性來說，老媽的身高絕不算矮。我是在升上國中一年級沒多久後，追上了老媽的身高。

因為怕忘記，所以我先向老媽報告說：

『我加入了手球社。』

『你爸寄給我的信裡有提到。你爸好像很開心的樣子，不過媽覺得這個選擇很符合你的作風。升上三年級才好不容易想要做些什麼，結果卻是挑了個「超」冷門運動。』

老媽一邊說：『拿去。』一邊把她手上的雜誌遞給我後，就先走進了會場。把手球形容成『超』冷門運動的老媽剛剛在看的不是什麼財經雜誌，而是摔角週刊。老媽喜歡的摔角才是又冷門又詭異的運動吧！不只老媽，還有我四周這些在比賽前就散發出一股狂熱氣氛的摔角迷們都讓人覺得害怕。所以，我只敢一邊動著嘴唇，一邊在心中反駁。

其實我並不討厭摔角，或許應該說我是覺得應付不來。雖然摔角比賽有很多規定，選手們也多少會控制下手力道，但是我實在沒辦法融入鍛鍊出強壯體格的兩人互相拳打、腳踢、過肩摔、勒脖子，招數盡出後，還會自己跳下擂台或是用兇器打得對方頭破血流的世界。老實說，我覺得很恐怖。摔角選手很恐怖，觀賽者也很恐怖，特別是老媽更恐怖。

『喂！在那裡拖拖拉拉什麼？』

『快點幹掉他啊！』

『打回去啊！』

比賽剛開始時，老媽只會像在自言自語似的發出奚落聲，但是到了重頭戲的時候，奚落聲就會變成尖叫聲。

『幹掉！幹掉他！』

老媽每次必定會這樣大叫。所謂『幹掉』，就是『殺死對方』的意思吧！中年婦女帶點渾沌不明的尖銳聲音出乎意料地嘹喨。雖然坐在前面的觀賽者有時會回過頭看，但是老媽一點也不在意。反倒是我覺得很難為情，也害怕得不能集中精神觀賽。

這天我也是在比賽開始後，因為不想聽見老媽碎碎唸個不停，所以自動拒絕接受某頻率的音波，無聊地望著兩塊大肌肉撞來撞去。

不知道比賽進行到第幾回合的時候——

啪！我聽到響亮的一聲。

那是一名選手賞了對手一巴掌的聲音。聽到巴掌聲，我的身體很自然地有了反應，原本靠在椅背上的上半身使勁地向前探出。

被賞了一巴掌的選手緊握著拳頭，面目猙獰地瞪著對手，下一秒鐘那名選手已經發出不成言語的『哇啊～～』咆哮聲，在沒有助跑之下用胸膛撞上繩圈。對手受到反彈力撞擊，應聲倒在軟墊上。

我感覺到腦中的血液在沸騰，身體的顫抖從腰部順著背脊往上爬。雖然我目光銳利地直盯著擂台看，但是映在我腦海裡的，卻是櫻被我打倒的景象。

『幹掉！幹掉他！』

不知道是誰這樣大叫著。

身邊的老媽露出驚訝的表情看著我的臉。原來叫聲是從我嘴裡跑出來的啊?!我一察覺之後便急忙想要摀住嘴巴，可是右手舉高到一半就停了下來。我的右手五指用力張開著，指尖像要抓住什麼似的彎向內側。我凝視著自己的右手，最後終於搞懂了這是怎麼回事，原來我的右手想要抓住根本不存在的手球。

好想丟球。現在這個瞬間，我好想把球用力地丟向某處。

老媽抱住了我說：

『恭喜你終於也加入了摔角迷的行列。』

雖然我心想不是這樣，但一隨著會場響起的歡呼聲把視線移回擂台上，我的注意力又被比賽吸引了。

姑且不論我是否變成了摔角迷，但是在離開比賽會場時，我的身體仍然帶著興奮的餘溫，微微發熱。我第一次體會到老媽在看完摔角比賽後會想要吃燒肉的心情。

進到燒肉店後，老媽和我各自舉起生啤酒和烏龍茶乾杯。老媽今天的心情很好，她點了兩人份的特級牛小排。要是在平常，她只會點一人份而已。已經餓得飢腸轆轆的我像隻深海魚一樣貪婪地猛吃燒肉，也吃光了一份石鍋拌飯和老媽剩下一半的涼麵。

『是因為你是男孩子的關係嗎？還是因為和爸爸住在一起？你越來越像你爸爸了。

人家說小狗會長得像主人，原來是真的呢！』

老媽看見我的好胃口，一副很滿足的模樣揚起了嘴角，嘴邊浮現了細微的皺紋。

老爸和老媽離婚後，我每隔一個月和老媽見一次面。小學的時候，我們會去遊樂園玩上一整天。不過，最近都是去看摔角比賽或是聽古典音樂會。雖然摔角比賽和古典音樂會相差了十萬八千里，但兩者都是老媽的興趣。看摔角比賽同樣是老爸的興趣，聽說老爸和老媽相遇的地點就是在看完比賽後前來的這家燒肉店，所以老媽現在是在相同地點，和我這個老爸的兒子約會。

『興趣很合，但個性不合。』

老爸和老媽都說過這句話。我總是發出『喔～』的聲音隨便把話題帶過。

老媽把吃到撐的我送到車站後，便回到她與我不認識的人共同生活的家。我沒有迷路，回到了有老爸等我的家。回到家時，雨還是沒有停，不過，我已經沒那麼憂ㄩˋ了。

6. 昂貴的肉果然好吃

這或許是我生平第一次收到成績單時，臉上忍不住浮現笑容。

『你笑太開了喔！』

我自認裝出了一張撲克臉，沒想到卻被朝風同學這麼說，害得我難為情極了。

『你的成績好像有進步喔！』

『一點點而已。』

我這麼說不是為了在朝風同學面前表示謙虛。這次我多拿到兩科『四』的成績，分別是英文和數學，就只是這麼點進步而已，我這兩科的成績本來就一直在『三』和『四』之間遊走。我的臉上之所以會忍不住浮現笑容，是因為這次沒有成績退步的科目。一直以來，我只要有一科的成績進步，必定會有其他科的成績往下掉。我這個人就是沒有拿手的科目。

『不管選哪一科都好，你就拚命用功讀那一科，然後拿個「五」給我看。就算其他科目都拿「二」也無所謂，「一」也可以吧！』

這是老爸對我發出的命令。

『以你現在的成績，要升上高中部應該沒問題吧？很好啊！』

我一直找藉口推託，沒有告訴老爸要決定哪一科。這次的成績也沒有半科拿到『五』。所以就算拿成績單給老爸看，他也不見得會誇獎我。不過，我覺得這次應該可以大膽發表宣言，告訴老爸我會用功讀英文或是數學。可是，哪一科好呢？

『雖然今天是結業典禮，但是社團沒有休息喔！你會參加吧？』

聽到朝風同學的邀約，我一邊注意著不讓說話聲調顯得興奮，一邊點點頭說：

『嗯，會參加。』

『看你這表情，我們升上高中後，應該也可以一起參加手球社吧！』

『不過，我又不像你一樣在保證安全的範圍裡面。』

除了英文和數學之外，還有兩科和二年級時一樣拿到了『四』，這兩科分別是國文和音樂；剩下的科目都是『三』。如果只是看這次的成績，那當然沒問題，但是，國中三年的成績都會被列入能否直升高中部的考量，只有成績在前段三分之二左右的學生能夠直升高中部。聽說有些傢伙是升上三年級後才開始瘋狂用功，所以還不能太放心。

『你如果故意把成績弄成不及格，然後跑去手球強校的話，我可不饒你喔！』

雖然朝風同學露出銳利的目光這麼說，但是他眼底流露出笑意。

『那也不錯啊！以敵手身分再次現身。』

雖說是指手球，但是會把朝風同學設為敵手的想法就連我自己都覺得好笑。

換好運動服後，我和朝風同學衝進了反射著猛烈陽光的操場。在一股熱氣襲來之中，我們在操場上奔跑。我們兩人並肩全力衝刺，沒來由地競跑著，感覺舒服極了。明天就要開始放暑假了。

因為是在結業典禮之後，所以大家只是做了一些像是蛇形跑步、快跑，還有兩人一組的傳球練習。在做完這些輕度練習後，我們就結束了社團活動。雖然我流了整身汗，但是呼吸並沒有變得急促。男生們全光著上半身在飲水區直接拿水沖頭，我也加入了他們。相信過了一個夏天後，應該就能夠解決我膚色太蒼白的問題，所以這點倒不用擔心。但是，顯得單薄的胸膛還是教我不由地感到自卑。畢竟大家還是國中生，當然沒有人擁有像摔角選手般的壯碩體格，不過大部分的人在升上三年級後，肩膀或是手臂根部都會開始長出曲線平順的肌肉。雖然我的體格就跟一年級生差不多，但因為我的身高很高，所以總會給人弱不禁風的感覺。

我記得這樣就叫做『窩囊廢』吧！

好久沒去想到這個詞了。

我扭轉水龍頭讓出水口朝上，然後把臉湊近因為強勁水壓而往上噴出的水柱之中。不知怎地，我就是想做點粗魯的舉動。力道強得讓人覺得疼的水柱一下子就灌進我的鼻子裡面，才覺得一陣刺鼻，就被水嗆個不停。因為被嗆得受不了，我急忙關上水龍頭，還不停地咳嗽。大家一副沒什麼好擔心的模樣笑了。我用手直接擤鼻涕，讓鼻涕拉長著線搖搖晃晃地垂落。

『你很髒欸！隼。』

出雲大叫。出雲願意像朝風同學那樣直呼我的名字，就表示他願意承認我是社員之一。我不禁感到開心。

放學後我沒有直接回家。我在校門前轉向了與平常回家時相反的方向，跟大家一起來到車站附近的漢堡店。不僅是手球社的社員們，我知道班上的同學們有時候也會在放學後像這樣聚在一起。不過，這倒是我的第一次。我們幾個三年級生浩浩蕩蕩地走進漢堡店後，拿著各自點好的餐點找了位子坐下來。我點了起司漢堡和可樂，在確認好不好吃之前，整顆漢堡早已被我吞進肚子裡了。

我們的話題圍繞在手球社和打算怎樣度過暑假上面。其他人好像都準備上補習班補習，他們聽到我不補習，都露出了感到不可思議的表情。

『隼整個暑假在沒有社團活動的日子裡，也會做手球特訓。』

朝風同學有點像在幫我解圍似的開玩笑說。

『我會努力的，社長。』

我難得反應迅速地做了回答。不僅是對朝風同學，對其他社員們，我也能夠輕鬆地與他們交談了。

『當初我聽到隼要在中途加入社團時，我還在想朝風同學是不是頭殼壞掉了。』

出雲和其他三年級社員都不會直呼朝風同學的名字，總會加上『同學』兩個字。『朝風同學』就像是個綽號一樣。雖然覺得怪，但是『朝風同學』聽起來，讓人很自然地感受得到他的威嚴。

『我自己也這麼覺得。』

『那時候隼連手球規則都不懂。』

『現在我還是只懂一半而已。』

『隼只有射門時的球速快得嚇人，可是都是暴投球。』

『誰叫球門太窄了。』

雖然我低聲說出的每一句簡短回答都是發自我內心的感想，但是大家似乎以為我在搞笑，逗得每個人都捧腹大笑。

『你比較晚進來，所以更要認真地練習。』

出雲在最後這麼叮嚀了我。

『是，出雲學長。』

『直接叫我的名字就好了啦！隼。不過，可以傳球的時候不要硬ㄍㄧㄥ，記得要把球傳給我喔！』

『好，出雲。』

『呿！真不知道是老實還是在裝傻。隼的個性真的很吃香。』

大家又笑了。

『因為隼天生就是這個樣。』

朝風同學補充說。如果朝風同學希望我扮演這樣的角色，那也無妨。我會努力做個好Post，也會努力表現出我天生就是這個樣。

跟大家分手後，我回到家中，結果發現老爸不在，我不禁有種撲了個空的感覺。我揮了揮手中的成績單後，把它擱在餐桌上。

脫去了制服外套和褲子，身上只剩下襯衫和內褲時，我突然開始做起仰臥起坐。我保持膝蓋彎曲的姿勢，一邊扭轉上半身，一邊做了一百次仰臥起坐。在那之後，我還做了一個人也能夠練背肌的伏地挺身動作一百次。雖然房間裡開了冷氣，但我還是流了滿身大汗，於是我決定沖個澡。我一邊沖澡，一邊也做了五十次屈膝半蹲的動作。

沖完澡後，我用毛巾擦乾身體，換上乾淨的內褲和T恤，躺在床上。我記得我放了某一張CD，但是音樂還沒播出來之前，我已經沉沉睡著了。

醒來時，四周已經是一片昏暗。

我一走出房間，便聽見廚房傳來有人在準備晚餐的聲音。

『你剛剛在睡覺啊？』

老爸的聲音傳來。

『嗯，小睡一下。』

『這不是在做夢喔！』

老爸說，我看見他手中平放著一塊霜降牛排。

『是怎麼了？』

『今天車站前面的肉店打八折，我有個好預感，所以就買了牛排。結果一回家，就看到你的成績單放在那裡。』

『因為今天是這學期的結業典禮嘛！』

『我翻開一看，發現你的成績進步了呢！』

我搔了搔鼻頭說：

『可是沒拿到「五」耶！』

『老爸是很不滿意你沒有照老爸的方針集中攻讀某一科。就算是在叛逆期，也應該聆聽前輩給的意見。不過，老爸真的很高興。先不說我買了幾公克，但花錢買了米澤牛的霜降牛腰肉也值得了。老爸都快哭了。』

『你太誇張了啦！』

『嗯，就是因為太誇張，所以哭不出來。』

我走進廚房盯著牛肉看。在我『咕』的一聲吞下口水之前，肚子先咕嚕咕嚕地叫了。在這個瞬間，剛剛被我吃下肚的起司漢堡應該被消化得一乾二淨了吧？先不說我是不是正值叛逆期，但我肯定正值發育期沒錯。我不禁心想真希望那塊牛排能夠長在我單薄的胸脯上。比起想吃肉，我更希望肉能夠直接長在身上。

老爸強忍住笑，擺出嚴肅的表情說：

『你開始打手球以後，生活也跟著變了。沒想到這個改變能夠反映在你的成績單上，老爸真的很高興。』

『嗯，是吧！』

看見老爸這麼直接地表達出高興的情緒，我也只能夠表現出靦腆的樣子。所以我走出廚房，到餐桌前坐了下來。

老爸煎烤著的牛排發出滋滋聲響。光是聽到那滋滋叫的聲音，就能夠配上一碗飯，傳來的香味又能夠配上第二碗飯。

『嗯～～～』

以我國文成績拿到『四』的日語能力來說，實在找不到適當詞句來形容從口中擴散到胃裡的牛排美味。如果換成是國文成績當然也拿到『五』的朝風同學，或許能說出什麼貼切的詞句吧！

『昂貴的肉果然好吃。』

以寫作維生的老爸竟然發表了如此膚淺的感想。

不管是吃的也好、用的也好，我很少主動表示想要什麼東西。就連我自己也不知道這是因為我沒有什麼物欲，還是沒有野心。或許我是抱著不管拿到什麼都照單全收的心態吧！雖然我猶豫著該不該在吃了這麼昂貴的牛肉之後說出來，但我還是決定趁著這個機會向老爸討東西。

『我不是說成績進步了，所以故意向你要東西，不過你可不可以買個東西給我？』

『買什麼？我們家很窮的喔！而且我剛買了這麼貴的牛肉。』

老爸一副感到滿足的模樣用鼻子呼了口氣後，啜了一口他只倒在自己杯裡的紅葡萄酒。

『我想買手球。』

『老爸買給你。』

老爸毫不猶豫地立刻回答。

7. D罩杯運動員

我要老爸買了三號球給我。

國中生用的二號球只剩下半年就用不著了，所以買了三號球的舉動訴說出我升上高中後，還想繼續打手球的意願。雖說這只是我的意願，不過也算是我打算直升附屬高中的意志表態。

話說這麼說，但是我沒有像大家那樣參加暑期輔導課。關於這點，老爸沒有表示任何意見。自從看了成績單後，老爸也沒再提起關於讀書的事情。他似乎是要我自主性地用功，可是這樣反倒讓我感到壓力。

『老爸也是一個曾經夢想著與兒子玩接球的父親，只是沒想到會是接這麼大一顆球。』

在一個微涼的黃昏，老爸和我來到附近的公園裡練習傳球。我們兩人穿著老爸採訪客戶時，對方送給他的兩件圖案顯眼的T恤充當親子裝。老爸把T恤下襬邋遢地放在褲子外，我則是把衣襬塞進牛仔褲裡。每次看到我這樣穿，老爸總會挑我毛病，但今天或許是手上的手球觸感吸引了他的注意力，他沒有硬是要拉出我的T恤下襬。

『比起買兩人份的棒球手套，手球便宜多了。』

『不愧是我的孝順兒子，給我選了一個不花錢的社團。』

『碰巧而已啦！』

老爸把球交給我後，走到距離我約五公尺遠的位置說：

『這樣差不多了吧？』

『應該可以了吧！』

老爸用雙手確實接住我用一半力道投出的球後，『嗯』了一聲，說：

『丟得不錯。我以前對自己的肩力也超有自信的，但是自從去年秋天得了四十肩後，就不行了。』

手球在空中畫出一條微彎的圓弧線被丟了回來。

剛放暑假時，有好一段日子我都是白天到學校參加手球社的練習。練習完之後，如果老爸在家的話，就跟他到公園玩接球，到了晚上就讀書。或許是我心裡認為暑假是個長假，所以覺得時間過得很緩慢。這段日子裡明明沒有發生什麼值得敘述的好玩事情，我卻過得充實愉快，也感覺到自己確實成長了。

八月初將會舉辦一場東京大賽。如果在東京大賽拿到第一名，應該就能夠參加關東大賽，如果再拿到第一名的話，應該就可以參加全國大賽。

我不是因為自己還只是個表現差強人意的新進社員，所以才會用『應該』這麼不確定的說法。就連身為社長的朝風同學，也只是以在東京大賽獲得三勝為目標而已。參加全國高校綜合體育大賽畢竟是高中部的目標，國中部的實力不過是頂多獲得三勝的程度罷了。

即使如此，我們還是很認真地練習。就算還得參加暑期輔導課和上補習班，三年級社員也幾乎沒有人缺席過社團活動。我也沒少參加過一次。每天早上在自己房裡默默做完小學時總是只有三分鐘熱度的廣播體操後，我沒等睡過頭的老爸就自己吃早餐，然後比集合時間更早去參加社團。我每天沒有很勉強地早起，而是很自然地醒來，就連我自己都感到驚訝不已。老爸甚至訝異得對我說：『你是不是吃太多肉了？當心流鼻血喔！』總之，我就是全身散發出活力。

過完暑假的第一個星期後，老爸必須出差。因為老爸經常會有臨時要出差的工作，所以小學時他每次出差，我就會被寄放在爺爺家。但是上了國中後，因為嫌去爺爺家太麻煩，所以就變成由我獨自看家。

『我會繞京都一圈再回來。目前是預定三天後可以回來，不過還不確定。』

不僅限於出差，老爸的預定總是『不確定』，這我早就習慣了。再說不管怎麼樣，在東京大賽結束之前，只要太陽還沒下山，我都得參加練習，而晚上我打算讀一點書。所以不管老爸在不在家，對我來說差別不大。

到了出發的日子，為了搭乘早班新幹線而難得早起的老爸和我做了廣播體操後，一起吃了早餐。

『你可不能因為放暑假就走上歧途喔！』

『嗯，我只會走上操場。』

『漂亮。』

我不確定老爸是在誇獎我開的玩笑，還是在誇獎我煎得軟嫩的起司蛋包飯。

『你如果趁著老爸不在，帶女孩子回家的話，我可不會原諒你喔！因為我會太嫉妒你。』

『如果在東京大賽拿到第一名的話，我會努力做到讓老爸嫉妒的事情。』

『了不起！隼不愧是個熱血運動少年。』

老爸和我一起出門。他原本準備前往車站，但是刻意繞了點遠路，陪我走到學校。

當我們來到校門口時，正好遇上從車站走來的瀨戶老師。自從放暑假後，瀨戶老師經常趁著高中部的練習空檔來看我們練習，也幫我們安排了一次與高中部的練習比賽。只不過比賽結果是國中部慘敗給高中部，我們的士氣也變得有些低迷。

『早安。』

『喔！隼。這麼早啊？』

身穿T恤配運動褲的瀨戶老師用著像男生的口氣說，然後對著站在我身邊的老爸輕輕點一下頭。老爸也一邊稍微動了一下脖子，一邊朝我投來疑問的目光。

『這位是瀨戶老師。瀨戶老師是高中部的手球社顧問，不過她也會指導我們國中部。』

老爸聽了，凝視著瀨戶老師的臉。他就這麼直盯著瀨戶老師那張沒有化妝、曬得黝黑的臉不放，實在讓人覺得失禮。唯一讓我感到欣慰的是，老爸因為正準備出差，所以難得穿上了夾克，不過夾克底下穿著花襯衫就是了。

『我是隼的父親。』

老爸打完招呼後，不知為何遞出了名片。

『啊！你好。』

瀨戶老師沒想到會從學生家長手中收到名片，露出了困惑的表情。而老爸看著瀨戶老師的眼神散發出危險的光芒，他遞出名片的理由可想而知。

『託瀨戶老師的福，我兒子才能夠認識手球，並且體會到專注於某種事物的喜悅。』

『是嗎？』

聽到瀨戶老師的詢問，我不禁低下了頭。這太丟臉了！不管在哪方面，都讓我覺得丟臉。老爸代替陷入沉默的我回答說：

『當然是啊！今後除了手球之外，其他方面的事情也請老師多多給隼指導。』

『我能幫得上忙的話，那當然沒問題。』

『拜託您了。畢竟我們家是少了母親的單親家庭，有些教育可能沒辦法完全顧及到。』

老爸拿我的事情當藉口，強調了自己是單身的事實。就在我差點大喊『別再說了！』時，眼前出現朝這邊走來的朝風同學的身影。

『早！』

為了打斷老爸說話，我刻意放大嗓門向朝風同學揮揮手說。老爸和瀨戶老師轉移了視線。

朝風同學一邊微微點點頭，一邊小跑步過來。

『這位是擔任社長的朝風同學。』

我介紹了朝風同學給老爸認識。

『社長啊～一臉聰明相呢！』

『您是隼的父親嗎？』

『嗯，是啊！』

老爸一副心神不寧的模樣回答。

『老爸，你差不多該走了吧？』

聽到我的催促，老爸一副依依不捨的模樣瞥了瀨戶老師一眼。

『你再不快點會遲到的。』

『好吧，我走囉！那麼，瀨戶老師，今後還請多多指教。我名片上面也寫了手機號碼，如果有什麼事情的話，不用客氣儘管打給我。就算沒事，也可打來約我吃飯。』

被我推了一下後，老爸才心不甘情不願地離開了。我皺起鼻子目送著一邊頻頻回頭看、一邊走遠的老爸的身影。

『你爸爸很有趣嘛！我剛剛該不會是被搭訕了吧？』

『咦？向瀨戶老師搭訕？』

聽到朝風同學驚訝地詢問，我根本不知道該怎麼回答他才好。

『我下次打電話給你爸爸看看好了。』

瀨戶老師用著比平常更高亢的音調說，然後穿過校門走去。

『我老爸要出差好一陣子，所以會一直不在東京。』

我對著瀨戶老師的背影一邊叫，一邊不禁自覺沒出息地心想：『我到底在說什麼啊？』

『我們也走吧！』

在朝風同學的催促下，我跟在瀨戶老師後頭踏出了步伐。原本彷彿腳上長了翅膀似的輕盈腳步，如今已經變得像被綁上了枷鎖般沉重，讓我不禁想要拖著腳步走路。

真受不了老爸。

我想，我能夠體會老媽選擇離婚的心情。

就如瀨戶老師也說過的一樣，老爸是個很有趣的人。可是，不是只要有趣就什麼都好。我不知道老爸現在有沒有女朋友。雖然他本人會做出一些有女朋友的暗示，但是他很可能只是為了在兒子面前炫耀而已。老爸是個大人，他想追誰是他的自由，可是也不能因為這樣，就對擔任兒子社團顧問的老師一見鍾情吧！再說，就算我妥協，承認這是一場美麗的偶然相遇，他也不應該在兒子面前做出像在搭訕的行為，表現出如此未經考慮的態度吧！

我用力拍打了一下想像中的桌子。

『雖然瀨戶老師不注重外表，不過她還挺漂亮的。』

聽到朝風同學的話，我不禁愣住了。

『漂亮嗎？』

『因為瀨戶老師既不化妝，又老是一臉嚴肅的表情，所以不容易察覺，但其實她的五官端正、輪廓很深。還有，雖然她老是表現得像個男人，而且一身運動員的肌肉，但是她的胸部很大，應該有D罩杯吧！』

我再次凝視著已走遠的瀨戶老師背影。可是，胸部當然不可能長在背上了。

『朝風同學不管對任何事情都有敏銳的觀察力。』

『手球社的社員們都覺得瀨戶老師漂亮啊！像是出雲，他根本有點像是為了得到瀨戶老師的誇獎，才那麼熱中於手球。』

『我就沒覺得她漂亮過。』

『那是因為啊，你是天生的窩囊廢啊！』

雖然朝風同學趁著我在發呆這麼說，但是我沒有反駁的意思。我可以接受他說我是『天生』，只是『窩囊廢』這個詞還是讓我心生抗拒。十分懂得觀察他人心情的朝風同學竟然會說出如此未經考慮的話。

或許是我不自覺地嘟起了嘴巴吧……

『沒有啦！最近你也曬得比較黑，看起來比以前強壯多了。』

朝風同學打圓場說。

我看看自己伸出短袖襯衫外的手臂，我的手臂確實有著勉強稱得上是小麥色的膚色。

即使如此，我的心情還是開朗不起來。

『一大早就被破壞了好心情，我有種不好的預感。』

『那你得小心別受傷啊！大賽就快到了，而且今天還有練習比賽。』

我抬頭仰望天空，看見了一大片已孕育著一整天暑氣的深藍色晴空。

8. 小心惡犬

『隼，換你上場，到Post就位。』

『是！』

瀨戶老師一聲令下，我從灼熱的柏油路上迅速站了起來。比賽一路進行下來，遲遲沒能分出勝負，瀨戶老師似乎因此顯得有些焦躁。

練習比賽目前已進入下半場，而這是我今天第二次上場。在手球比賽進行中，選手席上的十二名選手可以不限次數地替換上場，所以即使比賽進行到了下半場，也很少發生選手因為疲累而無法集中精神的情形。現在的我已經搞懂這方面的比賽規則和狀況了。

『聽好啊！只要你覺得是個得分機會，就大膽射門。』

『是！是！』

我竟然像極了在參加運動會一樣精神抖擻的國中生，連續回答了兩聲『是』，可見我幹勁十足。

等到比賽暫停時，我走上了球場。

輪到我上場時，我通常會被安排守在對方球門正前方的Post位置。我覺得這是因為我的身高比較高，可是朝風同學有著不一樣的見解。朝風同學說這是為了從正面給對方守門員施加壓力。別說身上找不到半塊肌肉了，就連外表看起來都一副缺乏脂肪和鈣質模樣的我，怎麼能夠勝任這樣的角色？

『不會的，隼射門時的氣勢相當嚇人。因為你平常一副呆呆的樣子，所以形成很大的落差，對方才會被嚇倒。』

雖然朝風同學這麼說，但我不確定是不是真的。總覺得這像是一種為了讓我擁有自信的心理暗示。而且，對方選手根本不可能知道平常的我是什麼模樣。不管怎麼樣，我因為被看好球投得快，所以在中途加入手球社是個事實，大家對我的期望就是成功射門得分。

除此之外，我能做到的就是拚命地跑。

當我方拿到球時，就拚命地跑向對方球門。

當對方拿到球時，就拚命地跑向我方球門。

我不需要在中途停下腳步。雖然其他人會在中途停下來傳球，但是對現在的我來說，那些動作的難度太高了。我甚至被下令不准隨便接球。在還沒抵達對手球門附近之前，我很少有機會接到球，更不用說去攔截對方選手傳的球了。

雖然我的腳程不算慢，但是曾經身為『回家社』社員的悲慘過去，害得我缺乏體力，所以我不會被選為先發球員。就算上了場，也會在球場與選手席之間來來回回。

總之，只要上了場，我就是拚命地在球場上來回奔跑。雖然這樣很累人，但是我並不覺得辛苦，任汗水灑落的感覺真是太爽了。

在我觀察了幾次我們與他校的練習比賽後，我發現雖然站在Post位置的人有時也會自己射門，但是更常見到他們巧妙地把球傳給其他選手的情形。射門動作是由站在對方球門左右四十五度位置、通稱『45』的選手負責。雖然我偶爾會被分派到45的位置，但大部分還是負責Post的位置。我明明是負責Post的位置，卻被下令不要傳球，還要我盡量想辦法自己射門。我沒多問被這麼指示的原因，只是很努力地照著指示去做。哪怕多少有些勉強，我也照做，因為如果我不照做的話，就會聽到瀨戶老師破口大罵：

『快射門，隼！』

當我來到對方球門時，球也傳到了我手中。我一下子就被敵手包圍了。接到手球時，不能拿在手上超過三秒鐘以上。雖然我要傳球給出雲並不難，但是瀨戶老師又大叫：『我叫你快射門啊！』

於是，我乖乖射門了。

可是，太勉強了。

對方的守備球員伸手阻擋了我射出去的球，不僅球的方向被改變，連球速也因此減緩，最後偏離了球門。

對方選手撿起偏離球門的球。

對方就這麼迅速地展開攻球。我不禁覺得好像聽見了出雲的咂舌聲。出雲說過不要硬ㄍㄧㄥ，要我傳球給他。抱歉喔！出雲。

我朝著我方球門跑去。

對方快速地運著球。

我一邊心想：『完蛋，來不及了。』一邊看向我方球門。

我看見朝風同學張開雙臂，擺出守門的姿勢。那模樣看起來顯得特別魁梧。說不定會沒事吧！

於是，我放慢了腳步。再來也只能靠朝風同學了。

對方選手開始助跑，並且準備射門。對方的球速肯定也加快了。

朝風同學一踏出腳步，對方選手便隨著他移動的方向投出了球。

朝風同學伸手把球拍落，擋下了對方的射門。

救得好！

朝風同學立刻撿起掉落在守門員區域內的球。

我停下原本已變得緩慢的腳步。所謂有危機必有轉機，趕緊跑回對方球門吧！

『隼。』

比賽時，唯有守門員必須穿著與其他選手明顯不同的制服，這一方面也是為了避免守門員被球擊中。在這熱得要命的大太陽底下，只有朝風同學一人穿著運動長褲，但是畢竟天氣熱得教人難受，所以他上半身改穿短袖紅色T恤。他一邊叫住了我，一邊用右手把球丟給我，同時用左手指向球門後面。

『咦？』

我不可能在比賽中直接從守門員手中接到球，因為朝風同學是抱著跟瀨戶老師一樣的想法在訓練我。可是，他卻把球丟給了我，光是這點就夠我驚訝了。然而，我在朝風同學左手指向的位置上，看見了因為夏日陽光灑落而閃閃發亮的熟悉身影。

『金色蒙布朗……』

我用胸口接住重重投來的球後，回過神來，立刻把球傳給沒被對方盯上的出雲，然後快跑衝向對方球門。

我一邊用餘光追著被傳送的球，一邊朝對方球門的正前方跑去。

『呃……櫻！』

我不禁覺得背部被櫻的視線往前推著。我劃開從地面湧上來的熱氣，使出全力向前衝刺。

手球再度傳到了我手中。

我絲毫不在意對方加強了守備，也明白現在比剛才更難射門，只是用右手直接握緊傳到我手中的球。

我一邊踏出步伐，一邊揮高右手。
然後踏出一步，故意用胸口撞開朝向我撲來的對方選手。
再用最後一步用力踢向柏油路面。
這時，對方守門員衝向我的前方。
我瞪著對方守門員看，然後用右手的球瞄準守門員的臉部位置。
守門員舉高手打算遮住變得僵硬的臉，並且停下了腳步。
假動作成功！
我在空中反扣手腕，用力把球投向守門員的腳邊。
當我的身體向前傾倒時，我看見投出去的球在沒能做出反應、呆立不動的守門員身旁彈了一下。
彈起的球就這麼被吸進了球門。
射門成功！
儘管撞上地面的衝擊襲上全身，我卻不覺得疼。
『幹得好！隼。』
聽到瀨戶老師的雄邁叫聲傳來，我知道自己射門成功了——不對，不是雄邁，應該是『雌邁』叫聲才對。不管怎麼說，人家好歹有D罩杯。
出雲伸手拉起顯得難為情的我說：

『還不賴嘛！』

『嗯，偶爾也要有點貢獻。』

我竟然做出為了得到觀眾喝采的誇張射門動作，這太不像我的作風了。不過，我也付出了手肘擦傷的代價。我一邊擦了擦手肘上流血的傷口，一邊轉頭看向我方球門的方向。

在對著我比出勝利手勢的朝風同學後方，櫻面無表情地站著。這次她同樣穿著制服，不過是沒有搭配背心的夏季制服，而且腳上還穿著運動鞋。她一副拒絕做出任何動作的樣子，站開雙腳與肩同寬，直挺挺地站著，右手提著一個大型運動袋。她的目光直直盯著我看。

汗流浹背的我不禁打起了冷顫。

櫻一副像是要挑戰什麼似的果敢模樣，讓人不禁覺得她腳下就快湧出熊熊火焰。我剛剛準備射門時，或許真如朝風同學形容的那樣，散發出讓對方感到壓力的驚人氣勢。可是，櫻散發出更猛烈專注的氣魄。老實說，我真的嚇得有些腿軟。

或許是我剛剛的那一球改變了局勢，對方在那之後陣腳大亂，等到練習比賽結束後，才發現原來我們贏得大勝。在這個東京大賽即將到來的時候，這一勝提振了大家的士氣。

『隼，我要的就是像剛剛那樣的射門。如果你每次都能投出那樣的球，三年後要參加全國高校綜合體育大賽絕對不是夢！』

瀨戶老師的心情也超好。

可是，對一個國中三年級生的我來說，三年後根本就像二十二世紀一樣遙遠，實在很難有太真實的感受。

『喔——』

我的回答也不禁變得一點兒也不帶勁。

『女朋友不在場的時候，也要像剛剛那樣充滿幹勁，知道嗎？』

瀨戶老師似乎也察覺到櫻站在距球場稍遠的位置觀看比賽。

『不是女朋友啦！她是……』

我想不出適當的話來解釋櫻的身分。我當然沒辦法解釋了，因為除了她的名字之外，我什麼都不知道。就連『櫻』這個名字，我都不是從她本人口中得知。

『隨便啦～快去找她吧！我們學校又沒有禁止男女生交往。』

『現在哪還有學校會禁止男女生交往？』

朝風同學從旁插嘴。他應該是在幫我轉移話題。

『我以前讀的中學就會。』

『請問那是幾年前的事情？』

朝風同學一邊延續與瀨戶老師的對話好吸引大家的注意，一邊用眼神示意我去找櫻。我慢慢走出大家圍起的圈圈，悄悄走近櫻的身邊。

來到想要正常交談還稍嫌遠的距離時，我停下了腳步。如果不小心靠得太近，誰知道又會遭到什麼攻擊？所謂『小心惡犬』，不能大意。

『呃……妳找我有事嗎？』

像是要蓋過我戰戰兢兢說出的話語似的，櫻發出了顯得冷酷的中音。那聲音就像管樂隊的隊員不帶勁地吹著薩克斯風所發出的長音調。

『好像比以前好了點嘛！』

我花了好一會兒時間才察覺到櫻是在誇獎我。

『什麼比以前好？』

『外表。』

因為看不到自己的臉，我只好看著擦傷的手肘說：

『可能是加入手球社後，曬黑了的關係吧！』

雖然我都忍不住想要吐槽自己說：『你幹嘛回答得那麼老實啊？』但是我實在不知道該怎麼跟女生說話。

櫻皺起了眉頭。

她似乎不明白我為什麼會這麼回答。說到我為什麼會參加手球社，本來就是因為櫻的出現，只是想到要把這件事說明給她聽，好像很麻煩，而且我也不確定該不該告訴她。就在我思考著該不該說明時，櫻忽然轉身背對著我說：

『我在校門口等你，趕快換好衣服過來。』

『喔……』

背對著人說話就算了，還用命令的口氣，太沒禮貌了吧？可是，不小心點頭答應的我也太沒出息了。

我對著逐漸遠去的白色背影小小聲罵了句：『豬頭！』然後小跑步回到大家身邊。

9. 起司漢堡和大杯新鮮柳橙汁

大家光著上半身在校舍旁邊的飲水區，把水龍頭轉向上方，用著出水口湧出的冷水洗頭、洗身體。瀨戶老師可能回去指導高中部的社團了，沒見到她的身影。

當我走近飲水區時，雖然有幾個人投來了充滿疑問的眼光，但沒有人開口詢問，想必是朝風同學叮嚀過大家不准調侃我吧！真是個設想周到的社長。

我也脫去代替制服的T恤，走到空出來的水龍頭旁沖水。

清涼的自來水沖起來太爽了。可以的話，我還想再多沖沖冷水，甚至沖到會痛為止。

雖然身體仍在發熱，但是我在身體降溫了點時關上水龍頭。

我一邊讓身上的水滴滴落，一邊在大家丟在操場角落樹蔭下的背包堆裡找出自己的包包，拿出一條毛巾。我必須趕在大家之前換好衣服。這不是因為櫻命令我趕快換好衣服，而是我不想要她受到大家的好奇目光攻擊。於是，我不顧身體還沒完全擦乾就穿上乾淨的T恤，因為懶得去教室，所以當場脫去短褲，穿上制服長褲，然後套上短袖襯衫。

『我先走了。』

我有意無意地看向朝風同學的方向，語調生硬地大聲喊。有幾個人舉手回應我，也有人露出不懷好意的笑臉。他們的心情我都懂。

『可惡～夏天到了！』

出雲大叫著。

我將背包往肩上一扛，一邊扣著襯衫鈕釦，一邊走了出去。這時，朝風同學走近我說：

『先問你一個問題。』

『什麼？』

雖然我放慢了腳步，但是我沒看向朝風同學，因為我覺得不管擺出什麼表情，都顯得刻意。

『從那次之後，你就沒再看過櫻了嗎？』

『嗯，是啊！』

『她有可能是離家出走。』

『啊？為什麼？』

我就像個受到意外衝擊而導致電池脫落的玩具一樣，突然停下了腳步。

『你猜她拿在手上的袋子裡裝了什麼？』

櫻的那個袋子脹得鼓鼓的，看起來很重的樣子。

『屍體。』

朝風同學聽了，發出咯咯笑聲。與其說他是因為我講的話好笑而笑，不如說他是看到我還能開玩笑而感到安心。

『隼，有什麼問題的話就打電話給我，傳簡訊也可以。你知道我的手機號碼吧？』

『知道。』

我再次急忙向校門走去。額頭上又冒出了汗珠，不過，我不確定自己是因為天氣熱才流汗，還是在冒冷汗。

『怎麼這麼久？』

在校門旁的圍牆邊緣形成的陰影下，櫻倚著圍牆說。她把袋子擺在地上。我無法控制視線地看向那個袋子。袋子的大小還不至於裝得下屍體……不對，如果是嬰兒的屍體，就裝得下。難道櫻不顧父母親反對生下了小孩後，把小孩裝在袋子裡離家出走來找我，而且我明明一點印象都沒有，她卻說那孩子的父親是我……這怎麼可能啊？別再做白日夢了。

櫻從圍牆上挪開身子說：

『我肚子餓了。』

我也肚子餓了。中午時間早就過了。我的肚子的確快餓扁了，但是我的胸口塞滿了疑問，應該先解決後面這個問題吧！

『比起這個，我有事想先問妳。』

『先吃飽再說。先找一間涼快的店坐下來，我會好好說給你聽的。』

櫻先指了指校門右手邊，再指了指左手邊，然後用眼神詢問我要往哪邊走。

『這邊。』

我放棄了發問，朝向通往車站的右手邊走了出去。

『嘿咻！』

櫻抱起腳邊的袋子時，發出了老人家才會有的聲音。那個袋子果然很重。

『要幫忙拿嗎？』雖然這句話已經到了嘴邊，但是我改變了念頭。我根本沒理由要幫她拿行李。

不知道是因為櫻沒有那麼厚臉皮，還是袋子裡裝了很重要的東西，她沒有開口要求我拿袋子。

在這個陽光最強的時刻，我們兩人沉默不語地走在路上。在顯得尷尬的氣氛下，我的腳步不禁越走越快。櫻跟上了我加快的腳步。雖然我很想就這麼開溜，但還是沒那麼做。其實要甩開不熟悉附近地形的櫻，應該是很容易的事，可是我的腦海裡卻浮現了不同的畫面。我看見櫻丟開沉重的袋子，使出全力地追上打算開溜的我，然後揪住我的領口把我壓倒在馬路上，最後跨在我身上一陣拳打腳踢。

我就這麼錯過了開溜的機會，與櫻一同來到了車站前面。

車站前面的商店櫛比鱗次，有好幾家就算國中生進去消費也不奇怪的速食店並排著。自從參加了手球社後，就算是每天往車站的相反方向徒步回家的我，也在同伴們的邀約下來過這裡好幾遍。通常，我們會選擇有名的連鎖漢堡店落腳。所以，我的腳步自然而然地走向了那家有名的連鎖漢堡店，這時卻被櫻揪住了領口——雖然嚇了我一大跳，但還好沒被壓倒在馬路上。

『我想去那家。我在我們家附近沒看過那家店，而且那家店面看起來很漂亮。』

櫻指向位在馬路對面、以提供優質食材及好味道的食物為賣點，但不像大眾連鎖店那樣到處設立分店的漢堡店。

『我沒差。』

雖然我是因為懶得反對才這麼說，但是心裡不禁有些不安了起來。我記得那家漢堡店的顧客多半是大學生以上的大人。雖然老爸帶我去過那家店幾次，可是我從沒和手球社的同伴們去過。那家店的食材和味道固然好，不過價位也相當高。我身上沒帶那麼多錢欸！

難不成我這麼快就要打電話向朝風同學說：『抱歉，你可不可以借錢給我？』向他求救了嗎？

櫻似乎看穿了我的心聲，她乾脆爽快地說：

『我請客。』

櫻確認沒有來車後，穿越了馬路。我跟在她後頭跑去，背包也頓時輕了起來。冷氣溫度調得恰好的漢堡店內果然全是大人，而且這些顧客都是獨自一人或是只有兩個人前來消費，店內格外安靜。在這裡不會看到有名連鎖店裡常見的媽媽帶小朋友來消費，而且顯然不是兩個身穿制服的國中生會出現的場所。

櫻一副毫不在意這些事情的模樣走到最裡面的點餐櫃台前面，緊盯著菜單看。

『我要起司漢堡和大杯新鮮柳橙汁。』

不同於迅速作出決定的我，櫻一副很難抉擇的模樣。詢問了店員一大堆問題後，最後她開口說：

『我也要一樣的東西。』

櫻點餐時的語調溫柔，臉上還浮現了靦腆的笑容。

因為櫻連續做出讓我感到意外的表現，害得我都忘了吐槽她。什麼嘛！原來櫻也會像個普通女孩一樣說話或是露出笑容啊！

『幹嘛？走啊！』

或許是剛剛的反作用，櫻在結完帳，並且拿到候餐號碼牌後，用充滿攻擊性的語調對我說。

我們兩人選了張桌子面對面坐下來。雖然其他客人都佯裝成一副對我們不感興趣的樣子，但是他們心裡一定認為我們兩個人是還不習慣約會，所以有些不自量力地闖進來的情侶吧！我這麼猜著，不禁覺得不舒服了起來。

櫻在椅子上不停地調整坐姿，視線不安地在店內飄來飄去。

不久後，我們點的起司漢堡終於送來了。

『哇！好好吃的樣子喔！』

這家店的漢堡雖然好吃，但是漢堡裡頭的夾料太大塊，很難咬下口。咬下去的時候，漢堡裡頭的大量番茄醬會流出來，溶化的起司也會一直黏著牙齒，咬都咬不斷。櫻絲毫不在意這些，她張大嘴巴大口咬下起司漢堡。

她用舌尖捲起拉長的起司送進嘴巴裡，毫不造作地鼓著臉頰咀嚼滿口的漢堡。我不禁拿著自己的漢堡，看她看得入神了。這樣的櫻真的很迷人。

『隼也趕快吃啊！』

櫻一邊抿著嘴咀嚼，一邊頂出下巴催促我。我撤回剛剛說她迷人的話。感到掃興的我把手上的起司漢堡放回麥草編成的籃子裡。

『好啦！要先自我介紹對吧？我的名字——』

『是櫻吧？』

很難得地，我沒有錯過這個為了報一箭之仇而一直等待著的瞬間。櫻瞪大了雙眼，但立刻又瞇起眼睛露出感到懷疑的表情。她該不會是以為我請了偵探調查她的背景吧？

我決定告訴她真相。

『妳五月穿著制服來的時候，背包名牌上寫了羅馬拼音的名字。』

『你這麼機靈啊！』

『當然。』我得意地輕聲這麼說後，決定再說出另一個真相。

『是那時候也在場的朝風同學告訴我的。』

『喔！那個今天負責守門、看起來很聰明的男孩子啊！我就說你怎麼可能有那麼敏銳的觀察力。』

櫻一副『這下總算搞懂了』的表情點點頭，看了實在讓我很不高興。關於朝風同學，櫻形容得沒錯。關於我嘛～或許也沒錯吧！就算如此，我還是覺得不高興。

她緩緩吞下口中剩下的起司漢堡，然後開口說：

『我是藤森咲良❷，漢字是形容花開的「咲」，良好的「良」。我和你同年，同樣是國中三年級。』

『妳怎麼會認識我？我們應該從來沒見過面吧！』

『沒見過面，但是我認識你，因為我們是……』

她一副在思考該如何把話接下去的模樣，喝了口新鮮柳橙汁。然後先是一副酸溜溜的樣子嘟起嘴巴，接著咧嘴露出白色牙齒說：

『是親戚啊！』

聽到出乎意料的答案，我不禁盯著她的臉看。我和咲良是親戚？

咲良甩甩手說：

『不過，沒有血緣關係就是了。』

她補上這句話後，再次張大嘴巴咬了一大口起司漢堡。

譯註❷：『咲良』的日語發音與『櫻』相同，所以羅馬拼音都是SAKURA。

10. 土包子

『沒有血緣關係的親戚啊……』

突然聽到人家這麼說，我實在很難有太真實的感覺，所以我回覆咲良的話自然變成了帶著質疑的語調。

她似乎很不滿意我的反應，停下咀嚼起司漢堡的動作，說：

『你不相信？』

『我不是這個意思啦！只是……』

上次我告訴老爸有關『SAKURA』的事情時，老爸也說他不認識。雖然老爸因為嫌麻煩，所以總是盡量避免與親戚之間的往來，但是如果有個親戚和自己的兒子同年，他應該不至於沒有任何印象才對。

咲良拿起紙巾擦了擦嘴邊說：

『我是你媽媽那邊的親戚。』

『我老媽那邊啊！』

咲良一度顯得銳利的眼神變溫和了。

『聽說你爸媽離婚後，你就和爸爸一起住啊？』

很久沒想起小學四年級時的心情了，我的心不禁抽痛了一下。奇怪了，我明明在好久以前就已經能坦然說出父母親離婚的事了。

『你很了解我的事情嘛！』

『因為我們是親戚啊！』

如果咲良是老媽那邊的親戚，她跟老爸當然不會有往來。假設她是老媽的妹婿的弟弟的老婆的哥哥所生的女兒，老爸當然不可能認識她。可是，如果是關係這麼遠、又沒有血緣關係的親戚，在得知我的存在後，有可能會對我這麼感興趣，甚至特地來找我嗎？還找了兩次，而且第一次來找我時，還當場揍了我一拳，然後掉頭就走。

有問題，搞不好這是什麼詭異宗教招攬信徒的新手法。我抱著這樣的猜疑心重新看著咲良，突然覺得她的眼神流露出危險的光芒。

我小心地詢問：『妳說妳是我老媽那邊的親戚，那我們是表兄妹嗎？或妳是我表兄妹的女兒？也可能是遠房表兄妹。不然就是我老媽是妳的阿姨？還是妳是她的姪女？』

咲良一副很不高興的模樣把用過的紙巾揉成一團後，朝著我的臉丟來。紙巾正中我的額頭。

『是什麼都可以吧？應該算是遠房表兄妹吧！總之，我們是親戚是千真萬確的事實。』

我伸手撿起撞到額頭而掉落地板的紙巾說：

『就算妳說是千真萬確的事實，我也無從確認起。』

『難不成要我畫家譜給你看啊！』

『這點子好像不錯。』

『你是白痴啊？再說，我又沒帶筆來。我的媽啊！真受不了你這傢伙。』

咲良一副很不屑的模樣說，然後貪婪地把剩下的起司漢堡統統塞進嘴巴裡。

我當然希望掌握到自己與咲良的關係。我自認只是做了理所當然的確認動作，而且我甚至覺得咲良有義務向我說明清楚。誰知道她卻一副像被問了嚴重侵害個人隱私的問題的樣子，突然態度轉硬地拿紙巾丟我，還罵我是白痴。

我這人絕不算沒耐性，也不是個強勢的人。即使如此，我還是忍不住發起脾氣來。我一邊心想：『好啊！既然妳態度這麼差的話……』一邊喝著柳橙汁，硬是把起司漢堡灌進食道裡。

我知道坐在附近那個正在看書、像是大學生的女生瞥了我們這桌一眼。雖然覺得丟臉，但也是沒辦法的事，因為我不想浪費食物，而現在的我也沒有心情好好品嘗。

我們兩人的樣子就像在參加大胃王比賽一樣。

結果是我先吃完漢堡。我偶爾也有贏人的時候，雖然這個輸贏一點意義都沒有。

『謝謝招待。』

我沒忘記謝謝咲良請我吃東西。雖然我很想把自己吃的那份漢堡錢擱在桌上，但是一想到我身上的錢可能不夠，也就打消了這個念頭。

咲良鼓著臉頰。不過，塞滿她臉頰的不是空氣，而是變得爛糊的起司漢堡。她的樣子看起來像極了刺蝟，臉上彷彿長滿了無數根無形的尖刺。

『那，妳找我做什麼？』

我盡我最大的努力，以最差的口氣重新問了一遍一開始在操場上問的問題。話雖這麼說，但對方畢竟是女生，再加上考慮到這裡是四周都是陌生人的公共場所，所以我剛剛的口氣聽起來說不定只是顯得有些冷淡而已，我不確定能夠帶來多大的效果。

咲良咀嚼著變得爛糊的起司漢堡，一句像是回答的小小聲音從她口中溜出。

『沒什麼。』

接著她態度高傲地別過臉去。

雖然心裡猶豫著不知道該怎麼做，但我還是從座位上站起來說：

『既然這樣，我要回去了。我可沒有那麼多時間打混。』

我在說謊。其實社團活動結束後，我的時間多得可憐。勉強要說的話，就只有讀書和家事等著我去做而已。

我準備獨自走出漢堡店時，在電動門前面停下了腳步，回頭一看，結果看見了咲良頑固的背影。她那白襯衫袖口下曬得黝黑的手抱著放在旁邊椅子上的大袋子，手指頭緊緊抓住袋子的手提部位。

我用鼻子呼了口氣後，走到了豔陽下。

突然感到一陣暈眩。

或許是全身血液衝上腦門的緣故，讓人不禁覺得外頭的熱度和不開心指數都比剛剛來得高，我彷彿就快在這個陽光太過刺眼的街上昏過去了。

雖然我越過斑馬線，一度朝著回家的方向走了一會兒，但最後還是被輕輕坐在我肩膀上的、不知道是天使還是惡魔的聲音說服，走了回去。我走回車站前面的巴士站牌旁邊，在利用多餘的木板釘在一起製成的長椅上坐了下來。儘管長椅的位置就在綠蔭下，卻一點也不涼快。

從長椅的位置看過去，可以清楚看見我剛剛離開的那家漢堡店。

一共過了三輛巴士。

以時間來說的話，大約過了二十分鐘吧！這時，咲良總算從漢堡店走了出來。在那之前，我原本打算發簡訊給朝風同學好讓心情恢復平靜，但是簡訊寫到一半時，發現自己都看不懂自己在寫些什麼，也就打消了這個念頭。之後，我只是不知所措地想著不知道接下來事情會怎麼發展。

咲良沒有發現我。她先走到車站，然後把袋子往地上一擱，就站在原地不動了。雖然我看不見她臉上的細微表情，但是她垂著肩膀一副不安的模樣，倒是看得很清楚。咲良看起來才真的像是不知所措的樣子。她的模樣就像獨自被拋棄在陌生國家，身上又沒帶著地圖的旅人。

原來是這樣啊！

我這麼想著，慢慢走近了她。

她的視線落在腳邊，正用鞋尖磨蹭著地面。

我輕輕呼喚了她的名字。說不定這是我第一次直呼女生的名字，而不是稱呼姓氏。

『咲良。』

『啊！隼。』

聽到我的呼喚，咲良抬起了頭。瞬間她露出像是在鬧彆扭的眼神，那眼神緊緊揪住了我內心充滿溫柔的那部分。

『妳是離家出走來這裡的吧？』

『才不是呢！』

咲良的回答顯得軟弱，不像她一貫的作風。

『如果不是，妳為什麼要站在這裡？』

『我才要問你為什麼哩！』

輕輕咬著下唇的咲良一皺起鼻頭，便像是為了掩飾剛剛的軟弱回答似的，放大嗓門發起脾氣說：

『你為什麼要丟下我不管？』

我順利躲過了咲良的踢擊。這不是因為我的運動神經或反射神經好，而是因為儘管她的語調兇悍，踢腿的力量和速度卻不如語調來得強勢。

『我現在不是回來找妳了嗎？』

『你開什麼玩笑！』

啪！我的左腿一陣劇痛。我太掉以輕心了，而且咲良這次的踢腿速度很快。

『妳很暴力欸！』

『你會說我是離家出走，我看一定又是朝風同學告訴你的吧！』

我往後退了一步說：

『是啊！不過，我也是有腦袋的。』

『你到底想說什麼？』

『呃……藤森同學，妳——』

『像剛剛那樣叫我咲良就好了啦！反正我也是直接叫你隼。』

她雙手手心朝上張開手臂，一副彷彿表示『我不會再踢你了』的模樣說。

『妳不是東京人，妳應該是從很遠的地方來到這裡。』

『為什麼你會這麼認為？』

『我五月份第一次見到妳的時候，妳也是穿著制服。那時候妳應該是參加校外旅行來到東京，趁著自由活動還是什麼其他時間來找我的吧！』

『放學回家的時候也會穿制服啊！還有像現在是暑假，我也一樣穿著制服。』

『嗯，所以那時候我一直以為妳是這附近某所國中的女學生。不過，我剛剛發現了一件事，我發現妳不是東京人。』

咲良不再否認，她沉默不語地催促我繼續說下去。

『因為妳站在這裡的樣子就像個迷路的小孩子。』

為了保護自己免於受到咲良的暴力傷害，我猛然做出防衛動作。然而，她沒有做出任何攻擊。

『沒想到連隼這種觀察力都看得出來啊！』

咲良只是喃喃說了這麼一句話。

『妳說「這種觀察力」是什麼意思啊？』

『雖然是曬黑了點沒錯，但明明就是個窩囊廢還敢頂嘴。』

『對啦！反正我是窩囊廢，妳是金色蒙布朗啦！』因為不想讓事情變得複雜，再加上這是我最高級的誇獎話語，所以我沒有說出這句話。取而代之地，我以身為東京長大的窩囊廢身分，露出諷刺的目光說：

『我們剛剛去的那家漢堡店雖然不是到處都看得到，但是在東京郊區並不算稀奇，可是妳卻表現出超開心的樣子。那種表現就叫作土包子。』

這次我當然也做出了防衛動作，只可惜沒有用。因為咲良用力往前踏出一步，然後朝著我的頭連續揮出拳頭。雖然她下拳應該有所保留，但是她毫不客氣地展開前傾連打攻擊，這下肯定會害得我身高縮了五公厘。雖說我正值發育期，一下子就會再長高，但不是這樣的問題吧？就算是窩囊廢，也有痛覺啊！痛死我了。

『別打了，很痛欸！』

『我也會痛。』

因為手痛，咲良總算停止了攻擊。我揉著我的頭，而咲良揉著她的手。不知道怎麼回事，我突然覺得很好笑，或許是因為我還年輕吧！

『妳今天晚上有地方住嗎？』

聽到我的詢問，她斬釘截鐵地說：

『沒有。』

我早料到會是這樣的答案。

『嗯～』我在胸前交抱著雙手說。雖然到處都找得到飯店，但是我根本不知道那些飯店的住宿費要多少錢。我也不確定那些飯店肯不肯讓一個穿著制服、怎麼看都像未成年的女孩子獨自投宿。

『真是的，發完脾氣後流了整身汗。』

咲良彷彿在說『都是你害的』，刻意用手背擦了擦額頭的汗水。

『總之，要先到我家去嗎？』

我不得已只好這麼提議。雖然咲良一副『搞定』的表情放鬆了臉部的肌肉，但是在回家之前，我得先確認一件事情。

『妳第一次見到我的時候，為什麼要突然打我？』

對於等會兒要去別人家中叨擾的對象，咲良沒有表示出半點客氣地說：

『因為我聽到東京有個親戚和我同年，於是滿心期待地去找他，結果發現他是個超無趣的窩囊廢。』

11. 偷偷帶女人回家

在回家的一路上，都是我負責拿袋子。咲良願意把她原本牢牢握在手中的袋子交給我，或許是因為她暫時對我放下了戒心，也或許只是要我拿行李罷了。

她的袋子挺重的。我每走一步路，袋子就隨著身體擺動發出沙沙聲響。我沒聽到哇哇叫聲，也沒聞到怪怪的臭味，所以袋子裡應該沒有裝著嬰兒才對。

『妳帶了什麼東西來啊？』

『很多。』

這女人也回答得太冷淡了吧！還一副很輕鬆的模樣，幫她拿著袋子走路的我可是汗如雨下欸！

『算了。』

我後悔了，暗自咒罵起自己太天真，才會同情這麼不懂禮貌的傢伙。與別人之間，我一向盡量保持距離，就算當成了朋友，也絕對不會把那個人當成好友。人啊！終究是孤單的。以我這個十五歲的窩囊廢自認一路辛苦走來的處世經驗來說，不要和咲良這種人有瓜葛是最好不過了。

早知道我應該再多等一會兒，不要那麼早跟她搭腔。我應該等到獨自被丟在陌生街頭的咲良不再流露出剛強的目光，等到她落下眼淚後再開口。

我根本就不應該帶她回家的啊！

『你家是公寓嗎？』

『是啊！』

『果然是公寓。在幾樓？』

『五樓。』

儘管在今天全國的不開心指數想必升高許多，而我個人的不開心指數也不低的狀況下，我還是禮貌地回答了咲良的問題。

『我還沒去公寓玩過耶！』

這傢伙似乎覺得公寓很稀奇。說不定她是從比我想像中更偏遠的深山來到這裡的。

我們走到了下坡路，溫熱的風吹拂過我的臉頰。

『妳家是有庭院的獨棟房子嗎？』

『就是那種隨處可見的獨棟住家。』

『是農家嗎？』

『不是。雖然院子裡有家庭菜園，不過就只有那麼一小塊而已。我們家不是抓魚的，也沒有用木炭在燒水。』

我剛剛說咲良是土包子的事情似乎還讓她懷恨在心，她停頓了一下後，立刻嘴快地補充說：

『也沒有養雞。』

『養雞又沒有什麼不好。』

『我們會在超商買雞蛋。』

或許是覺得自己太多話了，在這之後她就緊緊閉上了嘴。

我們就這麼一直保持沉默地走到了我家的公寓前。

『到了。』

我家是屋齡約十年的八層樓公寓。我和咲良走進隨處可見的公寓門口，打開安裝了電子鎖的大門，搭上電梯，按下了五樓按鍵。

與咲良兩人在狹窄電梯裡隨著輕微震動搖晃時，我腦海裡突然浮現了一個絕佳的問題。於是，我假裝成一副若無其事的模樣說：

『妳家廁所是沖水式馬桶嗎？』

『……』

我似乎聽見了咲良咬緊牙根的聲音。

電梯到了五樓，門打開來。我以為咲良會跟在我後頭走出電梯，結果她站在電梯裡不動，說：『簡易沖水式馬桶。』

我回過頭，看見她彷彿戴著能樂面具的臉孔，耳邊同時響起不帶抑揚頓挫的聲音。然後，電梯門關上了，留下她獨自在裡頭。

我噗哧一聲笑了出來。

一度關上的電梯門立刻再被打開。我急忙收回笑容，等著她走出電梯。

『好像監獄。』

咲良喃喃說，她指的可能是公寓走廊上以一定間隔並排著的金屬門吧！我想，她應該只是因為不服輸才這麼說。

雖然孤陋寡聞的我不知道簡易沖水式馬桶是什麼樣的構造，但是從那欠缺可信度的語感聽來，不難想像是半吊子的構造。就是那種不至於是化糞池，但也不能算是沖水式馬桶的構造。

我走到我家前面，打開了大門。

因為出門前我事先設定了客廳的冷氣預約定時，所以一打開門，便有一陣涼爽空氣迎面而來。

『請進。』

咲良顯得有些猶豫的模樣探頭看向屋內。

『我老爸不在，所以裡頭沒人。』

聽到我這麼說，她鬆了口氣，走進玄關。

『打擾了。』

雖然咲良不知道在對誰說話地輕聲這麼說，但挺值得讚揚她還懂得這個禮數。

帶著她到客廳後，我走進廚房，從冰箱拿出冰咖啡倒入玻璃杯。當我拿著冰咖啡走到客廳時，看見咲良把臉貼在面向南方、通往小小陽台的落地窗上，眺望著外面的景色。

『這個給妳喝。』

『嗯，謝啦！』

窗外看不見鐵塔或是摩天大樓聳立的景色，只能從擋住風景的附近大樓縫隙間看見在雜亂的街景上方延伸、比站在馬路上眺望時更寬廣的天空。

即使如此，咲良還是沒有離開落地窗旁邊，她就這麼站著喝了一口冰咖啡。

我收拾了一下散落在沙發上的雜誌和雜物，騰出一個空位給她坐。接著我攤開總是靠在牆上的導演椅，自己坐了下來。每次有客人來時，老爸總會這麼做。

『看不到什麼景色吧！』

『看得到隼已經看膩了的街景。』

原來如此。將來有機會去咲良家的話，我也要坐在矮屋簷下的走廊上，一邊眺望附近景色，一邊說出一樣的話。咲良家肯定有老式建築才會有的走廊，還有簡易沖水式馬桶。

我的口袋突然傳來了基督教詩歌〈奇異恩典〉的鈴聲。那是老爸的專屬來電鈴聲，是他自己選的。

我的心臟撲通跳了一下，慌張地在口袋裡掏了老半天，才掏出手機。

咲良只瞥了我一眼，又立刻把視線拉回窗外。我急急忙忙地掀開了手機蓋。

『你還在外頭啊？』

老爸連一聲『喂』也沒說便問。

『沒有，我剛回到家。』

不知道怎麼回事，我顫抖著聲音答。不過，老爸的注意力似乎都放在其他事情上面。

『太好了。你看看沙發上有沒有我放的文件。』

我撥開剛剛收拾好放在地板上的雜誌堆，找出看似文件的紙張，並且讀出最前面的文章。

『對，就是這張。抱歉，馬上幫我傳真到我說的號碼來。』

我記下傳真號碼後，加上區域號碼複誦了一遍。

『知道了，我馬上傳。』

『謝了，那先這樣。』說著，老爸焦急地準備掛掉電話，但不知道是想到了什麼，老爸突然問了他從來不曾問過的問題：

『有什麼異狀嗎？』

或許是職業天性，老爸擁有像動物般的直覺。他自稱那是尋找獵物的肉食動物直覺。

『沒有啊！』

我明明可以把咲良的事情告訴老爸，卻這麼回答了。這次我注意到不讓聲音變得顫抖。我能夠臨時這麼說謊，或許是來自為了保護自己的草食動物直覺也說不定。

『那就好。那麼，別忘了幫我跟瀨戶老師問好喔！』

就在我把手機從耳邊拿開，準備掛掉電話時，旁邊伸來了一隻手，當我察覺到糟糕時，咲良已對著手機大喊說：

『隼趁著伯父不在家的時候，偷偷帶了女人回家。』

『哇！妳在做什麼？還給我！』

我探出上半身，抓住了咲良拿著手機的右手。她的手腕比我想像中的還要纖細，光滑的肌膚觸感讓我的五根手指頭感受到柔軟的彈性。

『哈哈哈！你幹嘛那麼緊張啊！電話早就掛斷了。』

咲良顯示手機畫面給我看。我看見液晶螢幕顯示出待機畫面。

我鬆開了她的手腕。

『放心，我是在確認電話已經掛斷後才出聲的。』

『別嚇我好不好？』

我接住咲良丟過來的手機。她揉了揉手腕說：

『你的手好大。』

『腳也很大。』

我抬高一邊的腳，展示了二十七・五公分的大腳丫給她看。

『真的耶～好大喔！可是看你剛剛那個慌張模樣，膽子應該很小吧！』

『誰會像妳那樣做啊？』

她沒有回答，用力一坐讓身體陷在沙發裡，說：

『原來你爸爸出了遠門出差啊？』

『妳怎麼知道？』

『我聽到你記下傳真號碼時的區域號碼。』

『啊！糟糕。』

我拿著文件火速衝向兼具傳真功能的電話機旁邊，準備放入文件。這時，咲良走近我身邊說：

『出差到什麼時候？』

『還沒決定。』

我一邊確認字條，一邊按下號碼鍵。

『我決定了。』

在答鈴聲響起後，緊接著傳來『嗶～』的刺耳聲，成功連上了對方的傳真機，文件開始被傳送過去。

『決定什麼？』

咲良的臉就近在我眼前，她那幾乎只見黑眼球的眼睛一下子就盯上了我的眼睛。她一定也是肉食動物，不僅直覺好，嗅覺也很靈敏。還有，她也很懂得如何把只有手腳特別大的弱小動物逼得走投無路。

『我決定暫時住在你家。』

12. 花椒

我站在廚房裡。

咲良還在浴室裡。從她走進浴室到現在，已經過了三十分鐘以上。先沖澡的我從走進浴室到走出來，才花不到五分鐘的時間。如果說現在是適合慢慢泡個熱水澡的冬天，那當然另當別論，但在白天溫度超出三十度的盛夏季節裡，誰來告訴我到底要怎麼做，才有辦法洗那麼久的澡？雖然我會擔心咲良是不是因為貧血而昏倒在浴室裡，但如果去察看狀況的話，一個不小心很可能惹來她的懷疑，所以我也不敢靠近浴室。

今晚的菜色是麻婆豆腐、蛋花湯和沙拉，這些都是我做的。

『要幫忙嗎？』

咲良換上了T恤和短褲。

『不用了，我很習慣做菜。』

『隨便你。』

咲良輕輕點點頭後，就消失在浴室裡了。

我已經差不多快準備好晚餐了。沙拉已經分裝成小盤子擺在餐桌上，蛋花湯在鍋子裡熱著，飯也煮好了。麻婆豆腐的絞肉也已經先炒好，接下來只要重新加熱，放入豆腐、豆瓣醬和其他調味料，最後再勾芡就行了。

就在我等得不耐煩，打算把豆腐放在手心上切丁時，傳來了開關浴室門的聲音。

我把放上炒菜鍋的瓦斯爐點著了火。

『雖然浴缸很小，不過洗完澡還真舒服。』

剛洗完澡的咲良一邊用毛巾擦乾頭髮，一邊走進廚房來。

『因為我們家是一體型衛浴設備，浴缸當然比較小。』

我把裝有太白粉的鍋杓移到炒菜鍋上，準備進行最後一道步驟時，咲良從背後探頭看著鍋子說：

『天氣熱的時候，吃辣的食物最開胃了。』

『馬上就好了，妳幫我從冰箱拿烏龍茶出來好不好？』

咲良從瓦斯爐旁邊走開，打開了冰箱。

確認湯汁的濃稠度恰到好處後，我把麻婆豆腐從炒菜鍋移到了大餐盤裡。

『哇啊！』

有個冰透了的物體突然碰到我的臉頰，嚇得我拿著空鍋子跳了起來。

『妳幹嘛啊？』

『好冰喔！』

咲良手上拿著啤酒罐。正確來說，應該是發泡酒。老爸總是抱怨要付那麼貴的稅去買喝了也不會醉的碳酸水來喝太嘔人，所以總是買發泡酒來喝。不過相對地，老爸卻堅持只喝純米釀造的日本清酒。節儉和簡單的奢侈能夠共存才是真正的幸福，這是老爸語錄之一。

『不要喝烏龍茶，改喝這個好不好？』

我沒收啤酒罐，然後搖了搖頭說：

『不好。』

咲良很乾脆地屈服了。

『這苦苦的，根本不好喝。』

我把啤酒罐收回冰箱後，拿出寶特瓶裝的烏龍茶遞給了咲良。

『吃飯吧！』

我先讓咲良坐上餐桌，然後將麻婆豆腐、蛋花湯和其他東西都端上餐桌。我沒有打開電視機，但我不是因為覺得看電視吃飯不好，而是為了和咲良好好談一談。雖然事態自然而然地演變成現在這個樣子，但既然要讓她住在家裡，就必須把幾件事情問個清楚。

『開動了。』

咲良雙手合十地這麼說完後，才拿起筷子喝湯。

『沒想到隼真的會做飯耶！』

『我只會一些簡單的料理而已。』

我用小盤子盛了麻婆豆腐後，放上湯匙遞給了咲良。

『哇啊！是該說好吃，還是該說好辣啊？這什麼東西啊？我嘴巴裡都是麻麻的感覺。』

『這裡面不只放了豆瓣醬和辣椒，還放了花椒。』

『什麼是花椒啊？沒聽過。』

『花椒算是中國的山椒，我們家就只有調味料特別齊全。』

調味料的好壞能夠決定料理的味道，這也是老爸語錄之一。雖然老爸因為懶得花時間磨練自己的廚藝，才說出這種自私又牽強的話，但其實這說法在我們家還挺管用的。

『也就是說，這是都市裡的麻婆豆腐。我們家附近根本買不到什麼花椒。』

『我想應該有賣才對。』

『絕對沒有。對鄉下人來說，這東西太刺激了。』

咲良一下子就吃光了我盛給她的麻婆豆腐，又自己盛了一些，她似乎很喜歡吃的樣子。

我喝了口蛋花湯，潤潤喉嚨說：

『妳說的鄉下在哪裡啊？』

咲良手拿湯匙的動作停了下來。
『在東京以外的某個地方。』
我放下筷子說：
『讓離家出走的人住在我家，我也會有連帶責任。我不能在什麼都不知道的情況下讓妳住下來。去飯店或旅館投宿時，不是也要在住宿本上寫地址嗎？』
『我說過我不是離家出走。』
咲良舀了一口麻婆豆腐送進口中後，刻意裝出被嗆到的樣子說：
『這果然太刺激了，會讓人上癮的。』
我不認輸地說：『快回答我，不然的話……』
『不然的話怎樣？』
『我就打電話給老爸，要妳親口跟我老爸說明狀況。或者，既然妳是我老媽那邊的親戚，要聯絡我老媽也行。』
當我提到老媽時，咲良的臉頰顫動了一下。
『你打沒關係啊！』
咲良相當逞強。
我心想：『既然這樣，那我就不客氣了。』於是我從椅子上站起來，伸手拿起話筒。

忽然間，電話鈴聲響了。

『哇啊～～！』

因為太緊張了，我不禁嚇得往後退了一步，受驚程度就跟在鬼屋看見鬼魂突然出現在眼前的時候差不多。

鎮靜點，不過是電話響了而已啊！

我做了一次深呼吸，重新振作起精神，然後拿起話筒說：

『喂。』

『是隼嗎？』

話筒那頭傳來了熟悉的聲音。

『朝風同學啊！』

我偷偷瞥了咲良一眼，看見她一副鬆了口氣的模樣用手按住胸口。雖然老爸不太可能再打來，但咲良似乎是擔心著如果是老媽打來的電話該怎麼辦。

『你的聲音怎麼好像高了八度。』

『會嗎？可能是我正好在吃晚飯的關係吧！』

『那這樣，我晚點再打來好了。我只是想問問你狀況怎樣而已。』

『嗯，抱歉喔！我晚點打給你。』

『好。對了，你今天晚上吃什麼？』

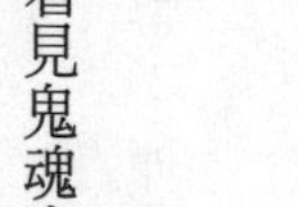

『麻婆豆腐。』

『這樣啊！那我也來吃麻婆豆腐好了，不過我是叫外賣送來就是了。』

『那先這樣。』說著，我掛掉了電話。雖然我想到了朝風同學會不會是一個人吃飯，但現在真的不是想這些事情的時候。

『你決定怎樣？我要打電話了喔！』

我向咲良再確認了一遍。

『長野。』

咲良沒有附加任何說明，就只說出這兩個字。所以，就算我花了一點時間才理解這兩個字是地名，應該跟我是窩囊廢沒關係才對。

『長野縣長野市？』

『如果是縣政府所在地的話，好歹也算是個都市吧！』

從咲良的口氣聽來，我似乎猜錯了。我試著在腦海裡浮現我所知道的長野縣市鄉鎮名。這時候如果換成是朝風同學的話，他肯定能夠滔滔不絕地說出十或二十處地名。如果換成是經常為了要採訪而全國走透透的老爸，或許能夠說出更多地名。

『松本市？』

『不是。』

『輕井澤市？』

『輕井澤是城鎮。』

『諏訪湖市？』

『是諏訪市，沒有湖。不過，很接近，就在那隔壁。』

『呃……』

我想不出其他地名了。在老爸和老媽離婚前，我們全家去過一次安曇野，然後跟老爸去過一次輕井澤，除了這兩次之外，我不記得還去過長野縣的什麼地方。

『茅野市。』

所以當咲良告訴我這個地名時，我腦中也浮現不出什麼具體印象。

『我等會再看地圖好了。』

『可能找不到喔！』

『真的嗎？』

『怎麼可能？茅野雖然很小，但好歹算是個「市」。不過，茅野是個什麼都沒有的鄉下地方就是了。』

咲良忽然嘆了口氣。

『茅野有什麼名產？』

『味噌。』

我似乎提了讓咲良不開心的問題，她用著極度不悅的聲音說。不過，我因此從完全陌生的茅野市裡找到了相關點。

『信州味噌啊！搞不好我們家用的就是茅野產的味噌。』

對於調味料十分講究的老爸，也曾經透過郵購或是網路購物的方式買過味噌。

『我等會兒把詳細地址寫給你。』

『也好。不然我用聽的也記不住，也不知道漢字怎麼寫吧！』

咲良一副彷彿在說『這個話題結束』的模樣，準備把麻婆豆腐送進嘴裡。然而，她拿著湯匙的手卻在半空中停了下來。

『還有，我真的不是離家出走。』

『那妳來這裡做什麼？』

『我是來東京事先勘察高中的報考學校。』

聽到令人意外的答案，我不禁呆住了。

『妳是住在長野沒錯吧？』

『我不可以報考東京的高中嗎？』

『是可以啦！可是妳要怎麼上學啊？對喔！坐新幹線的話，就有辦法通學了。』

我曾聽說有很多上班族每天從輕井澤搭車到東京上班。

『新幹線沒經過我們家附近。搭乘中央線的特急SUPER AZUSA列車的話，到新宿差不多要兩個小時，不過我不會這樣搭車上學。』

咲良顯得心情很煩躁的樣子，可能是我太遲鈍了。

『該不會是搭飛機上學吧？』

『廢話，當然不是了。』

我還以為咲良會把舀了麻婆豆腐的湯匙整個丟過來，不過她似乎有被教育過不可以浪費食物，所以只是用力地握緊了湯匙而已。

未滿十八歲以前又不能報考汽車駕照，我實在想不出還有什麼通學方法了。這麼一來的話，就只剩下一個可能性。

『我知道了！妳要搬來東京住。』

『嗯，就是這麼回事。』

如果是來參觀高校的話，就能夠解釋咲良為什麼在暑假裡還穿著制服。可是我好不容易猜對了，咲良的回答卻顯得有些含糊。

『這麼好吃的麻婆豆腐冷掉就可惜了。』

於是，我們又重新開始用餐了。

13. 我偷襲人？是我被偷襲吧！

雖然我把鬧鐘設定在七點半，但是在鬧鐘鈴響前，我已經醒來了。因為我昨天比平常更早鑽進了被窩。我在想，昨天應該不管在肉體上、還是精神上，都累垮我了。

昨天吃完晚餐，看了一會兒電視後，我幫自己說要睡在沙發上的咲良準備好棉被，就回到了我的房間。

一回到房間，我先攤開日本地圖，尋找長野縣茅野市的位置。我在諏訪市旁邊確實找到了茅野市。茅野市好像就位在諏訪盆地邊緣，是被八之岳山脈圍繞著的高原。我決定暫時把茅野市視為一個像不熱鬧版輕井澤的地方。反正這兩個地方都在長野縣內。看完地圖後，我翻開參考書打算讀書，但是根本沒辦法集中精神。

不是因為有個女生和我在同一個屋簷下，而且就在隔壁客廳裡，再加上老爸不在家，所以沒辦法集中精神。而是因為我太睏了，所以根本來不及想這些。

根據一邊看著不太有趣的搞笑節目，一邊作說明的咲良表示，她原本好像打算住在東京的朋友家。不過，就在咲良搭乘的SUPER AZUSA列車差不多快抵達東京時，她的手機響了。咲良接了電話後，得知東京朋友的父親突然住院了。不知所措的咲良想起了我的存在，於是決定先到學校看看。

就算我是個脾氣再好的爛好人，也不可能完全相信這樣的說詞，不過我還是隨便附和了她幾聲。雖然我腦海裡浮現了像是『太誇張了吧』、『有沒有搞錯啊』等等說相聲的人用來吐槽對方的話，但是我沒有說出口。我都已經不得已決定讓咲良住下來了，而且我也不可能說得出『妳如果要這樣說謊，就自己去找飯店住』這種話。我根本不是會說出這種話的人。或許我真的是一個適合裝傻的爛好人吧！

昨天的練習比賽，再加上在那之後與咲良的互動似乎搞得我筋疲力盡，累翻了。

我中斷了最擅長的老是拿不定主意的思路，不顧炎熱的夏夜便一頭栽進夢鄉。

我好像做了夢，但我不記得了。

早上醒來時，神清氣爽極了。精神好得像是一下子就能做完一、二段收音機體操的感覺。

因為睡覺時流了汗，我先換掉被汗水沾濕的T恤，才走出房間。走進廁所後，小便就像一股急流似的噴了出來，那速度之快，就連我自己都被嚇著了。

不同於面向外走廊、顯得昏暗的我的房間，刺眼的陽光已經從面向南方的落地窗照進客廳裡。對於陽光的這般攻擊，咲良毫不在意地呼呼睡著。那睡姿讓人一點也看不出她是睡在別人家的狹窄沙發上，盡情伸長手腳的模樣顯得放鬆無比。

A GIRLS

原來咲良比我還累啊！

我先打開冷氣，接著盡量保持安靜地走進廚房，喝了一杯牛奶後，開始準備早餐。

今天的早餐是吐司和培根蛋，還有昨天多煮起來的蛋花湯。

因為咲良絲毫沒有要起床的意思，所以我只準備好自己的早餐，然後安靜地坐上了餐桌。

一邊望著咲良睡覺的模樣，一邊吃早餐的滋味相當不可思議。那感覺就像乍看雖然沒有什麼奇怪之處，但是定睛細看後，才發現自己處在不可能發生的情景中。眼前的景象有如會令人產生錯覺的圖畫，看得我不禁在吐司上面塗了比平常多了許多的奶油。仔細一想，我發現自從老媽離開我們，我和老爸搬進這間公寓後，這還是第一次有女人進來我們家，就算是小女孩也從沒進來過。不知道是因為考慮到我在家，還是根本沒有，老爸從沒帶過女朋友到家裡來。還有，或許是不想被別人同情我們家只有男人，在工作方面，我也不曾看過老爸約了女性編輯在家裡討論工作。

這感覺還不錯。

我把剩下的吐司邊泡在湯裡一會兒後，送進了嘴裡。就在我差不多快吃完早餐時，總算傳來沙發上的咲良伸懶腰的聲音，接著看見她舉高兩隻細長的手臂。

『幾點了？』

我看向牆上的掛鐘，現在還不到八點。咲良也從沙發上坐起身子，一邊用手背搓揉眼睛，一邊確認時間。

『昨晚睡得好嗎？』

『嗯，睡得很安穩。因為我知道你根本沒膽子偷襲我。』

儘管俗話說一宿一飯之恩，咲良卻是一大早就忘恩負義地諷刺我。這感覺爛透了。

好心情被破壞的我忍不住反駁說：

『我不是沒膽子偷襲，而是根本不想偷襲。』

『喔？這樣子啊！』

咲良踢開用來代替棉被的毛毯，伸手拉開她身上的T恤領口，搧著領口讓涼風送進T恤裡。她穿著胸罩的隆起胸形若隱若現，軟弱的我不禁別開視線說：

『我要出門，妳自己隨便做早餐來吃。』

我喝光剩下的蛋花湯，然後拿著餐具站起來。

『你要去哪裡？』

『參加社團。』

我把餐具放進水槽裡，接著轉開水龍頭，在菜瓜布滴上洗碗精後，動作俐落地清洗餐具，甩了甩餐具把水分甩掉後，放進碗盤籃裡。當我擦乾手，從廚房旁邊的門走出走廊時，看見咲良在走廊上等著我。

『你今天不要去參加社團。』

『不行啦！後天就是東京大賽了。』
『反正你又不是先發球員，對吧？』
咲良背靠著牆、雙手交叉在胸前說。她的態度和說的話實在太可惡了。
『雖然我是三年級，不過我是新進社員。』
『既然這樣，那不去參加也沒差吧！』
『可是我應該會被選上有十二個名額的選手，也能夠參加比賽。』
『既然確定能參加比賽，那不去參加也沒差吧！』
不管我怎麼說，她都有辦法反駁，我根本說不過她。
『我想要練手球。』
我穿過咲良身旁，朝自己的房間走去。
『你不是想練手球，而是想去見朝風同學吧？』
我緩緩鬆開握住房間門把的手說：
『妳這話什麼意思？』
『我只是在想你不想偷襲我，是不是因為你對那方面比較有興趣。』
我真的被惹毛了。
既然咲良這麼說的話，那我偷襲她好了。突然爆發的誘惑心讓我的身體就快動了起來。如果昨天晚上吃的麻婆豆腐裡放了蒜頭的話，或許我已經採取了行動。可是，我放了薑，而不是蒜頭。

『比起被人偷襲，妳是會偷襲別人的那種吧！』

明明跟我吃了一樣沒放入蒜頭的麻婆豆腐，咲良聽了我說的話後，卻撲向前偷襲我。

『你說話給我小心點！』

雖然咲良比我矮，她卻舉高手毫不手軟地朝著我的臉部不停揮打。我既沒種反過來打咲良，也沒有一直忍受單方面挨揍的志氣，所以我轉身背對咲良，一邊用手擋住臉和頭，一邊彎著背縮起身子。

啪！

咲良使出下段踢擊朝我的背部飛來，然後停止了攻擊。如果有裁判在場的話，不管咲良有沒有停止攻擊，裁判肯定也會幫我喊停。

我聽見了咲良急促的呼吸聲。

我轉過頭，從摀住臉的指縫間偷看她。她沒有露出贏得勝利的表情，反倒像是因為輸得可惜而無法接受事實的落敗選手。

『你為什麼不肯幫我忙？』

我才無法接受事實呢！我只記得有人命令我不要參加社團，不記得有人求我幫忙。

我一副充滿戒心的模樣輕輕打開摀住臉的手說：

『妳要我不參加社團去做什麼？』

『你只要帶我去我想參觀的高中就好了。』

『哪裡的高中？』

咲良看出我已經放棄要去參加社團，抓起我的手臂拉著我到客廳。

她在袋子裡摸索一陣後，遞出一張紙條說：

『我想去這裡。』

紙條上記了十所以上的高校地址。雖然每所學校都在東京二十三區裡，但是分散在東京的東西南北位置。我搖搖頭說：

『今天一天要看完所有學校根本不可能。』

『還有明天啊！』

『那也不可能。』

『不管要花幾天時間都無所謂。』

『那樣更不可能。』

在咲良使出踢擊之前，我迅速往後跳了一步。

14. 時髦的標準

我寫了簡訊要傳送給朝風同學。簡訊的內容是：

『抱歉，我今天請假。』

因為昨天我說晚點會打電話給朝風同學，卻忘了打電話，這讓我覺得過意不去，再加上我擔心他會問我為什麼要請假，所以我選擇了發簡訊。在這種時候，簡訊真的很管用，只要以最少的字數把自己想傳達的重點傳送出去就好了。

當然了，對方可是聰明的朝風同學，他一定會把我請假的事情和咲良的出現聯想在一起，說不定也會被其他社員看穿吧！

儘管只要輕輕按下按鍵就能夠傳送簡訊，我的手指頭卻是摸著傳送按鍵好一會兒，動也不動。

『唉！』我嘆了口氣看向正前方，咲良一邊咬著我幫她烤的吐司，一邊頂出下巴催促我快點把簡訊傳出去。

我按下了按鍵。

『傳送成功。』

說著，我把手機放在桌子上，然後在桌面攤開從老爸書架上抽出的東京地圖，還有咲良的紙條。

『妳是怎麼選出這十所學校的？』

『我請人家寄來東京學校的一覽表，然後從我的學力偏差值可能及格的高中裡面，盡量選出看起來會很有趣的學校。因為我不想上女子高中，所以全都是男女同校。』

『妳的學力偏差值多少？』

『我才不告訴你。你看這些學校的名字，也大概猜得出來吧？』

『完全猜不出來，而且我都沒聽過這些學校。』

除了我讀的高中之外，我認得的高中應該不到十所吧！不過，我知道東京有很多高中就是了。

咲良把留有齒痕的吐司放回盤子裡說：

『因為你上的是國立附屬中學，是可以直升高中的好命學生嘛！』

『才沒有呢！有三成左右的學生沒辦法直升高中，而且還要參加直升考試。』

咲良一邊嘴角浮現不安好心的笑容說：

『你該不會是升不了高中吧？』

『沒有，我勉勉強強升得上去。』

『什麼嘛！』

她一副感到很無趣的模樣重新咬起放回盤子上的吐司。

『不聊我的事了。在這些學校當中，哪些是妳說什麼也想先看看的學校？』

『至少要先看看最上面那三所。』

紙條由上往下列出的前三所學校分別在杉並區、世田谷區和千代田區。我先確認了杉並區與世田谷區相鄰後，翻開這兩區的地圖開始尋找起學校的所在位置。光是這個尋找動作，就花了我不少時間，咲良都吃完了早餐。雖不至於像對長野縣那麼陌生，但我對東京二十三區也沒有熟悉到哪裡去，很多地方我幾乎都沒去過。

『還沒找好嗎？』

『東京很大的。』

因為怕事後被老爸抱怨，所以我用鉛筆做上記號後，把地圖上的高中所在位置指給咲良看。

『在這裡和這裡，還有這裡。』

『喔～』

咲良一副很感興趣的模樣望了望地圖後，抬起頭張開雙手說：

『看了也不知道方向。』

『老實說我也不知道。』

『你是在東京出生、在東京長大的吧？』

『東京很大的。』

『你剛剛說過了。』

『一個國中生的行動範圍能夠大到哪裡去？頂多是在學校、補習班，還有附近的鬧區走動而已。自從我老爸在學校附近租了公寓後，我只要走一下就到學校，而且之前住的地方到學校搭電車也只要兩站就到了。不是說住在東京，就會對東京很熟悉。像是妳應該在校外旅行去過的原宿，我也從沒去過。』

咲良從桌子底下踢了我一腳說：

『你這個沒用的宅男。那你對秋葉原很熟囉？』

『我也沒去過秋葉原。』

咲良巧妙地轉動黑色眼珠說：

『真是被你打敗。』

『所以就算和妳一起去，我也不會帶路。不如我把地圖借妳，妳自己去繞一繞比較好吧！』

我顯得如此弱勢的提議當然被撤回了。

咲良粗魯地往後推開椅子，然後站起來瞪著我說：

『總之，只能從第一所學校照順序往下走了。趕快查查看要怎麼去。』

『說到這個，東京的電車和公車種類也很多。』

看見咲良一副就快揮下拳頭的樣子，我急忙拿地圖遮住了頭。

這天肯定也是個盛夏天。現在雖然還不到中午，我和咲良走向車站的路面已經竄起一股熱氣。咲良身上穿著制服，身為陪伴者的我原本猶豫著該不該也穿制服，不過最後決定穿著鬆垮T恤配牛仔褲。只要一想到正在練習的手球社同伴們，我就不禁一陣心痛加鬱悶。所以，我故意小跑步地在路上跑著，反正等會搭上電車後，就可以用冷氣吹乾汗水。

『你為什麼要用跑的？』

『時間緊迫啊！我這是在為妳著想，因為東京太大了。』

雖然咲良露出極度不悅的表情，但她還是跟了上來。就算是我，也很熟悉從這裡到車站的路，不過咲良可不熟悉。她活該。

位於杉並區的第一志願高校附近有兩個車站，一個是私營鐵路的車站，另一個是JR車站。雖然私營鐵路的車站距離比較近，但是因為我沒搭過那條路線的電車，所以我選擇了搭乘JR電車。我的選擇錯了，因為新宿車站對我來說實在太大了。而且，新宿車站好像有橘色電車和黃色電車會通往我們的目的地車站，我根本不知道該搭乘哪一種電車好。

最後是咲良向站務員詢問，我們才知道兩種電車都可以搭乘。我們倆坐上了先到站的橘色電車。

『你真的很沒用欸！』

『新宿是AZUSA列車的終點站，所以妳應該比我熟才對吧！』

我一邊擦著額頭冒出來的冷汗，一邊強詞奪理地辯解著。

『你昨天一副很了不起的樣子說我像迷路的小孩，我看你才一下子就會變成迷路的小孩吧！』

局勢已經開始逆轉，我握有主導權的時間已經過了。

車窗外流動的東京街景和我家附近的街景沒什麼兩樣，同樣是密集蓋了高樓與住宅的景觀。這樣的景色在車窗外無限延伸著。我的心情確實就像個迷了路的小孩，不禁擔心起萬一咲良丟下我跑了的話，我是否有辦法回到家。

我心裡很明白自己其實還是個小孩子。我是個身高一百七十六公分，只有身高勝過人的小孩子。或許和這樣的我比起來，咲良比較像個大人吧！不過，她是個任性的大人。

『喂！快到站了。』

正在發呆的我突然被咲良用力頂了一下背。

『很痛欸！』

『你老是這樣呆頭呆腦的，小心迷路喔！』

不，咲良果然也是小孩子。她是個傲慢、有暴力傾向，又愛欺負人的小孩子。

走出剪票口後，便看見車站前的寬敞圓環，那裡排列了一整排的公車站牌。我看了看公車路線圖後，發現有十五條路線那麼多。要搭乘幾號公車才好？還是走路就可以到了？結果在這裡，同樣是咲良去向一個擔任公車引導員的老伯詢問我們應該搭乘幾號公車。

因為這裡是公車起站，所以我們搶到了座位。

『我要報考這所學校。』

不知怎地，咲良在我耳邊輕聲說。我不禁覺得有些癢癢的。

『為什麼？妳又還沒看到學校。』

我也隨著壓低音量說。

『你看。』

我追著咲良的視線看去，看見了兩名女高中生正興高采烈地交談著。其中一個女生長得挺漂亮的。女高中生拿著的書包上印有高校名稱的羅馬拼音大字，我發現她們是我們準備前往參觀的學校學生。想到她們一定是打算去參加社團活動，我又不禁一陣心痛。

『她們的制服好可愛喔！而且，她們打扮得很時髦，看起來校風很自由的樣子。』

我偷看了比較漂亮的女高中生。她身上穿著白色襯衫配格子裙的制服，在我眼中看來，那不過是隨處可見、現今流行的制服。我看得出來那個女高中生是個美女，但是我看不出來她哪裡打扮得時髦了。不過，我根本也不懂時髦的標準在哪裡。

隨著公車搖晃了十分鐘左右，我們跟在兩名女高中生後頭走下了巴士。

咲良在服務台說明來訪的理由後，拿到了去年的招生簡介，並且取得參觀學校的許可。雖然這所高中的校舍是全新的四層樓建築，但是我看見棒球社和足球社正在練習的操場顯得小了些。不過，或許咲良根本不在意操場的大小吧！

參觀了三十分鐘左右後，我們離開了這所高中。離開時，咲良露出一臉單純天真、像個愛做夢少女的表情。

金色蒙布朗。

這麼想著的我不禁揚起了嘴角。

『妳喜歡這所學校啊？』

『嗯，超喜歡。』

在等公車時，我翻了一下招生簡介。簡介裡的照片上有學生穿著背心和外套的冬季制服，那冬季制服看起來也很適合咲良的樣子。照片上也有穿著冬季制服的男學生身影。

『要是直升不了高中的話，我也來報考這裡好了。』

『你一定考不上的。』

我受到了嚴重打擊。

15. 雖然就在隔壁，卻很遠

時刻已到黃昏時分，西沉的夕陽發出讓人痛恨的橘色光芒。

我和咲良拖著筋疲力盡又黏答答的身子，兩人的火氣也都變得很大。溫熱的風吹拂過被汗水沾濕的衣領。

『晚飯要怎麼辦？』

『我好不舒服喔！』

『那這樣可以不要吃晚餐嗎？』

『當然要吃。我們耗費了這麼多體力，如果不補充營養的話，會中暑死掉。』

總算抵達我家附近的車站後，我與咲良的對話儘管顯得無精打采，卻感覺得到彼此話中帶著刺。

『那這樣要先買東西再回家。』

我拖著沉重腳步準備朝超商的方向走去，但咲良依然拿著兩本疊在一起的招生簡介當成扇子搧風，站著不動。

『我們找個地方吃吃再回去吧！』

『好吧。』

我暗自慶幸，因為我已經沒有多餘的精力回家做飯了。

『我不會請客喔！』

『各付各的就好了。』

雖然我陪了咲良一整天，但是她不請客，也只好認了。我們在參觀完杉並區的高校後，準備前往世田谷區的高校。從地圖上看來，南下是抵達目的地的最短距離。然而，因為沒有直接南下的電車可搭，所以我們決定轉乘公車前往目的地。不是我愛說，這個決定還真是大錯特錯。我們一路上遇到塞車，公車以龜速前進。還有，因為途中有很多老年人搭上公車，所以我讓出了座位。在那之後，我緊抓著手拉環不敢放，因為公車的搖晃程度比電車可怕太多了。而且到了公車轉乘站後，我們在大太陽底下等了好久，公車才來。雖然後來的這班公車有空位可坐，但可能是冷氣機不會空轉暖機，所以公車裡的冷氣一點都不冷，把我們給整慘了。

回程時，我們從最近的車站搭乘私營電車到新宿。電車的速度很快，又有座位可坐，冷氣也很強。雖然先搭乘ＪＲ電車回到新宿，再轉搭私營電車到世田谷區高校的路徑呈現近乎直角的曲線，讓人感覺像是在繞遠路，但我想就算是從長野來到東京的咲良，一定也明白選擇這條路徑才是最正確的。

『今天到這裡就好。』

當我抱著還得參觀位在千代田區的另一所高校的想法，在JR的自動售票機前面排隊時，咲良這麼宣布了。我不禁鬆了口氣。雖然沒有走太多路，但因為在不熟悉的地方四處走動，所以累得我很想學教養不好的女高中生那樣蹲在地上。早知道會這麼累，還不如去參加社團會輕鬆許多。而且，也不會這麼沒有成就感。

如果要說這是我的過失，我無法否認。不，應該說正因為我覺得是自己的過失，所以才會這麼沮喪。我痛切地感受到自己的行動範圍有多麼狹小，還從不曾對這樣的事實抱有疑問。不僅是地理上的行動範圍狹小，我的人生也一樣。將來我也有可能必須報考其他高中。然而，我卻從來沒有想要積極去調查的念頭。我老是覺得只要能夠隨便上一所高中就好。可是，隨便上一所高中是要上哪一所啊？

我根本不知道自己的學力偏差值是多少。因為我沒有補習，也沒有參加模擬考。我想，在附屬中學裡只有中等學力的我，應該考不上被咲良視為第一志願的杉並區的高校吧！我不覺得咲良說我考不上是隨口說說。

我們走進了位在站前大樓二樓的家庭餐廳。

『我們家附近也有這家餐廳。』

雖然咲良口中這麼說，但是我看她應該沒有體力再找其他餐廳了。她點點頭回應店員說『兩位嗎？』的詢問，然後跟著店員往裡頭走去。

『那不是隼嗎？』

聽到有人呼喚，我無精打采地往聲音傳來的方向看去，看見了朝風同學，但他沒有看著我，而是一臉困惑地望著咲良。坐在朝風同學對面、背對著我們的出雲轉頭一看見我們，立刻皺起了眉頭。

我尷尬得連話都說不出來。

貼心的店員把菜單放在朝風同學他們的隔壁桌上，我和咲良只好在隔壁桌坐了下來。

『都快比賽了，隼還沒參加社團，跑去約會啊？』

雖然出雲說出帶有攻擊性的話，但是咲良一副事不關己，或許該說是一副沒聽見的樣子翻開菜單說：

『吃什麼好呢？』

慘遭咲良忽視的出雲目光變得更兇狠了。

『什麼嘛！這女的真討人厭。』

我能夠體會出雲的心情，我一開始也被咲良氣得半死，後來同樣還是被氣得半死。

『哎喲~沒關係啦！隼有傳簡訊告訴我要請假。』

朝風同學打圓場地說，但我怎麼覺得他這麼說像是在婉轉責備我。

『我要點義大利漢堡排套餐。隼，你決定了沒？』

咲良發出『啪咑』一聲闔上菜單說。我根本連碰都還沒碰到擱在我眼前的菜單。

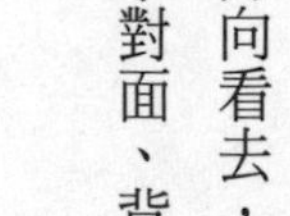

『跟妳一樣的就好。』

『那你趕快點餐啊！』

我像在逃避朝風同學和出雲的視線似的轉過頭，舉起半高不高的手，用著微弱的聲音呼喚店員。

等到店員複誦了一遍餐點，並且離開後，朝風同學面帶微笑地開口說：

『今天練習得比較晚，所以我和出雲來這裡討論比賽戰略，順便祭拜一下五臟廟。』

朝風同學他們兩人的餐盤已經被收拾乾淨，桌上只剩下兩個咖啡杯。

『討論什麼比賽戰略？』

我瞥了朝風同學一眼問。

『我們沒有比賽對手的資料，所以也算不上是戰略啦！』

出雲接在朝風同學後頭說：

『我們在討論要讓誰出賽。我們不想讓沒幹勁的傢伙上場，就算那個人是三年級。』

雖然出雲的話中帶刺，但這也不能怪他。

『隼很有幹勁的。雖然他今天有事請假，但是放暑假後，他都一直保持全勤。』

『可是，他好像覺得女人比較重要。』

出雲一邊刻意用鼻子哼了一聲，一邊斜眼瞪向我們這邊說。這時，原本不知看向何方的咲良緩緩轉過頭直直注視著出雲，並且發出藍白色的殺人目光。咲良的驚人目光讓出雲的頭往後縮了五公分左右。

『你就慢慢在那邊鬧彆扭吧！矮冬瓜。』

咲良以沒有高低起伏的語調，極度冷漠地說。

出雲的身高確實很矮。或許出雲會再長高也說不定，但是照目前看來，他差不多比我矮了十五公分。雖然沒有確實量過身高，但是出雲確實比咲良矮。相對地，出雲的動作相當敏捷，只是動作敏不敏捷在此刻一點關係都沒有。出雲肯定在暗地裡感到自卑的內心被咲良冰冷無情的箭矢射穿了，如此鋒利的攻擊好像不太妙。

『唔，妳說什麼?!』

因為覺得自己如果不說話就代表輸了，所以出雲先開口。可是，咲良卻在他的話中抓到話柄說：

『要我再說一遍嗎？』

朝風同學制止了出雲，而我慢了一拍制止了咲良。

『出雲，別鬧了。』

『咲良，拜託妳不要再說了。』

出雲忽然把視線從咲良身上移開，咲良的視線也在不知不覺中再次看向不知何方，並且露出一副感到很無趣的表情。

這時，店員送上了我們點的義大利漢堡排套餐。

『開動了。』

咲良雙手合十地說，然後像是完全忘了出雲的存在似的，拿著刀叉吃起漢堡排。看見咲良能夠如此迅速轉換心情地吃起飯來，不僅是我，就連朝風同學和出雲也都看得啞口無言。

『怎麼了，隼？趕快吃啊！』

『喔……好。』

我看看朝風同學，想要確認他有什麼反應。

『我們差不多該走了吧！』

朝風同學拿起帳單站了起來，出雲也跟著站起來。

『你明天會來練習吧？』

聽到朝風同學的詢問，我換成看向咲良確認她有什麼反應。可是，忙著吃飯的她根本不理會我的視線。

『嗯，我是這麼打算。』

『那這樣明天見囉！』

朝風同學向收銀台走了過去。

『不准缺席啊！』

出雲撂下這麼一句狠話後，跟在朝風同學後頭走去。我心想出雲會這麼說也是情有可原，於是點頭回應了他。

目送兩人離開後，我拿起了刀叉。就在我準備切起漢堡排時，咲良責備我說：

『你怎麼沒說開動了？』

我忘記了。

『開動了。』

雖然帶有冷凍食品味道的漢堡排讓我覺得胸口悶，但也算是好吃。總算安全度過了一關，接下來就看要怎麼說服咲良。我心裡這麼想著，沒料到咲良很乾脆地屈服了。

『明天我自己去參觀學校。』

『咦？真的嗎？』

『因為你陪我去也只會在那邊礙手礙腳而已。』

咲良說得對極了。雖說我一開始就表示過我對東京不熟，不過我確實是個不及格的東京嚮導。

我今天學習到了一件事：那就是雖然杉並區和世田谷區就在隔壁，但並不代表兩地的距離很近；雖然我和咲良順著事態發展而坐在彼此隔壁，但並不代表我們之間的距離很近。還有，我要跟出雲說一句話：『我絕不是跑去約會。』

16. 窩囊廢VS・矮冬瓜

隔天早上當我走到客廳時，咲良已經從沙發爬起來，在餐桌上托腮看著地圖。而且，她還主動向我道早安。可能是因為她的反常舉止，窗外的白色雲團才會拖著長長的尾巴。

『早。』

『會變天嗎？』

『好像是受到靠近九州的颱風影響。』

『會下雨嗎？』

『不會吧！上午的降雨率只有百分之十，下午是百分之三十。』

咲良似乎已經仔細看過天氣預報了。

我手腳俐落地準備了跟昨天差不多的兩人份吐司和雞蛋料理。

『風挺大的。』

『這樣比較不會那麼悶熱。今天應該很適合洗衣服。』

我在老爸的桌上摸索一陣後，找出預備鑰匙遞給了咲良，心裡還一邊想著：『家裡應該沒有什麼值錢的東西擔心被偷吧？』

『妳一個人沒問題吧？』

『我才想這樣問你呢！小心別被那個矮冬瓜欺負。』

我留下咲良，獨自離開了家。雖然時間還早，但是我的雙腿控制不住地輕輕跑了起來。

風兒在街道上掃過，時而化為強風迎面吹來，但是我沒有因此停下腳步。

雖然明天就是東京大賽的日子，但今天的練習還是一如往常。瀨戶老師剛開始稍微露一下臉後，就跑回高中部去了。還有，我在猜朝風同學一定也不喜歡做一些臨時抱佛腳的行為。

我感覺得到社員們對我投來有些好奇的目光，可能是出雲跟大家說了什麼吧！不過，沒有人直接跑來問我，可能是朝風同學跟大家說了什麼。

出雲一直不肯看我，看來他好像還在記恨的樣子。

練習在淡漠之中進行著。做完暖身運動後，大家跑了操場，做了傳球和射門的練習。雖然我是無所謂啦！但是大家好像少了比賽前一天應該有的熱度。

原因在於出雲——或許該說原因在於彌漫在出雲和我之間的不和諧氣氛。這個不和諧氣氛也確實傳染了大家，就算朝風同學比平常更積極地催促著大家練習，也沒能夠改變氣氛。

在進行練習比賽時，出雲就是和我同組，也不肯傳球給我。而當我想要傳球給他時，他會別開臉拒絕接球。

就在後來我們被分成不同組不久後，事情發生了。出雲從隊友手中接過球後，以超出必要的速度和力道撞擊在球門前守備的我。因為沒料到出雲會真的撞過來，大意的我被撞飛到了正後方，我的身體滑過六公尺線，表演了一場漂亮的屁股著地。

不知道出雲是沒辦法射門，還是根本不想射門，他就這麼手上拿著球衝出六公尺線，在險些撞上擔任守門員的朝風同學之前停了下來。

朝風同學從他手中奪走球說：

『別胡鬧。』

『我不小心腳滑了。』

出雲若無其事地回答，然後朝倒在地上的我伸出了手。

我感覺得到大家的目光突然都集中在我身上。

雖然感到猶豫，但我還是抓住了出雲的手。我想就算是手球這種競技運動，也很重視團隊合作吧！只是，這讓我有些難以適應。

出雲一邊緩緩拉起我，一邊開口說：

『別發呆啊！窩囊廢。』

他不是大聲斥罵，但這樣刻意壓低聲音說給我聽的樣子讓人覺得可惡。就算大家沒聽見出雲說什麼，想必也能夠憑感覺知道他說了什麼樣的話吧！

當朝風同學露出『不妙』的表情時，已經太遲了。

『矮冬瓜。』

我丟出這麼一句話，然後低頭看著比我矮了將近一個頭的出雲。

他原本還從容地浮現嘲諷笑容的臉上頓時消失了表情。他的臉變得扭曲，像是畢卡索在立體派時期所畫的人物一樣。好神奇喔！原來人的表情能夠在瞬間有這麼大的變化。這時候腦中能夠浮現這樣的感想，可見我內心某處應該保持著冷靜吧！雖然我有戒心地想著出雲有可能向我揮拳，但一方面也安心地認為他不至於動手打人。還有，我心裡也帶著近乎直覺的期待，期待朝風同學會立刻介入制止出雲。

即使如此，我還是充滿著戒心。只是，我忘了出雲是個左撇子。

他由下往上揮出的拳頭正中了我的右頰骨。

我感到一陣暈眩。

一股濕熱的感覺滑過我的右眼旁邊。我用手一擦，發現那是血。

我腦中的所有神經突觸肯定在瞬間冒出火花。我真的被惹火了。

印象中我好像看見出雲顯得慌張的表情，但我不確定我有沒有看錯。

我伸出我的大手抓住出雲的頭，接著揮動手臂。我以自己的身體為軸心，一邊用力揮動手臂，一邊轉圈。最後，我鬆開了手。

出雲因為離心力作用而飛了出去，然後重重摔落在操場上。

我的肩膀隨著急促呼吸上下起伏著。朝我的右手一看，發現手中抓著至少有一百根頭髮。那不是我的頭髮，好像是出雲的。我放開手中的頭髮，然後用T恤下襬擦了擦手。

『真是的，好痛喔！』

到了這時，我才感覺到右眼上方的刺痛感。

這場突如其來的意外讓大家像是被鬼壓似的站在原地，動也不動。

『痛死我了，可惡。』

出雲倒在操場上呻吟著。

我聽見一陣笑聲傳來。那笑聲顯得十分愉快，是朝風同學發出的笑聲。

『這場決鬥算是平手吧！』

朝風同學的聲音彷彿為大家解開了魔咒，有的人跑來看我，也有人跑去看出雲。

我和出雲在保健室裡接受治療。因為暑假期間保健老師休息，所以有人叫了瀨戶老師來。瀨戶老師不愧是體育老師，她動作熟練地看了看傷口，判斷我們兩人受的傷都沒什麼大礙後，就幫我們消毒傷口，再貼上ＯＫ繃。在接受治療時，右手上臂劃了一道大傷口的出雲呼天搶地地喊痛，不過我就算在擦消毒藥水時，也只是皺了一下眉頭，忍住沒有喊痛。

『因為大賽將近，大家過度熱中於練習，所以有兩個人受了傷。是這麼回事，沒錯吧？』

瀨戶老師探出頭輪流注視著我和出雲的臉。

『沒錯。』

聽到我這麼回答，出雲也點了點頭。

『幸好隼受的傷沒嚴重到要縫傷口。不過，傷口明天可能會有點腫。要用一隻眼睛比賽，可能會太勉強。』

出雲可能是覺得自己做了壞事，他低下了頭。

『不會有問題的。』

因為真的有這種預感，所以我低聲說。

『反正隼本來就不懂得控球，乾脆閉上兩隻眼睛射門好了。搞不好成功的機率還比較高呢！』

瀨戶老師背後的窗外閃過一道光芒，雷聲在隔了一秒後傳來。斗大的雨滴開始慢慢落下，敲打著窗戶。

『雨下下來了。』

出雲一臉擔憂地說：

『明天要是下雨的話，不曉得比賽會不會中止？』

『喂！手球本來就是室內競技啊！』

『咦？我們可以在體育館裡比賽嗎？』

『這是東京大賽啊！』

除了上次被瀨戶老師叫去高中部的體育館之外，我曾經在下雨天趁著籃球社和排球社的練習空檔，在國中部的體育館裡練習過兩次手球，但後來就沒有過了。從國中一年級就開始參加手球社的出雲會有這樣的反應，可見他也沒什麼在體育館練手球的經驗吧！

『可是去年是在操場上比賽欸！』

『嗯，只要進入決賽，就會在體育館比賽。』

出雲失望地彎起原本挺得直直的背說：

『明天只會比第一場和第二場欸！』

雖然我曾經參加過幾次和其他學校的練習比賽，但是我還掌握不到我們手球社的實力有多強。

『我們的目標是？』

瀨戶老師把雙手交叉在胸前說：

『打贏第二場吧！』

我不禁覺得瀨戶老師設的門檻太低了，比朝風同學說的三勝目標更低。

『高中部以參加全國高校綜合體育大賽為目標，我們卻只是這樣？』

『國中期間以享受手球樂趣為最大目標。等上了高中、身體發育健全後，再好好鍛鍊成競技選手。因為這是我的指導方針，所以你們的目標這樣就好了。再說，第二場會遇到的對手是去年打進前四名的學校。當然了，如果你們有辦法拿到第一名也行。』

窗外再次傳來雷聲，雨勢也變強了。

『但願雨會停。』

出雲似乎很想要參加比賽的樣子。對著這樣的出雲，瀨戶老師給了十分肯定的回應。我想，瀨戶老師應該是沒有任何憑據就說：

『明天會放晴。』

她伸出兩手拍了拍我和出雲的肩膀說：

『還有，俗話不是說嗎？所謂不打不相識。』

看來瀨戶老師好像是在催促我和出雲和好，可是這和明天的天氣一點關係都沒有吧！瀨戶老師的話實在接得有點勉強，所以雖然參加了社團，但一點體育系特質都沒有的我會露出像是微笑、又像是苦笑的曖昧笑容，應該不是太奇怪的反應。

離開保健室後，我和出雲在顯得特別昏暗的走廊上，一邊發出啪嗒啪嗒的腳步聲，一邊並肩走著。

『抱歉喔！突然打你。』出雲保持看向前方的姿勢向我道了歉。『不過，我還是很討厭你。』

『我早就感覺到了。』我也保持看向前方的姿勢回答了出雲。『不過，我沒有跑去約會。』

當我們走到校舍出口時，發現被雨淋濕的朝風同學正等著我們。

『今天就練習到這裡，再來就看明天的比賽了。』

17. 雨中晒的衣服

沒有帶傘的我在換好衣服後，走進了暑假期間同樣開放的圖書室。我打算在這裡等雨勢轉小。儘管沒有特別想讀的書，我還是瀏覽著書架上成排的書背。最後，我從運動類書籍的書架上找到一本手球入門書，找了座位坐下來。

確認一下手球規則好了。

我明明是這麼打算著，但是我的眼神卻顯得呆滯，目光根本沒有停留在被翻開的書頁上。

我悄悄地拿出手機，讓液晶畫面顯示出咲良擅自輸入的電話號碼。想必咲良現在也在我不熟悉的東京某處淋著雨吧！我想像起那樣的畫面，腦中浮現了她咬著嘴唇，全身濕淋淋的身影。

我有種想要打電話給她的衝動。當然了，我沒有那麼做。就算我是個再怎麼不懂人情世故的國中生，也該懂得常識。

雨水不停敲打著窗戶，隨之傳來的雨聲使得嚴禁交談的圖書室反而顯得更靜寂。

所以，當圖書室裡突然傳來『女神戰記』的音樂時，我怎麼也沒想到會是自己的手機在響，不禁左顧右盼了起來。等到我看見幾道硬是從書本上挪開的譴責目光朝我射來時，我才慌張地拿著手機衝到走廊上。雖然忘了把手機設定為靜音模式是我的錯，但是我真的沒聽過這樣的來電鈴聲啊！

『喂，隼嗎？』

咲良的聲音傳了過來。我明明很想聽到她的聲音，卻用有些不耐煩的口吻說：

『搞什麼，這什麼音樂啊？』

『喔！是我設定的鈴聲，很符合我的形象吧？你在哪？』

被她這麼一問，我才想起自己雖然不是在圖書室裡面，但還在學校裡。我壓低音量說：『我在學校圖書室前面的走廊上。』

『這裡是哪裡啊？應該是千代田區吧！』

『妳是不是迷路了？』

『不是啦！可是，雨下得很大。』

『嗯，我這邊也在下雨，所以我才在圖書室躲雨。妳或許有帶摺傘，不過還是先找個地方躲雨，等雨勢轉小比較好吧！』

『知道了。』

她的回答竟然會如此直率。

『盡量早點回來啊！』

『我是這麼打算啦！我說啊……』
我等待著咲良繼續說話，但是她一直保持著沉默。我只好問：
『怎樣？』
『嗯，沒事。先這樣囉！』
咲良掛斷了電話。
我望著手中的手機，在走廊上站了好一會兒。四周的空氣好像變稀薄了，我不禁覺得呼吸有些困難。明明沒有在運動，我的心跳卻在加速，被出雲毆打的傷口也隱隱作痛。
『原來你在這裡啊！我找了好久。』
感覺到肩膀被人拍打了一下，回過神來。朝風同學探頭看向我的手機。
『嗯，我在這裡躲雨。』
『你正要打電話啊？』
『沒有，不是。』
我蓋上手機，然後把手機塞進口袋。
『要不要一起回去？我有帶傘。』
『可是方向相反欸！』
『我送你回去，或是到車站附近吃點什麼也好。我有話跟你說。』

聽他這麼一說，我才發現自己也是餓著肚子，而且，我好像也有話要跟他說。

『那這樣，你來我家好了。』

不知怎地，我突然有種感覺，覺得應該找個沒有人的地方比較好。反正咲良應該還沒那麼快回來。

我把手球入門書放回書架。跟在我後頭走來的朝風同學揚起一邊的嘴角笑著說：

『好認真喔！隼。』

『我根本沒看。』

我看了圖書室牆上的掛鐘一眼，發現時間已經過了中午十二點。

雨勢已經轉小了些，也不再傳來雷聲。朝風同學的雨傘從外面看只是一般的黑傘，內側卻是印有藍天裡浮著淡淡白雲的圖樣，看起來很像在某間美術館的禮品店買來的雨傘。雨傘很大，整個遮蓋住了我們兩個國中男生。因為我的身高比較高，所以是我負責撐傘。

這是我第一次邀請朋友到現在居住的公寓。

讓身體慢慢陷入沙發的朝風同學露出困擾的表情，看著我說：

『我說陽台上晒的衣服啊……』

我一邊按下空調的遙控器，一邊看向陽台，結果看見胸罩和女性內褲夾雜在一些T恤類衣物之中隨風搖擺著。原來是咲良晒了她的衣服。

『那傢伙在搞什麼啊！』

我像在揑東西似的收起咲良晒的衣服，火速穿越客廳衝向了洗手台，把那些衣服丟進乾衣機，最後按下開關。

我覺得難為情極了。我的臉頰現在一定泛紅，不，一定是滿臉通紅。搞不好連屁股都是紅的。

我照照鏡子，確實是滿臉通紅，就連貼了ＯＫ繃的右眼瞼也有些紅腫。

咲良剛剛打電話來應該就是為了這件事吧！我這麼猜想，不禁有種吃了虧的感覺。

我沒有回到客廳，而是走進了廚房。

『吃義大麵可以吧？』

我先這麼告知朝風同學後，把鍋子點上了火。然後把鱈魚卵打散，青蔥切丁，再用橄欖油拌勻。利用進行這些步驟的時間讓心情恢復平靜後，再趁著等水煮開的時候，回到朝風同學等待著的客廳。

『我想你應該猜到了吧？咲良現在睡在這裡。』

『我原本在想應該不可能吧！結果沒想到真的是這樣。我記得你爸爸好像出差去了，對吧？』

『嗯。啊！不過我和咲良沒有什麼曖昧關係。聽說我們是遠房親戚。』

我明明已經讓心情恢復了平靜，卻一下子就亂了方寸。即使如此，在懂得發出確切問題、而且是個好聽眾的朝風同學催促下，我順利說明了大致的狀況。

『所以咲良現在自己出門去參觀高校啊？』

『因為我要參加社團，而且我跟去也只會礙手礙腳而已。』

水煮開了，我回到了廚房。在熱水裡放入足夠的鹽巴，設定好計時器後，把三分鐘即可煮熟的細義大利麵放進鍋子裡。我準備了兩個餐盤和兩根叉子。因為還有時間，所以我也利用空檔倒好了烏龍茶。等了一會兒後，我把煮熟的義大利麵先倒進簍子瀝水，再移到調理碗裡泡冷水降溫。等義大利麵降溫後，撒上適量的七味粉攪拌均勻是我的獨家調理法。或許有人會指摘說一開始就用明太子不就好了，不過兩者的辣味質感是不同的。我把攪拌好七味粉的義大利麵盛上餐盤，並且在中央挖出一個洞，接著把攪拌好的鱈魚卵和青蔥放進洞裡。最後淋上鮮奶油，就完成了這道辣味鱈魚卵冷麵。

我請朝風同學上餐桌，然後端上了義大利麵。

『好吃。』

朝風同學吃了一口義大利麵後，發出了直率的讚嘆聲。朝風同學沒有加上任何比喻或形容詞的感言，讓我覺得特別高興。這是我認識朝風同學以來，第一次覺得自己贏了他。這是我的小小一勝。

『我一直覺得你一定隱藏著什麼才能。』

『沒什麼啦！因為我和老爸兩人相依為命，所以不得不做飯。而且，我只會一些像義大利麵之類的簡單料理。』

『簡單又好吃的料理最棒了。而且，你剛剛那手腳俐落的模樣跟平常在學校的你簡直判若兩人。』

『我習慣做飯了嘛！』

朝風同學直直注視著我說：

『原來隼是個深藏不露的人啊！』

不習慣被人稱讚的我為了掩飾難為情，急忙喝了口烏龍茶，結果卻嗆到了。唉！剛剛才被稱讚完，我就表現出無能的模樣。

雖然不是刻意要岔開話題，但我想現在時機正好，於是切入話題說：

『對了，你不是有話跟我說？』

『嗯，在東京大賽之前，我想先跟你說件事。不然的話，總覺得對你不公平。』

『你不是要跟我說出雲的事情啊？』

『雖然害你意外受了傷，不過那也是在我的計算之中。』

朝風同學用了『計算之中』這個用詞讓我很在意，於是我說出了卡在胸口的疑問：

『那時候你應該可以更早阻止我們吧？』

『沒錯。』

朝風同學沉穩地答。

『但是你沒有阻止，結果害我拔掉了出雲將近一百根的頭髮。』

朝風同學輕輕笑了一聲，臉上浮現酒渦說：

『說到你那個時候的表情，真的很嚇人。我果然沒看錯人。』

『什麼意思啊？』

『我等一下再跟你說這個。』

朝風同學停頓了下來，他有技巧地用叉子捲起義大利麵送進嘴裡後，像在咬東西似的慢慢咀嚼著義大利麵。那感覺就像中世紀的狡猾伯爵會表現出來的優雅舉止。

朝風同學啜了口烏龍茶取代用餐巾擦嘴的動作後，開口說：

『有人的地位升高，就表示有人的地位會降低，這是相對評價論。包括守門員在內，手球比賽只能有七名先發選手，而能夠坐上選手席的只有十二名。如果你坐上了選手席，就表示有某人無法坐上選手席。幸好我們社團的三年級男社員只有六個人，所以每個人都能夠坐上選手席。低於二年級的社員也還有明年可以參加比賽。所以，儘管你在中途才加入社團，也沒有掀起太大風波。不過，還是有人會因此吃虧。』

『這個人是出雲？』

『沒錯。雖然你們負責的位置不同，但是出雲一直以來比任何人都更有辦法射門得分。當他面對你像是專為了射門而加入社團的事實，勢必會影響他的重要性，所以你們會起衝突是必然的事情。』

『我從來沒這樣想過。』

朝風同學沒有發出聲音，緩緩動著嘴唇說話。就算我沒學過唇語，也看得出來他說了什麼。

窩、囊、廢。

18. 黑心腸的傢伙

出雲會知道我被咲良叫成『窩囊廢』，肯定是朝風同學告訴了他。因為沒有其他人知道這件事。

『你們倆的這場架算是我一手安排好的。』

朝風同學語氣冷淡地說。

『你是手球社社長還這麼做？』

『正因為我是社長，才這麼做。從你加入社團後，我就發現出雲不是很高興的樣子。咲良的出現在不同方面也讓他覺得不爽。咲良是個美少女，而且出雲是那種對女生興致勃勃的人。本來就已經很不爽了，結果還看到你請假跑去約會，所以出雲才會發火。』

『我沒有跑去約會。我剛剛不是解釋過我只是陪她去參觀高校而已嗎？』

朝風同學搖搖頭說：

『對出雲來說，那也算是一種約會吧！明天就是東京大賽了，如果你們就這樣去參加比賽，一定會出事的，所以，我用了比較激進的治療方法。我讓你們兩個先吵一架，讓你們心情痛快些。我沒想到出雲出手會那麼快。不過，我早料到你生起氣來會很恐怖。』

『不打不相識。』

我複誦了一遍瀨戶老師說的話。

『沒錯。事情算是進行得挺順利的吧！』

『目前是啦！』

原來朝風同學是個挺出色的謀略家。

談話告了一個段落後，我們默默地吃起還沒吃完的義大利麵。我吃不太出來義大利麵的味道。我明明煮了容易下嚥的細義大利麵，麵條卻卡在我的胸口，於是我喝了口烏龍茶把麵條吞了下去。明天就要比賽了，這樣會消化不良的。

『那麼，接下來才是正題。從剛剛的對話你應該也明白了吧？我不是你想的那種資優生。不是我自己在說，我是個心腸有點黑的傢伙。』

我沒什麼心情聽朝風同學接下來要說的話，所以望著陽台外的天空。不知不覺中，雨已經停了。

『朝風同學是個好人。』

『在對我有利的範圍內，我是個好人沒錯。』

『大家都是這樣的吧！』

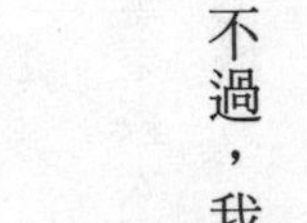

朝風同學不在意我看著窗外，他延續話題說：

『我不是在咲良出現的那一天才開始注意到你。你還記得剛升上三年級的時候，我們在體育課時玩過躲避球嗎？』

『好像玩過吧！』

『那時候我被你丟球的速度嚇到了。你那時丟出來的球一樣是暴投，所以老是打不到對方，不過你丟的球不是隨隨便便想去接就接得住的。我那時故意去接應該要躲開的球，結果球彈開了。當時我心想一定要把這傢伙拉進手球社。』

『可是，你沒有馬上來邀我。』

『拚命邀請沒幹勁的人來參加社團，也只是白費時間，不是嗎？從小學到國中，我是第一次跟你同班，而且你一直是不太顯眼的學生，所以老實說，我對你一點都不了解。我拐彎抹角地問了同學後，才知道你沒有參加任何社團。你這人成績普通，不會特別開朗，也不會太陰沉。除了身高很高之外，找不到其他明顯的特徵。你總會和朋友保持一點距離，好像注意著不要跟人變得太親近的樣子。就算我主動跟你說話，你也只會一副覺得很不可思議的表情小小聲回答我而已。』

『因為我們又沒有交集。』

『就像我們剛剛的對話一樣。我說一大串的話，你只簡短地回答一句。』

『反正，我就是這樣的人啊！』

『以前是啦！但現在你的話比較多了，而且聲音也變大了。』
我歪著頭。我不知道自己是個什麼樣的人。
『現在我在班上還是算沉默寡言型的人。』
『嗯。大家都認為你和我是不同類型的人。可是和你說話後，我發現你身上有著跟我一樣的味道。』
『味道？』
我的頭歪得更斜了。雖然我有點想學小狗那樣嗅一嗅肩膀的味道，但是我在心裡吐槽自己說：『笨蛋！怎麼可能是指那種味道。』制止了我做出蠢動作。
『後來，當我聽到有人說你的父母親已經離婚時，我就在想難怪你會這樣。』
為什麼朝風同學聽到我的父母親離婚，會覺得我跟他有一樣的味道？
『這時代父母親離婚的小孩又不算稀奇。除了我之外，我們班上應該還有幾個同學的父母親也離婚了啊！再說，你爸媽應該沒有離婚吧？』
『沒有。我和父母親住在一起。雖然我父親已經在外面養小老婆養了好幾年，而我母親也有外遇，但是他們不會提起離婚。我父親是所謂的高官，聽說家庭問題會影響到他升官。我母親也捨不得放棄在東京內的官邸的奢華生活。雖然她明明很少在家，也沒做過幾次飯給我吃就是了。我是很願意告訴你更多的事情，可是你應該不想聽吧！』
我斜眼一看，發現朝風同學的表情依舊端正不變。他這樣的反應反而讓人覺得心疼。我和朝風同學的味道是不一樣的。

『我來泡咖啡。』

雖然空調已經開始發揮功用，但房間裡還不算涼快。即使如此，我還是想喝點熱的東西。而且，我不太敢直視朝風同學的眼睛。

我站在廚房裡把裝了水的茶壺點上火，保持面向瓦斯爐、背對著朝風同學的姿勢說：

『我爸媽是在我小學四年級的時候離婚，已經過了五年了。我和老爸相處融洽，偶爾也會和老媽見面吃飯。以一個叛逆期的小孩來說，我自認表現得很好。我已經度過你現在面臨的這種痛苦時期。』

沉默持續了好一會兒，我最不會應付這種狀況了。朝風同學的目光彷彿貫穿了我的背部，然後在空中折返，射向了我背對著他的臉。

『不過，你應該也放棄了些什麼吧？』

我注視著從茶壺冒出的水蒸氣。我希望能夠盡量避開麻煩事過活。抱著這樣的願望，是否就代表我放棄了些什麼？

『是這樣子嗎？』

『就像我因為放棄而努力用功一樣，你是因為放棄而什麼都不做，不是嗎？』

『我不像你那麼聰明，所以從來沒有這樣追根究柢去想過。』

『我不是聰明，我只是放棄去反抗自私自利的父母，所以養成了用功讀書的習慣而已。雖然我不知道傳統型的人生規劃在未來的日本還能夠適用多少，但是我會用功讀書，然後當上官員一路升遷。因為這是我唯一能做的。我會玩手球，也是為了鍛鍊體力好應付一路升遷所需面對的繁重職務，還有擔任社長是為了訓練領導力，以及為了利用參加全國高校綜合體育大賽，讓我的履歷鍍上一層薄薄的金。』

我關上火，慢慢用熱水沖咖啡，試著讓心情恢復平靜。

『你要加奶精跟糖嗎？』

『不要。』

『我要加奶精。』

『我是為了自己，才邀你加入手球社。我一直想先告訴你這件事。』

我已經不能再躲避朝風同學的視線了。

『我又沒什麼戰力。』

『我們有足夠的時間。我要的不是能夠立刻上場的戰力，而是好的素材。瀨戶老師的想法也一樣。』

『真不愧是社長。』

雖然我刻意搞笑地說，試著緩和氣氛，但是朝風同學沒有捧場。

『升上國中部時，我慎重地考慮了要參加哪一個社團，也參加了幾個社團的體驗活動，最後我注意到了手球社。手球社不僅有高中部的瀨戶老師會來指導，而且我一調查，發現高中部在東京大賽拿到了前幾名的成績。就讀像我們這種以學業為優先的學校，很難在運動方面也留下好經歷。棒球和足球就不用說了，像是參加籃球和排球那樣競技人口眾多的運動，絕對沒辦法讓自己留下好經歷。就這點來說，手球是個冷門運動，像我這種擁有普通體能的人也能夠打手球，而且只要球隊組得好，就是我們這種學業優先的學校，也能夠拿到不錯的成績。最大的原因是，瀨戶老師也以參加全國高校綜合體育大賽為目標的地方吸引了我。』

別說是有一樣的味道了，我甚至懷疑起朝風同學是不是外星人。說到剛升上國中部的我，那時滿腦子想著要怎樣讓老爸答應我可以不參加任何社團。而且，我最後也沒有想出什麼好辦法。

『實在太厲害了。』

我忍不住想要把頭壓得低低的，用額頭頂著桌面，做出像古代武士表示甘拜下風的動作。但是我想就算這麼做，朝風同學也不會捧場地笑給我看，於是我喝了口咖啡潤潤喉嚨取代這麼做。

『人生有很長的路要走，所以必須盡早構思好人生戰略。』

『是朝風同學你比較特別啦！』

『不，每個人應該多多少少都會花點心思在這上面吧！只是我這人特別奸詐，心思特別細密。我們手球社需要有能夠強力射門的選手。光是出雲一人，很容易就被對方看透，如果再加上一個能從正面強力攻擊的選手，我們的攻擊範圍會擴大許多。所以，我一直耐心等待著邀你加入我們的機會。咲良就在這時候出現了。』

『原來我完全是被陷害了。』

『沒錯。我讓你變成我人生規劃裡的一顆棋子了。我是個黑心腸的傢伙。』

朝風同學喝了口咖啡。他的表情之所以變得有些苦澀，是因為咖啡太濃了嗎？

雖然被人陷害讓我有點不甘心，但這也是沒辦法的事，因為我是窩囊廢嘛！就像出雲是矮冬瓜的事實一樣，我是窩囊廢也是個事實。朝風同學還是朝風同學，他是黑心腸的朝風同學。

我伸手摸了摸貼在右邊眉毛旁的ＯＫ繃。

『想揍我嗎？你有這個權利。』

我歪曲著嘴角，一副邪惡模樣回答說：

『我先賣人情給你好了。等到你當上高官的時候，我再一次討人情討個夠。』

『你不是扮演黑心腸角色的料。』

就在氣氛好不容易緩和下來時，大門被粗魯地打開，同時傳來了怒吼聲。

『隼，你在家啊?!』

乒乒乓乓跑進來的咲良一發現朝風同學在客廳裡，先是露出驚訝的表情，當她接著發現陽台上沒有晒任何衣服時，嘴巴一張一合地動著，連話都說不出來。

『嗯、嗯。』

我先向朝風同學使了眼色後，也對著咲良眨了一下眼睛。咲良似乎以為她的胸罩和內褲至少沒被朝風同學看見，發出『呼』的一聲坐下，讓身體深深陷入沙發裡。在那之後，咲良總算發現我臉上貼著OK繃。

『那OK繃是怎麼了？你在雨中滑倒了啊？』

我和朝風同學死命地忍著笑意。

19. 親手做的三明治

大賽的日子到了。這是身為新進社員的我第一次參加正式比賽。

我的心情有點緊張。

話雖這麼說，但參加比賽這件事並沒有讓我變得特別振奮。因為這次的比賽沒有眾多觀眾包圍，而且聽說根本使用不到體育館，所以感覺就像練習活動的延伸。不過，我還是會盡我最大的努力。至於能不能拿到好結果，就得看運氣和對手的實力強弱了。

問題在於集合地點。也就是我有沒有辦法在不迷路、不遲到的狀況下，抵達舉辦比賽的學校附近的車站。自從陪咲良去參觀學校後，我的自信心嚴重受挫，到現在都還沒復元。

所以，我決定早點出門。

『等一下，隼。』

當我把腳放進大尺寸的鞋子裡時，咲良追上來叫住了我。

『嗯？』

我原本以為咲良是來跟我說聲『加油』，結果我還來不及回過頭，就被她用手臂勾

住了脖子。我心想：『怎麼回事？』這時，她以接近『鎖喉固定技』的摔角招式用力勒緊我的喉嚨。

『誰允許你摸我的內褲了啊?!』

『嗚呃～～』

已經是隔天早上了，咲良還提出昨天那件事。昨天朝風同學回去後，她根本也沒提到這件事。

『你有沒有偷聞味道?!』

『嗚呃～～』

儘管我很想搖頭說我沒有，但也轉動不了脖子。

『你有沒有戴在頭上?!』

『嗚呃～～』

『你該不會是穿上了吧?!』

『嗚呃～～』

我死命地拍打她的手臂，表明投降意願。再這樣下去，我恐怕會昏過去。

『聽好啊！你下次要是再擅自摸我的內褲或胸罩，我就宰了你。聽到沒？』

她總算鬆開了手。我按住喉嚨不停地咳嗽。

『那妳就不要晒在陽台啊！明明有乾衣機可以用。』

我擠出沙啞的聲音輕聲抱怨著。

『變態還敢這麼囉唆。』

『過分。』

我心想再繼續糾纏下去，肯定沒好事，於是我伸手握住大門門把，打算離開。

『你如果比輸了，不准回來啊！』

我一邊聽著不是加油、而是威脅的話語，一邊像逃跑似的跑出家門。叫我不准回來，可是這是我家欸！寄人籬下的人還這麼傲慢無禮。我越想越覺得自己遭受到不合理對待，不禁一股怒氣湧上心頭，結果害我坐電車坐過了頭，比集合時間晚到了五分鐘。雖然出雲抱怨了一句：『你很慢欸！』但是他的語氣沒有顯得很惡毒，所以我說了聲：『抱歉。』出雲聽了，也就沒再多說什麼了。瀨戶老師和朝風同學好像笑了一下。我想，這就是所謂的『不打不相識』吧！

『好像不要緊的樣子。』

瀨戶老師喃喃說，她指的是我的右眼瞼。雖然我的右眼瞼比昨天紅腫了些，看起來一副孬樣，但沒有嚴重到會擋住右眼的視野。我貼上了新的ＯＫ繃。雖然不貼ＯＫ繃傷口也不至於裂開，但是我聽了朝風同學說『這樣看起來比較有魄力』的建議，所以沒有撕下ＯＫ繃。

在前往作為比賽場地的中學途中，我接到老爸打來的電話。

『你今天要比賽對吧？可惜我還回不去。』

『你原本該不會是打算來幫我加油打氣吧？』

『那當然了。今天可是摯愛吾兒的大日子。』

雖然在大年初一去廟裡拜拜後，我就沒再去拜拜過了，但我還是暗自合掌感謝起神明延長了老爸的出差。如果老爸來看我比賽，我肯定會因為難為情而失誤連連。

『你什麼時候回得來？』

『還不知道耶！這兩、三天內應該回不去吧！』

也就是說，在那之前還可以讓咲良住在家裡。不過，也是可以趕她出去就是了。

『記得幫我跟瀨戶老師問好喔！』

說著，老爸掛了電話。

身穿運動服的瀨戶老師大步走在前頭，我小跑步地追上她說：

『我爸要我幫他向老師問好。』

『這樣啊～』

不知道是因為在社員們面前，還是滿腦子想著比賽的事情，或者是根本不在乎老爸，瀨戶老師只是點點頭這麼說。

我往後退了一步。我何必這麼老實地幫老爸轉述他的無聊留言呢？或許是因為偷偷讓咲良住在家裡，讓我覺得對老爸有所虧欠吧！

『你拜託瀨戶老師讓你當先發球員啊？』

朝風同學以輕鬆的口吻問。

『怎麼可能！』

『第一場比賽的對手沒什麼實力，所以你也是有可能當上先發球員的。』

『可是，我也沒什麼體力欸！』

『嗯，今天應該也會是個大熱天。』

昨天的烏雲已經不知消失到何方去了，潮濕的空氣和柏油路面的反射日光讓人發昏，東京的夏天又回來了。

以手球的正式比賽規則來說，國中生的比賽是上下場各二十五分鐘，共計五十分鐘。上下場之間有十分鐘的中場休息時間。

『開開心心地比一場吧！就這樣。』

瀨戶老師在比賽開始前給了我們極簡單的指示。我分到了6號選手號碼布，也上了選手席，但是我沒被選上先發球員。

比賽一直由我們領先。出雲從左側的射門幾乎每次都成功。因為我方掌控球的時間太長，擔任守門員的朝風同學顯得很無聊的樣子。

一般來說，手球比賽應該是我方得分後，便換成對方得分，如此一進一退地反覆攻守動作，最後以些微分數差距決定輸贏的情形居多。但是今天這場比賽在上半場結束時，分數差距就已經拉得很遠，是十六比十。因為先發球員的狀況很好，所以瀨戶老師幾乎沒有要求換選手。沒機會上場的我不禁覺得手有點癢。原來我是這麼想參加比賽的啊！

或許是察覺到我的這種心情，瀨戶老師在下半場一開始就讓我上場比賽。因為分數差距已經拉得很遠，感覺上比較輕鬆，所以我帶著比平常練習時更輕鬆自如的心情射門。總覺得對方守門員看起來很嬌小，可能是他一直不肯移動到前面來的關係吧！拜對方守門員所賜，我不需要使出全力地丟出暴投球，也幾乎都能射門成功。被對方盯得很緊的出雲也會傳球給我，不再硬是要自己射門。

比賽結果是三十四比十八。我們拿到了將近對方兩倍的分數，贏得壓倒性的勝利。

在比賽結束的同時，出雲舉高手做出要與我擊掌的姿勢。我反射性地直接舉高手後，才彎曲手肘調整高度，然後拍了一下出雲的手掌。他沒有顯得很在意的樣子。

『比賽真的很有趣。』

『嗯，因為我們贏了嘛！』

儘管在烈日底下跑來跑去地跑了二十五分鐘，我卻像啤酒或汽水廣告裡演的那樣，感覺爽極了。出雲畢竟上場比了上、下兩場，他的肩膀隨著急促呼吸上下起伏著。不過，他的聲音充滿了活力。

原來是這樣啊！贏了才會覺得有趣啊！

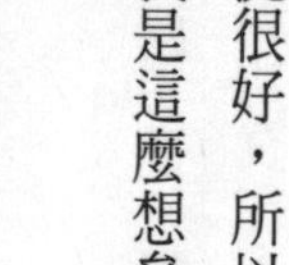

朝風同學一個接一個地拍了拍球場上每名社員的背部。

『我和你們不一樣，我保存了不少體力。』

朝風同學的聲音不帶一絲興奮的感覺，也感覺不到像我和出雲一樣充滿喜悅的熱度。或許朝風同學覺得對手滿足不了他吧！我不禁想起他昨天說的話。今天這小小一勝在朝風同學的人生規劃裡，或許是不值得感動的吧！不過他感不感動，我是無所謂啦！

『幹得好。雖然對方很弱，但畢竟贏得了大勝。我們的目標是贏得第二場勝利，下一場比賽才是真正一戰。』

瀨戶老師重新鼓舞了大家的士氣後，分別給了每一位上場選手建言。她也建議了我說：

『隼，下一場給我暴投球。』

『喔～』

我沒能充滿幹勁地回答說：『是。』雖然要我丟出暴投球並不困難，但是這樣並不能得分。正因為上一場比賽我都成功地射了門，所以瀨戶老師出乎意料的話不禁讓我感到困惑。

『等會兒你們就好好休息個夠吧！』

暫時解散後，大家各自準備吃午餐。有些社員自備了便當，但我沒有做便當來。我記得附近好像有麵包店，於是往校門口走去，打算隨便買個麵包當午餐。這時，朝風同學也跟上來說：

『我們一起去買吧！』

『嗯，一起去吧！』

朝風同學似乎也沒有準備便當。對了，他好像說過他母親經常不在家。如果是我吃買來的麵包當午餐，那沒什麼好奇怪的，但是朝風同學應該要吃媽媽親手做的充滿母愛的便當，那才像他啊！想著想著，我自己覺得憂傷了起來。當然了，朝風同學臉上可是沒有一絲憂鬱的表情。

『我還以為你會親手做便當來。』

『嗯，要是你昨天有跟我預訂的話，我就會做兩個便當，連你的那份也帶來。』

就在我們走出校門口的時候，我看見了咲良，果然還是穿著制服。她今天沒打算參觀高中，應該穿便服就好了啊！說不定咲良是對自己穿著制服的模樣很有自信吧！不過，咲良穿著制服的樣子確實很好看，好看得足以讓人覺得她有自信。我看見她手上提著紙袋。

『妳怎麼會來這裡？妳不是說今天要好好休息嗎？』

『我改變主意，決定拿便當來給你。』

她表情生硬地遞出了紙袋。

『這是妳做的？』

『我還知道怎麼做三明治。』

在日正當中的大熱天底下發生這場突如其來的意外，讓我不禁抱著紙袋發愣了好一會兒。

『隼，你就吃這個吧！我走了。』

當朝風同學準備獨自離開時，咲良迅速留住了他。

『如果你沒帶便當的話，就吃這個啊！我做了很多。』

『啊！這個主意好。』

我也表示了贊同。因為想到要和咲良兩個人吃便當，無論在哪方面都教我心生恐懼。

我們掉頭走回操場，找了一個樹蔭下的位置坐了下來。咲良做的三明治裡夾了火腿、蛋和蔬菜三種。這樣簡單的三明治只要花點時間去做，應該不至於失敗才對。但咲良可能是想讓三明治看起來豐盛一些，所以塞了太多料在麵包裡頭，結果把麵包壓得扁塌，變得很難入口。還不止這樣，她抹了太多美乃滋和黃芥末醬，讓人吃得舌頭都發麻。雖然我和朝風同學互看了一眼，但是我們沒有把三明治吐出來，還是不停地咀嚼著如果是三明治伯爵吃了，肯定會暴跳如雷的三明治。

『你們好歹也該說聲好吃吧！』

在咲良的威脅下，我和朝風同學異口同聲地說：

『吼吃。』

雖然出雲在途中來找過我們，但是他一看見疑似三明治的食物，連半句揶揄的話語都沒說，就一溜煙地逃跑了。

20. 先痛K，再撞倒

『隼，等一下。』

就在十分鐘的中場休息時間結束，我從脖子上取下被汗水沾濕的毛巾站起來時，咲良擋在我面前說。

第二場比賽的上半場結束時的分數是十比十三，對方暫時領先了我們。這場比賽被選為先發球員的我成功射門四次，另外兩次的射門被擋了下來。這次的對手實力相當堅強，尤其是守門員的感覺和上一場截然不同。這次的守門員散發出讓人不禁心想絕對不要和這傢伙吵架的威逼感。

我之所以會像第一場比賽那樣，只用百分之八十的力量射出朝向球門四角的球，並不是因為我忘了瀨戶老師的話，而是被對方守門員的氣勢給壓倒了。

『幹嘛？我該上場了。』

『我來幫你加把勁。』

咲良的眼神和我第一次見到她時一樣地恐怖，彷彿看透了我顯得畏縮的內心。

『我已經夠帶勁了。』

她根本沒在聽我說話。

『給我咬緊牙根。』

她發出了命令。在思考前，我已經用力咬緊了牙根。

啪！啪！

咲良甩了我左右兩個巴掌。我的頭部震盪、眼冒金星，彷彿看見了流星雨從藍天白雲間灑落。

『妳太認真了吧？』

我按住雙頰呻吟著。

不僅是我的隊友們，就連對方的選手們也一臉呆呆地望著我和咲良。

『去吧！窩囊廢。』

因為害怕繼續站著不動，咲良可能會飛來一腳，所以我像個青蛙一樣跳開，跑向了球場。

朝風同學拍了拍我的肩膀說：

『醒了嗎？』

『嗯。不過，我是先暈倒才又醒過來。』

『好好回想一下，別忘了你的特色就是暴投。』

『就算射不進球門，也要暴投嗎？』

『那比被擋下來好太多了。』

朝風同學往球門走去，接著換了出雲走近我說：

『好恐怖的女人啊！』

出雲的語氣不像在揶揄我，他似乎是真的被嚇了一跳。

『想不想跟她約會啊？』

『不用了，謝謝。』

比賽重新開始了，由我方開球。

我立刻跑向了對方球門。我緊緊盯著守門員看，雖然他看著手上拿球的選手，但是我一點也不在意。我不能在射門前就被對方的氣勢壓倒。再這樣下去，咲良可能真的會不讓我踏進家門。

手球被傳到了球門前。

我接到了球。

我瞪著守門員看。他立刻轉向正面，擺出守門的姿勢。我們兩人的視線交會，目光在空中擦出劇烈的火花。如果是被對方叫到學校後面的話，那我當然拔腿就跑。但是，這裡是球場，而且我手上有投擲武器。

守備球員擋住了我。雖然出雲發出要我傳球給他的暗號，但是這次我可不讓步。

我順著身體移動，以近乎犯規的動作撞開守備球員。裁判沒有吹哨子。

我使出百分之一百二十的力量丟出暴投球。

雖然守門員立刻移動了腳步，但是來不及擋住球。他臉上浮現慌張的表情，回頭順著球移動的方向看去。

越過守門員的球碰觸到地面而彈起，結果偏離了球門。

射門失敗了。

我看見出雲露出不滿的表情，不過我倒覺得這樣很好。因為剛剛雖然只有一瞬間，但是守門員確實表現出害怕的樣子。

敗給了比賽，卻贏了相撲。老爸在看相撲比賽的電視現場轉播時，經常會這麼說。或許現在的狀況和老爸說的不同，但對我來說，現在的感覺就像雖然射門失敗了，卻在氣勢上贏了對方。我確實感受到了有可能贏得這場比賽的感覺。

在那之後，比賽以雙方一進一退的反覆攻守持續進行著，而且進行得越來越激烈。或許是因為我撞開了對方的守備球員，才使得比賽變得激烈。

瀨戶老師告訴過我們手球比賽不會太嚴格取締犯規，而且第一場比賽時，雙方都沒有選手被裁判舉黃牌或紅牌。但是這場比賽進行到後半場時，我方和對方都各有兩名選手被裁判舉黃牌。相反地，雙方都沒有被出示因為進行消極性比賽❸才會有的警告。

天氣很熱，球場上的熱度也很高。

因為比賽進行得激烈，相對地也容易累積疲勞。一旦感到疲累，選手的脾氣就會變得暴躁，比賽也就會變得粗暴。

比賽進行到了剩下兩分鐘的時間、我方落後兩分的局面。

出雲以運球的方式出其不意地衝出包圍，並且展開快速攻球。對方的守備球員追不上他的腳步。

我一邊追著毫不理會對方選手、朝著球門火速奔去的出雲背影，一邊心想這分得定了。

然而，或許是因為自覺無法守門，對方守門員衝出了球門區域。衝過頭的守門員就這麼猛烈撞上了出雲，身形矮小的出雲被彈了出去。

裁判的哨子聲響起。對方守門員當然被舉了黃牌，而且被罰了七公尺球。

我拉起倒在地上的出雲。

『那傢伙是故意的。看我比較矮，就小看我。看我怎麼修理他。』

我用力抓住出雲顯得興奮過度的兩邊肩膀。出雲說得沒錯，那傢伙是故意撞人。那傢伙可能以為只要阻礙了出雲的快速攻球，他就有辦法擋下七公尺球。他想得美！

『我來修理他。』

『咦？』出雲放鬆肩膀的力量說。如果要和那傢伙打架，不管是出雲還是我，應該

譯註❸：在手球比賽進行中，當裁判認定持球隊無射門意圖時，即可判定為消極性比賽。

都打不贏他。

『你要怎麼修理？』

『用暴投球痛K他。』

我接過手球，站在七公尺線前面的位置上。

對方的選手們後退了三公尺，而我方選手們站在自由擲球線的位置。

守門員張開雙手、站穩腳步，擺出守門的姿勢。他一副目中無人的表情，彷彿在說他的防線堅固，不可能被輕易破壞似的，全身散發出『儘管放馬過來』的氣勢。那模樣簡直就像金剛力士一樣，讓人不禁想把他擺在寺廟的山門旁守衛著。

不過，我一定會破壞他的防線。

裁判的哨子聲響起。

我必須在三秒鐘內丟出手球。

第一秒，我先和守門員互瞪，表現出我不會輸給他的氣勢。

第二秒，我直直看著守門員的眉間，瞄準位置。

我高高舉起了右手的手球。守門員確定手球去向後，收縮著全身肌肉，準備隨時做出反應。

第三秒，我讓身體前傾跳起，然後用力丟出手球。

守門員瞬間無法做出反應。

因為被我丟出的手球不是朝向左邊，也不是朝向右邊，而是直直朝向他飛去。現在是重要的一刻，說什麼也應該讓射門成功。可是，我更想要痛K守門員。

碰！

以百分之兩百的速度向前飛去的手球陷進了守門員的臉部。

守門員甚至沒能夠用手擋住臉，他就這麼遭受手球的直擊，身體搖搖欲墜地往後倒。

碰撞臉部而彈起的手球畫出一條弧線飛過空中，最後掉落到站在自由擲球線位置等候的出雲手中。

『出雲，快射門！』

聽到我的喊叫聲，出雲立刻帶著球跑了出去。他一跑到球門線前面，便跳起來射門，成功得了分。

我方進了重要的一分。

出雲著地後，故意裝成停不住身體動作的樣子用肩膀攻擊站立不動的守門員。守門員倒向了球門內。出雲報仇成功。

出雲舉高雙手，做出握緊拳頭的姿勢後，跑來了我身邊。

『我痛K他了。』

『我也順便撞倒他了。』

真是痛快啊！這麼想著的我看向球場外，結果發現瀨戶老師和咲良並肩站著，她們兩人一邊把雙手交叉在胸前，一邊點了點頭。

然而，痛快的心情也只延續到這裡而已。

在比賽的最後一分鐘，我們沒能夠有射門機會。雖然朝風同學擋下了對方的射門，但是換成我方攻球時，便傳來了比賽結束的哨子聲。

二十二比二十三，很可惜，我們以一分之差落敗了。雖說只有一分之差，但終究改變不了輸球的事實。

我感到一陣無力，當場癱坐了下來，汗水流進了我的眼睛。我感到懊惱極了，也覺得自己很沒出息。想到我們才輸一分，我就忍不住責怪起自己如果在上半場能夠更加把勁與對方守門員較勁，我們就不會輸了。

『我們輸了，也沒辦法達成目標。不過從你們的表情看來，比賽應該有了成果才對。玩手球很開心，但是輸球的時候很不甘心。你們現在只要體會得到這點就夠了。剩下的等上了高中部以後，我再教你們。』

瀨戶老師在比賽後說了這番話。

『回家了。』

咲良只說了這麼一句。看來，我好像進得了家門的樣子。

我慢吞吞地換上了衣服。儘管暑假要到八月底才結束，我卻有種一切都結束了的感覺，不禁覺得炙熱的天氣變得煩人。

『可惡，要是能再多五分鐘時間，我們就會贏的。』

出雲一副悔恨不已的樣子從上衣扯下選手號碼布，然後用力砸向臨時被當成更衣室的教室牆上。

『等上了高中部，就算不願意，上下半場也都得比三十分鐘。』

出乎意料地，朝風同學一副很乾脆的模樣說。

『不是那樣的意思。對吧？隼。』

出雲尋求著我的同意，我茫然地點點頭說：

『啊！嗯。』

聽到我顯得窩囊的回答，出雲一副快要跌倒的樣子說：

『喂！你剛剛丟七公尺球時的那股氣勢跑到哪裡去了？那個守門員吃了你一球以後，都流鼻血了欸！』

朝風同學探頭注視著我的眼睛說：

『那一球真是漂亮。不過，那是暴投球嗎？還是你故意丟守門員的？』

『百分之百故意的。』

『幸好我們是同隊。』

我聽了，只稍微揚起嘴角笑笑。

21. 遠在三千里外

我睡了一場大覺。

因為一直過著睡前不需要預約定時房間冷氣的早起生活，所以睡到一半因為太熱而稍微張開眼睛好幾次，但我就是不想起床。儘管汗流浹背，我還是不肯從淺睡之中醒來。

森林裡的睡美人是被王子親吻後，從漫長的沉睡中醒來。都市裡的睡窩囊廢是被只有傲慢態度像個公主的咲良踹了背部一腳後，從漫長的睡夢中被拖了出來。

『你知不知道現在幾點了？』

咲良在我耳邊大吼，我不得已只好搖搖頭回應她。

『好熱。』

我發現胸前被汗水沾濕了一大片。

『已經快中午了。』

『嗯～我睡了那麼久啊？』

可能是腦袋總算開始空轉暖機，到了這時我才想起自己只穿著T恤和內褲睡覺，於是急忙遮住正面。正面呈現挺有精神的狀態。

『把血液集中在頭部吧你！』

咲良丟下這句話後，便走出了房間。等到剩下我獨自一人時，我探頭對著內褲裡面說：

『這種要求太難了，對吧？』

我稍微沖了一下澡。多虧睡得很沉，所以幾乎不再感到疲累，只是全身的關節部位很痛，小腿也很痠痛，可能是一方面因為太緊張，所以身體用力過度了。參加完第一次的正式比賽後，我體會到了這個事實。

『我快餓死了。』

為了說話誇張的咲良，我用昨天剩下的白飯炒了炒飯。既然會做疑似三明治的食物，那就應該自己做些就算稱不上料理、也還能夠填飽肚子的飼料，沒必要非得等到我起床啊！雖然我很想這麼告訴咲良，但是看見她什麼忙也不幫地在沙發上閒躺，我只好默默揮動著鍋鏟。

『普普通通。』

這是咲良對於早餐的感言。雖然說我是利用剩下的食物迅速炒了炒飯，但這可不是一道普通的炒飯。我在放入大量蔥末及培根炒出來的炒飯上面，擺上了一人份用了兩顆

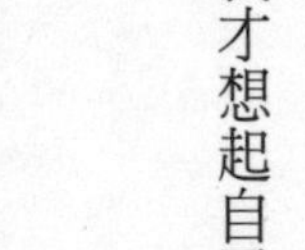

雞蛋並且融入奶油的蛋包。所以我一副感觸極深的模樣小小聲反駁說：

『挺好吃的。』

『肚子餓的時候，吃什麼都好吃。』

咲良若無其事地做了反擊。

真不知道咲良是在什麼樣的家庭長大的，我還真想看看她的爸媽長成什麼樣。

我用湯匙劃破蛋包，用蛋包裡流出來的濃稠蛋汁一邊攪拌著炒飯時，忽然想到了一件事。咲良到現在就只跟我說過她是住在長野縣茅野市的遠房親戚，沒有更多的說明。而她來東京的理由不是離家出走，是為了參觀高校。

『妳今天不出門嗎？』

『等會要出門，你也一起去。反正你很閒吧？手球比賽也結束了。』

『可是我又沒有用。』

『有沒有用由我來決定，你只要乖乖跟著我就好了。』

窗外依舊是炎炎夏日，我真希望今天一天能夠在家裡悠哉度過。

『要去哪裡？』

『橫濱附近。』

『啊？橫濱我一點也不熟欸！』

我知道橫濱是神奈川縣的縣政府所在地，老爸也曾經帶我去過橫濱的中華街。我們現在吃的炒飯也是我把在中華街吃到的炒飯加上一些變化料理出來的。我對橫濱的認知就只有這些而已。對於連東京二十三區都感到陌生的我來說，橫濱就像一張空白地圖。

『我也不熟。萬一我一個人去那裡，結果迷了路，最後被外國人帶走了的話，你要怎麼負責？』

『妳說的是小說裡才會有的情節，而且我應該沒有責任吧？』

『反正就是要去啦！趕快吃一吃，趕快準備出門。』

對話被中止了。如果把反抗咲良的麻煩程度和順從她的麻煩程度放上天平去秤，應該是乖乖跟去橫濱會比較好吧！於是，我把還沒吃完的炒飯扒進了嘴裡。

在前往橫濱的路上，咲良一直保持著沉默。她一副不開心的模樣嘟著嘴巴，好像在煩惱什麼的樣子。

我們搭上了從澀谷通往橫濱郊外的電車。咲良幫我付了車票錢。在冷氣很強的車廂裡，我無聊地望著電車路線圖，結果發現老媽家附近的車站。我心想：『原來老媽是搭這個電車啊！』不過，我並沒有因此覺得親近了老媽一些。

我沒去老媽的新家玩過。雖然老媽拐彎抹角地約過我幾次，而老爸也沒有反對，但我就是沒有想去玩玩的動力。我並不討厭與老媽見面，也接受了老媽與老爸以外的某人住在一起的事實。即使如此，我依然覺得老媽住的地方比三千里更遙遠。

電車越過多摩川，進入了丘陵地。在一片陌生的景色之中，只有金燦燦的太陽不停緊追在後。如果現在被咲良丟在這裡，或許我會哭出來也說不定。東京很大，但連接東京的世界更廣大延伸著。

『喂！到了。』

當咲良這麼告訴我時，我已經打起了瞌睡。

『咦？已經到了喔？』

擔心被咲良丟下的我慌張地走下月台，我看向彷彿就快飄來水泥味道的月台上的站牌，發現這裡正是老媽家附近的車站。原來在我打瞌睡之間，已經走過了三千里的旅程。

陽光照射下的寬敞圓環沒有風吹動，相當悶熱。我看見車站對面有購物中心，也看見身穿制服、應該是參加完社團活動的女高中生身影，眼前的景象告訴了我這裡不是世界的盡頭。咲良站在公車路線說明圖旁的周邊地圖看板前面，注視著地圖好一會兒時間。站在旁邊一起探頭注視著地圖的我心想，不知道老媽住在哪一帶？只是，我不記得地址了。

『要搭公車嗎？』

『搭公車也到得了，不過我們用走的。』

可能只有兩、三站的距離吧！雖然只有這樣的距離，但是想到要走路，我不禁感到一陣疲憊。

『那這樣，坐公車好不好？我來付車錢沒關係。』

我這麼提議時，咲良已經走了出去，而且沒有停下腳步的意思。我只好跟在她的後頭走去。

我們從車站順著平緩的爬坡路前進。

走了一下子就不見路旁有商店，四周只有看似公寓的相似獨棟住宅並排著。與我居住的地區相比，這裡的每棟住宅用地都寬敞許多。相對地，天空也顯得遼闊許多。拜這點所賜，這裡能夠遮蔭陽光的地方很少，我的額頭立刻冒出了汗珠。咲良也是一副汗流浹背的模樣。可能是這樣的緣故，咲良雖然刻意不搭公車而堅持走路，但是她的腳步絕不算快。

在這個剛過正午，緊追不捨的太陽稍微往西沉的時刻，路上的行人稀少。

蟬聲不停地傳來。雖然在東京也會聽到蟬聲，但我從沒留意過。不知怎地，這裡的蟬聲一直在我耳邊纏繞不去，一定是因為咲良保持沉默的氣氛太沉重了。

我心想應該說什麼話比較好，但是我本來就不是個性體貼入微的人，再加上天氣熱得讓我的腦袋發脹。

『好想吃冰淇淋喔！』

連我自己都覺得說了無聊透頂的話。

『不想吃。』

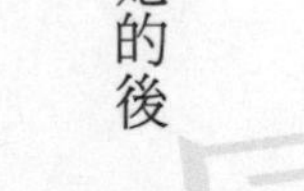

咲良語氣冷淡地答。

『那果汁呢？』

『不想喝。』

『剉冰怎樣？』

『少囉唆。』

咲良疾言厲色地說，連看都不看我一眼。我可是擔心氣氛太沉悶才說話的欸！這什麼態度啊？乾脆丟下她，自己掉頭走回車站好了。雖然剛剛走來的路不是筆直延伸，但是幾乎沒有轉過彎，所以一個人走回去也不會迷路。然而，膽小的我就是不敢這麼做。

我們再次陷入沒有交談的沉默中走了五分鐘左右後，咲良停下了腳步。

『就是這裡。』

『這裡是哪裡？』

我環視了四周一遍，沒發現看似高校的建築物。我和咲良就站在約五層樓高的公寓前面，這棟公寓和沿路上看到的好幾棟規模頗大的公寓相似。

『就是這棟公寓。』

『公寓裡面有高中啊？』

『我又沒說要參觀高中。』

『什麼嘛！不是要參觀高中啊？』

我想起咲良拿出來的一覽表上面的高校好像都在東京二十三區的範圍內。

『從下了電車的時候，我就在猜了。原來你真的沒來過。』

不知怎地，咲良露出憎恨的眼神看著我說。

我抬頭重新看了一次眼前的公寓，然後看向掛在公寓大門旁邊的牌子，並且低聲唸出牌子上的公寓名稱。這個公寓名字好眼熟。我想起每年收到的賀年卡當中，都會看到這個地址。

『這是我老媽住的公寓。』

我好像在不知情之下，來到了這個應該存在於世界盡頭的地方。

『你總算發現了。』

『可是，為什麼妳要來這裡……』

在我無法順利地用言語表達出困惑之下，咲良的冷漠聲音打斷了我。

『因為這裡也是我父親住的公寓。』

我的思路中斷了。對一個不懂人情世故的國中三年級生來說，這個告白的衝擊也未免太大了。明明不斷有蟬聲響起，聲音卻從我四周的世界消失了。我凝視著咲良，因為如果連景色都消失了的話，我可能會就這麼暈過去。

在熱氣下晃動的空氣背後，我看見咲良的眼底散發出彷彿要推開我的冰冷，卻同時帶著彷彿抱住了我的溫暖。

22. 虛線關係

耳邊再次傳來了蟬聲，咲良站在炎炎夏日之中。

『……也就是說……』

一片空白的腦海裡浮現了連接我和咲良的家譜圖。

『你的母親和我的父親住在同一棟公寓裡的同一間屋子裡。也就是說，我們是同樣被再婚夫妻推給各自的離婚對象的小孩子。』

我和咲良連上了關係。不過，是用虛線連上的關係。

『妳說的遠房親戚原來是這麼回事啊！』

『我是不知道法律上算什麼關係啦！可是我沒有說謊。』

『這很難說。』

我歪著頭說。就算不是謊言，但也很接近了。我內心某處有種受騙的感覺。

或許是察覺到了我的想法，咲良像個機關槍似的喋喋不休說：

『我有我的苦衷。發生了很多事情，比你的情形複雜得多，這我晚點再跟你解釋。』

『苦衷啊……』

『先不說這個，我帶你來是有理由的。』

『再來是理由啊……』

我忍不住嘆了口氣。不過，忙著處理苦衷和理由的咲良根本沒有理會我。

『你把你媽媽叫出來，然後找個地方去。只要出去兩個小時左右就好了。』

『為什麼？』

『為了讓我和我爸單獨說話。』

原來是這麼回事啊！

『不知道我媽在不在耶！她是個上班族，現在下班時間還沒到。』

『今天是星期六。』

自從放暑假後，我日子過得都不知道是星期幾了。如果是星期六的話，當然不用上班。

我猶豫不決地說：

『可是，突然去找我媽，她應該會覺得很怪吧！』

『反而會覺得高興吧！你不是和她處得很好？』

『我不確定欸！』

『好了啦！五〇六號房。』

咲良把我推進了公寓大門裡，然後退後幾步盯著我。在她的催促下，我按了對講機上的房號。

『喂，找哪位？』

對講機立刻傳來老媽的聲音。

『那個啊……』

『啊！隼。』

可能是透過對講機螢幕看見了我的臉，在我說出名字前，老媽先喊了我的名字。

我以眼神向咲良請示命令，結果她頂出下巴要我說話。我不禁心想：『我到底在幹什麼啊？』

『我剛好來到這附近，所以想說來找妳。』

『好啊，上來吧！』

公寓大門被打開了。

『嗯，可是……那個……怎麼說呢？就是啊……』

看見我說話顛三倒四的模樣，咲良彷彿在說『真是沒用』似的用單手遮住了臉。

『沒什麼好客氣的啊！』

再拖拖拉拉下去，有可能會無法拒絕老媽，於是我鼓起勇氣開口約了她。雖然這麼做也不會少一塊肉，但是我不禁心想：『為什麼我要為了這種事情鼓起勇氣啊？』

『可是，要不要老媽妳出來啊？這樣可能比較自在，也比較好說話。』

停頓了一下後，老媽才開口說：『好吧！等我五分鐘，我馬上下去。』

總算是完成了任務，我不禁鬆了口氣。

『做得很好。等會我會躲起來，你們趕快離開。』

咲良一副彷彿在說『你已經沒用了』似的走出公寓大門。

咲良是因為等會要跟父親見面，所以沒有多餘的心思去想其他事情。我做了這樣善意的解讀。如果不這麼想的話，我太可憐了。

還不到五分鐘，老媽就出現在公寓門口了。她提著購物袋，身上穿著短袖POLO衫配上短褲裙。因為我總是看到老媽下班時的套裝打扮，所以她現在的裝扮看起來像是家居服，我不禁害羞了起來。

『你臉上的傷是怎麼了？』

老媽指的是被出雲打傷眼瞼的傷口。我今天沒有貼上OK繃，眼瞼也消了腫，傷口已經變得不明顯了。可是，老媽一眼看到我就立刻發現了傷口。這就是所謂的母親嗎？

『我不小心摔了跤。』

『有沒有去給醫生看？』

『因為是在學校，所以我去了保健室。沒事的。』

不知道老媽是不是真的接受了我的說明，她點點頭說了句：『是喔！』

『話說回來，這是怎樣的轉變啊？以前不管我怎麼約你，你都不肯來，現在卻會自己來找我。』

『嗯，就很自然地想來。』

『那須先生也很想見你呢！』

那須先生是老媽的新配偶，是咲良在遺傳學上的父親姓名。我還沒見過那須先生，所以我不知道咲良像不像他。

『下次吧！』

『沒關係，你不用勉強自己。我們走吧！』

我和老媽並肩走出公寓門口。我若無其事地看向四周，但沒有發現咲良的蹤影。

老媽帶我到了住宅區裡的唯一一家咖啡廳。

老媽點了冰摩卡咖啡，我點了新鮮葡萄柚汁，我們兩人也都點了蛋糕。

『你怎麼這麼厲害？有辦法自己找到這裡來。』

『我好歹也國中三年級了。』

因為不能說是咲良帶我來，所以我稍微自誇了一下。如果要我自己再來這裡一遍，我肯定會退縮。不僅如此，我甚至擔心沒辦法自己回去。

『你老爸知道你來嗎？』

『老爸出差去了，不過應該快回來了。』

『你三餐有沒有照常吃啊？不可以老是吃速食喔！』

『我很會做飯的。』

老媽堆起眼睛下方的皺紋，輕輕笑笑說：

『母親不在身邊的好處就是兒子會被訓練成很會做家事吧！好想吃吃看兒子做的飯喔！』

『會有機會的。』

蛋糕送來了。老媽點了草莓蛋糕塔，我點了已過了盛產季節的蒙布朗。老媽看見我點的蒙布朗後，瞇起眼睛笑笑，但是她沒多說什麼。不知道咲良那邊的狀況怎麼樣了？

『手球玩得怎樣？你好像變壯了。』

『昨天我們在東京大賽的第二場比賽輸了。』

『啊！這麼弱啊？不僅是冷門運動，還這麼弱，沒半點好嘛！』

『雖然國中部很弱，不過聽說高中部是以Inter-high為目標。』

『雖然我不知道什麼是Inter-high，不過聽起來感覺不錯。所以你也要以這個為目標囉？』

『如果升得上高中部的話。』

『當然升得上，因為你是媽媽的兒子啊！不過，你也是爸爸的兒子，這點比較讓人擔心。』

咖啡廳裡的椅子明明坐起來很舒服，我卻無法靜下心來，有種屁股發癢的感覺。像現在這樣一邊和老媽說話，我也一邊想著什麼時候該老實說出咲良的事，一顆心一直懸著。

就算咲良拜託那須先生不要說出來，我也不認為那須先生會瞞著老媽與咲良見過面的事情。這麼一來，老媽自然猜得到我為什麼會在這裡和她見面。如果我裝作不知情地就這麼走人的話，下次肯定會不好意思和老媽見面。

為了製造切入話題的時機，我把蒙布朗頂端的栗子放進嘴裡，用臼齒咬碎栗子說：

『其實啊……』

『你有什麼話想跟我說對吧？就算沒有住在一起，我還是看得出來兒子有心事。』

『可能要講很久喔！』

『現在是夏天啊！還要很久太陽才會下山。』

老媽把兩邊手肘靠在桌上，然後十指相扣，一副彷彿在說『快說來聽聽吧』的表情。

『我不知道有沒有辦法好好說明，不過妳別誤會喔！我從來沒有主動做過什麼。』

在我說出冗長的開場白時，老媽一副通情達理的模樣不斷點頭。

『我今天會來找妳是因為——』

就在我好不容易準備切入正題時，老媽的手機響了。

『等我一下喔！』
老媽拿著手機站起來，然後走出了咖啡廳。
我帶著撲了個空的心情喝了口剩下的果汁。明明我什麼都還沒說，卻已經覺得口乾舌燥。我會覺得口渴不是因為吃下的蛋糕會吸水，而且咖啡廳裡的冷氣很強，所以也不是因為天氣太熱。
不久後，老媽回到座位上。她把手機擱在桌上，用指尖敲打手機發出『叩、叩』的聲音。
『原來是這麼回事啊！』
突然聽到老媽這麼說，我也只能偏著頭說：
『什麼怎麼回事？』
『剛剛是那須先生打來的電話，他說他女兒來了。』
『喔，這樣啊！』
那須先生向老媽報告的速度比我預期的快了許多。我無法判斷這是因為他們感情很好，還是咲良的出現對他們來說是個重大事件。不管怎麼樣，剛剛我已經表態要主動說出咲良的事情，所以不會覺得太尷尬。而且在說明前，那須先生先打了電話來，也幫我省了麻煩的說明。對我來說，剛剛切入正題的時間或許是個最佳時機。
『原來你不是專程來找我的啊？好傷心喔！』

老媽背靠在椅背上說。

『抱歉。』

雖然我不覺得這是該道歉的事情，但是我想不到其他話好說。我低著頭抬高視線看了老媽一眼，發現老媽也不像真的很生氣的樣子。

老媽探出上半身說：

『難得有這個機會，要不要四個人一起見面？』

『……我都好。』

老實說，這不太好。我還沒作好心理準備。光是要和那須先生見面，就夠我緊張了，如果再加上咲良，那該怎麼辦才好？不過，我想到咲良不可能會答應四個人一起見面。因為她就是為了不想碰到這種場面，才會要我把老媽叫出來的。

『那就這麼決定了。』

『咦？不用先問問咲良的意見嗎？』

『這不用擔心。就算他們是親生父女，也不可能讓他們在我這個現任妻子不在場的時候，擅自決定事情。』

在我想起老媽一向作風強勢的同時，也在心中憎恨起咲良。想到要跟老媽的再婚對象見面，就教人心情往下沉。

老媽好像很興奮的樣子。

23. 乍看之下的四人普通家庭

在車站附近的日本料理餐廳裡，我們在鋪有榻榻米的座位上面對面而坐。所謂的我們是指我、咲良、老媽，還有那須先生。四人當中，我和那須先生、老媽和咲良是第一次見到彼此。

我和咲良並著肩，與各自的父母親面對面而坐。這裡採用了桌子底下挖空、可以伸長雙腿的榻榻米座位，所以不用跪坐或盤腿坐。然而，坐在蓬鬆過度的坐墊上，我的屁股卻是比在剛剛那間咖啡廳時，顯得更不舒服地扭來扭去。

『天氣這麼熱，就吃冷涮肉套餐好了。還有，我們要生啤酒。』

老媽的一句話決定了餐點，沒有人提出異議。

咲良緊閉著嘴唇，以和平的方式表明她拒絕加入對話的意識。那須先生只發出『嗯』的一聲點點頭。至於我呢～我就像班會上在選幹部或是決定校慶節目時一樣，低著頭就怕要發表意見。不過，我心想：『老媽又來了。』老媽的觀念老是認為發育期的小孩就是喜歡吃肉。可是，我現在一點想吃肉的感覺都沒有。

『妳的制服很可愛，而且穿起來很好看。』

牛肉
松
竹
梅
松
竹
梅

儘管聽到老媽的誇獎，咲良還是沒有反應。

店員立刻送上了兩杯生啤酒，還有給我和咲良喝的冰茶。生啤酒的玻璃杯蒙上了一層冰霜。那須先生舉起啤酒杯稍微往前推了後，又放了下來。

『好像沒什麼值得乾杯的事。』

我稍微抬高視線看了一下，看見那須先生一副感到傷腦筋的表情面向著坐在他身邊的老媽。他的樣子看起來不像個壞人。他和咲良長得不怎麼像，穿著POLO衫，是個不胖不瘦、中等身材的一般中年男子。

『也不是什麼人的生日。』

老媽一副彷彿在說『我很會說笑話吧』的表情對著我笑。我不得已只好沒出聲地露出笑容回應她。咲良立刻從旁邊踢了我的小腿一下。

兩杯啤酒被送到嘴邊一傾，冒著泡沫的液體就這麼被咕嚕咕嚕喝了下去。

啊~我也好想喝喔！我打從心底這麼想著，就連喉嚨都快發出聲音來。

雖然我不曾偷偷喝過酒，也沒興趣故意做出叛逆的行為，但是在此刻，我真的很想喝啤酒。空氣中瀰漫著不該讓四人各說各話的期望，在如此沉悶的氣氛之中，如果繼續保持著清醒，會讓人想要逃跑。

女服務員也露出感到不可思議的表情。乍看之下，我們四人就像隨處可見的四人家庭。但是，女服務員似乎感受到了我們四人之間的怪異氣氛。

那須先生放下啤酒杯看了我一眼，我看得出來他很想找些話題跟我說。他的杯裡只剩下一半的啤酒，如果他願意把那一半啤酒給我喝的話，我想我就有辦法好好地回答。

『隼，咲良好像給你添了很多麻煩的樣子。把你捲入我們家的家務事，真的很抱歉。』

聽到長輩如此有禮貌地對我說話，我更是不知道該怎麼回應了。

『不……啊！我沒關係。』

這時，噗哧一聲笑出來的不是咲良，而是老媽。

『隼，你那樣子就快變成木頭雕像了。』

『會、會嗎？』

咲良又從桌底下踢了我一腳。

『咲良。』

老媽面向咲良說，她直直注視著咲良的臉。咲良拗不過老媽的視線，於是開口說：

『什麼事？』

『我聽了隼的說明，那須也跟我說過關於妳的事。雖然這麼做不太好，但是妳的行動力值得讚許。隼絕對沒有像妳這樣的行動力。拜妳所賜，我們四人才有機會這樣一起吃飯，所以對於這點，我很感謝妳。』

老媽的態度似乎讓咲良感到有些意外。即使如此，咲良仍然對老媽帶著敵意，從她緊抓著坐墊一角的動作就看得出來了。

『我不記得做過什麼讓妳感謝的事。我根本不想見妳，也不想妳插嘴我和父親的談話。』

『聽說妳上了高中後，想自己一個人住在東京，對吧？』

『這跟妳無關吧？』

我頭一次聽到這件事，不禁驚訝地說：

『什麼意思？妳不是全家要搬來東京嗎？』

咲良一副感到很麻煩的表情皺起眉頭說：

『那是你一廂情願的想法，我只說過我是來參觀東京的高中。』

『妳說過不是離家出走吧？』

『我出來時有留字條，每天也會打一次電話回家，所以我不是離家出走。』

『那這樣，原本要收留妳的朋友爸爸住院是真的嗎？』

『那是騙人的。這我晚點再跟你道歉，所以你現在可不可以安靜點？』

可能是在重要的時刻被轉移了話題，咲良顯得很焦躁。剛剛說『晚點再跟你解釋』，現在又說『晚點再跟你道歉』，我的事情總是被往後拖延。就算咲良沒開口要我住嘴，我合不攏的嘴巴裡也只吐得出嘆息聲而已。

『妳這樣對隼太沒禮貌了。』

『是爸爸和媽媽讓我這麼沒禮貌的吧？你們擅自決定離婚，又擅自決定再婚。你知不知道我因此受了多少折磨？我也有表現任性的權利。』

咲良一點也沒把我的事情掛在心上，她任憑情感宣洩地對著她的父親那須先生氣沖沖地說。看不下去的老媽試圖安撫咲良的情緒，從旁插嘴說：

『就算有權利，可是突然說要一個人住不太好吧？』

老媽的話似乎又惹惱了咲良。

『那妳要跟我和爸爸三個人一起住嗎？』

『嗯，可以考慮看看。』

咲良用力搖了搖頭，她的長髮隨之甩動。

『我才不要，因為同樣的事情還是會再發生。不管住在哪一個家，我都是個拖油瓶，所以我只想一個人住。』

『意思是說不想依靠父母，但是生活費要照拿，是嗎？』

『沒錯，不行嗎？』

『妳想得太天真了。』

老媽舔了一下嘴唇，準備開始發表長篇大論時，那須先生制止了她。換成是那須先生以訓話的口吻說：

『我明白妳的想法。不過，這不是爸爸能夠獨自決定的事情，我想這點妳應該也很了解吧？沒有媽媽的同意，爸爸是不能擅自做決定的。妳應該要和媽媽、還有那邊的爸爸再好好談一談。』

『你不要這樣逃避問題。』

『爸爸沒有在逃避問題。只是照離婚時的決定，妳的親權和扶養權是交給了媽媽。』

『還說什麼親權啊！你們兩個早就放棄當我的父母了。』

砰！咲良用力拍打了桌面。擺在她面前的玻璃杯裡濺出幾滴冰茶，也沾濕了杯墊。

『沒那種事。不管是爸爸還是媽媽，都不可能不為妳著想。』

『少囉唆！』

咲良伸出了手。

我心想：『糟糕！』但一時沒能阻止咲良。

啪！

咲良呼了那須先生一巴掌。雖然那力道比呼我巴掌時客氣許多，但是咲良確實打了她老爸。

那須先生和老媽都吃驚地愣住了。這也難怪，因為就連習慣被咲良暴力對待的我，也不禁懷疑起自己的眼睛。

『我要走了。』

趁著大家還沒做出反應之前，咲良忽然從榻榻米上站起身子，不顧差點撞上端來料理的女服務員，便套上鞋子走了出去。

『我去追她。』

我難得反應快速地說，然後穿過瞪大眼睛、一臉驚訝的女服務員身邊，追著咲良的腳步。

走出餐廳後，立刻感覺到仍帶著白天熱度的空氣襲上全身。

我使出全力奔跑著。或許是參加社團活動得到了成果，跑在前頭的咲良背影一下子就拉近了。在黃昏天色之中，我抓住了咲良顯得意外纖細的手腕。

『是妳不對。』

『你要幹嘛？你根本不懂我的心情。』

咲良掙扎著試圖甩開我的手，但我更用力地握緊她的手腕，不讓她掙脫。

『我是不懂。可是妳也不懂我的心情吧？妳也不懂那須先生和我媽的心情吧？』

『那又怎樣？放開我啦！窩囊廢。』

我放開了手，張開抓住咲良的手掌，然後就這麼揮動了手臂。

啪！

雖然力道很輕，差不多只有剛剛咲良手下留情的巴掌力道的十分之一，就跟指尖畫過臉頰沒兩樣，但是我確實打了咲良。

咲良停止了掙扎。她原本瞪著我看的怨恨眼神裡，流露出驚訝與困惑的神色。比起咲良，我自己更是嚇了一大跳，然而，我卻用冷靜的聲音說：

『跟我回去。回去向那須先生道歉，然後一起吃冷涮肉。我和妳都必須多成長一些，所以要吃肉。』

雖然我說話的語調很冷靜，但是內容很奇怪。可是，咲良卻乖乖地讓我牽著她的手，一起走回餐廳。

我們共進了晚餐。雖然對話不多，但是我們四人確實在同一張餐桌上用了餐。

據說，『if』不適用於過去。不過，我還是忍不住去思考那個可能性。假設我們四個人組成家庭，並且在同一個屋簷下生活——如果真是如此的話，我肯定會非常討厭咲良。

不知道怎麼搞的，咲良氣鼓鼓地吃著冷涮肉的側臉看起來很可愛。

24. 金色蒙布朗物語

這天晚上，我和咲良投宿在距離老媽他們公寓不遠的商務飯店。

以那須先生的立場來說，當他聽到老爸出差不在家後，當然不可能讓咲良再回到我家，所以那須先生提議咲良住在他們的公寓。我也覺得應該這麼做。

『我死也不要一起住。』

誰知道咲良卻堅持己見地這麼說。我能體會她的心情。想必她就是因為不願意一起住，所以不惜說謊也要寄住在我家吧！或許她是覺得一旦住了一晚後，她想要一個人住的希望就會徹底地粉碎。

最後，那須先生屈服了，他決定幫咲良安排飯店。或許我在腦海裡描繪著回程路線時，露出了不安的表情。就算沒有，老媽也很清楚橫濱根本遠遠超出我的行動範圍。

『隼也住下來吧！』

雖然我虛張聲勢地說我可以自己回家，但是當我聽到那須先生用手機預約了兩間單人房時，其實心裡鬆了一大口氣。

那須先生和老媽陪我們到飯店櫃台完成投宿登記手續後，便離開了。兩個並肩而行的身影消失在黑暗之中，儘管沒有依偎在一起，卻散發出兩人是夫妻的氣氛。我不禁覺得自己好像看見了很不可思議的景象。

進到房間後，我先沖了澡。其實我是想好好泡個澡整理一下雜亂的思緒，但想到肯定會冒出一身汗，也就打消了念頭。

我換上飯店準備的浴衣，那浴衣的長度不夠長，露出了小腿。我躺在彈簧硬邦邦的床上，打開電視機看著愛情連續劇，看著看著，不知不覺地打起了瞌睡。我夢見我在玩手球。在夢裡，我負責當守門員，咲良和老媽一邊互相傳球，一邊迅速展開攻擊，朝我逼近。我大動作地擺出守門姿勢，卻發現身後的球門不知何時變成了像足球使用的球門那麼大。這下恐怕守不住門了。就在我感到絕望時，咲良朝著我射門。

門鈴聲喚醒了淺睡中的我。

我睡眼惺忪地打開房門後，看見咲良站在門外。她果然也穿著飯店的浴衣。飯店的浴衣是白底加上深藍色條紋的樸素花色，而我也穿著同樣花色的浴衣，可是穿在咲良身上卻散發出了夏夜的香氛。

『我從自動販賣機買來的。我可以進去吧！』

『啊……嗯。』

咲良把其中一罐啤酒遞給我後，在電視機旁邊的椅子上坐了下來。她拉開拉環，咕嚕一聲喝了口啤酒後，皺起了眉頭。

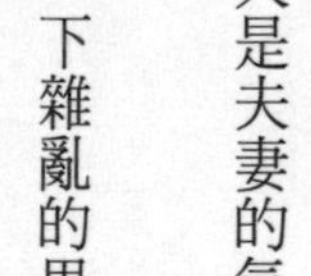

『滿苦的。』

我手中的啤酒罐冰透了。

『妳經常喝啤酒嗎？』

『沒有，我第一次喝。難得我買來了，你也喝啊！』

儘管語氣溫和，咲良的眼神卻命令著我喝啤酒。

『好吧！我喝。』

我也拉開了拉環。我一邊害怕地聽著嗤嗤作響的氣泡聲，一邊喝下一口啤酒。啤酒的味道確實很苦。但因為咲良一直監視著我，我只好忍著苦再喝了口啤酒含在嘴裡，然後在床角坐了下來。

『開始吧！』

咲良先關掉電視機，接著把啤酒罐擱在桌上。然後，她把雙手放在並攏的膝蓋上，緩緩低下頭說：

『對不起，我給你添了很多麻煩。』

第一次見到咲良如此溫順的態度，反而讓我不知道該怎麼辦才好，不禁有些慌張起來的我不小心又喝了口啤酒，結果被嗆到了。

『妳幹嘛啊？』

『我知道這不像我，而且在保持清醒之下，我也說不出口，我想你也聽不下去吧！

幸好我買了啤酒來。總之，我已經照約定向你道歉了。』

當咲良抬起頭時，她已經恢復平常的模樣，不過她的臉頰微微泛紅。我想咲良不是因為喝了啤酒，而是因為害羞才臉紅的吧！

『妳還沒好好解釋給我聽。』

『從吃飯時的對話當中，你應該猜到大致的情形了吧？』

『我知道妳媽媽好像也再婚了，可是我不明白妳為什麼堅持要一個人住在東京？』

『我的情形比你複雜多了。』

咲良伸手拿起啤酒罐。

『要不要我泡茶給妳喝？』

『雖然很苦，不過我想喝啤酒。』

咲良舉高啤酒罐大口喝下啤酒時，身上的浴衣前襟跟著敞開，露出浴衣裡的隆起胸形。我低下了頭。

『我爸媽是在我小學五年級的時候離婚。』

『那這樣我比妳早一年。』

『我們家是因為爸媽爭執了很久，所以才比較晚離婚的吧！那個時候我爸應該已經和你媽媽在交往了。聽說我爸是一個人派駐東京時，認識了你媽媽。』

『是這樣啊……』

我也伸手拿起了啤酒。

『就像你是由你爸爸扶養一樣，我是由我媽扶養。你也搬了家對吧？我也跟你一樣從長野縣的松本市搬到我媽的老家茅野市，也跟了我媽的姓。因為那裡很鄉下，我的事情一下子就在附近和學校傳開來。』

『雖然我的姓沒變，但是在都市的教室裡也會聽到人家在竊竊私語。』

咲良微微揚起嘴角笑笑，然後蹺起二郎腿，修長的小腿露出在浴衣裙襬外。我又低下了頭。可能是啤酒慢慢起了作用，我感覺到身體開始發熱。

『我的故事還有後續。在我升上國中一年級，流言也消失了的時候，我媽決定再婚。我又換了姓，變成現在的藤森。對方也帶了小學五年級的男生拖油瓶。那傢伙是個陰險的小鬼，我跟他超不合的。』

『他可能也這麼想吧！』

『他內心深處可能這麼想吧！』

因為喝了啤酒，我說起話來也變得大膽了。

『假設我被我媽、妳被那須先生扶養，我們在戶籍上成了兄妹的話，我覺得我一定會很討厭妳。』

咲良的浴衣裙襬掀起，我看見了她的內褲。那是晒在陽台上，後來被我收下來的內褲。就在我這麼想著時，咲良踢了我的腰部一腳。

『我才會討厭你哩！』

我一邊揉著肚子，一邊擔心地說：

『妳該不會也對妳弟弟施加這種暴力吧？』

『我在家裡是個乖小孩。在我媽媽、新爸爸，還有那個臭小子面前，我總是笑臉迎人。』

『所以妳把自己受的氣全都出在我身上啊？』

『沒關係的，因為你過得很好。』

『我也是有我的苦處。』

『我的故事還沒有結束。我媽媽和新爸爸的小孩就快出生了。』

咲良一口喝光啤酒，然後用手捏扁啤酒罐。我輕輕遞出了我的啤酒罐。我也有我的苦處，但是咲良吃的苦比我多。身為一個有可能成為兄妹的遠房親戚，以被揍了幾拳或被踹了幾腳來代替聽咲良發牢騷，我想也是應該的吧！

滴瀝一聲，豆大的淚珠從咲良的眼睛滑落到浴衣前襟上。

『妳別哭啊！』

『我沒在哭。』

咲良哭了。從她眼中湧出的淚珠滴滴答答地不停滑落，連我都不禁難過了起來。

『妳盡情地哭吧！』

『就跟你說我沒在哭。』

咲良逞強的聲音顯得顫抖。我緩緩伸出手摸了她的頭髮。她的淚水如決堤般湧了出來。

『哇啊～～～』

咲良抱住了我，把我推倒在床上，她的臉埋進我單薄的胸脯，緊抱著我哽咽了起來。她趴在我身上的身體很重、很溫暖，也很柔軟。我輕輕摸了摸她的頭髮，然後緩緩地不停撫摸。

雖然我覺得咲良很可愛，可愛得讓我很想親吻她，但是我就是做不來。我猶豫了好久仍然不敢親她，最後我開口說：

『沒事的。雖然我是個窩囊廢，但是對我來說，妳是金色蒙布朗。』

咲良只稍微抬高臉，然後用濕潤的眼睛抬高視線看著我，停止了哽咽說：

『什麼意思？』

『幸福的象徵。』

咲良在我的浴衣上擦了擦眼淚說：

『說清楚點。』

『這樣我會不好意思欸！從前有個少年很喜歡吃蛋糕，尤其是蒙布朗。』

『那個少年該不會把蒙布朗丟到湖裡了吧？』

我模仿著女神的聲音說：

『你丟進湖裡的是金色蒙布朗呢？還是銀色蒙布朗呢？』

『這根本是盜版故事嘛！』

眼睛泛紅的咲良說。她的眼神中帶著點銳利，雖然很恐怖，但是很可愛。

『不是，雖然也會出現銀色蒙布朗，不過故事全然不同。』

『說下去。』

咲良把雙手搭在我胸前，然後托著下巴閉上了眼睛。

我也閉上眼睛，靜靜地說起故事。說出我幼年時的回憶。

『少年在小學時參加了考試，一方面因為運氣還不錯，少年爭氣地考上了國立附屬學校。公佈合格名單的那天，少年的母親答應在回家的路上買蛋糕來幫少年慶祝。來到百貨公司的少年繞了好幾家蛋糕店後，停在其中一家蛋糕店的玻璃櫥窗前面動也不動。少年的眼睛盯著蒙布朗看。

『母親察覺到少年的心聲，於是連同少年父親的份買了三塊蒙布朗。回到家中，少年父親已經泡好了紅茶等待著他們回家。少年迫不及待地打開蛋糕盒，蛋糕盒裡裝了兩塊撒上金箔的蒙布朗，還有一塊撒上銀箔的蒙布朗。

『就算一個學前兒童也知道金比銀更高級。雖然我很想吃金色的蒙布朗，但是老媽搖搖頭說：「金色是給大人吃的，銀色才是給小孩子吃的。因為金色的蛋糕裡面放了一種叫做白蘭地的酒，小孩子吃了會醉喔！」

『老爸也嚇唬我說：「小孩子吃了，心臟會撲通撲通地跳不停，血液會在身體裡一直繞啊繞，然後頭暈倒在地上喔！」

『老爸和老媽吃了兩塊金色蒙布朗，我吃了銀色蒙布朗。我覺得銀色的已經夠好吃了。

『在那之後，老媽有時會買蒙布朗回來。她總是買兩塊金色蒙布朗和一塊銀色蒙布朗。我夢想著有天我們家的餐桌上會擺上三塊金色蒙布朗。我現在還小，吃銀色的就好了。再說，銀色的也很好吃。

『然而，在夢想的那天到來之前，老媽已經不見了。

『不知道是不願意想起老媽的事，還是對蛋糕沒什麼興趣，老爸從來沒買過金色和銀色的蒙布朗給我吃。

『我第一次看到妳時，想起了金色蒙布朗。』

可能是哭累了，咲良發出輕輕的呼吸聲睡著了。

痛。我很想大叫，聲音卻卡在喉嚨出不來。

『痛！』

原來是吃了一驚的咲良用力抓緊了我因為早晨的自然現象而顯得精神奕奕的胯下。

咲良應該也立刻察覺到了手中的觸感吧！她迅速鬆開了手。

鈴鈴鈴！鈴鈴鈴！

電話不停地響著。

『趁著人家睡著的時候，你竟然讓我抓住怪東西。』

我勉強擠出聲音說：

『是妳自己抓的吧？很痛欸！』

『閉嘴，變態。』

『過分。』

可是，應該要先接電話才對。我坐了起來，忍著想要搓揉胯下的衝動拿起了話筒。

『你還在睡啊？不能因為放暑假就這麼懶散啊！』

話筒那頭傳來了老媽的聲音。我豎起食指做出要咲良別出聲的手勢。

『抱歉，因為我睡不習慣這裡的床，翻了很久才睡著。』

以我平時的反應來說，算是臨時編了個不錯的謊言。不過，有一半也是事實。

『我剛剛也打了電話到咲良的房間去，可是她沒接。』

『她應該還在睡吧！』

『我們一個小時後去接你們，一起去吃早餐吧！』

『知道了。我會叫咲良起床。』

『她該不會就睡在你身邊吧？』

雖然我吃了一驚，但現在不能表現出驚惶失措的樣子。老媽的直覺很靈的。

『怎麼可能？我也有選擇的權利。』

老媽顯得很愉快地笑著說：

『要是被咲良聽見了，你肯定會被痛打一頓。那麼，我們等會在大廳會合。』

老媽掛斷了電話。就在我感到安心地鬆了口氣時，咲良抓起枕頭朝我丟來，而且還丟了好幾次。正如老媽所說，因為被咲良聽見了，所以我被痛打了一頓。

『是我才有選擇的權利。』

『別鬧了，妳快回去準備吧！我媽說他們要來接我們。她說不定會再打電話到妳房間去。』

咲良總算停止了枕頭攻擊。

剛睡醒的服裝不整，加上動來動去地亂丟枕頭，使得咲良的浴衣前襟敞開，胸部若隱若現地露了出來。我的胯下重新振作起精神來。所以我說啊！發育期的小孩真的很麻煩。

『好臭。』

咲良舉起抓住我胯下的手聞了聞味道後，皺起鼻子說。

精神又消失了。

『我得趕快回房間洗手。哎喲～手上沾了一大堆細菌。』

咲良拿著她的房間鑰匙，邊跳邊走出我的房間。我對著變得垂頭喪氣的胯下說：

『人家有洗澡洗乾淨，對不對？』

話說回來，昨天晚上是咲良自己爬到我的床上不小心睡著。有意無意地要求躺在我手上的也是咲良。不知道是偶然、是故意，還是惡作劇？抓住我胯下的絕對也是咲良。昨晚心頭小鹿亂撞而無法入睡的我到底算什麼？就算咲良是金色蒙布朗，也太囂張了。

我不禁無奈地嘆了口氣。思春期到了。

不需要做什麼準備的我很快地就離開了房間。為了換個心情，我決定到飯店附近散步。昨天我還覺得遠在三千里外的這個郊外住宅區，現在看起來變得有些親切。

我回到飯店時，不只有老媽和那須先生，連咲良也在大廳等著我。她一看到我，便朝著我刻意揮了揮右手。她一定很仔細地洗了手，把細菌都沖掉了吧！

我們四人吃了稍嫌晚了些的早餐。早餐的大部分時間都是老媽在說話，那須先生和我輪流附和老媽。咲良專心地吃著早餐，儘管表現得很消極，但也融入了星期天的和諧氣氛中。或許是因為熟悉了彼此，我們這個原本有可能組成的家庭不像昨天那麼怪了。

『我跟媽媽聯絡過了。她很擔心妳呢！我明白妳的感受，但是媽媽現在是很重要的時期，妳不應該增加她的負擔。等一下妳先到隼家收拾好行李後，今天就回長野去。還有半年就要考高中了。既然妳已經參觀了幾所高中，那就應該選定妳的第一志願學校，把握剩下的暑假時間好好用功讀書。我答應妳會認真考量妳的要求。』

那須先生一邊喝著飯後的咖啡，一邊對著咲良訓話。雖然他最後說的話很像官員在回答問題，但是態度很誠懇。或許老媽就是喜歡上這樣的那須先生吧！

咲良用力點了一下頭。

『我也好不容易聯絡上隼的爸爸了。雖然他喝醉了，不過他說過今天下午會回來。你回去後，好好跟你爸說明他不在家時發生的事情。』

『我知道。』

我也學咲良一樣，朝老媽用力點了一下頭。

在回程的電車上，我不小心呼呼大睡了起來。誰叫我昨晚睡眠不足嘛！當電車抵達終點站澀谷、咲良搖醒我時，我發現我把頭靠在她的肩上。真虧她忍受了這麼久。我輕輕抬起頭，用手臂擦去口水說：

『抱歉，我睡著了啊？』

『你睡得一臉蠢相。』

我一邊接受冷漠的話語攻擊，一邊走下電車。從月台走出剪票口，直到站上轉乘電車的月台，澀谷擠滿了人潮。我看見很多女高中生和國中生。雖然我很不願意承認，但是咲良比那些女生都還要可愛。當然了，這是我的主觀意見。一定是我最近老是看見咲良，所以眼睛才會有問題。

這樣的時光也快要結束了。

當我們抵達家裡附近的車站時，我不禁感到安心地打了一個大呵欠。咲良立刻被我傳染，也打了一個呵欠。

『好睏喔！』

『昨天晚上妳不是睡得很熟？』

不知怎地，咲良鼓起一邊的臉頰說：

『你這種遲鈍的個性會是致命傷。』

『遲鈍？』

『算了。』

我擺出防備的姿勢，可是咲良沒有展開踢擊。取而代之地，她獨自快步地往陽光猛烈的街道上走去。我瞇起眼睛望著她的背影，當我踏出一步準備快步追上去時，腦中忽然閃過了一個想法。

難道……

難道咲良昨晚也睡不著？

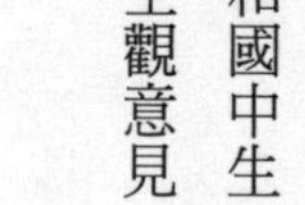

在炎夏太陽的猛烈照射下，我的眼前瞬間變成一片空白。

有種似曾相識的感覺。

我以前好像也有過這樣的感覺，那像是曖昧不明又遙遠的記憶。

不對，我不可能有過這樣的記憶。我和班上的女生根本沒好好說過話，更不可能和女生交往過。我從沒被女生告白過，也沒有想要告白的對象。我不可能有過這種揪在一起的心臟一鼓作氣地輸送血液到腦部，使得神經突觸冒出猛烈火花，甚至讓人錯以為時間已暫停的感覺。

原來這就是胸口痛的感覺啊！明明是第一次感到胸口痛，我卻有種懷念的感覺。

我踏出的腳步變得不穩，結果『咚』的一聲摔倒在地。在這麼重要的時刻摔跤，也太糗了吧！

『你在跟我鬧著玩是嗎？』

咲良聽見我摔倒的聲音回過頭來，一副難以置信的模樣雙手扠著腰說。我難為情地笑笑，然後慢吞吞地從灼熱的柏油路面站起來。路上的行人裝作沒看見，繞過我走開，真是糗斃了。

為了掩飾難為情，我一邊拍了拍屁股，一邊走近咲良說：

『是不是因為我太遲鈍，所以才會跌倒？』

『你一定是遭到天譴。』

『沒錯，一定是天譴。老天爺懲罰了遲鈍的我。』

咲良原本一副彷彿在說『你活該』的模樣，但是當她見到我一下子就承認自己是遭到天譴的態度後，好像覺得很掃興的樣子。

『那不是隼嗎？』

我望向呼喚聲傳來的方向，看見了身穿白色制服襯衫、側揹著書包的朝風同學。

『咦？你怎麼會這身打扮？』

『因為還有時間，所以我去社團看了一下。』

『比賽才剛剛結束而已，你就跑去指導一、二年級了啊！』

『可能是我們第二場比賽輸得太可惜，讓他們覺得很嘔。我聽到他們說星期天也要練習，所以有點放不下心，而且我自己也很想練手球。』

朝風同學對著咲良露出爽朗的笑容。

『妳會在東京待到什麼時候？』

咲良以冷淡的口吻說：

『今天要回去。』

『這樣啊～那隼會變得很閒囉！我要去社團的時候，再打電話或發簡訊約你，我們一起練手球吧！』

『嗯，好。』

『那我先走了，我等會要去上暑期輔導課。』

自己作了人生規劃的朝風同學不可能有悠哉的暑假。從明天開始，我一定會閒得發慌吧！我會安排時間讀書，也會參加社團。不過，我一定會覺得無聊。

『加油。』

朝風同學準備離開時，在我耳邊低聲這麼說。

26. 最後的話語

回到家時老爸已經回來了，他走到玄關迎接我們。老爸左一次右一次地望著我，彷彿我臉上沾上了什麼似的，害得我不禁擔心地輕輕摸了一下被出雲打傷的傷口。

老爸一副有感而發的模樣說：

『這就是所謂士別三日，刮目相看啊！』

『正確來說，應該是五天沒見了。』

『沒想到我的兒子在這段時間成長了這麼多。是因為手球，還是……』

老爸的視線移向在我背後半步的咲良。她很快地點了一下頭說：

『您不在的時候受照顧了。我是藤森咲良。』

『哪裡的話，應該是我們家的隼受妳照顧了吧？話說回來，妳真可愛，穿起制服來也很好看。』

老爸看著我，然後刻意眨了一下眼睛。真沒料到老爸和老媽都離婚了，還說出一樣的話。

我難為情地低下頭，咲良不由地露出了苦笑。果然我也是有我的苦處。

我一邊喝著老爸為我們準備的冰果汁，一邊喘氣休息時，咲良已經抱起整理好的行李。

『我還是趕緊出發好了，免得到時候懶得回家。』

『我是很想邀妳再住一晚，但是妳的家人應該很擔心妳吧？等一切穩定後，再來我們家玩吧！雖然妳是我前妻的再婚對象的女兒，和隼的關係也有些複雜，不過還是希望以後我們可以相處得愉快。』

老爸一副感到惋惜的模樣說。

『我送她去。』

我從咲良手中奪走袋子說。

『嗯，這樣好。』

在咲良說話前，老爸先表示了贊同。

出門前，老爸在我耳邊低聲說：

『加油。』

今天已經有兩個人幫我加油了。我好像應該要加油的樣子。既然這樣，我不會再像剛剛那樣跌倒了。

『我跟妳一起到新宿，送妳坐上AZUSA列車。』

等到與咲良兩人獨處時，我二話不說地馬上加油說。誰知道咲良有更高招的提議。

『不然，你也可以跟我一起搭AZUSA列車，送我到茅野。』

把這句話當真的我驚惶失措了起來。如果送了咲良到茅野，到時候會換成我想要咲良送我回到新宿。就連橫濱郊外都讓我覺得是遠在三千里外的世界盡頭了，如果是長野縣茅野市，就算從新宿只要搭一班電車就能抵達，對我來說還是跟宇宙的盡頭沒兩樣。這教我怎麼加油啊？

『可是我又沒有錢，這樣好像……』

『我只是在逗你玩而已。』

咲良『咚』的一聲撞了我一下。她這種顯得親密、不像以往那種有暴力傾向的舉動，讓我臉上不禁浮現淡淡的笑容。

『妳說電車的發車時間是多久？』

『一個小時一班。』

『那這樣晚搭一班車也沒關係吧！我想在新宿買東西給妳，陪我一下。』

『你要買什麼給我？』

我沒有回答。

到了新宿後，我把咲良的袋子寄放在投幣式置物櫃。

『可以牽妳的手嗎？』

我之所以能夠說出如此大膽的話，是因為新宿街上的擁擠人潮太驚人，我怕會跟咲良走散了。擔心走散的人不是咲良，而是我。

咲良什麼也沒說就牽了我的手。我用力握緊她柔軟的手掌心。結果這麼一握，連我的心臟都揪緊了。明明四周擠滿了人，我卻覺得世界好像只剩下我們兩個人而已。

我喚醒一放鬆下來就會停擺的腦袋，好不容易來到了百貨公司，瞪著各樓層介紹的看板，尋找著一家店名——找到了。那是一家充滿我和老媽回憶的商店。

來到那家店前面時，咲良用力握緊了我的手。我對著身穿蕾絲圍裙、雖然輸給咲良但還算可愛的女店員說：

『我要兩個金色蒙布朗，還有三個銀色蒙布朗，另外再買兩個金色蒙布朗。』

咲良望著金色蒙布朗看，她的臉就快貼上玻璃櫥窗了。金色蒙布朗比一般蒙布朗小了一號，帶著比較深的咖啡色，上頭尖尖的。

『真的耶！最上面有撒上金箔耶！這就是隼的幸福象徵啊！』

女店員把蛋糕放進紙盒裡時，對著咲良咧嘴一笑。咲良也展露笑容回應女店員。那是她從沒在我面前笑過、像個孩子般的天真笑臉。

我付了錢後，收下裝了兩個紙盒的袋子。這是我第一次自己在百貨公司裡買東西。雖然我早就暗自決定總有一天要自己來買金色蒙布朗，但沒想到會這麼快實現，而且還是為了某人而買。

我們再次牽起手走回車站。

距離下一班AZUSA列車進站還有一些時間。我在自動販賣機前面猶豫了一會兒後，買了兩罐冰紅茶，然後和咲良在月台的長椅上並肩坐了下來。

在黃昏將近的午後，慵懶的空氣包圍了我們。

我從袋子裡拿出比較小的紙盒。

『這是給我們兩個的，來吃吧！』

『好興奮喔！』

我打開紙盒，小心翼翼地輕輕取出金色蒙布朗後，先遞給了咲良。然後，我拿起給我自己的金色蒙布朗。

『雖然我吃過幾次銀色蒙布朗，不過這是我生平第一次吃金色蒙布朗。』

『開動了。』

看著咲良咬下沾有金箔的上頭部位後，我也開始品嘗起金色蒙布朗。

很好吃。除了這個感想，其他的我不想說。

『完美。』

這是咲良的感想。

蒙布朗不是適合在夏天午後吃的蛋糕，在月台上吃蛋糕也很奇怪。即使如此，還是很好吃，就是這麼簡單。

我們喝了冰透的紅茶。紅茶帶著過甜的人工甜味。雖然世上的事物幾乎都不完美，但確實存在著完美的事物。

『這給妳帶回去。』

我把裡頭只剩下較大紙盒的袋子交給了咲良。

『為什麼是兩個金色蒙布朗和三個銀色蒙布朗？』

『金色是給妳的爸媽，銀色是給妳和弟弟，還有小嬰兒。』

『小嬰兒還沒出生欸！』

咲良的臉蒙上了一層淡淡的陰影。

『媽媽要負責吃小嬰兒的份。』

咲良『唉』的一聲嘆了口氣後，舔了舔沾上手指頭的栗子奶油。

『意思是說我在家裡還是個只能吃銀色蒙布朗的小孩啊？』

『我們都是還沒長大的小孩。叛逆期的小孩。』

『你又不叛逆。』

『從前有個叫做甘地的印度總理，聽說他以非抵抗主義的方式來抵抗把印度當成殖民地的英國。』

『我有聽過。』

『或許有些不同，不過我覺得我一直以非叛逆的方式在表現叛逆。』

『真麻煩。』

『其實也不會。雖然很無聊，但是挺輕鬆的。』

咲良咕嚕咕嚕地喝著過甜的紅茶。

『噁～好難喝。』

這時傳來了廣播聲，準備載咲良回家的AZUSA列車駛進了月台。我們兩人不約而同地看向月台上的時鐘，距離發車時間只剩下不到十分鐘。

我們兩人都沉默了下來。

在完成簡單的車廂檢查後，列車門打開了，乘客們陸陸續續搭上列車。然而，我和咲良都沒有從長椅上站起來。

我覺得四周的空氣彷彿變得稀薄，讓我有種呼吸困難的感覺。加油，隼，時間不多了。

『妳希望一個人住在東京的願望如果能夠實現，那就太好了。』

我一邊輕輕喘息，一邊好不容易這麼說出口。

『嗯，我不會認輸的。』

儘管咲良倔強地說，她的模樣卻顯得不安。我很想抱住咲良，但是我的手就是沒辦法移動到就在身旁的咲良肩上。所以，我改以鼓勵她說：

『不管什麼事情都打不倒妳的。』

『你太高估我了，我才沒有那麼堅強。』

『妳很堅強的。而且最重要的是，妳是我的金色蒙布朗。』

這是我卯足勁作出的告白。

咲良在我面前展露了微笑。

播報列車即將發車的廣播聲響起了。

『我該走了。』

咲良一副很珍惜的模樣抱著裝有蛋糕的袋子，慢慢站了起來，她的短裙隨之掀了一下。我拿著袋子也站起身子。

咲良走上了列車。這明明不是什麼永遠的別離，『別走』的話卻湧上了我的喉嚨，就快脫口而出。當然了，我沒有說出口，因為我說不出口。

我把袋子交給了站在車裡的咲良。

『我跟你道過歉，也以我的方式做過解釋了，可是，我還有一句話沒說。』

『什麼話？』

告知發車時間的刺耳電子聲響遍了月台。

咲良探出頭，然後把嘴巴湊近我耳邊說：

『謝謝。』

就在我心想『咦？』的時候，咲良的嘴唇已經印在我的嘴唇上。短暫的親吻……她一下子就挪開了嘴唇。

『咲良，我……』

電子聲停了。

『不要以為和我親過一次，就囂張起來啊！窩囊廢。』

她從正面踢了我一腳，白色內褲都被看光光了。

肚子從正面受了一擊的我搖搖晃晃地往後退。

『妳怎麼到最後還這麼暴力啊？』

『我第一次見到你的時候，其實是因為看到你一副無憂無慮的樣子，讓我覺得很嘔，所以才會打你。我心想我過得這麼痛苦，你這傢伙竟然那麼悠哉。可是……』

當她說到這裡時，列車門被關上了。

下次見面時，再聽她把話說完好了。

咲良在車窗另一頭笑著揮揮手，然後往車廂走去。我因為肚子被踹了一腳很痛，所以沒能做出在月台上追著列車跑的浪漫舉動。我按著肚子一副很沒出息的模樣站在月台上，目送著她離去。

咲良的身影一下子就看不見了，AZUSA列車也從月台上消失了。

暑假還長得很。

宿

這個女人！
奪走我的初吻就算了，
怎麼還趁我發呆的時候偷走了我的心？

自從車站匆匆分別後，
隼和咲良因爲忙著準備高中入學考試，
聯絡的時間少得可憐，
但是臨別那一吻卻在隼的心裡起了奇妙的化學變化。
這時，隼因爲跟父親鬧彆扭而離家出走，
平常活動範圍只限於家裡和學校的他，
這次卻鼓起勇氣，決定一個人北上去找咲良！
沒想到在咲良的家鄉，竟發現了她的另一面……
對隼與咲良來說，今年秋天的北風顯得特別冷，
兩人能否迎接美好的春天到來呢？

【2008年11月出版】

窩囊廢離家出走

YOUNG AGE小說鮮視界！

YA!

青春滿點！活力滿載！好看滿分！

天才貴公子＋熱血中學生＝？
史上最強冒險二人組，轟動登場！

都市冒險王①

勇嶺薰◎著　西炯子◎圖

這個世界就是這麼奇怪！有像我同班同學龍王創也這樣的富家少爺兼天才，也有像我這種糟糕到不行的普通傢伙。不過更奇怪的是，某個夜裡我竟然看到創也偷偷出現在我面前，而等我想用2.0的超級視力再看清楚時，他卻平空消失了！為了搞清楚一切，我只得接受他的挑戰！先是得硬擠進寬度只有五十公分的黑暗小巷，再以特殊鑰匙尋找埋伏著陷阱的神秘之門，更麻煩的是——我還得跟著創也進入恐怖的地下水道，一起尋找傳說中的神秘電玩高手……天啊！這麼緊張刺激的冒險生活，我的心臟會不會受不了啊？！

《野球少年》得獎名家的科幻冒險暢銷奇作！

未來都市NO.6①

淺野敦子◎著

NO.6，一個沒有犯罪、沒有災害，也沒有疾病的未來都市。在這裡，只要是天賦傑出的人，就能擁有最佳的教育環境和生活；而少年紫苑，也是備受政府保護的菁英之一。然而，就在紫苑12歲生日這天，一個渾身濕透、受傷流血的少年『老鼠』闖進了他的房間，也讓他的生活從此徹底逆轉！……**【2008年9月出版】**

蝦米？男人婆竟然也會傳緋聞？！

我的男人婆妹妹①

伊藤高見◎著

美佳是個很可愛的女生，但她的興趣竟然是摔角和打架，更是同學們公認的超級男人婆！我們倆一向形影不離，然而最近卻傳出了我跟她的八卦，這太離譜了吧?!畢竟我可是美佳的雙胞胎哥哥耶！我懷疑傳出這種無聊謠言的人，絕對和暗戀美佳的人脫不了關係……**【2008年9月出版】**

各界好評推薦

這本書連阿嘉莎．克莉絲蒂也會脫帽致敬，太棒了！

——【紐約時報暢銷作家】莎拉．平柏羅

年度最有創意的偵探小說之一！敏銳的敘事、清晰的對話以及最後的結局會讓您回味不已，一部不可思議的處女作！

——【暢銷作家】薩曼莎．唐寧

推理小說的絕對勝利！我花了兩個小時就讀完了，聰明且引人入勝的故事鋪陳！

——【暢銷作家】艾利．蘭德

年度最具娛樂性的犯罪小說之一！

——週日泰晤士報

這本書充滿了複雜度和曲折性，故事的結局令人意想不到……對於普通讀者來說是一個令人滿意的謎團，而對於那些細心的讀者來說更是如此！

——寇克斯評論

充分展現作者精湛的寫作技巧，令人不得不全神貫注，而故事的謎底更完全出乎意料！

——紐約時報

結構優雅，像一部極具挑戰性且絕對獨特的驚悚片！

——【英國知名詩人、小說家】蘇菲・漢娜

本書構建了一道非凡的謎題，使讀者無時無刻都是偵探。

——【暢銷作家】馬修・珀爾

導讀——

重返解謎犯罪小說的黃金盛世

【犯罪作家】既晴

「我們必定不可忘記，」格蘭接著說，「謀殺謎案的核心目的是給讀者幾名嫌疑犯，並保證在大約一百頁之內，其中的一或多人將被揭露為兇手。那正是這個類型之美。」

《第八位偵探》（Eight Detectives，2020）為英國犯罪小說家艾利克斯．帕韋西（Alex Pavesi）的第一部作品，當讀到他藉由書中主角之口所說的這句話時，不禁令人聯想到綾辻行人在《殺人十角館》（1987）中在第一章所揭示、被認為「新本格浪潮」起點的宣言——

「無論是否被指為不合時宜，最適合推理小說的題材，總歸還是名偵探、大宅邸、形跡可疑的居住者、血腥的慘案、撲朔迷離的案件、石破天驚的大詭計……虛構的情境更好，重要的是能享受推理世界的樂趣就可以了。不過，必須完全合乎知性的條件。」

事實上，由於《殺人十角館》由專事古典解謎小說發行、翻譯的「密室國際出版社」（Locked Room International）出版了英譯本《The Decagon House Murders》（2015），帕韋西亦曾在Twitter上對《殺人十角館》大加盛讚。這在在顯示，源自英美，原本在一九四〇年代、第二次世界大戰結束時逐漸沉寂的這項傳統流派，在義大利、日本、法國等非英語系創作圈的傳承下，終於在數十年後復歸於英國，以嶄新的手法重新詮釋古典解謎的「類型之美」。

古典解謎流派，是犯罪小說的原初形態。以「密室殺人」為主軸的短篇〈莫爾格街兇殺案〉（The Murders in the Rue Morgue，1841）中，艾德格・愛倫・坡（Edgar Allan Poe）即以「**人類的心智特徵中，有種名為『分析能力』的特質**」破題，象徵一種以謎團、智力的新種類型文學於焉誕生。其後，又有亞瑟・柯南・道爾（Arthur Conan Doyle）的福爾摩斯（Sherlock Holmes）探案、G・K・卻斯特頓（G. K. Chesterton）的布朗神父（Father Brown）探案、理查・奧斯汀・傅里曼（Richard Austin Freeman）的宋戴克博士（Dr. Thorndyke）探案、傑克・福翠爾（Jacques Futrelle）的「思考機器」（The Thinking Machine）探案，為這個以邏輯／解謎為主的類型文學逐步擘建了一個完整的創作／閱讀體系。

到了「謀殺天后」阿嘉莎・克莉絲蒂（Agatha Christie）《史岱爾莊謀殺案》（The Mysterious Affair at Styles，1920）與「不在場證明巨匠」福里曼・威利斯・克勞夫茲（Freeman Wills Crofts）《桶子》（The Cask，1920）在同一年發表，將古典解謎流派從短篇小說推進為長篇小說，更伴隨「日不落國」大英帝國的殖民戰略，在全球各地傳播散佈，進而開花結果，成為日後犯罪文學史家所稱的「黃金時期」（The Golden Age）。

在這段黃金盛世中，邏輯／解謎融入故事的書寫技術達到了高度的發展，也樹立了多樣化的創作理論。首先，為了追求鬥智的公平競賽，創作者必須在故事布局、真相設計上，遵守某些特定的寫作紀律，例如隆納德．諾克斯（Ronald Knox）的〈推理十誡〉（Ten Commandments of Detection，1928）與S．S．范．達因（S.S. Van Dine）的〈推理小說二十則〉（Twenty Rules For Writing Detective Stories，1928）皆屬此類。

其次，為了追求犯罪詭計、伏線千里的極致，創作者亦融合了別出心裁的後設技法，例如約翰．狄克森．卡爾（John Dickson Carr）在《三口棺材》（The Three Coffins，1935）的第十七章〈密室講義〉（Locked Room Lecture），偵探基甸．菲爾博士（Dr. Gideon Fell）暢談古往今來的「密室謀殺」作品，加以歸納、分類，並開創出全新的密室詭計。戴利．金（C. Daly King）的《遠走高飛》（Obelists Fly High，1935）在全作的尾聲增加了「線索指南」（Clue Finder），列舉故事中的伏筆與真相的關係，供作敘述段落中線索誤導、雙重涵義的徹底檢視。

誠然，以今日的角度觀之，所謂古典解謎的書寫戒律，確實有其時代背景的侷限性。例如，〈推理十誡〉有「故事裡不能出現中國人」、「偵探本人不能是兇手」，〈推理小說二十則〉有「不可在故事中添加愛情成分」等等，莫說現代讀者看了只能啞然失笑，即使是彼時的創作者，亦不乏不贊同者，以作品的實踐來打破戒律，證明縱使不遵守戒律，依然能夠寫出好作品。

然而，事實上，犯罪解謎流派與其他流派並無不同，皆是隨著閱讀大眾的需求，不斷演變、與時俱進的。針對不合時宜的創作戒律，也有許多後進作家補充、修訂，亦使「解謎」的定義日新又新，提供了更寬廣的創作疆域。當某些評家動輒「本格已死」、「詭計已亡」云云、論斷古典解謎流派「日薄西山」之際，馬丁・愛德華斯（Martin Edwards）、保羅・霍特（Paul Halter）等當代名家，都證明了解謎犯罪小說依然充滿生命力。

《第八位偵探》正是在解謎流派默默耕耘、步步踏實的長年累積下，以數學模型解構「類型之美」的亮眼之作。本書採用了「作中作」的後設形式，以七個各自獨立的短篇故事，藉著一場場作家與編輯的對談，探討解謎小說最精巧、最簡約、最純粹、最根源的核心構成要素。對於閱讀者而言，這是一次次「探索文字意義」的心智型冒險，對於創作者來說，這則是一段段「展現文字魔術」的創意型實驗。

故事的舞臺，是地中海的一座小島。數學教授格蘭・麥卡利斯特（Grant McAllister），曾經是出過幾部作品的古典解謎小說作家，發表過一篇數學與偵探小說關聯性的研究論文〈偵探小說中的排列〉，晚年已隱居於此。「血型圖書」出版社的編輯茱莉亞・哈特（Julia Hart），希望能夠重新出版格蘭在作家生涯最後一本自費出版、印量不到一百本的短篇集《白色謀殺》，親自到訪這座小島，兩人一面討論這部絕版已久、故事型態充滿古趣的作品，此間，塵封多年的舊日記憶也跟著甦醒，這部形式多元、指涉數學理論的《白色謀殺》，不僅篇篇與「黃金時期」的經典名作遙相呼應，恐怕更藏匿了不為人知的深沉秘密。

在這部充滿後設手法、探討解謎犯罪小說本質的特異作品中，分為奇數章的短篇小說，以及偶數章格蘭與茱莉亞的對話。首先，格蘭提出了解謎小說在數學模型上的四項基本元素，並透過短篇小說中的布局、劇情設計做出實踐，有「夫子自道」之風。然而，茱莉亞做為這些短篇小說的讀者，則以讀者的觀點提出立場不同的見解，並進而推敲格蘭當時的創作意圖。

不過，如前所述，「黃金時期」已成往事，創作當下的時代背景亦不復現，這些故事的創作意圖，也隨著時過境遷而逐漸模糊、消逝，沉澱在作家的潛意識底層之中。此時的格蘭，不再是這部作品的造物主，反而更像是一個「帶來案件的委託人」，必須仰賴慧心獨具、擁有「偵探之眼」的茱莉亞才得以澄清，挖掘出屬於創作者個人的專業機密。這種身分的轉置，無疑成了本書的另類趣味。

在《第八位偵探》中，帕韋西深究古典解謎小說特有的「類型之美」，說是寫下了二十一世紀的新版〈密室講義〉，也許亦不言過其實。與當代犯罪小說大量描寫社會、人性的路線截然不同，《第八位偵探》猶如鮭魚溯溪般，一心探求犯罪小說的原初形態，而當我們抵達全書的終末之地，關於人類心智的奧秘，想必亦能夠拾掇一二吧。

作者序——

我試著寫了一個沒人破解得了的謎案

親愛的讀者：

我衷心希望你們喜歡我的第一部長篇小說《第八位偵探》。這算是一本謀殺謎案。更精確地說，是一本有關謀殺謎案的書。

故事圍繞在小說作家格蘭．麥卡利斯特以及受命重新出版他作品的編輯茱莉亞．哈特之間，但是格蘭似乎跟他所撰寫的故事一樣令人難以理解，因此在他們爬梳他**畢生之作**的過程中，也一起爬梳了他的過去。

謀殺謎案是我閱讀的起點。我依然記得青少年時，去到鎮上買了我的第一本阿嘉莎．克莉絲蒂——《一個都不留》，本書以書面供詞做結。當時我在回家的公車上翻到了最後一頁，並注意到書中最後兩個字——兇手簽在認罪協議上的名字與姓氏。

不過，閱讀這本書的樂趣依舊不減。或許是因為那次早早被劇透，不過我一向喜歡被動吸收謀殺謎案。閱讀時，我不曾特別努力解謎。但是你有時候就是會忍不住拼湊起線索。事實上，我一直堅持破解謀殺謎案最好的方法就是忽略線索，反而試著去推敲作者的意圖；他們總是在出人意表和必然性之間尋求著困難的平衡。「一定是那個人，但我就是想不到啊。」

在《第八位偵探》中，無論各位讀者有沒有推敲我的意圖，總之我試著寫了一個沒人破解得了的謎案。讓我們一起看看我是否成功吧……

艾利克斯．帕韋西　敬上

第八位偵探

CONTENTS

1 一九三〇，西班牙

幾無特色的白色起居室裡，兩名嫌疑犯坐在不成套的座椅上，正等待著某事發生。在他們的座位之間有一道拱門，通往狹窄無窗的樓梯間——一個存在感似乎主宰這空間的陰暗凹處，彷彿像一座大得不成比例的壁爐。樓梯在中途轉彎，上層遭遮蔽，令人感覺往上除了黑暗，便再無其他。

「在這乾等真像置身地獄。」梅根坐在拱門右側。「話說回來，西班牙人午睡一般都睡多久啊？」

她起身走到窗前。外面的西班牙鄉間是一片朦朧的橘色，在這熱度下看似不宜居住。

「一兩個小時，不過他剛剛喝酒喝個不停。」亨利側坐在椅子上，雙腿懸在一邊扶手，一把吉他擱在腿上。「我了解邦尼，他會一路睡到晚餐時間。」

梅根走到酒櫃前檢視裡面的酒瓶，小心地一一轉動，直到所有酒標都朝外。亨利將口中的菸拿到右眼前，假裝正拿著假的望遠鏡看她。「妳又在用鞋子呼吸了。」

她大半個下午都不停地在來回踱步。這個會客室的白地磚和擦得乾乾淨淨的每個表面都讓她想起某醫生的候診室——他們彷彿身在家鄉的某紅磚醫院，而非崎嶇紅丘頂的一座古怪西班牙別墅。「如果我是在用鞋子呼吸，」她咕噥，「那你就是在用嘴巴走路。」

數小時前，他們在鄰近村落的一家小酒館用午餐，那裡距離邦尼家只需穿過三十分鐘的樹林。用餐結束時邦尼站起，他們雙雙注意到他有多醉。

「我們得談談。」他含糊地說。「你們多半在納悶我為什麼請你們來。有一件事我一直想找人聊，已經很久了。」對他的兩位客人說這話並不吉利，因為他們從沒來過這個國家，事事都得仰仗他。「等回別墅後，就我們三個。」

他們花了將近一個小時才走回別墅——邦尼像頭老驢般辛苦地爬上山丘，他的灰色西裝和紅色大地形成對比。此刻令人回想起他們三個曾在多年前一起去過牛津，這感覺頗為荒謬，因為邦尼看起來比他們老了十歲。

「我需要休息。」帶他們進屋後他慢聲慢氣地說道。「先讓我睡一會兒，然後我們才能談。」於是邦尼上樓睡掉這個炎熱的午後，梅根和亨利則癱進樓梯兩側的扶手椅。

「簡短的午睡。」

那差不多是三小時前的事了。

梅根在眺望窗外。亨利傾身計算他們之間的方格，她站在他對角，距離七塊白地磚。「感覺像一盤西洋棋。」他說。「所以妳才一直移動，想把妳的棋子放到最佳攻擊位置嗎？」

她轉身面對他，雙眼瞇起。「西洋棋是拙劣的隱喻。任何男人想用浮誇的方式談論衝突時都會用上。」

自從邦尼突然結束午餐，整個下午他們之間都醞釀著一股殺氣。**我們三個得談談，避開西班牙的耳目**。梅根又眺望窗外，那場即將爆發的爭執就像天氣變化那般無可避免，有如堆積在藍天中的黑影。

「西洋棋講究規則和對稱，」她接著說，「衝突卻總只是殘酷與齷齪。」

亨利隨手撥弦，藉此改變話題。「妳知道怎麼調音嗎？」他剛剛發現這把吉他掛在他椅子上方的牆上。「調好音的話我可以來彈彈。」

「不知道。」她說完後走出起居室。

他看著她走進房子的深處，她的身影逐漸縮小，被走廊上一道道門漸次框住。他往後靠，點燃另一根菸。

「你覺得他什麼時候會醒？我需要呼吸一些新鮮空氣。」

她回來了，最大版本的她站在離亨利最近的門框下。

「天知道。」亨利說。「他剛吃過午餐又去睡了。」她沒笑。「妳可以離開。無論他想說什麼，我應該都能等。」

梅根停頓，她的臉就像她在宣傳照裡時那樣清新、難以捉摸。她的職業是演員。「你知道他要跟我們說什麼嗎？」

亨利猶豫。「我不覺得我知道。」

「好。那我要出去了。」

他點頭，看著她離開。走廊沿著他面對的方向通往起居室外面，他看見她穿過走廊，走出盡頭的一扇門，而樓梯在他左方。

他繼續漫不經心地撥動吉他弦，直到其中一條突然斷掉，彈開的金屬絲割傷了他的手背。

就在此時，起居室轉暗，他無意識地將頭轉向右邊。梅根正從窗外朝內看，她身後的紅色山丘為她的輪廓圈上一輪惡魔般的光輝。或許是白日太熾，她似乎看不見他。無論如何，他還是感覺自己像動物園裡的動物，他將手背湊在嘴邊，吸吮著那道輕微割傷，手指則垂在頰前。

梅根在房子的陰影下躲太陽。

她站在一叢野花中，背靠屋牆，閉上雙眼。近處傳來「滴滴滴」的輕柔叩擊聲，聲音似乎來自她身後。剛開始她以為是遠方穿牆而出的吉他聲，卻又不具備旋律。聲音非常微弱，幾不可聞，但她還是能聽見，就像鞋裡的一顆石頭，令人無法錯認。

滴滴滴。

她轉身抬頭看。透過精緻的鐵窗可以看見一隻蒼蠅一再撞擊邦尼臥室關起的窗戶。邦尼睡在她隔壁的房間，位於頂樓。起初看起來只是一隻想逃跑的小蒼蠅，然後她發現其實有兩隻。事實上是三隻。現在變成四隻了。一整群試圖逃出來的蒼蠅，在窗戶角落形成黑糊糊的一片，她可以想像那些死蒼蠅逐漸堆積在窗臺上的畫面。她從地上撿起一顆小石頭朝窗戶丟去，那片黑雲在清楚可聞的碰撞聲之下散開，然而裡面沒傳出聲音。

她又試了一次，還是吵不醒沉睡的東道主。

她耐性漸失，抓起滿滿一把石頭一顆一顆丟出去，直到雙手轉空。她繞著屋子往回走，進門後沿著走廊來到樓梯旁，仍坐在那兒的亨利被突然現身的她嚇了一跳，吉他哐啷掉落冰冷潔白的地板。

「我覺得我們應該叫醒邦尼。」

他看出她的憂慮。「妳覺得有什麼不對嗎？」

而事實上她是生氣。「我覺得我們該看看。」

她拾級而上，因眼前所見而停步驚叫時，他正緊跟在她身後，隨即伸臂摟住她。他的用意是讓她冷靜下來，卻做得太笨拙，弄得兩人卡在那兒動彈不得。

「放手。」她用手肘架開他後往前跑，而隨著她的肩膀不再擋住前方，他也看見她方才所見：邦尼臥室的門縫下漫出細細一道血流，直直地指向他的屍體。

他們都不曾見過這麼多血。邦尼俯臥床單，一根刀柄從他背上冒出來，一道蜿蜒紅跡一路蔓延到床的最低處。刀身幾乎完全沒入，他們只看得見他的身體和黑色刀柄間的一絲銀色細線，彷彿一瞥從窗簾縫隙透入的月光。「那是心臟的位置。」梅根說。刀柄本身可能成了日晷的一部分，屍體則無心插柳地標記出時間的流逝。

她繞過地板上的血窪走近床邊，距離屍體剩一呎時，亨利阻止她。「妳覺得我們該這樣嗎？」

「我必須檢查一下。」她荒唐地用兩根手指貼住他的頸側。沒有脈搏。她搖頭，「這不可能。」

亨利震驚地在床墊邊緣坐下，重量壓得血跡朝他擴散，他彷彿從噩夢中驚醒般一躍而起。他看著門，接著又回頭看梅根。

「兇手一定還在這裡。」他低聲說。「我去搜其他房間。」

「好。」梅根也低聲說，而因為她是演員，就算壓低音量仍清楚如平常說話。這幾乎稱得上是種諷刺了。「順便檢查是不是所有窗戶都鎖上了。」

「妳在這裡等。」他隨即離開。

她試著深呼吸，但房內已有腐爛的味道，那幾隻八卦的蒼蠅仍在輕拍窗外的酷暑，想必是對屍體厭倦了吧。她走過去將窗戶抬起打開幾吋，蒼蠅疾射而出，消失在藍空中，彷彿攪入湯中的鹽粒。她站在窗邊，仍因震驚而發冷，同時可聽見亨利在附近房間搜索，打開一個個衣櫃、查看床底。

他又出現在門口，這次一臉失望。「樓上沒人。」

「窗戶都鎖上了嗎？」

「對，我檢查了。」

「我想也是。去吃午餐前，我親眼看著邦尼偏執地把所有東西都上了鎖。」

「那門呢？也都鎖上了嗎？」他手指她身後通往陽臺的兩扇門。她走過去拉了拉門把。門的上中下都以門栓拴起。

「對。」她在床緣坐下，忽略蔓延的血跡。「亨利，你知道這代表什麼意思嗎？」

他皺眉。「這代表他們一定是從樓梯離開的。我去鎖上樓下的所有門窗，妳在這裡等。」

「等等。」她才開口，但他已經離開。她聽見他赤腳踩在堅硬潔白有如琴鍵的階梯，發出絲毫不具音樂性的沉重腳步聲，走到轉彎處時稍停，接著一掌啪地平貼著牆，以穩住身子，最後是在樓下到處走動的聲音。

她拉開邦尼床邊櫃的抽屜，裡面只有內衣和一只金錶，而另一個抽屜裡裝有一本日記和他的睡衣。當然了，他是穿著他原本的衣服入睡。她拿出日記一頁頁翻過，最後一篇寫於幾乎一年前。她將日記放回去，接著看了看自己的錶。

她要在這裡等多久，容忍亨利裝模作樣地掌控大局，然後才能下去和他對質？

隨著亨利關起一扇扇門，屋子裡變得愈來愈熱，因此他雖然在倉促中開始檢查，現在卻改為緩慢但有系統地行動。他的呼吸沉重，多次進出各個房間，以確保沒有任何遺漏。這裡的格局令人困惑，他納悶邦尼為何會落得獨居於如此偌大的房子。似乎沒有任何房間是相同的形狀或大小，許多還連一扇窗都沒有。「無光，只可見黑暗。」[1]他暗想，人有錢了就是會做這種事。

他回到起居室，發現她也在這，坐在他剛剛坐的那張椅子上，抽著他的菸。他覺得自己該說些笑話，延緩面對現實，就算幾秒也好。「妳只欠把吉他，再剪個頭髮，我就會像看著鏡子一樣了。」

梅根沒回應。

「他們離開了。當然，樓下有這麼多門窗，他們想怎麼出去都可以。」

她緩緩地將菸丟進菸灰缸，拿起她剛剛放在旁邊的一把小刀。那只是另一個融入這簡樸空間的細長物品，他甚至沒注意到小刀在那。她起身，對他舉刀，刀尖對準他的胸膛。

「別動。」她輕聲說。「停在那兒就好，我們需要聊聊。」

亨利往後退，跌坐在她對面的那張椅子上。她被這突然的動作嚇了一跳，而他開始覺得自己毫無力量，只能絕望地緊抓扶手，但她仍停留在原地。「妳要殺我嗎，梅根？」

「除非你逼我。」

「我永遠不會逼妳做任何事。」他嘆氣。「可以給我一根菸嗎？我怕要是我自己伸手拿，說不定會掉一兩根手指。我可能得像抽小雪茄一樣抽我自己的拇指。」

她從菸盒裡抽出一根菸朝他扔去。他撿起後小心地點燃。「好啦。妳今天下午一直想找架吵，我原本以為會比較文明一點。現在是怎樣？」

梅根以一種智勝敵方的自信說話。「你嘗試故作鎮定，亨利，但是你的手在發抖。」

「說不定是因為我覺得冷。是只有我嗎？還是今年西班牙的夏天有點冷？」

「但你汗如雨下。」

1. 譯註：出自約翰・彌爾頓的《失樂園》。原文為 No light, but rather darkness visible.

「妳還指望我怎樣？妳用刀對準我的臉耶。」

「這只是把小刀，而你是個高大的男人，且我根本離你的臉很遠。你發抖是因為擔心東窗事發，才不是怕我傷害你。」

「妳想說什麼？」

「嗯，以下是幾個事實。樓上有五個房間，都有裝鐵窗，跟卡通一樣的那種黑色粗鐵條。兩個房間有通往陽臺的門，門都上了鎖，窗戶也是，你剛剛自己檢查過。只有一道階梯通往頂樓，也就是這裡這道。我說的都對嗎？」

他點頭。

「那麼無論是誰謀殺了邦尼，那人一定都是從那道樓梯上去的。」她手指著籠罩在陰影中的樓梯中軸，樓梯在此處轉彎，短暫失去所有光線。「然後再從這裡下來。而我們吃完午餐回來後，你從頭到尾都坐在樓梯底這兒。」

他聳肩。「那又如何？妳的意思該不會是我跟這件事有任何關係吧？」

「我正是這個意思。你要不看見兇手上樓，要不就是你自己上去，這樣一來，你不是兇手就是幫兇。而我不認為你待在這裡的時間有長到足以交任何朋友。」

他閉上眼專心聽她說話。「胡扯。可能有人從我旁邊溜過去。我幾乎沒在注意。」

「有人在一個寂靜、潔白的房間從你旁邊溜過去？那會是什麼，亨利？老鼠還是芭蕾舞者？」

「所以妳真認為是我殺了他？」她的整個論述突然變得清晰明瞭，他起身抗議。「但是梅根，妳漏了一件事。我或許從午餐後就坐在這兒專心消化，但妳自己也跟我一起坐在這裡啊。」

她的頭歪向一邊。「沒錯，但我記得我至少出去透氣了三次。不知道你是不是因此才抽這麼多菸，好逼我出去？我不知道一把刀捅進某人的背要花多少時間，但我想應該可以很快得手吧，完事後的洗手可能還會占用更多時間。」

亨利又坐下。「天啊，」他努力坐得舒服點，「妳居然是認真的，對吧？我們才剛發現我們的朋友死在樓上，而妳居然說是我做的？基於什麼？只因為我就坐在樓梯旁？我們認識彼此幾乎十年了耶？」

「人會改變。」

「嗯，那倒是。最近我覺得大家都謬讚莎士比亞，而我也不再上教堂。但如果我沒帶道德感出門，我希望有人能夠知會我一聲。」

「我不是針對你，只是把線索串起來而已。你從頭到尾都在這，不是嗎？」

「不是針對我？」他難以置信地搖頭。「妳有讀過偵探故事嗎，梅根？有上百種方式可以殺他，說不定有條上樓的秘密通道。」

「這是現實世界，亨利。真實人生中，如果只有一個人具備動機與機會，那他通常有罪。」

「動機？我的動機又是什麼了？」

「邦尼為何找我們來？」

「我不知道。」

「我認為你知道。沉默五年後，他寫信邀請我們來他西班牙的家，而我們就眼巴巴地跑來。為什麼？因為他打算勒索我們。這你一定知道吧？」

「勒索我們？因為牛津發生的事嗎？」亨利揮開這想法。「開車的是邦尼耶。」

「我們也不全然是無辜的，對吧？」

「胡扯。我來是因為他跟我說妳也會在，他還說妳想見我。跟勒索一點關係也沒有。」

「你有帶著他寫給你的信嗎？」

「沒有。」

「那就只有你的一面之詞囉？」

他茫然地盯著地板。「我還愛妳，梅根，所以我才會來。邦尼完全知道說什麼能把我引來。真不敢相信妳居然認為我會做出像這樣的事。」

她不為所動。「我希望我能活在你的世界裡，亨利。你多半在幻想著我們會隨時唱起歌來吧。」

「我只是把我的感覺跟妳說而已。」

「而如我剛剛所說，我只是把線索串起來而已。」

「除了……」

「什麼？」她懷疑地看著他，刀子在手中抽動。「除了什麼，亨利？」

他又起身，一手放在頭上，一手撐著紮實的白牆，接著開始來回踱步。「甭擔心，我會保持距離。」她緊張起來，刀尖追著他的動作。「如果妳出去透氣後我也離開，那該怎麼說？我真有可能離開，而妳不會知道。兇手可能趁這時候出擊。」
「那你有離開嗎？」
「有。」他又坐下。「我回房間拿了本書，兇手一定趁機溜過。」
「你說謊。」
「我沒有。」
「有，你有。如果是真的，你會更早說出來。」
「我忘了，就是這樣。」
「亨利，算了吧。」她朝他走近一步。「我沒興趣被騙。」
他伸出一隻手，沒發抖。「喂，妳看，我說的是真話。」
她踢他的椅腳，他撐著扶手穩住自己，那隻手勾起成爪狀。「說得夠多了，我只想知道你接下來打算怎麼樣。」
「嗯，這裡沒電話，所以我要跑到村裡帶警察和醫師過來。但若妳打算跟他們說人是我殺的，那我就難辦了，對吧？」
「我們可以晚點再來擔心警察。現在我只想確定如果我放下刀，我不會落得躺在邦尼旁邊的下場。你為什麼殺他？」
「我沒有。」
「那是誰殺的？」
「一定是陌生人闖入殺了他。」
「為了什麼？」

「我怎麼知道。」

她坐下。「聽著，我會幫你脫身，亨利。不難想像你一定有什麼合理的理由殺他。我們都知道，邦尼可以很殘酷，而且魯莽。搞不好最後我甚至能夠原諒你，但如果你想要我為你說謊，你就不該測試我的耐性。為什麼是現在？為什麼用這種手法？」

「梅根，這太瘋狂了。」亨利閉上眼。所有門窗皆被關上，這熱度令人難以忍受。他覺得他們像兩個懸浮在油中的樣本，有人正研究著他們。

「所以你還是堅持你是無辜的囉？天啊，我們已經走過一輪了，亨利，你努力過，但排在走廊的十二盆植物陪審團已判定你有罪。你從頭到尾都在這，你還有什麼好說的？」

他把頭埋入雙掌中。「再讓我想想。」他複習著她的指控，嘴脣無聲蠕動。「快被妳煩死了。」他突兀地伸手從旁邊的地上拿起吉他，撥動剩下的五根弦。「會不會我們吃完午餐回來時他們就躲在樓上了？」他的額頭滿是汗水。「除非是就在我們回來的那個當下，否則他們沒有機會離開。事實上、事實上，我想我找到答案了。」

他又起身。「我想我知道發生什麼事了，梅根。」

她朝他仰起頭——一個表示鼓勵的倒轉點頭。

「梅根，妳這小蜘蛛、妳這不懷好意的蛇。是妳殺死了他。」

梅根看起來完全不為所動。「別傻了。」

「看得出來妳經過一番思考。我們來了，具有相同機會、動機也廣泛得足以涵蓋雙方的兩名嫌疑犯，所以妳只要否認一切，罪責就會歸咎於我。問題的癥結就在於我們之中誰比較會演戲，而我們都知道答案是什麼。」

「如我方才所指出，亨利，你整個下午都坐在這裡看守你的殺戮，所以我怎樣才下得了手？」

「妳只要否認一切，講到喉嚨乾掉就好，沒必要陷害我、假造證據。妳從頭到尾就是打這如意算盤，對吧？警察來了後會發現這裡有兩個外國人跟一具屍體，其中之一是我，既挫敗又講不清楚，試圖主張可能有人頭下腳上爬過天花板以在不被發現的情況下上樓。另一個則是妳，完美自制，否認一切——一朵英國玫瑰奮起對抗粗野男子。我們都知道他們會相信誰，而我還能怎麼說服他們？我在這天殺的國家裡甚至點不了一杯咖啡。」

「這是你的理論，是吧？那我怎麼從你旁邊溜過去，亨利？像你說的在天花板爬行嗎？還是你在剛剛這二十秒內又想出了什麼更具說服力的說法？」

「我沒必要。這問題不對。」他起身走到窗戶旁，這會兒不怕她了。「頂樓確實牢上鎖，只能從樓梯出入，也確實我自從午餐後，也自從邦尼上去他房間後整個下午都坐在這，連廁所都沒去上。不過也確實我們剛回來時我走得又熱又一身髒，曾經去梳洗一番。我留下妳獨自在這，就是這裡。我回來時妳不曾移動。我清洗臉、脖子和雙手花了九到十分鐘，這時間太短暫，我幾乎完全忘記。但話說回來，把小刀捅進某人背上要花多長時間？」

「那是幾小時前的事了。」

「三小時前。那妳覺得他死了多久？血都流到整條走廊了。」

「那時候我們才剛進屋，他剛上樓，甚至還沒睡著吧。」

「對，但他很醉，睡不睡根本沒差。他一趴上床就完全無法防備了。」

「所以就這樣，是吧？你指控我謀殺他？」

亨利微笑，為自己的邏輯感到驕傲。「沒錯，我就是。」

「你這可悲、幸災樂禍的傻瓜。他死了，而你想拿來當遊戲？我知道是你幹的，你為什麼要這麼做？」

「我也可以問妳相同問題。」

梅根停下，把整件事想過一遍，拿刀的手放鬆了。亨利眺望窗外，透過髒玻璃看見泛著光暈的山丘。他正以他的無畏嘲弄她，這是一種主張他權威的方式。

「我懂你在做什麼了，我現在看得一清二楚。這事關名聲，對吧？我是演員，像這樣的醜聞會毀掉我。就算只是再雞毛蒜皮的懷疑，我的名聲都將破滅。你覺得我的損失會比你大，所以不得不配合？」

他旋過身，被身後的明亮日光晒紅。「妳以為跟妳的職業名聲有關？並不是什麼都跟妳的演藝生涯有關好嗎，梅根。」

她咬住下唇。「不，我也不覺得你會承認，對吧。你首先讓我見識你可以多頑強，然後呢？當你讓我相信我贏不了、我如果不配合就會毀掉我的演藝生涯後，你再提出你的計畫。你會想出某種故事再要求我替你佐證。如果真是這樣，你還是直接跟我說實話比較明智。」

他嘆氣，搖了搖頭。「真不知道妳為什麼一直說這些。跟妳解釋過這場犯罪的各種情況了，但就算是最棒的偵探，面對徹底否認也沒轍。我煩得都快扯光我的頭髮了，事情就是這樣了，不過我不覺得光頭適合我。」

她盯著他。大約有一分鐘的時間兩人都不發一語。最後她終於把刀放在身旁的桌上，刀尖轉到一旁不再對準他。

「好吧。拿起你的吉他接著彈吧。我指控你，你也指控我，顯然我們就是置身這種處境。但如果你以為我是那種會屈服、只因為一個男人說天空是綠色就被說服的女人，那你可是低估我了。」

「如果妳以為妳只要站穩立場、搧搧睫毛，我就會像隻鳥兒般唱歌，妳才是高估了妳自己的魅力。」

「噢，」梅根眨眼，「但我以為你還愛我？」

亨利在她對面的椅子坐下。「我是，所以這才如此令人瘋狂。只要妳承認是妳殺的，我不管如何都會原諒妳。」

「那我們來談談以前沒談過的事。」她又拿起小刀，而他眼中閃過一絲真實的恐懼。「你擁有狂暴的一面，亨利。我看過你喝醉，也看過你只是不喜歡陌生人看我的方式就跟他們打起來，還看過你呼喊、尖叫、砸玻璃。這些你也一概否認嗎？」

他注視地板。「不，但那是很久以前的事了。」

「那你有見過我那樣嗎？」

「或許沒有，但妳也可以很殘酷。」

「尖牙利嘴殺不了人的。」

他聳肩。「所以我脾氣暴躁。這是妳不想嫁給我的原因嗎？」

「不盡然，但也不算加分就是了。」

「我那時喝了很多酒。」

「你午餐時也喝了很多。」

「不多。沒以前多。」

「顯然夠多了。」

亨利嘆氣。「如果我想殺邦尼，我會用更好的方法。」

「亨利，我知道是你，我們都知道。你到底想說服我相信什麼？我發瘋了？」

「我也可以說一樣的話，不是嗎？」

「不，你不能。」她揮刀刺入她的椅子扶手，刀刺穿墊襯卡在木頭裡。「邦尼在樓上像個水龍頭般滴滴答答，我們卻只是在這裡吵架。要是警察發現我們整個下午在做什麼，他們會怎麼想？」

「真是場惡夢。」

梅根翻白眼。「另一個爛譬喻。」

「好吧，如果我們要這樣度過這下午，那我想要手上有杯酒。想加入嗎？」

「你有病。」

他幫自己倒了一杯威士忌。

半小時過去，什麼也沒改變，他們反覆著這個情況數次，每次都沒有結果。

亨利喝完酒，把空杯捧在眼前，透過酒杯凝視變形、空洞的起居室，手一面左右移動。梅根看著他，不知道他的注意力怎麼會這麼容易分散。

亨利回頭看她。「我要再來一杯然後就結束，妳想加入嗎？」

門窗依然緊閉，起居室內令人窒息，彷彿是一項他們彼此都同意的自我懲罰。

她點頭。「我跟你喝一杯。」

他哼了一聲，走到酒櫃旁，從威士忌長頸瓶倒出兩大杯酒。當然了，酒是溫的。他一手拿起一杯，有節奏地旋了旋，將另一杯遞給她。她看見這分量瞪大了眼，三分之二滿。「最後一杯酒。」他說。

「如果我們都沒有要認罪，」梅根說，「我們應該要討論一下接下來該做什麼。是不是根本沒必要牽扯上警察？沒人知道我們在這，或許我們乾脆趁夜離開就好。」

亨利靜靜啜飲他的酒。他們就這樣在那兒坐了幾分鐘。梅根一手掩著她的杯子，終於舉到嘴邊時，她在酒杯碰到嘴脣前停住。「我怎麼知道你有沒有下毒？」

「我們可以交換。」

她聳肩。這段對話似乎並不值得接續下去。她啜了一小口，「味道不錯。」而他只是用一種令她不安的方式靜靜注視著她。「換個角度來說，為了避免疑慮。」他嘆氣，將自己的酒杯交給她；她接下，也把自己的酒杯給他。

他氣力用盡地坐回椅子上，舉杯。「敬邦尼。」

「敬邦尼。」

威士忌如即將到來的落日那樣橘紅熱烈。亨利又拿起吉他，重新彈起先前那個笨拙的調子。「我們回到起點了。」他嘆氣。

「如我所說，我們需要討論接下來該怎麼辦。」

「妳要我說我們可以就這樣逃跑，假裝自己沒來過？跟上次一樣。那自始至終就是妳的計畫，對吧？」

「你為什麼要這樣對我？」梅根放下酒杯，搖了搖頭。「是因為我取消我們的訂婚嗎？但那是好久以前的事了。」

啜飲酒漿已成為亨利用來拖延對話的主要手段，然而面對這個問題，他卻認真相對，並點燃一根菸。「那我就再說一次吧，梅根，我還愛妳。」

「很高興知道你還愛我。」她期待地看著他。「你開始覺得頭暈了嗎，亨利？」

剛開始他困惑不解，接著瞥了一眼他的酒杯。他已幾乎喝乾，只剩下最後半吋高度。他伸手想要拿杯子，卻發現左臂幾乎麻痺，姿態詭異又笨拙的手將杯子打落地面，酒杯隨即破碎，在白地磚留下一個棕色圓圈。「妳做了什麼？」

菸從他口中掉落，墜入吉他琴身內，一縷盤繞的煙從琴弦間裊裊上升。她的臉除了些微擔心外不露情感。

「梅根。」

他往前滾下椅子，半邊身體麻痺，吉他彈到一旁。他俯臥白地板，毫無節奏地顫抖，唾液在他下巴前方的地磚上聚積。

「說謊是這樣的，亨利。」她起身聳立他身旁。「一旦開始就無法停止，無論謊言帶你到哪，你都只能跟隨。」

2 第一場對話

茱莉亞．哈特已放聲朗讀將近一小時，她的喉嚨感覺像裝滿了石頭。**「說謊是這樣的，亨利。她起身聳立他身旁。一旦開始就無法停止，無論謊言帶你到哪，你都只能跟隨。」**

格蘭．麥卡利斯特坐在她身旁專注聆聽。她剛剛讀出的這篇故事出自他手，在超過二十五年前寫就。「嗯，」他發現她讀完時說道，「妳覺得這一篇怎麼樣？」

她放下手稿，調整角度讓他看不見她的筆記。「我喜歡。一直到最後一段之前，我都堅定站在梅根那邊。」

他聽出她聲音嘶啞，站起身。「再來一杯水？」她感激地點頭。「真抱歉，」他說，「妳是我好長一段時間以來的第一位客人。」

他的小屋坐落一道從海灘抬升的砂質短坡頂。剛剛那一小時左右，他們一直坐在寬廊下的木椅，她為他朗讀那篇故事，而他此刻把她獨自留在這兒，消失在屋內。

海上吹來一陣涼風，但陽光的熱度勢不可擋。那天早晨，她從她的旅館走來他的小屋，那是地中海酷熱下的十五分鐘，她感覺得到自己的額頭已微微發燙。

「來。」格蘭帶著一個粗糙的陶罐回來放在他們之間的桌上。她裝滿她的玻璃杯後喝下。

「謝謝，真是及時雨。」

他坐下。「我想妳剛剛在說妳希望梅根是無辜的？」

「不盡然。」她又吞下滿滿一口水，搖了搖頭。「只是感覺認同她。我認識太多像亨利這樣的男人，脆弱又滿心自憐。」

格蘭點頭，在扶手輕扣幾下。「妳不覺得梅根也有缺點嗎？」

「噢，對。」茱莉亞微笑。「她殺了他，不是嗎？」

「她給我一種，」他謹慎挑選用詞，「天生不值得信賴的感覺。她從一開始就很可疑。」

茱莉亞聳肩。「我們不知道他們兩個在牛津發生什麼事。」她拿出筆記本放在膝上，另一隻手拿筆。「你上一次讀這個故事是什麼時候？」

「住在這裡之前。妳也知道，我手上沒這本書了。」格蘭緩緩搖頭。「可能二十年前吧，真令人自覺蒼老。」

他幫自己倒一小杯水，這是整個早上以來她看見他喝的第一個東西。一艘淡色木船翻倒躺在下方海灘上，看起來像巨型昆蟲遺棄的繭。說不定他就是從那裡面爬出來的，她暗自微笑，一個異形生物，對高溫免疫，也無須吃喝。

「所以接下來呢？」他問。「恐怕我沒編輯過書。我們要逐行討論嗎？」

「那很花時間。」她翻過手稿。「我想改的地方不多，或許只有幾個地方的措辭可

25. 難道……

我感覺到胯下有種像是痛又像是癢的感覺，因此醒了過來。

鈴鈴鈴！鈴鈴鈴！

不熟悉的電話鈴聲傳來。對了，昨天我好像住在商務飯店。雖然很痛，但還是先接電話的好。

神志模糊地這麼想著的我依然閉著眼睛，打算只把手伸向電話的位置。然而，我的手卻動彈不得，不知被什麼重物壓著。

『嗯？』

我保持仰躺的姿勢睜開眼睛，然後緩緩地轉動眼珠偷瞄了旁邊。

我看見了咲良。昨晚我好像讓她躺在我手上睡覺的樣子。

咲良也立刻微微睜開了眼睛，她跟我一樣保持面向天花板的姿勢，只轉動眼珠看向我這邊。

『為什麼你會在這裡？』

咲良一發現我的存在，立刻踢開薄棉被跳了起來。在那同時，我的胯下感到一陣劇以再簡約一點。」

「當然。」他將帽子往後推，用手帕抹抹額頭。

「我確實注意到對房子的描述有些前後不一的地方，但我想應該是故意的？」

他停頓片刻，接著將手帕披在椅子扶手讓微風吹乾。「妳說的是像哪些地方？」

「都不嚴重，」茱莉亞說，「不過像房間的格局。」她注視他。他示意要她接著說，一隻手在空中畫了個圈。「故事描述屍體所在的房間位於房子蔭蔽的那側，卻又說刀柄投下影子。」格蘭茫然地注視她，頭歪向一邊。「所以太陽到底是從窗戶照入，還是在陰影之中？」

他抬起下巴表示聽懂，吸了口氣。「有趣，有可能是我搞錯了。」

「還有，樓上和樓下的走廊似乎朝向不同方位。在某處我們看見亨利坐在椅子上，樓梯在他左邊，一條走廊朝他面對的方線延伸，而樓梯本身左轉彎一次，然後樓上的走廊順著這個方向繼續延伸。所以樓上到底有沒有對應樓下？」他在腦中描繪別墅，眼珠子從左晃到右。她接著說：「還有太陽。太陽似乎即將要下山了，儘管故事發生在夏季午餐過後的幾個小時。」

他開心地微笑。「妳是一個非常觀察入微的讀者。」

「只怕我是個討人厭的完美主義者。」

「但妳認為這些錯誤是蓄意的？」

「如果不是，我道歉。」她略顯尷尬，在椅子上不安地挪動。「只是好多這種細節看起來都沒有直接關係，好像蓄意放在那兒，純粹只為了帶出矛盾感。」

他又抹抹額頭。「我很感動，茱莉亞。」他用手掌輕碰她的手背。「但妳說得對，我以前會在故事裡加入矛盾，看看能否在不被讀者發現的情況下偷渡，一個以前會玩的遊戲、任性的習慣，我很感動妳看得出來。」

「謝謝。」她有點自我懷疑，安靜了幾分鐘檢視她的筆記。「我原本以為這故事可能是在描述身處地獄的亨利，不斷提及高熱和紅色地景。是這樣嗎？」

「有趣的理論。」格蘭遲疑了一下。「妳為什麼會有這種感覺？」

茱莉亞一根手指畫過她列在書頁上緣的筆記。「斯威登堡[2]將地獄描述為違背尋常規則的時空，這就能解釋空間的不可能性與詭異的年代。梅根的臉出現在窗戶時，故事描述她有一輪惡魔般的光輝；而在這故事中的第一句臺詞，她也清楚地說：**真是地獄**。亨利搜索屋內的時候甚至還引用了彌爾頓。」

格蘭雙手攤開示意投降。「還是得說，妳真是觀察入微。妳或許是對的。我想我創作這故事時，這概念一定一直擺在我內心深處，但過去好久了，我現在沒辦法確定。」

「好吧，」她稍微改變話題，「如果我們把這些矛盾都當作蓄意安排，故事本身就沒什麼我想修改的地方了。」

他拿下白帽用雙手快速轉動。「那我來解釋這故事跟我的數學工作之間的關係。這是妳來此的主要原因，對吧？」

「會有很大的幫助。」茱莉亞說。

格蘭往後靠，一根手指支著下巴，思考該從哪裡開始最好。「這所有故事都衍生自我一九三七年的一篇研究論文，主題是調查謀殺謎案的數學結構，我稱之為〈偵探小說中的排列〉，發表於一個小期刊：《數學遊戲》。雖然寫得頗中規中矩，但回應是正向的，不過當時謀殺謎案非常熱門。」

「對，」茱莉亞說，「現在都知道那算是偵探小說的黃金年代，而你當時是愛丁堡大學的數學教授？」

「沒錯。」他對她微笑。「那篇論文的目標是提出謀殺謎案的數學定義，我想大體算是成功。」

「但怎麼做呢？你怎麼用數學定義文學中的概念？」

「很合理的問題，我換種稍微不同的說法。在論文中，我定義一個我稱為謀殺謎案的數學物件，期望它的結構性質精確反映謀殺小說的結構。這個定義接著容許我判定謀殺謎案在數學上的極限，再將這些發現回頭應用於文學。因此，舉例來說，我們可以說，根據定義，一個謀殺謎案必須符合幾個條件，才可被視為有效。然後我們可以把同樣的結論應用在實際的故事中。聽起來有道理嗎？」

「我覺得有。許多人各自提出了不同的偵探小說撰寫規則，你這套幾乎就像是那樣的東西？」

2. 譯註：伊曼紐．斯威登堡（Emanuel Swedenborg），1688-1772，瑞典科學家、神學家。

「對，有些重疊之處。但我們能拿這定義來做的另一件事，是計算出可視為有效謀殺謎案的每一個結構。因此我便能列出所有可能的結構變異體，這就不是一系列規則或戒條做得到的了。」

「而那些就是所謂偵探小說中的排列？」

「沒錯，因此這成為論文的題目。」

〈偵探小說中的排列〉不僅以研究論文的形式出版，同時也是格蘭另一本著作的附錄，這本書包含七篇謀殺謎案故事，他命名為《白色謀殺》，以個人出版的方式發行於一九四〇年代早期，印量不到一百本。

茱莉亞代表一家名叫「血型圖書」的小出版社跟他聯繫，她寫信給他，說明自己是血型圖書的編輯，而她的老闆維克特・李奧奈達，最近在一箱二手書中發現一本老舊的《白色謀殺》，打定主意要將這本書推到更廣大的讀者群中。經過幾番信件往返，茱莉亞出發拜訪這位避世的作者，他是一名中晚年男子，獨居於一座地中海小島。為了處理未完的瑣事，也為了出版此書。她和格蘭都同意，這次將不以附錄的方式納入研究論文，而是由茱莉亞為七篇故事撰寫一篇可滿足同樣目的的引言，用更易讀的形式講述相同概念。

「不過這些排列方式應該多得嚇人吧？」

「嚴格說來是無窮盡地多，但可分為少數幾個原型。事實上，主結構變異體用十隻手指就數得完。那些故事都是寫來描繪這些主變異體的，包含我們剛剛讀的那一篇。」

「可否解釋是如何描繪？」

「好，」格蘭說，「我想可以。數學定義很簡單，恐怕簡單得令人失望，實際上只是說明了構成一個謀殺謎案的四個要素，各自再附加幾個條件。」

「四要素。」茱莉亞記下。

「它們必要又充分，因此任何東西只要包含這四要素就是謀殺謎案，而所有謀殺謎案也都必定包含這四要素。我們應該一一檢視。」

「聽起來很合理。」

「好，」格蘭朝她傾身，「第一個要素是多名嫌疑犯，可能需要也可能不需要為謀殺負責的角色。一個謀殺謎案很少有超過二十名嫌疑犯，但我們並不設定人數的上限。如果妳認為某件謀殺謎案可以有五百位嫌疑犯，那就可以有五百零一位嫌疑犯的謀殺謎案。不過相同主張並不適用於下限，再怎麼說，至少負數是不可能的。所以我來問問：如果現在給妳一個任務，要妳將謀殺謎案精煉到基本狀態，妳至少需要幾名嫌疑犯，謀殺謎案才可能成立？」

茱莉亞思考著這個問題。「我很想說四到五人，因為很難想像有太多偵探小說運用少於這個人數的嫌疑犯，但我猜你會告訴我答案是兩名。」

「沒錯。如果妳有兩名嫌疑犯，而讀者不知道其中哪一人是兇手，那妳就有了一個謀殺謎案。跟任何其他人數一樣，兩名嫌疑犯就可以給妳同樣的必要結構。」

「角色和布局方面或許會有點局限？」

「但正如我們方才所見，這並非不可能。所以第一個要素是兩人以上的多名嫌疑犯。雖然通常會有三或更多人，但剛好兩名嫌疑犯的謀殺謎案有些特別之處。」

茱莉亞在做筆記，格蘭等她跟上。她手掌冒的汗在紙頁留下一個印痕，以紅筆筆跡做為血管。「繼續。」她說。

「跟簡單的邏輯有關。如果只有兩名嫌疑犯，他們兩個便都知道兇手是誰，若是有三名或更多人就不是這麼回事了，那會變成只有兇手自己確知。只有兩名嫌疑犯時，無辜者便可利用簡單的消去法解謎：我知道我沒犯罪，那另一個嫌疑犯就一定有，而不知道真相的，只有讀者。因此我才認為雙嫌疑犯謀殺謎案值得關注。」

「因此你才寫下那個故事？」

「亨利和梅根都知道他們之中誰犯了罪，我們也知道他們兩個都必定知道，但他們雙雙矢口否認。我覺得這種概念很有意思。」

茱莉亞點頭記下，看起來夠簡單了。

「非常有用，謝謝你。」她停筆，再喝一杯水，接著翻到新的一頁。「我也想在引言裡放入一些傳記資料，有關你的幾個句子，在哪裡出生之類的。你覺得可以嗎？」

格蘭一臉不安。「不會太自溺嗎？」

「並不會。我們所有作者都會這樣安排，只是一兩個有趣的事實，你的讀者會想知道你是誰。」

「我懂了。」他坐在椅子上往前靠，一面用帽子給自己搧風。他低頭看自己不停抽播的手，彷彿不知道這是怎麼回事，而抽播隨即停止。「不確定有什麼有趣的事能告訴妳。我的生活向來單純。」

茱莉亞清了清喉嚨。「格蘭，」她放下筆記本和筆，「你以前是數學教授，憑空寫出一本謀殺懸疑故事集，卻不曾再出版任何東西。現在你獨居一座小島，距離你出生的地方幾千哩遠，幾乎完全與世隔絕。對大多數人來說，這聽起來刺激極了。背後一定有什麼故事吧？」

他等了幾分鐘才回答。「並沒有，只是因為戰爭。我在北非服役，發現在那之後很難重回正常人生，但那對我這年紀的男人來說也不算不尋常。我無牽無掛，所以來此定居。」

茱莉亞記下這番話。「請原諒我探人隱私，不過維克特要我找出你時，我曾寫信到愛丁堡大學數學系，後來也跟你的一位同事談過，丹尼爾斯教授。他記得你，說你結過婚。」

格蘭一縮。「對，沒錯，好久以前的事了。」

「而你倉促離開，而後來到這座島，你一定是出於某些原因才有此選擇。這座島很美，但在這裡終老很怪。」

他的視線從她身上轉向大海。「我想要遠遠離開我先前的人生，就這樣。」

「為什麼？發生了什麼事嗎？」

「我不想解釋我的原因，不想在書裡。」

「如果太隱私，我們沒必要在引言中提及，但除非你告訴我真相，否則我沒辦法幫助你判斷。」

格蘭的表情轉為嚴厲。「我沒有尋求妳幫助。」

「那好吧。」茱莉亞讓這片刻就這樣過去。「或許我可以把你形容成一個被誤解的藝術家，獨居世外。這樣聽起來總是剛剛好的浪漫。」

格蘭點頭，對自己的無禮略微發窘。「我獨居島上，在這裡的愛好是數學和釣魚。」

「謝謝你，非常有用。」茱莉亞闔上筆記本。「我試過聯絡你妻子，但找不到她在哪，不過當然，這到頭來並不重要。教授有你在島上的地址，雖然過時二十年，我的信還是順利送達了。你還有其他家人嗎？」

他又用帽子給自己搧起風。「請原諒，不過我感覺好累。這場對話比我預期的更耗費心力。我們可否休息一下？」

茱莉亞微笑，他們多的是時間。「當然。」

他將帽子戴回頭上。

3 海邊之死

溫斯頓．布朗先生身穿一套破爛的炭色西裝坐在一張綠色長椅上，恍惚地凝望大海，戴著手套的雙手放在位於下巴下方的木拐杖頭上，一頂黑色舊圓頂禮帽擱在漸漸稀疏的新月形頭髮上。儘管他的臉幾乎是個粉紅色正圓，看起來像一張孩子畫出來的臉，但他身體的其他部位卻看似完全以深灰色的角密實打造。

一名女子在他身旁坐下，將一袋沉重的雜貨放在人行道上。一隻頑強的海鷗轉頭，蹣跚朝兩人走來，不過布朗先生的拐杖猛力一敲，逼得海鷗朝另一個方向逃逸。

他轉頭面對同伴。「我總是說，海鷗和松鼠是動物王國的強盜，這和牠們的眼睛有關。」

旁邊的女人警惕地點頭，她並不是為了聊天才坐下的。

「告訴我，」布朗先生接著說，對她露出孩子般的微笑，「妳住在這可愛的地方嗎？」

他們身處南岸風景如畫的小鎮「暮臨」，這裡有一個小海港，幾座房子散落於圓弧海灣，有如花環。時值清晨，太陽剛剛升上水面。

「對，」她簡短地說，「我這輩子都住在這裡。」

他拿下帽子平穩地放在膝上。「那妳或許能跟我說說這裡的謀殺案，一週前，對吧？」

她的嘴脣無意識地分開，她往前靠。布朗先生看出她骨子裡也是收集八卦的同好。

「四天前。」她說起誇張的悄悄話，根本沒比原本的音量小聲。「所有報紙都報了，一個年輕人把一個女人推下懸崖，當然了，他聲稱是意外。不過他在說謊，他叫戈登·佛由，住在左邊最旁邊那間白房子裡。」

她用手指示意小鎮的另一端，那裡的海岸分割為狹窄的海灘和其上陡升的懸崖峭壁，房舍銳減，一棟球根般的建築是小鎮可見範圍內最末端的住宅，位置接近山丘頂。

布朗先生單臂舉起拐杖，不懷好意地指向海灣另一邊。拐杖有如避雷針，似乎在這幅圖畫中引入暴風雨的跡象。「那棟屋子？唔，看起來人畜無害啊。」

「那房子叫做白石屋，他這輩子都住在裡面，但附近的人並不都真的認識他。他大多獨來獨往。」

「真怪。」布朗先生將他的圓眼鏡推上鼻梁頂。「妳覺得是他幹的嗎？」

她看了看四周，確認無人旁聽。「大家都覺得。鎮上的人跟被害人凡妮莎·艾倫太太很熟，而她對那些懸崖瞭若指掌，除非被推，不然難以想像她會摔下去。」

「那他們彼此認識囉？被害人和嫌疑犯？」

「他們算是鄰居。她住在沿懸崖邊的隔壁棟，在這裡看不見。從他家有一條小徑穿過懸崖頂通往一間亮黃色的小屋，腳程五分鐘。她和她女兒珍妮佛就住在這。」

「那他的動機呢？」

「簡單，」女子已忘記剛開始時的謹慎，這會兒暢所欲言了起來。「他想娶珍妮佛，但艾倫太太向來不喜歡他，因此反對這樁婚事。他不想要她礙事，就這樣。四天前，他們都走上那條小徑，艾倫太太要到鎮上，他則是往另一個方向。他們經過彼此時，他見有機可乘，就把她推了下去，讓她摔死，再聲稱她自己失足。你仔細想，這根本就是完美犯罪，除了大海之外，不會有任何人看見。」

布朗先生為她十拿九穩的說法微笑，往後靠，顯然對這故事汙穢的本質感到心滿意足，接著拐杖頓地兩次作為標點符號。「就算是最無辜的場景，都可以在角落找到黑暗，就看光是怎麼落在畫面中。」

她點頭。「他的房子也在小鎮的角落。」

「在那裡，他像隻蜘蛛一樣釘在他的白網中等待。不過無論蜘蛛看起來多麼邪惡，牠們通常都是無害的生物。會不會這年輕人只是被誤會？」

「胡說。」她咕噥，突然顯得頗為憤慨。

「所以妳很確定不是一場意外囉？」

女子聳肩。「這鎮上不常出意外。」

布朗先生起身，朝她輕點帽子後戴回頭上。她倒抽一口氣，因為他坐著感覺很矮小，事實上卻超過六呎高。

「親愛的，這真是有趣至極的討論，希望事件很快平息。祝妳有美好的一天。」

說完他便離開，朝山丘上的白屋走去。

事實上，布朗先生前一天在警察分局和戈登．佛由一起坐在牢房裡的一張小桌旁時，發現他是個頗討喜又富同情心的人。

這位年輕人用乞求的藍眼睛注視著他。「他們要把我吊死。」

他們之間有一張紙和一枝筆。戈登．佛由的動作緩慢笨拙，部分因為他的本性，部分則因為他的雙手被銬在桌上。他將紙擺正，畫了起來。「我很害怕。」

「你為什麼覺得他們要吊死你？」

戈登說話時仍持續速寫。「啊，因為我獨來獨往，雖然聽起來像自私的行徑，但其實並不是，我只是一向不太擅長交朋友。」

「但他們需要證據。」

「需要嗎？」

一陣令人不自在的沉默填滿牢房。布朗先生謹慎挑選用詞。「如果你是無辜的，那就有理由懷抱希望。」

戈登不屑地揮揮右手。鎖鍊落在桌上，發出一連串金屬撞擊聲。「你知道嗎，其實有一個目擊者。」年輕人此時直視布朗先生，將紙轉向，他畫了一艘漂浮在海平線上的遊艇。「一艘船，大約在海灣的兩百碼外，漆成紅色，看起來是這樣。距離太遠，我看不見船名，但如果你能找到船上的人，他們應該能看見事發經過。」

布朗先生閉上眼，彷彿正要揭露壞消息。「前提是他們得有在看。」

「求求你，布朗先生，你一定要試試。」

「這場犯罪只有一個不尋常之處，也就是執行時那毫不畏縮的冷酷。一個安靜的年輕男子殺死他所愛女人的母親，一切只需要輕輕一推。」

到訪過警局後，布朗先生的老朋友王爾德督察來找他。他們在布朗先生旅館的酒吧裡一邊喝著雪莉酒一邊聊這案件。

「我們沒有實證，」巡官接著說，「但我們怎麼會有證據？就那樣的意義而言，這可是完美犯罪，除了鳥之外沒有任何目擊者。」

「如果他是唯一的嫌疑犯，我會說這一點也稱不上完美。你不認為嗎？這可憐的男人要怎樣才能證明自己的清白？一直有人因為比這案件更少的證據而被吊死，你別告訴我這裡沒有這種可能。」

王爾德督察的食指和拇指併攏，從上到下撫過修尖的山羊鬍，頭往後仰，吐出長長一口氣。「我要命地希望是這樣，但我認為他跟隻蝨子一樣有罪。」

布朗先生舉杯。「那好吧，我們來敬熱愛打聽、心胸開放的警探。」

王爾德督察瞇起明亮的綠眼。「如果能證明我是錯的，我樂見其成。」他喝完他的酒。他們點了食物，但旅館老闆送上令人失望的三明治，被王爾德督察身後的紅燈染上一抹粉紅。

「所以他獨居，」布朗先生問，「我是說我們的朋友戈登・佛由？」

「那可真是一場悲劇，你看得出來他是怎麼走上歧途。他父母在七年前雙雙死於一場車禍，當時他十八歲，但他們留下房子和足以維生的錢，所以他過得挺好。我不相信他這輩子有工作過一天。」

「但一定有人幫他？」

「對，有位女士每天從鎮上過去。他說比起讓別人住進去，他更喜歡這樣。整件事發生在她合約到期之前，所以我們反倒是透過一位名叫艾普斯汀的當地婦女知道他的動態。」

「了解。」布朗先生說。「那我該上哪找她？」

白石屋坐落在一片整齊綠草坪和更外圍泛棕色的廣袤石楠和金雀花叢中，有如一顆窩在巢中的蛋。目前沒有生物跡象，所有昏暗的窗戶都只露出滿是灰塵的白色窗簾底部，誘惑地從窗框側邊垂落，屋內所有房間皆黑暗無光。

布朗先生用拐杖頭將帽子往後頂，在一瞥間將整個場景盡收眼裡。「空白的一頁。」他暗自咕噥。

他繼續走，來到緊鄰屋子、位於小徑起點前的一張木長椅。此處看海和小鎮都是迷人美景。一名女子坐在長椅上，面對另外一個方向：他只看得到覆蓋她背部的暗紅披巾和從她頭上垂落的白色長髮，兩隻暗橘色蝴蝶在她雙肩附近飛舞。

布朗先生走上前，脫下帽子。「真是美好的風景。」

她哼了一聲，轉頭面對他。「你是警方的人，對吧？我總是看得出來。」
「事實上，我恐怕不是。」
她點頭。「那就是記者囉？」
「我以私人為基礎自行調查。」
一隻毛茸茸的棕色小狗在她腳邊奔跑。
「警察都認為他有罪，報紙也一樣，但我向來喜歡他。一面對外來者，這附近的人都很嚴苛。這件事你站在哪一邊？」
「只站在妳看見我的地方，艾普斯汀太太。」
她對他眨眼，笑容不曾間斷。「你怎麼知道我的名字？」
「寫在從妳包包探出來的日記上。」
「觀察入微。」
「希望如此，我就是因此而來。我知道艾倫太太過世那天妳在場？」
「每天從九點到九點半、教堂鐘敲兩下之間，我都坐在這。如果我們沒有遵守精確到分鐘的日常慣例，雅各會不開心。」她單手往下探，防備地放在狗背上，彷彿在測試暖氣是否溫暖。
「關於那天，妳有什麼能告訴我的？」
「我會告訴你我對警察說的那些。那天早晨颳了一陣大風，戈登大概九點十分離開家朝小徑走去，接著約三、四分鐘後原路跑回來，大喊著出意外之類的。我不記得他確切說了什麼，但他非常苦惱。我跟著他進屋，然後我們打電話給警察和醫師。」

「他離開的那幾分鐘，妳什麼也沒聽見？」

「什麼也沒有。那可憐的男孩狀態非常差。」

「謝謝妳。」布朗先生沒其他問題了。他看了看時間，九點五分。「真心希望妳度過美好的一天。」

她看著他走開。「小心。」她大喊，手指向地面。

他已經看見。確鑿的三條手指狀狗大便躺在草地上，有如屍體腐爛的手，從墳墓中探出。

「當然。」他繞過狗屎。

進入小徑前，布朗先生得先穿過一扇用掛鎖鎖上的小木柵門，一塊磨損的告示綁在門中央：「為確保大眾安全，此小徑目前封閉。」

「嗯，」他自言自語，「我想警察應該會把我視為例外吧。」他輕鬆爬過門。

小徑如一條細線，夾在兩種皆難以穿越的自然景觀間。左邊是長滿尖刺金雀花與柔軟石楠的邊緣地帶——像是黃色與紫色花朵上演著某種善與惡的偶戲。它們的頭在輕柔微風中擺動，並通往懸崖邊緣，再過去便陡峭下降，如鏡的海洋在陽光下閃爍。右側則是峭壁，往上五碼左右便來到丘頂，滿覆植被，還有零星幾株樹木。

布朗先生無法看見他左方的崖面，不過可以在前方一百碼處看見它的孿生子，因為小徑在那兒朝大海的方向往外轉。那兒那片廣闊白石間有灰色點綴，幾處幾乎被染紅，再往下是結節蔓生的狂暴黑岩。不是落地的好地方，他暗忖。

他問過王爾德艾倫太太屍體的狀況：脖子斷了，眼睛膨脹發黑，右臂一塊肉被刨掉，同側四根肋骨因撞上岩石的衝擊而粉碎，應該是海面下的某塊石頭，因為他們沒在任何東西上發現血跡。

他們得乘小木船沿懸崖划，用槳和網子撈起她的屍體。「作為佛由的抗辯，」王爾德督察曾如此說道，「要不是他這麼快示警，我們可能永遠也找不到她。但若不這麼做，他就會顯得有犯罪嫌疑，不是嗎？」

布朗先生踏著非常謹慎的步伐沿小徑前行。灌木叢覆蓋的邊緣地帶和陰影籠罩的斜坡滿是垃圾——傳單、菸蒂、各種食物包裝紙。但在這片無法辨認的廢棄物的沉默碎片中，他找不到任何與犯罪相關的事物。

不過他仍每走幾碼便停步，詳細檢查小徑兩側，隨著他在斜坡沉默的陰影和大海突然喧噪的藍之間來回轉身，他不時地用拐杖頭推高或壓低帽簷。

數分鐘後，他來到一塊奇形怪狀的暗色小岩石前，這塊石頭就坐落小徑中央。他屈身查看，接著搖頭。一坨異常乾燥的狗糞。他用拐杖尖端將它推落海，看著它滾下死亡，接著便回頭找艾普斯汀太太，想弄清楚她的狗在事件發生時是否也在小徑上。

就在這個時候，他才領悟小徑在他翻過柵門後扭轉彎曲得有多劇烈，但又難以察覺。白石屋消失在視線範圍外，而艾普斯汀太太也一樣。無論朝前或往後，他都看不到任何值得關注之處。小徑的這一段是真正孤立之處。

謀殺的完美地點。

然而戈登說有一個目擊者：海灣上的遊艇。

「真不知道呢。」布朗先生對著大海瞇起眼。

又前進一百碼後，他看見一道白色影子在一叢石楠中打轉，襯著墨綠色背景，幾乎像在發光。那東西埋得很深，他懷疑還有誰會看見，不過布朗先生的觀察力差不多等同超能力，也相應地因此知名。他把拐杖伸進樹叢，透過耐心、熟練的操控，終於成功扭住那白色東西的末端，將它拉出樹叢。

拿出來的東西結果是條白圍巾，條蟲般地纏在灌木叢中。他用戴手套的雙手展開圍巾。這明顯屬於一個女人，而且最近才使用過，上面沒血，但一端有個纖細腳跟的靴印。太具啟發性了，布朗先生暗忖。

根據凡妮莎．艾倫女兒所說，她死去時圍著一條圍巾，然而屍體上並沒有找到，他們以為應該是遺失在海中了。

他將圍巾摺疊成一個小四方形後收入口袋，在草上抹抹拐杖。

把他帶入這案件的是珍妮佛．艾倫小姐。她母親過世兩天後，她到他倫敦的家找他。

「我聽說你擅長解決警察解決不了的問題？」

她的眼睛仍因哭泣而泛紅，但看似一個非常平靜、頭腦清醒的年輕女性。布朗先生帶她來到起居室。「噢，就是成功過一兩次。有什麼我可以幫忙的嗎？」

她告訴他案件相關事實，包含她個人版本的事件。那天早上她在家裡對著前院吃早餐，那個位置看得見小徑，她也看著她母親沿小徑出發，頂著強風前進。「醫師出現前，我看見的就是這樣。那是大約半小時後了，他來告訴我發生的事。」

「我很遺憾。」布朗先生說。「對妳來說，這一定是一段非常艱難的時間。」

她低頭注視自己的鞋。「可憐的戈登。警察當然堅決要吊死他。」

布朗先生點頭。「所以妳希望我證明他是無辜的？」

她伸手握住她掛在脖子上的鍊墜盒。「如果他們吊死他，我不知道我會做出什麼事。」

布朗先生再往前幾步後又停住。此處小徑左側的石楠顯然曾遭人踩踏：通常有彈性的枝條被踩扁扯斷。

「我們找到一些掙扎的痕跡。」王爾德督察也這麼說。「他聲稱走在小徑上時她在他前方，他看見她失足摔落，於是穿過石楠到懸崖邊查看她是不是設法撐住了，不過他到的時候，她已經成了一團水花和岩石上的衣物殘跡了。」

布朗先生用拐杖挑起其中一根斷掉的枝條。「迫切狀況的綠色化身。」

再往前三十碼，來到戈登‧佛由聲稱事件發生的位置。懸崖邊緊鄰著小徑——數十年風化的結果，留下了一個新月形坳口，彷彿從餅乾咬下的一口。這裡的小徑依然是寬敞的三呎寬，但若你沒注意，很有可能會跌落。

「或許就是這樣做的，」布朗先生暗自吹了聲口哨，「分心致死。」

來到坳口旁傾身俯瞰時，他謹慎得都要令人發笑了。陡峭下切的景象全面環繞，而他緊握拐杖穩住自己。下方支撐的岩石僅些許延伸入海，周遭的波浪顯露利牙。這畫面十足駭人。

他轉身背對坳口繼續前進。

小徑剩下的部分平凡無奇，很快便脫離飄忽的海岸線，直切過陸地。現在小徑兩側有樹木和各種灌木叢，形成一道安靜、隱蔽的走廊，就算在如此明亮的藍天下，光線仍是綠色的。之後，小徑更加深入陸地，繞過一排為海巡人員而建的粉蠟筆色小屋。

第一棟是討喜的黃色，艾倫太太和她女兒就住在這。小屋遠離小徑，內推入滿溢花朵的花園內，和小戈登．佛由家的白牆和樸素草地形成鮮明對比，前門是深沉的暗紅色。

布朗先生敲了兩次門。

一名年輕女子前來應門，她的身型相當矮小，頭髮往後綁成辮子，看見有人站在那兒似乎嚇了一跳。「先生，有什麼事嗎？」

一定是女傭，布朗先生暗忖。「有的，我想找艾倫小姐。」

她皺眉，短暫看了看身後。「恐怕珍妮佛小姐並不在家，先生。」

「真是不巧，我可否等她回來？」

「很抱歉，先生，珍妮佛小姐沒那麼快回家。」

「好的。」布朗先生對這名害羞的年輕女子微笑，脫下手套，從內側口袋拿出一張折起的地圖在面前展開。薄紙在他粗糙的手中起皺。「如果請求讓我進屋避風，在走廊研究地圖，不知道會不會太過無禮？我對方向的記憶力實在太差，我想弄清楚方位。」

聽見這番話，她猛吸一口氣，但還是站到一旁怯懦地點頭。「請進，先生。」

他微笑進門。

布朗先生的鞋子沾了些泥，他小心地從門墊踏到一張半版報紙上。有人將這張報紙放在走廊角落一雙骯髒的威靈頓雨鞋旁。他就這樣在那兒站了半分鐘，一面假裝研究路線，又粗又鈍的拇指一面畫過海岸的古老線條。

「啊，好，看懂我在哪了。謝謝妳。那我就再上路了。」

走廊連接的一扇關閉門扉後有動靜。女僕窘迫得臉發紅。門打開，珍妮佛．艾倫從裡面走出來。

「布朗先生。」她瞥了一眼女僕。「請原諒，我要求不受打擾，但我不知道你會來訪。」

「一點關係也沒有，我只是在調查。」

她走近低聲問：「進展如何？」

「有好多事得思考。」他注意到她取下了先前一直戴著的鍊墜盒。「開始產生疑慮了嗎？」

「沒有。」她一手貼住額頭。「我不知道，好多人告訴我各種故事。你找到任何線索了嗎？證明他清白的任何東西？」

他覺得自己該說些安撫之詞。「恐怕現在說還太早。」

然後他便離開艾倫家，重回小徑上。

回暮臨鎮的這段路他走得相當快。這案子畢竟簡單，他也覺得幾乎已經破解，甚至還點燃菸斗，一手懸在空中緩步而行，煙自行纏繞樹木，發光的菸斗斗缽對任何正在觀看的人宣告著他正從樹叢下經過。

他回到白石屋旁的木長椅時，教堂剛好敲響九點半的鐘，他坐下欣賞美景。天色已轉暗，這天異常安靜。他低頭看向遍布白色倒影的黑水，想著落水的她一定覺得有多恐怖啊。「一種討厭的死法。」

他孤單地坐在那兒抽菸斗，看著海浪，納悶著佛由先生的秘密小船是不是真正存在，接著將菸灰彈入大海，再度啟程朝火車站走去。

接下來的這個夜晚，布朗先生和王爾德督察再度於皇宮旅館的餐廳聚首，兩人都抽菸——布朗先生用他那個質樸、扭曲的木菸斗，握在手中活像一隻爪子；王爾德督察則是抽細菸，菸草的煙在他們這個角落盤旋繚繞。飽食紅肉與蔬菜後，兩個惡魔般的人坐在陰暗迷霧中喝著白蘭地，話題轉向佛由案。

「好啦，」王爾德督察先開口，「看來我們讓你白忙一場，只是至少不是我們自己的錯。但我們現在知道暮臨鎮那座懸崖上究竟發生什麼事了。相信嗎？他看見的那艘船竟真的存在。船名是退休冒險家，昨天抵達南安普頓。」

「必須說，我相信過更古怪的事。」

「不過我打賭很少有像這種結果的吧。船主和他妻子上週渡過海峽，完全沒聽過這個案件，直到他在根西島剛好瞄到一份英國報紙。他名叫西蒙斯，看起來是個可敬的人。結果他妻子看見整件事，也告訴了他，不過她在喝酒，所以他不相信她。他看見報紙後，把兩件事拼湊起來，後來感覺非常內疚，便立刻回航。他妻子還在根西島，不過把所有細節都告訴他了。」

「聽起來是頗不愉快的過程。至少他會是個具同情心的證人。」兩個男人以吐煙代替笑聲。

「無論如何，」王爾德督察說，「我來啟發你吧。」

他點燃一根火柴，正要再點一根菸，布朗先生卻傾身吹滅。「再等一下，我不想讓你稱心如意，我已經知道事發經過了。」

「但你不可能知道啊，我們先前都同意並沒有證據。」

「嗯，我找到一些，至少足以給我一個不錯的概念。」

王爾德督察懷疑地看著他。「了解，那就說吧。」

高大、氣色不佳的男人靠向椅背。「這個案子裡只有兩個選項，要不是意外，要不就是戈登．佛由有罪。只要一個決定性的線索，便能在兩種可能間做出選擇。」

「對，這我知道，那你找到這樣的線索了嗎？」

「找到了。」布朗先生就此從外套口袋拿出那一方折起、被踩髒的白布，交給督察，督察隨即在桌上展開。「奉上被害人的圍巾。」

「你在哪找到的？」

「勾在一叢石楠裡，你手下一定錯過了。」

「那這到底能告訴我們什麼？」

「這裡，你會看到一個威靈頓雨鞋的鞋印，纖細，女人尺寸，與被害人小屋內一張半版報紙上的鞋印相符。無疑你應該能夠告訴我她死時腳上就穿著一雙威靈頓雨鞋吧?」

王爾德督察點頭。「對,她確實是。」

「很好,那現在回答這個問題:一個突然摔死的女人,如何才能在自己的圍巾上留下鞋印?在颳風的一天,圍巾的尾端應該會在她後方,那唯一留下鞋印的方式,而且竟然是腳跟的位置,會是倒退走,或是被往後拖。」

王爾德督察遲疑了。「繼續說。」

「我認為懸崖上發生的事是這樣的:戈登・佛由和艾倫太太經過彼此,交換了一些不禮貌的言論,然後佛由一定突然想到,他能為這整個狀況畫上句點,所以他回身從後方接近她,抓住她的頸子。她當然抵抗了,就這樣踩到自己的圍巾,圍巾於是脫落,被風吹入樹叢。他把她拖過石楠,拋下懸崖。小徑傾斜的角度剛好方便:謀殺就發生在石楠遭踩踏之處。」他拿起酒杯。「好啦,督察,現在你可以啟發我了。」

王爾德督察看起來有點茫然,朝他朋友挖苦地一笑。「我還能說什麼呢,看來你從猜測中收穫不少,不過你完全正確。船主的妻子看見你方才所描述的一切。戈登・佛由就跟隻蝨子一樣有罪。我唯一不懂的是,如果他從頭到尾都有罪,那他一開始為什麼要告訴我們船的事?」

布朗先生聚攏他的指尖。「我猜想他看見海灣上的船,覺得可以加一點不錯的色彩。他的故事理論上有可能具備明證,這樣的暗示增添了某種可信度。他多半認為他們完全不可能真看見什麼,機會不大,不是嗎?」

「無可否認。」

「他們卻真的看見了，只能算他運氣不好。」他想像那年輕人乞求的藍眼。「那他會被吊死囉？」

督察點頭。「九成，吊頸直到死亡。」

布朗先生同情地搖頭，他那疲憊、猶疑的臉彷彿木偶，僅靠著從他頭顱延伸而出的細繩懸吊。「真遺憾，我挺喜歡他的。我唯一的安慰是知道我拯救了珍妮佛免於嫁給一個殺人犯。」

他回想她是怎麼說的：**如果他們吊死他，我不知道我會做出什麼事。**並為青春的易受欺騙而微笑。

「死亡總是一團亂。」王爾德督察說。「該為結果悲悼的是罪犯，而非我們。」兩個男人興致缺缺地舉杯互敬，接著便遁回各自的亮紅色扶手椅中

當晚，住在暮臨鎮車站路的黛西．蘭卡斯特太太在她的床上醒來，走到窗邊。大海就在眼前，如她窗頭櫃的那杯水一樣平靜、舒心。她前幾天在海邊遇見一名男子，後來他的照片出現在報紙上，標註「警方的助手」，溫斯頓．布朗先生；而她剛剛夢見他的臉像蒼白的月亮般從海面升起，追根究底的眼睛注視她的窗戶，長得不可思議的拐杖橫過海灣，伸過來敲打她家前門，表情冷酷、冷漠一如海浪。

她顫抖，並關上窗。

4 第二場對話

讀到最後一頁時，茱莉亞．哈特忍不住加快速度。**「表情冷酷、冷漠一如海浪。」**她讀道，**「她顫抖，並關上窗。」**

她將手稿放在身旁的地上，為自己倒了一杯水。這故事令她想起她成長的那片威爾斯海岸。格蘭坐著用腳打拍子，似乎深陷思緒中。

「一切都還好嗎？」她問。

他的頭猛往上抬，彷彿被這問題嚇了一跳。「不好意思，我失態了。這故事真是帶我回到了過去。」

「所以是以真實事件為基礎囉？」

他搖頭。「它讓我回想起曾發生在我身上的事，就這樣。喚起一些回憶。」

「這故事讓我想起威爾斯。」茱莉亞說。「我們家在我很小的時候搬到那裡。」

格蘭對她微笑，努力顯露興趣。「那妳在哪裡出生？」

「其實是蘇格蘭，但沒再回去過了。」

「而我則是沒去過威爾斯。」他渴望地嘆氣。「妳想念威爾斯嗎？」

「偶爾。那你想念蘇格蘭嗎？」

格蘭聳肩。「現在幾乎不會再想起。」

茱莉亞覺得她應該改變話題。「所以戈登．佛由從頭到尾都有罪？我覺得這故事只能這樣收尾。如果最後發現是意外，結局就失去衝擊感了。你不覺得嗎？」

格蘭用雙拳撐起身子，轉身背對太陽。「我不贊同快樂結局的犯罪故事。」他的頭現在成了一抹剪影。「死亡應該表現為悲劇，從來就不該是其他。」他從地上撿起一顆檸檬在指間轉動。而這讓人心煩意亂的動作彷彿為他剛剛竟讓自己分心形成了某種道歉。

茱莉亞用筆輕敲手稿。「你也似乎不喜歡英雄式偵探的概念？布朗先生是一個陰險的創作角色，他似乎總是即興演出，他的瘋狂行徑背後沒什麼道理，連他的同事也這樣表示。」

「對。」格蘭聳肩。「我想我是在反抗偵探故事就是有關邏輯演繹的這個概念。身為數學家，我可以告訴妳根本一點關係也沒有。多數小說中的偵探都只靠靈機一動的猜測。從不同角度看，偵探角色總是有一種根本上的不誠實。妳不覺得嗎？」

他們坐在一座小檸檬樹林中，從他家小屋再往山丘上走一小段就到。先前他們一起用過午餐後，格蘭將她獨自留在這。「我想去散個小步，妳想來嗎？」

不過茱莉亞還沒習慣這熱度，晒過上午的太陽後，臉上的皮膚也感覺緊繃，因此便和檸檬樹一起留在這兒，此處樹蔭多，且吹得到涼爽微風。她坐在傾斜的泥土地，為他們剛剛讀的那個故事做些註解。

格蘭在三十分鐘後回來，她看著他從小屋的方向走過來：在透視法之下，他的大小剛開始彷彿樹葉，然後是一顆檸檬，最後是一棵小樹。他帶來一玻璃瓶的水——他現在似乎到哪都帶著——並將水瓶放在她腳邊。那時她替自己倒杯水，接著便開始朗讀。

「小說裡的偵探是不是根本上就不誠實？」她思考著這個問題。「這可以當作博士論文的題目了。」他等著她回答，鳥鳴戳破這陣沉默。「我會說不是，並不會比小說本身更不誠實。」

格蘭閉眼。「聰明的答案。」

她又幫自己倒了一杯水。她並不喜歡又要放聲朗讀，尤其天氣這麼熱，讀完第一頁她的喉嚨就乾了。但格蘭這天早上對她坦承，他的視力近年來變得非常糟糕。島上沒有配鏡師，而他前陣子又打破眼鏡。

「因此我讀得非常慢，恐怕慢得令人痛苦。」

「你不再寫作了嗎？」

他當時搖頭。「除非必要，否則我不讀也不寫。」

因此她感覺自己別無選擇，她已遷就他朗讀完前兩個故事，現在累壞了。

微風揚起，帶來微弱的海洋氣息，令人振奮，但又夾帶微乎其微的腐臭味。這是生命重新開始的味道。與其相對，檸檬散發一股甜香，有如迷霧中發光的燈。

「在這裡坐太久的話我會睡著。」格蘭起身，輪流用單腳跳了跳。他在白襯衫外穿了一件輕便夾克，再度顯示出他並沒有受高熱影響的跡象。「開始吧，好嗎？這篇故事妳有想修改的地方嗎？」

茱莉亞抬頭看他。「沒什麼，只有幾處措辭。不過我倒是又發現一個矛盾的地方，我還是認為是蓄意的。」

他轉身面對她，臉上流露些許笑意。「妳是不是要說，這故事裡的小鎮又是在描寫地獄？那樣的話，被罰下地獄可能會開始聽起來頗吸引人，像度假村。」

「不是。」她笑道。「是在接近最後面的地方，布朗先生沿懸崖頂走過一圈後回到白石屋旁的長椅，教堂敲了九點半的鐘，但他發現長椅上沒人。不過就在幾頁之前，艾普斯汀太太才花了不少篇幅告訴我們她這個時間為什麼會坐在這裡。你知道我的意思嗎？若不是為了強調這種不一致，到底為什麼要提及她的日程？」

格蘭來回踱步，他依然是個剪影。「言外之意是她被綁架之類的嗎？」

「不。」茱莉亞說。「我認為言外之意是，他散步回來的時間實際上應該是晚上九點半。如果非常仔細讀描述周遭的句子，它們顯然是在描述照在黑暗大海上的月光。而且小鎮的名字本身也有線索。」

「暮臨鎮？」

「夜晚已經到來。」

「啊。」他拍合雙手。「這只是我年輕時會喜歡開的那種玩笑。」

「那布朗先生這整天的其他時間都做了什麼？」

「我猜這是個謎。」格蘭站在那兒，寬鬆的衣服隨微風飄揚，雙眼興奮地瞪大。「但妳是對的，我一定是故意加進去了，想看看讀者有沒有注意到。我不記得，不過話說回來，我根本幾乎不記得寫過這些故事。」他又坐下。「妳應該對我說明，而不是我對妳說明。」

她抬起一邊眉毛。「欸，你倒是可以說明另外一件事。」格蘭脫下帽子，湊向她。「今天早上，你說謀殺謎案的首要條件是多名嫌疑犯，而且至少要包含兩個人，但這個故事裡看起來卻只有一個嫌疑犯。」

他揚起頭，對天空咧嘴而笑。「對，故事故意這樣寫，好讓它看起來像這樣，不過只是巧妙的手法而已。只有一個嫌疑犯的謀殺謎案，我一向喜歡這種概念，算是以一種自相矛盾的方式思考這個文類。但要解釋這如何符合定義，我必須先解釋第二種要素。」

茱莉亞一手拿筆，筆記本攤開在膝上。「我準備好了。」

「謀殺謎案的第二個要素是一名或多名被害人，也就是在未知情況下被殺死的角色。」

茱莉亞記下。「第一個要素是多名嫌疑犯，第二個是多名被害人。我說不定猜得出其他要素是什麼了。」

他點頭。「就跟妳說很簡單了。構成被害人群體的唯一條件是至少必須有一個人。畢竟沒有被害人就沒有謀殺了。」

「至少不是成功的謀殺。」

「所以在這個故事中，我們有一個被害人，艾倫太太，一個嫌疑犯，戈登・佛由。結果發現佛由確實殺了她，但還有其他可能。有可能是意外，被害人有可能自己失足。」

茱莉亞記下。「不當冒險導致身故，我一向喜歡這句話。我喜歡其中的言外之意，冒險是一種你可能做得對，也可能做得不對的事。」

格蘭大笑。「當然。例如我在這島上的延長逗留。這曾經是場冒險，但隨著年歲漸增，我不確定這場冒險是否可能不算做得不對。」

我在島上的時光也是，茱莉亞暗忖。她很累，喉嚨也依然疼痛。她對他微笑。「也有可能是自殺，只是沒提到這種可能而已。」

「沒錯。」格蘭說。「而在這兩種案例中，意外和自殺，我們會認為誰最該為死亡負起責任？」

「我不知道？或許是死者？」

「對，是艾倫太太自己。也就是說，要不是佛由先生得為她的死負責，要不就是她自己要負責。」

「所以她就是第二個嫌疑犯？」

「正確。我們的定義需要兩人以上的多名嫌疑犯和一人以上的多名被害人，但並沒有說兩者不能重疊。所以就算她是被害人，她仍然可以是第二名嫌疑犯。」

「要是她失足摔落，把她稱為兇手會不會有點怪？」

「這個詞本身當然不恰當，但若是說，在故事的所有角色中，她做了最多導致她自己死去的事，這樣似乎也不算過分。首先就是她去那條小徑散步，因此把她視為嫌疑犯似乎不算過分，事情就簡化了。」

「我懂了。」茱莉亞記下這番話。「所以這是另一個雙嫌疑犯謀殺謎案的例子？」

「對，附加其中一人是被害人的限定性條件。所以這是一個除了被害人本身之外只有單一嫌疑犯的謀殺謎案。」

「似乎說得通。」茱莉亞從地上拿起一顆檸檬，吸入它的香甜氣味。「我還想請教另外一件事。」

格蘭點頭。「什麼？」

「你把這個短篇集命名為《白色謀殺》。過去幾週以來，我花了一些時間想弄清楚原因。」

格蘭微笑。「那妳得到什麼結論？」

「嗯，我們有個白石屋。」

「前一個故事則發生在西班牙的一棟白漆別墅。」

「這個主題貫穿其他篇故事，但我只是想知道除此之外是否還有其他原因。」

「什麼意思？」

「這書名先前感覺有點耳熟，後來我想出原因了。」她留下片刻停頓。「你知道幾年前有一個實際發生過的謀殺案，後來大家都稱之為『白色謀殺案』？」

「我不知道。真是有趣的巧合。」

「你從來沒聽過？」

格蘭的笑容在這個時候消失。「妳這一說，確實有點耳熟。」

「血型圖書出版過好幾本有關謀殺懸案的書，所以我曾讀過，因此才知道這名號。案件發生在一九四〇年的北倫敦，就是那種新聞媒體念念不忘的謀殺案：被害人是一位名叫伊莉莎白・白的年輕女子，她是演員兼劇作家，長相美若天仙，在一個深夜裡被勒死在漢普斯特荒原。報紙稱之為白色謀殺案。事件發生在我出生之前，不過我知道當時相當有名。兇手一直還沒找到。」

「真討厭。」

「對，很討厭。但這真的只是巧合嗎？」

格蘭一手扶著下巴。「不然呢？妳認為我根據這謀殺案為我的書命名？」

茱莉亞頭歪向一邊。「在你創作的時期前後，所有報紙上都看得到。」

「倫敦的報紙。」格蘭說。「但我當時在愛丁堡，必須特意找才會看到。如果我看見這名稱被寫在某處，確實可能會在無意中對我產生影響。要不是這樣，要不就只是巧合。」他聳肩。「事實是，我之所以選擇用『白色謀殺』，是因為我覺得這名稱引人深思，幾乎稱得上詩意。」他這番話說得像在用外國語言引述一段話，還加入了實際上並不存在的強調語氣：「『白色謀殺』，也很有可能是『紅色謀殺』或『藍色謀殺』。」

茱莉亞不知道他是不是在說真話。「考量到時機，還真的是天大的巧合。」

格蘭又露出微笑。「這取決於妳拿什麼相比。」

「對，嗯。」她記筆記記得手痠了。「休息一下好嗎？」

5 偵探和他的證據

一位低調的紳士，身穿俐落的深藍色西裝，正穿過把倫敦市中心圍成一個小廣場的三條街之一，就在這個時候不幸踩進一個水坑。時間是中午前五分鐘。他既心煩意亂又焦慮，對處於他這種心理狀態的人來說，這事發生得如此不合時宜，足以令他突兀停步。他懷抱著一種近乎自憐的無法置信，低頭看向他的鞋，畢竟這是一個宜人的晚夏，而且三週沒下過雨了。

水坑陰鬱的水面回歸平靜，他看著自己的倒影漸漸成形：圓臉飄在肩膀上，黑髮和精心打理的黑八字鬍擠在他的西裝和藍天之間，以及那個幾乎不存在的脖子。他的視線跟隨潮濕的人行道上的水跡從水坑一路來到源頭：花店外的展示品，一大堆顏色傻氣的花帶著不認真的同情對他點頭。他低聲咒罵，轉身惱怒地看著附近的建築，彷彿在找方法對街道本身復仇。

故事就是這樣開始的。

廣場名為柯卻斯特園，其中隱隱成矩形的私人庭園也叫這名字。這庭園位於兩條路交叉口，第三條更窄、更迂迴的路形成庭園的邊界，連接那兩條路，形成捷徑。第三條路稱為柯卻斯特街，身穿深藍色西裝的男子正站在這條路中途，被庭園本身擋住，看不見那兩條更繁忙的道路。

庭園鑰匙只提供給柯卻斯特街的居民，而深藍色西裝的男子就跟其他人一樣，僅能透過黑鐵柵的鐵條一窺其中。他瞥向左，然後向右。街道空無一人，花店也在毫無說明之下休息。角落有家蔬果販似乎還在營業，但無人進出。

柵欄的另一邊有兩名女孩，正在與一架飛不起來的大紙飛機奮戰。飛機以亮麗的紫色色紙折疊，約莫小型狗大小。她們輪流試著射出紙飛機，發出的笑聲是他唯一能聽見的聲音。她們每次嘗試，紙飛機都飛出約二、三碼，接著便似乎遇上一股強大的抗力而打起轉，或猶疑地朝天空旋繞，或匆匆落地，此時她們會戲劇化地尖叫，並再次嘗試，又是興奮又是無助，笑聲不間斷。

深藍色西裝男幾乎看了她們整整一分鐘，接著朝鐵柵踏出一步，雙手緊緊握住柵欄，額頭壓向兩個浮刻在柵欄頂端，尖銳、裝飾華美的鳶尾花形紋章之間。

「女孩們。」他叫喚。她們雙雙止住笑，看著他。她們年紀一定差不多，身穿相似的藍色洋裝。「女孩們，妳們叫什麼名字？」

其中髮色有一抹淡紅的女孩比較沒那麼怕羞，她朝他走近一步，另一個女孩則在草地坐下。「我叫蘿絲，那是我朋友瑪姬。」

提及瑪姬的名字時，她低下頭。

「嗯，女孩們，我是克里斯多福。既然我們現在認識了，讓我來幫幫妳們處裡那架紙飛機吧。」他伸出手指。蘿絲低頭看向那個被她們遺忘的玩具，紙飛機停在她和瑪姬之間的草地上，跟她的朋友一樣孤苦伶仃。「前面加點重量就飛得起來了。」

蘿絲遲疑地盯著那團紙，不願動手撿起來。這名看起來莊重的男子邀請她進入成人的對話世界，卻又立即要求她將玩具交給他，藉此將她打回孩童的角色，這是一種侮辱。

「來，」男子說，「拿去。」他從西裝胸口的口袋拿出一張小卡，撕成兩半，一半收回口袋，另一半則摺了三次，疊成一個又硬又短的小長方形，從鐵柵間遞進去。蘿絲無意識地接下，低頭注視，這是一份令人失望的禮物。「塞在紙飛機前端裡面，機鼻的位置，然後再試試看。」

她原本準備抗議，說她們並沒有打算為射紙飛機而費心，只是打發時間，她年紀也真的太大，不再適合這樣的東西。但他聲音中的一抹溫暖抵銷了她的反對，有種她覺得撫慰人心的共謀意味。她照他所說將卡片插入紙飛機，拿著紙飛機跑了幾步，伸手將紙飛機推向前，而他注視著她的雙臂：紙飛機這次飛了二十碼，然後才優雅地滑行降落，有如一把切過空中的大刀。他微笑，看著另一名女孩，希望能得到她的認可。

但瑪姬坐在那兒拔草，看起來頗無聊。那女孩不太對勁，他暗忖。她偷偷抬頭掃了他一眼，他這才發現，她並不是生悶氣或無聊，而是害怕他。他懷抱強烈的自我懷疑往後退，又注視了她幾分鐘，接著下定決心。

「祝福妳們有最美好的一天。」

他對蘿絲簡短一鞠躬。她熱切地揮手回禮。

他隨即離開。

十二點二十分，艾莉絲．凱文迪許步行穿過與柯卻斯特園同名的庭園，朝通往街道的黑色柵門走去，這時看見妹妹正和克雷門茲家的小女孩一起玩洋娃娃。

艾莉絲心情很好，於是改朝兩個女孩走去。一封理查寫來的信塞在她的夏季薄外套裡，信裡說很高興上週能與她見面，他弄到了她要求的那個禮物，同時提議他們能否找個時間一起散步。她悄悄快步走到庭園最暗的角落——三棵彼此相距幾碼的矮壯懸鈴木構成的三角形樹蔭，坐下後私下展信。樹蔭完美遮蔽太陽，因此草地略帶濕氣，但理查的字句如此甜美，讓她能夠欣賞所有感覺，就連潮濕也一樣。

「早安，瑪姬，」她對妹妹說，「妳們兩個在做什麼呀？」

蘿絲起身。「現在是下午，白癡。」

「妳好，蘿絲。」

「妳必須稱她為克雷門茲太太，」瑪姬說，「我們在假裝我們是寡婦，這些是我們的孤兒。」她示意兩個洋娃娃。艾莉絲大笑，不確定是要告訴妹妹她們犯的語義錯誤，還是要進一步詢問她們這場家家酒的內容，最後決定兩者都不要。

「我昨天幫妳做的飛機呢？我以為天氣好的話妳要拿來射呢？」

總是先說話的蘿絲．克雷門茲又夾帶一股爆發的精力站起，手指附近一棵樹，一面朝樹走近幾步一面說：「在那！」

紫色飛機纏在高處樹枝的樹葉間，從這距離看來，有如一片彩色玻璃。

「哎呀，」艾莉絲說，「真是不幸。」

「是那男人的錯。」瑪姬說。「他改裝前原本好好的。」

這番撲朔迷離的評論似乎帶給艾莉絲一種強烈卻曖昧的憂慮感，甚至到她無法確定自己到底有沒有聽錯的地步。不過蘿絲剛才說的話突然又跳進她腦中，所有其他思緒隨之消逝。「妳剛剛說已經下午了？」

蘿絲點頭。「教堂鐘好久以前就響過了。」

艾莉絲太忙著做白日夢，完全沒注意到。「我必須給媽媽送茶。」其他的事便快速遭到遺忘。

她倉促走出柵門到柯卻斯特街，經過幾戶人家後回到自家門口，手伸向門把時才注意到自己的雙手有多髒。「哎呀。」她暗自說，一面細細檢視自己的手：拇指甲下有厚厚一彎泥，有如盤緣一灘還沒吃的醬汁。

她打開高大的紅門走進玄關。女僕埃麗絲出現在走廊的另一端。艾莉絲脫下外套交給她，同時從口袋抽走理查的信。「埃麗絲，可以幫我準備媽媽的茶嗎？她醒著的話我會送上去。」埃麗絲點頭，消失在房子遠端的黑暗中。

艾莉絲溜進父親緊鄰前門右側的書房，小心不碰觸任何東西，在書桌前坐下，再次展讀那封信。

數分鐘後，埃麗絲在二樓樓梯間的平臺等待，手持托盤，上面有一壺銅色熱茶和一片俗麗的檸檬。艾莉絲接過托盤，走上屋子的頂樓，再進入大主臥室，輕輕一敲，宣告她的到來。

「午安，艾莉絲。」身穿緋紅睡袍、蒼白的母親已靠坐在床上，有如平滑白床單間的一枚書籤。艾莉絲放下托盤，走到窗邊拉開窗簾。她母親畏縮了一下，將床單拉高到頸部，彷彿日光本身讓她更感寒冷。窗戶能夠眺望廣場，從這高度，艾莉絲可以看見那個討人厭的蘿絲．克雷門茲正追著妹妹跑過一棵又一棵樹，手上拿著一朵菊花，彷彿那是某種劍，還幾乎看得到她剛剛在那三棵樹間的藏身處。

「這個下午感覺如何，媽媽？」她走到床畔握住母親的手。

「跟平常一樣，妳來之後感覺好多了，甜心。只不過我睡得很差，肺感覺很痛。」女兒同情地微笑。「咦，艾莉絲親愛的，妳好髒啊！」母親瞪大眼。艾莉絲彷彿太靠近蠟燭般抽回手，接著用其他指尖摩擦拇指。

「我知道，媽媽，我摘花時弄髒手了。」

「接著看來抹得滿臉都是。」

「哎呀。」艾莉絲走到母親的梳妝檯前，看見果真如此。讀理查的信時，她一直心不在焉地碰頭髮、不由自主地拔草，再焦慮地把草葉撕碎。她的眉毛和下巴附近好幾處泥印子。「天啊，媽媽，我該去洗個澡。洗好後妳可以幫我梳頭嗎？」

「當然囉，我的寶貝。」

嗎？」

她急忙下樓，發現埃麗絲在二樓給舊育兒室撢灰塵。「埃麗絲，可以幫我放洗澡水

一點前七分鐘，艾莉絲．凱文迪許走進她家位於柯卻斯特街上的房子中的浴室，拉上窗簾。正對面沒有其他建築，所以這純粹多此一舉，只是讓浴室變得陰暗，但這額外的隱私感對她來說頗為珍貴。她想再讀一次理查的信，這信此時正塞在她的裙腰帶內。她寬衣解帶，將褪下的衣服放在門旁的椅子上，將信放在頂端，再將整張椅子一起搬到浴缸旁。踏入溫度完美的水中時，她屏住氣息。

「妳怎麼在浴缸裡洗頭髮？」

這會兒不再有任何干擾，她的心神回到一段回憶，當時她的朋友萊斯麗．克雷門茲在一個朦朧的秋日問她這個問題，當時她們一起在庭園裡玩，她將一捧乾落葉撒在她的紅色長髮上。

「我是說實際上的做法。我有我自己的方法，但也好想知道妳的方法。」

「妳先說妳的。」艾莉絲說，擔心可能會讓自己出糗。

「不，不，」萊斯麗說，「是我先問的，所以妳要先說。不用害羞，我只是好奇而已。妳的頭髮一向都好整齊。」

艾莉絲的心情轉沉。「以前媽媽都會拿著臉盆站在浴缸旁，從我頭頂倒水。不過後來她生病就沒辦法再這麼做了。就算她還可以，我想我應該也年紀太大，不能再這樣。

埃麗絲也幫過我一陣子，但總是感覺不太對。我現在通常手拿臉盆坐著，身體往前再從頭頂倒水。」

「聽起來好累人。」萊斯麗模仿艾莉絲所說的動作，想看看這樣是否自然。「我不認為我做得到。除了深吸一口氣、把整顆頭埋進水裡差不多一分鐘，我目前找不到任何其他洗頭的方法。這樣不太淑女，但我發現做起來感覺很刺激。」

「我以前也喜歡這樣。」艾莉絲大笑。「媽媽總是斥責我，說就算只是幾秒，憋氣還是很危險。」

萊斯麗翻白眼。「欸。妳現在可以做了，反正她不會知道，對吧？」

沒錯。從此之後，只要艾莉絲覺得發懶，她便縱容自己用她朋友所描述的方法洗頭，今天也不例外。她用右手擰住鼻子，整顆頭潛入水中，接著用左手從頭到尾耙過頭髮，直到感覺絲滑且無糾結。她開始感覺到缺氧的刺痛時已成功憋氣了二十秒，在這之後，浮出水面的感覺一如萊絲麗所暗示，幾乎有如極樂。她深呼吸幾次，再度下潛，肩膀緩緩沉入浴缸底部，閉上眼想著理查。

第三次潛入水中時，有人趕到浴缸旁，將一隻手放入水中，她的頭上方。就這樣。那隻手沒往下壓，尚未。此人先前一直在門旁觀看，站在浴缸後方，知道她會潛水到沒氣為止，而在那之前做任何事都太浪費了。

艾莉絲憋氣憋了十五秒，雙眼閉合，左手耙過從左肩披垂胸口的一縷頭髮，稍微抬起額頭，感覺到有東西拂過她的肌膚。幾不可察，剛開始她以為只是她的額頭接觸水面，所以沒有立即開始驚慌，然而當她將頭抬得更高一些，她發現那根本不是水面，她感覺到的是溫暖濕皮革的碰觸。而當她睜開眼，只看見一片由戴著手套的手覆蓋的黑暗。她試著坐起，那雙手卻蓋住她的臉，將她壓回水面下。她伸出雙手，但右臂被抓住，固定在浴缸邊緣，而左手也無力對抗那隻壓住她頭的手臂。她探向理當摸得到一張臉的位置，卻只碰到肩膀。那隻手臂似乎以鐵打造，她的指甲沒對它造成任何傷害。她的腿胡亂踢著浴缸的另一端，但找不到施力點。有個東西似乎在擠壓她。此時她已在水下將近四十秒了。她也曾憋氣憋過差不多的時間，然後她的意識會慢慢開始渙散，身體也會開始無力。對於即將到來的死亡，這段短暫的時間是她得到的唯一警告，並不足以用來懷疑會是誰在謀殺她，又是為了什麼。她反倒將這所有時間都用來全力嘗試尖叫。

同個下午剛過三點，羅瑞督察和邦莫巡佐走近柯卻斯特園的黑色柵欄。為了確認方位，他們各自朝反方向繞行庭園，所以幾分鐘後，他們在屋前會合，看似兩個不期而遇的人。邦莫是個高大的男子，雙手厚實有力，身穿尺寸不合的西裝，羅瑞則體型瘦小，戴著小圓框眼鏡，頭髮抹了厚厚的髮油。其中一人或許可能向另一人借問時間或問路，但他們看起來並不像兩個會彼此認識的男人。

邦莫背靠房子外牆，抬頭看這棟三層樓高、奶油色表面的建築。「你覺得裡面情況有多糟？」

羅瑞正看著前門旁的花圃。泥土中有卵形壓痕。「考量到她是比較受寵的女兒，情況應該格外糟糕。」他對著花揮動一隻手，彷彿正從花朵中直接讀出這些資訊。

邦莫走過去低頭查看，帶著嬉鬧的懷疑瞥了羅瑞一眼，他們有好多對話都以這個動作開場。「我不懂。」

「我經過時有兩個女孩在庭園裡玩，其中一個頭髮裡有一朵紫花，而花來自這裡。」他用一根手指繞著一根垂下的綠莖打轉，花朵從這個位置被摘下。「所以那女孩最有可能來自這戶人家。注意土裡的小孩鞋印。儘管發生謀殺案，小女孩卻仍被留在屋外無人看管。我會推測她的父母沉浸在悲傷中，把她給忘了。」

邦莫回頭看兩個女孩，點頭讚賞同僚工作時表現出的藝術性。「不過我想她應該安全無虞。」他補充。「庭園的每個角落各有一名警員。」

「不過你還是預期了這對父母在這樣的時刻應該會想把她帶在身旁。無論如何，那扇窗裡的房間，」他手指前門旁的玻璃窗，「看來是父親的書房。我也從他書桌上的照片得到相同結論，因為影中人幾乎都是長女。」

邦莫走到窗前，一面引述一句他曾聽羅瑞在諸多場合重複的一句話：「因為理論永遠不是事實，而每個理論都須經數個證據證實。」自己看過照片後，他看著同事點點頭。

羅瑞敲響前門。

數分鐘後，一名臉色死白的制服員警打開門，一小截白色香菸從他口中探出——和他的皮膚一樣顏色，但卻莫名地更加純粹，像牆上的電燈開關那樣朝上翹起，隨著他的吞吐而擺動。

「感謝上天，你們終於來了。」他說。「我不喜歡這房子，這些人也不喜歡我。」

戴維斯警員在過去的兩個小時裡，都在安撫慌張、心神耗弱的家眷，而且只靠自己一人。他這會兒坐下，從口袋拿出小扁酒瓶，轉開瓶蓋，像珍稀硬幣般捧在手裡，和緩地喝一大口。「我發誓，這是今天頭一遭。」

羅瑞甩開他的憂慮。三個男人在凱文迪許先生的書房裡開會，身軀靠在家具上。戴維斯接著說：「上面可怕極了。她溺死時所有東西都放掉了，血和體液弄得浴缸裡到處都是。相信我，你會對金髮女孩從此改觀。」

屍體約莫在一點半被發現。埃麗絲敲浴室門但無人回應，她試探地推開門，踏上浴缸旁的翠綠色小地毯，低頭看水，隨即便尖叫起來。剛回到家的廚師急忙上樓，從浴室的另一頭看見艾莉絲毫無血色、淹沒在水中的臉，接著便跑去找摩諦馬醫師。他是這家人的朋友，住在幾條街外。摩諦馬醫師則打電話給戴維斯警員，戴維斯警員再打電話到蘇格蘭場。

他們也派人去找凱文迪許先生，而他在約莫十五分鐘後從辦公室跑回家。此後情勢相對來說還算平靜，直到凱文迪許太太一面哭嚎，一面雙手和膝蓋著地爬下樓，要求見她的女兒。戴維斯警員怕她破壞犯罪現場，拒絕讓她靠近，因此她對他咒罵尖叫。被自己遇上的第一樁謀殺案擊倒的戴維斯，此刻又陷入驚慌，便粗暴地將她帶上樓放回床上，與此同時，凱文迪許先生對他咆哮著「一切都太過分了」。後來，脆弱的雙親將自己鎖在房內以示抗議，女僕則消失在樓下，戴維斯警員被丟下，獨自走遍屋裡的玄關和走廊，成了一個可疑且不知接下來該怎麼辦的獄卒。每次經過浴室門口，他都把握機會檢視屍體——剛開始醫師在屍體上方停留了一陣子，接著在窗邊站了一會兒，最後終於離開。直到這舉動成了一種強迫症，戴維斯發現自己每過幾分鐘就會回到現場。

羅瑞又給他一根菸。「現在讓我們來操心吧，只要把你發現的一切都告訴我們，然後你就沒必要待在這裡了。」

「沒多少好發現的。」戴維斯警員又喝了一口酒。「屋子裡有三人，事情發生時廚師外出。她去了市場，這我們確認了。父親在附近的辦公室工作，他的同事都有看見。妹妹從頭到尾都在外面玩。母親在樓上臥床，她身體不好。然後是女僕埃麗絲，她在樓下打掃，與事發位置相隔幾個房間。」

「她什麼也沒聽見？」

「對。」

「她距離多近？如果被害人大喊或尖叫，她有沒有可能聽見？」

戴維斯警員聳肩。「她說她什麼也沒看見、沒聽見。」

羅瑞皺眉。「聽起來我們需要跟她談談。」

「我派她去把醫師找回來，以免你們想問他問題。他們應該很快就會回來了。」

「很好。」羅瑞說。「那我們上去看看屍體吧。」

三個男人走進浴室，此時蒸氣已散，水珠也已乾涸，浴缸裡的水完全靜止，而艾莉絲的頭徹底淹沒其中。蓋在她身上，那條用來維護尊嚴的毛巾已沉入水中，歪斜地停在那兒。這是一幅冰冷、拙劣的死亡之畫。有一度似乎感覺她不可能在那天稍早都還活著。

邦莫吹起口哨。「老兄，畜生還是惡魔？」

羅瑞走到浴缸旁跪下。一邊的一張椅子上放著整齊疊好的衣服。他簡單地搜索了一番，彷彿翻過書頁，但其中沒有可疑之處。他用手撐住眼鏡，越過浴缸邊緣凝視著水，接著伸出一根手指用指尖碰觸水面。冰冷如石。「她是個美麗的女孩，動機最有可能是性。」

戴維斯警員大聲說：「我也是這麼認為，但又覺得沒道理。無論死前死後，她都沒被碰過。有人慾火中燒地來到這裡，只為了殺死她然後立刻離開？」

羅瑞轉身注視他，露出最微乎其微的屈尊微笑。「有些人有奇怪的愛好，說不定他只是想殺死美麗的事物。」

邦莫向來不喜歡調查犯罪現場，因此原本在浴室後方耐心等候，此時他走近一步。「我們確定這是謀殺嗎？」

羅瑞一隻手臂插入冰冷髒水，將死去女孩的手腕轉面朝上。「左手鮮血淋漓，這不是安靜的死亡。有可能是什麼病發作，但右手有四個指印的瘀傷，彷彿被某人的手緊緊握住。」

藉由地利之便，邦莫可以從後方看見距離浴缸下方一小段的地方。「羅瑞，你左腳邊有東西。」

「我們剛剛也有看見，」戴維斯警員說，「但不想碰。」

羅瑞把頭靠在木地板上。一隻潮濕的黑手套被踢到距離浴缸下方一小段的位置。他將手套拉出來撿起，手套像隻死掉的小動物般掛在他的兩根手指上。戴維斯警員和邦莫巡佐雙雙走近檢視這個新發現。

「那麼這就是謀殺凶器了。」邦莫說。

羅瑞將手套舉高聞嗅。手套還在滴水，聞起來沒有味道。接著他試著戴上手套。尺寸不太大也不太小。「男人，中等體型，假定這不是假線索。」他交給邦莫。「拿去試試。」

邦莫將手套套上手指，但卡在拇指根部。

「嗯，」羅瑞說，「那就將你排除在嫌疑犯之外了。」

戴維斯警員不確定他是不是在說笑，屏住氣息度過這個片刻，邦莫則沒有反應。

他們身後的門被敲響。羅瑞打開門，看見的是一名頭如卵石般平滑的年老男性。「我是摩諦馬醫師。」他伸出手。「有人叫我回來，以免你們有問題想問我。」女僕在他身後的陰影中徘徊。

「我是羅瑞督察，這位是邦莫巡佐。」三人握手。「有一件事我必須立刻問。需要花多久時間？我是說對如此體型的人來說？」

醫師畏縮。「想到就令人難過，我從她還小時就認識她了。」他低頭看向自己的雙手。「我想大約兩分鐘後停止活動，五分鐘後必死無疑。」

「謝謝您。我很確定我們將有更多問題要請教。戴維斯警員，可否麻煩你帶摩諦馬醫師到凱文迪許先生的書房。我們很快就過去。也麻煩你請女僕進來，我們要先跟她談談。」

醫師隨制服員警離開，埃麗絲遲疑地步入這間窗簾仍被拉上的昏暗浴室。她極力避免看向浴缸裡的屍體，只不過視線總是被扭曲的白色毛巾吸引。

「沒必要緊張。」他在她身後關上門。「我們只是需要請教幾個問題。我是羅瑞督察。」

兩名著西裝的男子站在喪生於浴缸中的女孩旁，這畫面有種威脅感，埃麗絲咕嚕一聲吞了口口水。邦莫退回牆邊，羅瑞則接著說：「是妳幫凱文迪許小姐放洗澡水的嗎？」

埃麗絲點頭，頭部的不自然傾斜微露驚恐之意，彷彿他們暗指這悲劇是她的錯。

「她泡澡時妳在哪？」

「我在打掃舊育兒室。」

「那是在哪？」

「跟這裡同一道走廊。」女僕意識到這番話的言外之意，又是一縮。「隔三個房間。」

她無力地補充。

「但妳什麼也沒聽見？沒有尖叫或掙扎的聲音？」

沉默搖頭，接著是沒必要的澄清。「我跟另外那個男人說過了。」

「他或許相信妳，對我來說卻恐怕不是這樣。」

她又搖頭，彷彿他問了什麼問題。他繼續說：「問題在於——妳叫埃麗絲對吧？」她點頭。「問題在於，埃麗絲，謀殺不是件安靜的事，也不是快速的事。事發的那兩分鐘，妳在那麼近的地方，卻什麼也沒聽見，我覺得這非常不可能。」隨之而來的是更劇烈的搖頭，而羅瑞不帶情緒的凝視中又出現了那抹笑意。「妳年輕且未婚嗎，埃麗絲？」

她很高興話題有此轉變，熱切地回答：「沒錯，我十八歲。」

「但妳是個迷人的女孩，一定有個男人存在吧。」

她的臉又垮了下來。「我不懂您的意思。」

「我不禁注意到妳戴著一個新的禮物手鐲。他用此交換妳的沉默嗎？」

她看著自己的手腕。「您怎麼——」

「這手鐲所費不貲，我想應該超出妳能力所及。但妳不會戴著這麼美的東西打掃，有可能會弄壞，妳一定是在最近這幾小時才戴上，也就是說它是新的，而新意也還沒消逝。」他聳肩，彷彿這顯而易見。

她又搖頭，這次動作輕柔。「是新的沒錯，但是我自己存錢買的。」

「妳還沒見過我的同事邦莫巡佐。」羅瑞示意位在窗戶對面牆上的那面鏡子，埃麗絲轉過身面對。「邦莫有他自己的方法，跟我頗不相同。」邦莫巡佐離開牆邊的位置，從後方接近他們兩個，臉有如萬聖節面具那麼大。而她看著鏡中倒影出的窗外，恐懼得動彈不得，彷彿她正透過電影銀幕看著這一切發生在別人身上。他的右手緩緩來到她腦後，將她引到浴缸旁，接著他腿一屈，讓她失去平衡，她發現自己往前倒入他粗壯的左臂。她被放低，臉朝向冰冷、滿溢死亡的水，接著便停在那兒，她顫抖著，雙手在搪瓷上搔抓，努力想要往後推，但一點用處也沒有。

「一分鐘，」他說，「應該就夠了，不會造成永久性傷害。」

面對這樣的威脅，她驚駭地猛力抬頭，開始說話。「我出去了。」她急促地說，幾乎尖叫出每一個字。「我訂婚了，他就住在附近。廚師出門後我也離開一小時，每天都一樣，您可以查。拜託不要告訴他們，我會失去這份工作。這不是我的錯。我並不知道啊。」

邦莫放開她，她在地毯上縮成球狀。他看著他的夥伴——羅瑞似乎有點被逗樂了。

「如果我的經驗還有點價值，這男人會再次犯案。」羅瑞說。「如果妳再妨礙我們調查，妳的雙手將染上鮮血。」他打開門。「將妳未婚夫的名字告訴戴維斯警員，我們會找他確認妳的不在場證明。」

邦莫沒說話，靜靜看著她慌亂地走出浴室。

「那就沒有目擊者了。」

「也沒有可信的嫌疑犯。」

快速比對過筆記後，他們兩人上樓敲響凱文迪許太太的房門。

他們進房時她靠坐在床上。「啊，您們是誰？」

醫師給了她大量鎮靜劑，她浮腫的頭從平順的白床單間冒出來，有如蛋糕上的裝飾。

凱文迪許先生坐在床尾，委頓前傾，臉轉向一旁無聲哀悼。聽見此二人的聲音，他一躍而起並轉身。羅瑞親切地拍拍他的肩膀打招呼。

「凱文迪許先生、凱文迪許太太，我是羅瑞督察，這是我的同事邦莫巡佐。」

邦莫點頭。凱文迪許太太在床上冷淡地揮了揮手。

「二位應可了解，我們需要跟您們個別談話。凱文迪許先生，可否麻煩您先離開，到您樓下的書房等待。您的朋友摩諦馬醫師也在那兒，所以您不至於孤單一人。」

「當然。」這沉默的男人咕噥道。他歪向一邊，雙手放在欄杆上，拖著腳步走下樓。

羅瑞關上門來到床旁，邦莫則走到窗邊，站在那兒凝視外面的街道。

「凱文迪許太太，」羅瑞說，「恐怕我得問您幾個欠缺體諒的問題。」

「我的小女孩已死，羅瑞督察，這世上已再無體諒這概念。」

「我真心對您的損失感到非常遺憾。」

凱文迪許太太伸出手，像貓攻擊老鼠般扣住羅瑞的手。「我希望您殺死他，用您的雙手也好，讓他被吊死也好。您樓下那位同僚聽見他們派您來時倒抽了一口氣，他跟我們說了您的名聲，他們都在假裝嫌惡。當面對抽象的邪惡，人突然都生出了良知。不過我擁護您的方法，我要您折磨他，直到他招認，然後您再殺了他。」

「凱文迪許太太，您是否懷疑是誰下的手？」

「我只知道是個男人，這徹頭徹尾就是男人的罪行。」

「但您個人心中沒有嫌疑犯？」

她無助地皺眉。「要是我認為我認識的某個人涉案，我也會希望他們像陌生人一樣被吊死。但我恐怕想不到任何人。」

「事發時您人在哪？」

「羅瑞督察，今天之前我已有幾乎三年不曾下床。」她掀開被子露出消瘦的身形。

「您當時在睡覺？」

「我想休息時會閉上眼。我幾乎沒辦法睡，但很遺憾我什麼也沒聽見。」

「嗯，這樣還是有用。凱文迪許太太，第二個不體貼的問題關乎您是否知道您的女兒有沒有在與哪個年輕人交往？她有男朋友嗎？」

凱文迪許太太思索良久。「我相信應該沒有。幾年前她和一個名叫安德魯．蘇利文的年輕人走得很近。他們是總角之交，我們與他父母相識多年。但他不算是艾莉絲喜歡的類型。」

「他們彼此仍熟識？」

「對，但我們跟蘇利文家的人好幾年沒見了。我想這幫助不大，對吧？」

「值得一查。」

「如果是他，我要您割掉他的睪丸。」

「嗯，先從他家地址開始吧，好嗎？」

他們發現凱文迪許先生獨自在樓梯下的書房等待，邦莫像一抹滿身肌肉的影子般跟在羅瑞身後進入書房。門打開時，凱文迪許先生站起，這會兒發現自己被包圍，他便又坐下，對這場會面生出新的憂慮之情。「您的朋友呢，那位醫師？」

凱文迪許先生清清喉嚨。「我們的女僕埃麗絲進來找他，她頗為激動，他便帶她出去透透氣。」

書房一角的酒櫃上放了一個棋盤，羅瑞漫不經心地把玩起棋子。「我們頗苛刻地跟她談了一下，但只因為她隱瞞事實。凱文迪許先生，您不認同我們的做法嗎？」

這名安靜的男子看似並不在意。「啊，應該吧。」他聳肩。「從冷靜自持的角度來說，我想我必須說我不認同。」

「但您希望我們找出殺害您女兒的兇手？」

他的眼角冒出淚水。「當然。這絕對不能再發生在任何人身上。」

「那請幫我個忙，容忍我的說明。我看見您閱讀過許多偵探小說。」羅瑞朝一整櫃廉價的平裝本揮了揮手。

凱文迪許先生凝視他書桌下的暗處。「那些是我妻子的書。她喜歡我為她朗讀，我想我也喜歡這些書吧。」這一幅現已永遠改變的居家畫面將他擊垮，他滑下椅子，雙手蒙住臉坐在地上。

「我也喜歡。」羅瑞接著說。「然而令我憂慮的是，人們太專注於兇手被揭露時的大結局，卻從不在意接下來發生的事，通常是罪犯招認，或是在重複犯罪時被逮到。但作者會在小說中加入那部分，您瞧，因為他們知道證據永遠不夠——當您退後一步看時，您會看見什麼？一個墨印、一根菸蒂，以及火爐裡的書信一角。您不能光靠這些東西就將人吊死，因此他們捏造出這個告解的精巧場景，藉此遮蓋裂縫。您聽得懂嗎？」

充血的眼睛眨了眨，男人緩緩點頭。

「很好。唯一的問題是現實生活中從來就沒有大結局。沒人出於自由意志認罪，精巧的陷阱也不曾行得通。所以如果我們有一大堆指向某個方向的證據，我們需要有人認罪以確認這些證據，我們僅能仰賴暴力。您能了解嗎？」

「我只想要我的女兒回來，羅瑞先生，只要能換回我女兒，您想對誰刑求就對誰刑求。」

邦莫一直等到現在才將門完全閉合，發出響亮的聲音。

「您知道任何可能對您女兒下此毒手的人嗎？」

凱文迪許先生瘋狂搖頭。「當然不知道，我才不會與此等禽獸相交。」

「據我所知，您的辦公室至此地僅短暫的步行距離？一定一直有許多人來來去去，一定很難弄清楚出入的都是哪些人。」

凱文迪許先生在深紅、腫脹的眼皮底下看著羅瑞。「我知道您想引導到什麼方向了，為什麼您要暗示這樣的事？我從頭到尾都在工作。」

「那麼請指點我吧，如果我告訴您我們找到兇手的左手手套，我們將手套翻面，發現沿三分之一無名指的位置有一道刮痕，我們接下來怎麼辦？我的推論是兇手戴著婚戒，有一個突出物的戒指，或許是一顆簡單的寶石，就跟您的一樣。我們就說我們唯一的嫌疑犯是名已婚男子吧。好啦，您會要我們怎麼做？」

凱文迪許先生吞嚥口水，不停搖頭。「我跟您保證，我不知情。」

「先別擔心，這一點也不會痛。」羅瑞彎腰拾起凱文迪許先生的手，沒遭遇任何抵抗，他接著將外套的袖子推高到肘部，解開襯衫袖釦，捲起襯衫袖子，檢查手和手腕，然後再對另一隻手臂做相同的事。他沒發現任何值得注意的地方，於是便放下手臂，彷彿那只不過是一張捲起的報紙，而非人體的一部分。手臂落地，發出相同的拍擊聲。

他起身離開，示意邦莫跟上。

「無罪？」他們關上身後的門，邦莫問道。

「從頭到尾都沒有可能，我只是想做得徹底。不過他手臂上沒有抓痕或掙扎痕跡，我看不出他怎樣才有可能殺死她。坦白說，我沒見過保養得這麼好的一雙手。」

邦莫點頭。「那關於婚戒和手套那些呢？」

羅瑞搖頭。「手套上沒痕跡，我只是嚇嚇他。」

「我也是這樣想。」

屋裡開始感覺像只陰鬱的舊碗櫥，裝滿遭遺忘的物品。兩名警探走到外面，走進溫度完美的午後，感覺鬆了一口氣。他們接著走向一名員警，他們知道他名叫古柏，正沿街敲響每一戶人家的大門。「有任何發現嗎？」

古柏搖頭。「今天甚至沒幾個人外出，看起來像他們都在躲太陽。花店早上就關門，蔬果店老闆覺得他大約午餐時間看見一個穿黑色長大衣的男人在附近徘徊，但他不記得長相。」

「什麼也說不出來？」

「他只看見背影，說他戴了頂帽子，中等身高。」

羅瑞回頭看庭園，兩個女孩仍在那兒玩。「妹妹呢？有人跟她問過話了嗎？」

「還沒。我們當然有在持續注意她，但總覺得不該由我們告訴她發生了什麼事。」

「她一定在納悶午餐跑哪去了。」

「我給了她一顆蘋果，感覺她好像很習慣這樣。」

羅瑞皺眉。「我不喜歡年紀這麼小的孩子，但我們必須跟她們談談。如果她們整天在這裡玩，說不定會看見些什麼。」

他邁步朝她們走去。

少了父母關注，瑪姬和蘿絲的情緒極度亢奮，這會兒正摘下花朵，依她們的喜好擺放。蘿絲注意到羅瑞和邦莫朝她們走來，用手肘輕推朋友。她們丟下花，裝出無辜的模樣。

「女孩們，」羅瑞走近後喚道，「妳們在玩什麼？」

「我是花商。」蘿絲手指馬路對面仍在休息中的商店。

「我是客人。」瑪姬說。

然而兩個女孩是如此的疲累，已陷入某種白日夢狀態，眼中萬物的邊緣都柔和了。

「嗯，女孩們，我是羅瑞督察。」

「我是邦莫巡官。」

「我們來玩一下警探的遊戲怎麼樣？妳們看見那邊那棟房子了嗎？紅色門那棟？妳們之中應該有人住在裡面吧？」

「她。」蘿絲說，瑪姬則在草地坐下，她的心臟快速跳動。

「那棟房子怎麼了？」她問。

「沒什麼，我們只是需要問幾個問題。妳們今天在這裡玩的時候，有沒有看見不認識的人走進妳家？」

瑪姬搖頭。「今天沒有。怎麼了？」

蘿絲雙手插臀。「沒有，我們沒看見。這附近非常安靜。」

「那有人在廣場附近徘徊嗎？或許有可疑的人？」

蘿絲將一根手指伸到嘴邊思考。「有。」她最後說道。瑪姬靜靜坐著拔草。

「一個男人嗎？可不可以跟我說說他的模樣？」

蘿絲思考這個問題。「他是一個外表普通的男人，但是有一大把鬍子，身穿深藍色西裝。」

「他沒進去紅色門的屋子？」

「我覺得沒有，他只是走過這條街，然後對我們揮手。」

瑪姬抬頭，像是想補充點什麼似的，但蘿絲先開口：「就這樣，然後他就走了。」

「了解。好啦，女孩們，感謝妳們幫忙。」

羅瑞轉向邦莫並搖搖頭，他們便一起離開庭園。剛走出柵門他們隨即停步，邦莫開口：「藍衣人和黑衣人。」

「還有你這灰衣人和我這棕衣人，這個案子包含了一道男子時尚彩虹呢。」

「你開玩笑，羅瑞，但這很嚴肅，不是嗎？我們沒有明確的嫌疑犯，時間一分一秒過去。我們接下來要做什麼？」

「我們一次走一步，就這樣。我會說，我們接下來應該拜訪，」他從一個口袋掏出稍早潦草寫就的筆記，「漢普斯特的一位安德魯．蘇利文先生。」

邦莫哼了哼。「青梅竹馬。」

他們搭計程車來到北倫敦的這個住址，安德魯．蘇利文和他守寡的母親一起住在山丘頂的一棟房子裡。下車後，羅瑞和邦莫請司機等他們。

這是一棟現代建築，面對一間教堂：全白牆、大型窗戶、平屋頂；前面的庭院灌木叢生，掩蓋好幾座雕塑：大型扭曲的石塊，顏色是各種色階的灰。下午將盡，光線逐漸消逝。

羅瑞敲響門。三十秒後，一名高大的德國女僕開門，他們請求見蘇利文先生。「恐怕沒辦法，」女僕的口音已經消失，「蘇利文太太和先生不在國內。」

他們問出始末：年輕的蘇利文先生約莫一、兩個月前陷入低潮，他母親建議來趟歐洲之旅，無論他有任何煩心之事，都希望藉此一掃而空。他勉強同意，於是他們十天前出發。

他們與鄰居確認過這番說辭，超過一週都沒人見過蘇利文家的人了。他們失望地返回計程車。「那可好，接下來上哪？」

羅瑞嘆氣。「蘇格蘭場吧，我想。我們可以從頭檢視我們的筆記，看看是否有所遺漏。」

「感覺機會微乎其微。」

羅瑞瞪他一眼。「別忘了，上帝想要正義。」

隔日早晨，敲過柯卻斯特街每一戶人家的門後，他們回到犯罪現場碰頭。此處已成了某種運作中心，既安靜又機密。警醫已於前夜稍晚移走屍體。

邦莫眺望窗外。「蔬果店老闆對於黑大衣男子無法提供更多資訊。除了該男子也戴黑帽、黑手套之外，他一問三不知。」

羅瑞背靠牆而坐，雙眼閉合。「你覺得他在說謊嗎？」

「他沒理由說謊，我覺得他只是看見了很多人。他記得這一個男人，是因為他在庭園內，而庭園應該是居民專屬才對，但他卻不是自己認識的人。」

「了解。欸，黑手套稱不上罕見。蔬果店老闆自己有不在場證明嗎？」

「只有他的顧客，但看起來夠多了。」邦莫看著下方的街道。「你覺得會是陌生人下的手嗎？如果她站在這兒準備洗澡，外面可能有人看見她。」

「你是說臨時起意？一陣狂亂的神經錯亂？有可能，但這種事不常發生。形成殺人的欲望通常要花更長時間。」

「但若他們在監視這棟房子，看見女僕離開後，或許會推斷很安全。」

羅瑞聳肩，但邦莫沒看見，他還在眺望窗外，視線飄向庭園，彷彿那是整起事件的核心。羅瑞起身來到他身旁，他們於是像兩個貼近窗戶的活動遮板，讓身後的浴室陷入黑暗——棕色西裝與灰色西裝遮蔽了光線。羅瑞開口：「我們尚未回答的一個問題是，她一開始為何要洗澡？」

「母親說她摘花把雙手弄得很髒。」

「然而她並沒有帶花進屋，到處都有空花瓶呢。」

邦莫看著他的同事，想了想，判斷他說得沒錯，接著點點頭，對自己感到失望。推理，偵探的藝術形式，是一種他不曾領會的技藝，然而每當推理進行，卻又看似如此簡單。彷彿那只是符合每個場合的，不證自明的陳述。他自覺地看著自己浮腫的拳頭。「她還可能怎麼弄髒自己的手？」

「這正是我想要的，我們必須解釋那雙髒手，我們也必須解釋她對她母親說謊的這件事。或許她在庭園裡藏了什麼。」

大個子點頭。「我們去看看。」

他們在接下來的這一小時裡，搜索了庭園，戴著手套謹慎地拗折花朵與灌木、踩上一塊塊雜亂草地、探查樹根。進行這項工作的期間，他們獨享庭園，只不過有一群好奇的孩童聚集在距離柯卻斯特街最遠的柵欄邊。儘管他們住在附近，卻都不被允許進入庭園，而這嚴肅的奇景似乎略微矯正了不公義之事——女孩之死的八卦細節已像珍稀大理石般在他們之間傳了一輪。

邦莫忽略他們。他迷惑地注視著卡在位於他頭頂的那些樹枝間，那架俗豔的紙飛機，一面納悶著那是什麼以及此處是否可能獲得什麼推論，一面抗拒使用他的大拳頭搖樹，直接看看掉出什麼東西的衝動。此時，他聽見羅瑞的呼喚。

「邦莫，這裡，我找到些東西。」羅瑞蹲在幾棵密集生長的懸鈴木下，其中三棵形成了某種天然帳篷。下方陰暗，邦莫走進去後發現羅瑞曾用手指挖地。「草被壓平了，之前有人坐在這裡。看到這些被扯起來的地方了嗎？還有這棵樹基部被剝掉的樹皮？她可能就是這樣弄髒手的。」他將土推成幾個圓。「但她在這裡做什麼？顯然是某件令她感到焦慮的事。」

然而邦莫正跟隨他的直覺，抬頭看這三棵樹，並發現了某個他那較矮小的同事遺漏的部分。羅瑞右方有一個潮濕的舊信封插在兩根樹枝間，剛好位在他頭部之上，被塞得妥妥貼貼。他靠過去取出信封，羅瑞也停止挖掘，站了起來。邦莫打開信封，拿出一張紙展讀，他的雙眼因暗自得意而發光。「情書，理查．帕克寫給艾莉絲．凱文迪許，沒有日期。」

「有地址嗎？」

「還真有。」

「那我會稱之為一條線索。」

理查．帕克和父母一起住在瑟里山山腳，兩名偵探一同前往。隨著汽車如一顆水珠淌下窗戶玻璃般，蹣跚地爬過薰衣草田，房舍進入了他們的視野。這棟屋子有如端莊的宮殿，屋後的山丘則如皇冠般坐落於這片風景中。時值清晨，他們還能在空氣中看見他們呼出的氣息。

邦莫開車，他滿懷熱忱地展開這一天，這會兒卻懷疑起此趟旅程的結果。羅瑞是對的：那封信是一條線索。這個線索如此顯而易見，感覺起來幾乎像個巧合，彷彿一條用來轉移焦點的紅鯡魚[3]。此外，他翻來覆去從各種角度想過，仍舊無法從那封信推論出任何結果，除了那男人與她相愛，別無其他。而這結果對他們來說毫無用處，甚至連殺人動機也沒有。

他們停在庭園邊緣，決定剩下的路要步行前進。羅瑞說，透過汽車車窗，你什麼也觀察不到。紫杉木沿碎石車道栽種，謹慎地不排成任何可識別的花樣，目的應該是給予蒞臨的訪客愉悅感，卻造成令人迷失方向的效果，此景看起來就像脫軌火車的車廂。

「這讓我想起些什麼，」羅瑞說。邦莫沒有回應，他的心情轉為陰沉，感覺這全是在浪費時間。離開倫敦那麼遠，他甚至無法使用他的「雙手」，因為這裡的人無法容忍那樣的事。至少最好別冒險。「但無論如何也想不起到底是什麼。」羅瑞接著說。

從找到信到接近莊園，一場戲看似上演，而他們遇到的第一個人竟然剛好就是他們正在找的人，那種感覺更是變得益發濃厚。那是一名男子，身穿沾染油漬的工作衣，正在修理一輛摩托車。一條毛巾鋪在碎石地，上面擺著一系列工具，看起來就像牙醫的托盤。

「理查·帕克，您好嗎？」邦莫注意到他俊美得令人難以置信。

他左手戴著皮手套，並讓他們看見他沾滿機油的光裸右手，以此說明他為何無法妥善招呼他們。「請原諒，否則我就會與二位握手了。」

「但您是理查·帕克沒錯吧？」羅瑞問。

「我是。有什麼我能幫忙的嗎？」

「您並不像我們想像中的理查·帕克。」

年輕人微笑。「這輛機車是我的一項興趣。如果能讓您們感覺舒服些，談話前我可以先換衣服。」

「沒關係。」

「那好，有什麼我能幫忙的嗎？」

「我們需要與您談談艾莉絲·凱文迪許小姐。」

理查點頭。「她怎麼了？」

3. 編註：英文慣用語，意指以修辭或文學的手法轉移議題焦點與注意力。

「她死了。」羅瑞說。

理查・帕克跪倒。「天啊，這不可能是真的。」

演戲嗎？「她昨天下午遭到謀殺。」

跪倒的男子發出一聲哭號，用雙手蓋住臉。起先，邦莫和羅瑞注意到有個地方看起來不可思議：他左手的手套彷彿被壓扁在他頭上，就像把手壓進了頭顱中。羅瑞立刻看出實情，他無惡意地拉起男子的手臂，脫去手套。男子少了拇指和另外三根手指。「您的手發生什麼事？」

這天外飛來的問題令理查一震，恢復了神智。「當然是因為戰爭。」他以腕背抹眼。羅瑞和邦莫注視對方，都想到艾莉絲・凱文迪許手臂上那一行錯綜複雜的瘀傷，攻擊者正是藉此制住她。這男人是無辜的。

他們又花了四十分鐘回答他的問題，並記下他和艾莉絲的關係以及其他相關事項，接著便離開了，此時天空下起雨來。

走回車子時，他們都已淋濕。邦莫從口袋摸出鑰匙讓他們上車，羅瑞脫下帽子，將帽子上的水甩向車底。「跟他談話時我突然想到，艾莉絲有這麼一位親戚還沒經過我們的嚴密徹查。妹妹。」

「那個小女孩？」邦莫看著他。「但我們跟她談過了。」

「我們試過，」羅瑞說，「但說話的都是她朋友，我覺得她有些秘密沒說。或許我們該跟她單獨談？」

「別叫我對一個孩子用上我的拳頭。」

羅瑞搖頭。「我沒那樣想過。」

他們在沉默中駛回倫敦。

他們在下午二時又回到柯卻斯特街，那棟奶油色建築像老朋友般迎接他們。他們發現瑪姬和她生病的母親一起躺在床上，兩人安詳地睡著。

邦莫抱起孩子，溫柔地將她帶到另一個房間——在她母親房間隔壁，一個無人使用的臥房，兩個男人能夠在此與她獨處，他們讓她靠立在角落。

羅瑞跪在她面前。「瑪姬，請妳集中精神幫助我們，這件事很重要。我們要找出傷害妳姊姊的人，但我們需要知道，關於妳昨天在廣場看到的那個男人，妳能否多告訴我們一些事？他穿著黑色長大衣嗎？」

她已經哭了起來，一半是因為悲傷，一半是感覺她做錯了什麼。「不對，」她搖頭，「他的衣服是深藍色的。」

「深藍色？妳確定？」

「對，還有棕色鞋子，左腳踩進水坑所以濕掉了。」

羅瑞回頭瞥了邦莫一眼。「所以妳很仔細地觀察他囉？」

她以只勉強能夠聽見的低語回答，彷彿雨滴飛行的聲音。「他是個討厭的人，想看著我們、問我們糟糕的問題，所以他才幫蘿絲修紙飛機。」

「紙飛機？」羅瑞問，而她又點頭。

「那一架嗎？」邦莫柔聲問。他正看著窗外那個仍卡在一棵樹上的尖頭紫色東西。

瑪姬走到窗邊站在他身旁。「對，那一架。他在飛機裡放了一個東西。」

羅瑞將她轉向自己，拿出紙和筆。「把妳還記得有關這男人的任何事都告訴我。」

二十分鐘後，那架紫色紙飛機笨拙落地。邦莫試過搖動整棵樹，但最後是羅瑞沿樹幹攀上去，證明了身為一個外表如此嚴肅的男人，他其實驚人地靈活。

攤開這個精心製作的紙造品時，兩個男人都沒抱多大期望，卻發現他們的獎賞就用於加重機鼻：一張撕破的名片，折成一個白色小長方形。羅瑞甚至為這種魯莽行為大笑出聲。

撕成兩半的名片上留有名字、一個縮寫和姓氏的第一個字：「麥克‧P‧克」，下面有「戲院」二字，以黑色字體印在白底上。羅瑞對著光拿起名片，「嗯，大有可為的調查路線。」

花了半天時間，他們找出了這名身穿深藍色西裝，以及一雙被毀掉的棕鞋子的粗心男子。他名叫麥克‧珀西‧克里斯多福，劇場經紀，他們在倫敦西區的紐約劇院找到他。

在那之後，羅瑞和邦莫沒再回過柯卻斯特街，剩下的案子在蘇格蘭場的一個陰冷牢房中被解開了。襯著冷灰色磚塊的背景，那位男子代表性的藍西裝看起來又暗又髒，他的金髮則沾上了汗水與血漬。他們在他工作的地方逮住了他：一家酒館後方昏暗走廊樓上的小辦公室，笑聲隔牆喧鬧，濺出的酒水浸濕地板。剛開始，他完全否認自己曾在那天去到接近庭園的任何地方，而後當他們拿出他不慎留在該處的名片後，他又拒絕解釋。這種頑強的態度恰恰使逮捕名正言順，他隨後被丟在黑暗中五個小時，與此同時，他們則調查他的背景。

他先前曾惹上警察——他們握有多次他對婦女或孩童暴露身體的報案紀錄。這無法證實任何事情，但這種嫌疑本身對某些社會大眾來說已足矣，他的身上滿是他被抓到或對峙時留下的疤痕。所有認識他的人（他們盡可能找出這些人並與他們談話），都會點頭認同那些謠言。

他們回到他的牢房，發現他躺在潮濕堅硬的地上，他那窄窄的頭則枕在一小方苔蘚上。「克里斯多福先生，您是不是該告訴我們真相了？」謀殺當時他並沒有明確的不在場證明，他只說他喜歡在倫敦到處散步，對所有他經過的人輕點帽簷。邦莫當面大加嘲笑。

他們曾考慮帶小女孩過來指認他，後來覺得沒必要。他出現在犯罪現場這事無可辯駁，他們只需要再一件將他與實際殺人犯行連結的事物。他們將黑手套帶入牢房，邦莫一一彎折他的手指以免他握拳，然後強行為他戴上手套：頗合手。「我是被陷害的。」他大喊。他們到他家搜索另一隻手套，最後推斷他一定已經丟棄。他的手臂上有多處抓傷與瘀傷。

羅瑞並不滿意。「雖然我們有壓倒性的證據，但我發現我比較想要拿到自白。」

邦莫認同。「我們還是不知道他為什麼下手，或任何事發經過。我們只有一個幾乎一點道理也沒有的邪惡小男人。」

「我覺得時候到了，邦莫。」

「因為理論永遠不是事實。」

兩名偵探握手。羅瑞打開牢房，鑰匙因他的緊張而顯得滑溜，他懷疑似地深吸了一口氣，彷彿正要縱虎出籠。邦莫一面走進牢房，一面戴上一雙棕色皮手套。

羅瑞從牢房鐵柵間觀看。邦莫將這名嫌疑犯架在牆上，並將自己全力集中於雙拳之間，隨後，血跡如花朵般在磚塊的縫隙間綻放。十分鐘後，他走出去休息，讓嫌疑犯思考自己的選項。

「他還撐得住。」邦莫對羅瑞說。

「才過了十分鐘。」

「這樣通常就夠了。我或許該試試更極端的手段。」

「有必要的話我會支持你。畢竟這是謀殺案，不是什麼簡單的搶劫。」

邦莫抽了一根菸，又回到牢房中，這次帶著一片剃刀。

接下來的三十分鐘，麥克·克里斯多福接連且永久性不一地失去了嘴裡對味道的感覺、兩顆門牙和一顆後方的牙齒、無礙使用右眼的能力、一團頭髮、一邊眉毛、他那稀少的小鬍子、一片指甲、四分之一吋下唇，還有以左手的其中三根手指舉起任何東西的能力。羅瑞在黑色長條陰影間觀看這過程開展，臉上不露同情，只有算計。尖叫半小時後，被告準備招供。他癱倒在地。

「沒錯，我殺了她。」

「你怎麼做的？」

「我把她溺死在浴缸裡。」

「你從窗戶看見她。」

「我從窗戶看見她，我是個軟弱的男人。」他啐出一灘血。「我看見女僕溜出去，知道屋內沒人，便溜上樓殺死她。」

邦莫低頭注視他，感到心滿意足。他離開牢籠時，羅瑞親切地拍拍他的背。「我們今天拯救了人命，邦莫巡佐。我想你跟我應該喝一杯。」

是夜稍晚，邁可·珀西·克里斯多福用他髒藍色西裝外套的一隻袖子綁住他的長脖子，另一隻袖子則穿過牆上牢房鐵柵的托座縫隙。他在膝蓋彎曲、腳趾觸地的狀態下自縊。這種結果需要強大的意志力，有如一點也不累時用盡力氣嘗試睡著。整個過程，他花了痛苦的二十分鐘才完成。

其中一名常在大樓內出沒的制服員警敲響羅瑞辦公室的門告知此消息，此時已近午夜。羅瑞督察低頭，手畫十字，感謝員警通知他。

邦莫因那項苦力活而疲憊，已先行離開。他將於早上得知此事，並多半會感到開心。考量各方面，這是最好的結局。現在有足夠證據將此謀殺視為已破案，不需要煩人的審判，而且才花不到一週的時間。遇上對的人，正義便來得很快。羅瑞點燃一根雪茄慶祝，並為自己倒一杯威士忌。

他獨自環顧他的辦公室：跟他一樣簡樸、滿懷秘密。對面牆的書架上立有他的偵探藏書：總共有十五冊，每一本都破破爛爛的。最右邊是他透過巧妙手法，從凱文迪許先生書房裡拿來的——此案的紀念品。他對電燈舉杯，酒漿呈現一種病態但令人滿意的橘色。

「敬正義，」他對自己說，「敬找到完美嫌疑犯。」

而且為此感謝神，他暗忖。克里斯多福先生在對的時機出現，他真是個該死的傻瓜，他像一頭蠢驢，只求被裝載罪行、承擔責難。坦白說也是他活該，他可以說是一個完美的歸咎對象。因為在偵探故事中，羅瑞知道，你有時得懷疑偵探。而他一點也不希望發生這種事，尤其他投入了這麼多時間、如此妥善地隱匿行蹤。他是如此謹慎地選擇了那個廣場，一個沒人真正逗留、但每小時總有幾個人經過的地方。他還特地身穿黑色長大衣，假若真被人記住，也只會記成一個黑衣男子。也特地用帽子和棕色圍巾來遮住臉，但甚至沒人注意到圍巾。還有艾莉絲．凱文迪許本身，也是經過謹慎且耐心地挑選。一個美如天仙的女孩，每天都到庭園去，秘密藏坐於三棵樹間。他原本打算在那兒趁她還來不及叫喊前快速了結，但她妹妹和另外那個女孩也在。他還以為錯失了良機。然後他看見她在浴室窗內，正拉上窗簾。而女僕恰巧於此時離開，所以這就是了。快速、令人興奮地一瞥她在浴缸中的裸體，然後就是溺斃之舉。留下手套是神來之筆，邪惡含意一眼可見。這是一起隨機、無意義且可重複的犯罪，一件極駭人之事，將會召喚他來調查，他的名聲基本上確保必定是他，也確實如此。那封信也是。他原以為藏起信件會讓戀愛角色更易受責難，但結果並不是這樣。然後克里斯多福先生就出現了，帶著大量不利於他的證據。於是她是羅瑞的了，躺在樓下冰冷的警察停屍間內一方平臺上，供他隨心所欲地探訪。

6 第三場對話

茱莉亞．哈特一面從高腳杯啜酒，一面結束朗讀。**「於是她是羅瑞的了，躺在樓下冰冷的警察停屍間內一方平臺上，供他隨心所欲地探訪。」**

太陽終於落下，夜空幾乎全黑。明亮初升的月亮複映在桌上的三個白盤，有如刪節號。格蘭一臉痛苦地從口中拿出一個橄欖核放在盤緣。「真是個討厭的故事，我不喜歡。」

他們剛剛都吃了淡菜，中間的盤子散落不成對的殼，有如神話生物的黑色長指甲。格蘭數度分心、癱瘓用餐過程，最後食物還剩下一半沒吃完，因此出於禮貌，茱莉亞也在盤中留下一點食物以與他配合。此刻三個盤子安放他們之間，有如他們身為作者與編輯這種古怪新關係的證明。

茱莉亞拿起腿上的餐巾抹嘴。「沒錯，對謀殺的描寫造成稍微不舒服的閱讀體驗，而且最後的刑求很殘忍。」

格蘭挖苦地一哼。「我覺得從頭到尾都頗令人不快，不只是暴力的部分而已，還欠缺討喜的角色，場景也俗氣，哪裡不選，竟選了倫敦。」

茱莉亞微笑。「你聽起來幾乎像是被冒犯了，但寫下這故事的可是你自己呢。」

「沒錯，但我當時年輕愚蠢。」他大笑，用牙籤戳刺空氣以強調他的論點。「有些故事對現在的我來說太過輕佻。妳不覺得這個故事很卑鄙嗎？」

「還好。我覺得當你以閱讀死亡為娛樂，應該要讓你覺得不太舒服才好，甚至有點作嘔。我以為這或許才是關鍵。」

「真是寬厚的解讀。」格蘭說。「難道妳不覺得，我可能就只是個病態的年輕人？」

「這你應該比我清楚。不過讀完這篇故事後，我能夠了解你為什麼要自費出版這本書了。」

「對主流出版來說，這本書太明確也太學術。」

「不尋常的搭檔。」茱莉亞又喝一口酒。「那之後你沒再寫過任何東西？」

「如果沒人願意出版，繼續寫還有什麼意義？」

「至少時代已經改變。」

「嗯，」他聳肩，「這部分我沒有異議。」

茱莉亞舉杯提議敬酒。「敬收穫滿滿的第一天。」

他舉杯與她相碰。「期待明天依舊。」

下午稍早，他們結束第二個故事的工作後，格蘭告訴她，他通常會在一天最熱的時候睡一到兩小時，如果她也有意如此，他願意出借空房。不過工作的重量一直沉沉壓在身上，因此她反而選擇沿著沙灘往外走，在一處小懸崖的陰影下躲避太陽，一邊在這裡編輯接下來的幾則故事，一邊等他醒來。幾個小時後，已近傍晚，他們都飢腸轆轆，她則提議請他吃晚餐。「我們可以一邊吃一邊讀下一個故事。」

於是他們走了十五分鐘，來到附近的一家餐廳，這裡距離茱莉亞投宿的旅館已經不遠了。他們坐在眺望大海的露臺上，另外兩位客人坐在與他們相隔幾桌的位置，所以茱莉亞低聲朗讀故事，幾乎有如耳語。

「我想我對暴力免疫了。」茱莉亞喝乾杯中的酒。「過去幾年一定讀差不多有三百本犯罪小說了。」

格蘭瞪大眼。「三百本犯罪小說？」他焦慮地轉動酒杯，彷彿覺得這數字令人生畏。「很多呢。」

「一定沒那麼令人訝異吧？你知道這是我的工作。」

「我猜吧，但不能說我認真想過。對於這些故事，妳多半有比我更多的想法可說。」

上午令人不適的熱讓她幾乎整天都心情鬱悶，因此現在的她略感罪惡，正在盡她最大的努力表現出熱忱。「你的說明一直都大有助益。」

他又喝一口酒。「謝謝妳。」

她拿起筆記本。「現在，請你透過解釋這則故事結構上的含意，繼續幫助我釐清概念。我想事實應該證明羅瑞督察既是偵探也是嫌疑犯？」

「對，沒錯。他是個邪惡的小男人，對吧？下午稍早讀的故事裡，被害人同時也是嫌疑犯，這則故事則是偵探同時也是嫌疑犯。這將我們帶到我們的第三個要素。」

茱莉亞點頭。「一個偵探？」

「對，或是多名偵探，試圖解開罪行的角色。我認為這個要素並不是必需的，也就是說，這群偵探裡可以一個人也沒有。因此我通常會說**謀殺謎案**，而非**偵探謎案**。有時候就是沒有偵探，所以我們不限制這個群體的人數，就算是零人也可以，而且也可以與嫌疑犯的群體重疊，就像這個故事一樣。其實也可以和被害人群體重疊，只是很難行得通。」

她將這些全部記下，儘管喝了酒，手依然穩定。「嫌疑犯、被害人和偵探，謀殺謎案的前三個要素。」

「對。」他清清喉嚨，喝過酒變得大膽了些。「現在輪到妳了。」

她從筆記本中抬頭。「什麼意思？」

「對我解釋一些事，我們的慣例，不是嗎？我談論理論，然後換妳談我忘記的小細節。」她又低下頭繼續寫。「茱莉亞，妳一定找出這故事中的矛盾之處了吧？」

她沒抬頭，但嘴角愉悅地上揚。「這感覺像是個你給我的測試。你在這些故事中埋下謎題當成陷阱，等著我掉進去嗎？」

「一點也不。」他咧嘴笑。「是當成玩笑才對，沒其他意思。」

「我必須承認，我的觀察力被逼到極限了。幸運的是，我非常執迷於做筆記。」

「妳這次發現什麼？」

茱莉亞停止書寫，與他四目相交。「嗯，既然你提起，我確實在這個故事裡注意到一件事，姑且算是不一致之處吧。」

他從口中取出牙籤。「說來聽聽吧。」

茱莉亞一邊說一邊輕敲桌面。「故事開頭對藍衣男子的描述和故事結尾徹底矛盾。」

「啊，」格蘭說，「有意思，對吧？」

「回頭仔細看就會發現。他原本圓臉黑髮、鬍子精心修剪、短脖子，後來變成金髮、窄臉、長脖子、鬍子不多，而且並沒有提出解釋。」

「對，我知道。」格蘭眺望大海。「很有可能是弄錯，但我想妳是對的，多半並不是。」

茱莉亞在筆記本草草書寫。「保留這些矛盾讓我有點痛苦，但若和其他故事的矛盾一起考量，似乎又與模式相符。」

「對，我也這麼認為。我當時的幽默感真是惡劣。」

茱莉亞嘆氣，突然覺得精疲力竭。「我們就保留，然後今天到此結束好嗎？如果你不介意，我想放下筆，再給自己倒一杯酒。」

「請，把它喝完吧。」

她將醒酒瓶中的酒全部倒入自己杯中，一面盤算著還有哪些事得做。接著她往後靠，仰望星空。「這個島有什麼特別的，格蘭？」

這問題似乎令他訝異。「什麼意思呢？它很美。」

「對，但也好安靜、好孤寂。你不曾有過離開的衝動嗎？」

「從來沒有。我的所有回憶都在這裡。」

她又吞下滿滿一口酒。「你是個非常神秘的人。」

「我就當這是讚美了。」

「你是一個間諜，我是這樣想的。你正在進行什麼秘密任務，或是在規避法律。」她把最後兩個字說得有點含糊，拖長了幾乎整整一秒。「現在有酒在手，你是否願意談談呢？」

「談什麼？」

「白色謀殺案。一九四〇年八月，漢普斯特荒原，伊莉莎白·白在西班牙人客棧附近遭勒死。還有你為什麼以此當作書名。」

格蘭抬起疲憊的眉頭。「我之前已經把知道的一切都告訴妳了，這就是一個巧合。」

「酒精沒有幫助你想起一切？」

「我還真不知道酒精也有這種副作用。」

茱莉亞聳肩。「酒能刺激腦力。」

「顯然刺激的是想像力。」

「我確實有點醉，」她舉起酒杯，「但我發現要看出這些關聯性花不了多大力氣。早上我問你為什麼要出走到這座島，你不願意告訴我；而下午我又指出你的書和一起謀殺懸案的關聯。所以那全部都彼此相關嗎？這是你待在這裡的原因嗎？」

他幾乎失笑。「妳認為我是兇手？」

「我不知道我認為什麼，我只是提出顯而易見的問題。」

「那麼妳最好重新想想妳的偵探工作。妳的意思是我殺死了某人、寫了一本書、再用那場謀殺的名稱當作書名，然後幾年後我展開逃亡？」

「嗯，你有不在場證明嗎？」

格蘭微笑。「一時之間想不出來，沒有。」

「那你可以藉由告訴我你來這座島的真正原因以證明你的清白。你離開妻子和工作，來這麼遠的地方過隱士的生活，為什麼？」

他的笑容淡去。「問題很快就變得非常私人了呢。」

茱莉亞注意到他一隻手緊握高腳杯柄，並輕微顫抖。「對，但我不只是閒聊而已。就某種意義來說，出版這本書，我們就成了生意夥伴。我必須要能信任你。」

格蘭搖頭。「我不想談論超過二十年前發生的事。」他防禦地舉起雙手，其中一手握著酒杯。「妳可以問任何其他問題。」

他的雙手落回桌上，動作笨拙，杯腳撞上堅硬的桌面，敲下一塊碎片。碎片滾過桌巾，最後停在茱莉亞面前，在白色布料上只看得見一團透明的線條。

「你二十年來都沒有再婚，我可以問這個嗎？」

格蘭放下破掉的酒杯，開始用指甲撬開剩下的幾顆淡菜，一個無用的強迫舉動。

「不，不可以。」

「你為什麼不再創作？」

「很晚了，這些問題弄得我好累。」最後一顆淡菜拒絕開啟，因此，為了替這場對話畫下最後句點，格蘭拿起中間的盤子朝欄杆外倒空，淡菜飛旋入海，接著是貝殼撒落岩石的聲音，以及他將盤子扔回桌上的重擊聲。

接著，茱莉亞合上了筆記本。

7 劇院之國的地獄

起初，那場火只是一縷從二樓窗戶飄出的煙，幾個路人指著議論，看起來像有人在放風箏。接著煙轉濃，變成一個看似從洗髮精廣告直接拿出來的完美螺旋。很快地，煙擴散到那扇窗之外，建築的整個上半層似乎都彌漫灰撲撲的煙。接下來事態發展迅速：濃密黑煙如開枝的樹般浮現，在肥沃、酷熱的熱氣中茂盛生長。這棟建築是倫敦最大、最高貴的百貨公司之一，裡面不僅有數千人，還有許多所費不貲的服裝和家具，如今都看似將被一隻巨大的惡魔之手摧毀，纖細的手指朝天際伸展。

海倫．蓋瑞克獨坐一張兩人的桌子，在過去半小時中看著這事件發生。道路略微彎曲，這代表儘管火災發生在街道的同一側，而且在大約二百碼以外，從她窗邊的位置仍可清楚看見。

起初這似乎像是某種娛樂，她欣然接受以這樣的方式轉移獨自用餐的注意力，但當第一個人在最初的疏散後爬出建築——那是一名身穿門房制服、在慌亂中遭踩踏的老人，她發現自己感到極為強烈的罪惡和羞愧，幾乎沒辦法吃她的主餐，而那不過是幾根麵條。儘管此景形容怪誕，卻跟通往建築頂端的恐怖相較之下顯得小巫見大巫：那棟建築最上層的兩排窗戶展示出人們發現自己受困時的循環、徒勞舉動——他們尖叫、打破窗戶，一再探出上半身朝下看，但他們無路可逃。海倫領悟，儘管這場火剛開始看來無害，有如一條在風中飄揚的無色布旗，但當唯一的那道樓梯被煙灌滿，就一定有人會被困在裡面。任何殘留的興奮感都在此刻轉為羞愧，她含淚用完剩下的餐點。

餐廳內部傳來的細碎交談聲為外面的火災提供了相稱的配音，喧噪人聲交雜混亂的持續嗡鳴，而湯匙持續輕敲酒杯則完美模仿了警報。

輕敲持續，直到餐廳轉為沉寂，只剩下經理獨自站在這個沉默的空間中，接受大眾的目光洗禮，彷彿一個即將吃下一顆大玻璃蛋的馬戲表演者。

「女士先生們，」他手拿玻璃杯和湯匙比劃，「今晚是否有醫師與我們共進晚餐？」他細瘦如針，口音濃厚，下巴蓄著淘氣的鬍子。沒人回應。「或是有不當班的警察？」一陣閃避的波動。「或許任軍職的人？」一名紳士咕噥了些什麼，最終沒有動作。「有人擔任任何社會要職嗎？」餐廳內依然沉默。「很好，如果情況有變，請通知您的服務生。」

他短暫鞠躬，接著便讓他們繼續用餐。

「想找人協助疏散。」隔壁桌的男人往後靠，提出他的見解。「以免變成那種局面。」不可能是這麼回事，她心想。火災還在兩百碼外，如果連這裡都疏散，那何不疏散整個倫敦？

一名侍者經過她的桌子，她舉起手吸引他注意。他靠向她。「一切都還好嗎，女士？」

她對餐廳經理感到無比同情。她知道請求志願者卻無人回應是什麼感覺，是一顆你將它推上山頂，它又滾到山腳下的巨石，讓你泫然欲泣站在黑板前，而你心底知道你現在得責怪某個人，接下來的整天都因此自覺卑劣。是這樣的同情心激勵她挺身而出嗎？還是過去這二十分鐘以來她耽溺其中的罪惡感？偶而有種衝動會席捲她、迫使她做她最不被期待做的事，此刻會是那種衝動嗎？或許是三種混雜。

她謹慎地說。「你可以告訴你的同事，我任教於吉爾福德一所女子學校，不知道對他有沒有幫助。我想他要的應該是男人。」

她被帶到餐廳經理劉先生面前，感覺像個獻祭的犧牲者，或是她又回到十三歲，正被送去見女校長。剛當上教職的她，常花時間將自己的行為與就學時的經驗權衡，畢竟那並不是太久遠以前的事，修女仍在罕有的惡夢邊緣作祟，這會兒她無疑感覺到相同的恐懼。還有相同的潛藏困窘，常常伴隨著穿錯衣服的模糊感覺。

他站在餐廳的隱密角落等她，就在鋪滿暗紅色地毯的樓梯底，像一條從樓上垂下的舌頭。

「劉先生？」

樓梯在他身後沒入黑暗，他拉著她走上幾階，好讓他們能更隱密交談，她因此站在略低於他的高度。他苗條的身形飄浮在紅色背景中，看起來活像牧師或法官。

「女士。」他鞠躬，手勢橫過整道樓梯。

「海倫，海倫．蓋瑞克。」她伸出手，而他吻手為禮。

「您會希望能在任何一間滿座的餐廳裡找到至少一位高尚的人，但我必須承認我深感懷疑。」

「不用客氣。」發現他以平等的口氣對她說話，她鬆了一口氣，忘掉被懲戒的白日夢。「我可以幫上什麼忙？」

「我必須請您執行一項頗微妙的任務。」他看似猶豫。「本餐廳將永遠感謝您。」

「跟街上的火災有關嗎？」

「火災？不，沒有直接關係。那場火是煙與鏡，是障眼法。」

「噢。」海倫略感失望。

他露出做作的關切表情注視地毯，手指絞扭著他的鬍子。「這是令人不安的時刻。令人悲痛的是，餐廳內有一人死亡。」

海倫倒抽一口氣。「天啊。」

「餐廳樓上有幾個私人包廂，今晚其中一間有人使用，我相信應該是為了舉辦生日派對。那是一個歡樂的場合，但主辦人被殺了。精確地說，應該是遭到謀殺。」

他高雅的口音將這四個字說得極為動聽，字字鏗鏘。

「遭到謀殺？」她瞪大雙眼。他到底打算要她做什麼？「那您得立即找警察哪。」

「我們有電話，我也剛與警察通過話。」他的語氣慢慢轉為緊繃。「這情況有點為難。他們當然會派人過來，但所有警察目前都忙於處理外面那場火災，我想應該是封閉道路、疏散建築。畢竟那多少算是緊急事件。」

她點頭。「當然。」

「直到情況獲得控制，否則他們不可能撥出任何人手來看管我們的犯罪現場。他們要我自己處理。」

「噢。」她慢慢看出事情走向。

「他們告訴我，這事嚴格說來並不緊急，因為沒人面臨立即的危險。」

「至少這還算好。」

「但我騰不出人手。」他接著說。「幾個本該已經抵達的員工都因火災而遲到，我對警察如此說明後，他們說任何醫師或老師都足以應付，只需要在他們到來前仔細看守就好。」

她很確定他們應該沒有提到老師，但她沒有提出異議。「是，我了解。」她現在不可能拒絕了，即使這代表她將趕不上火車。「我到底該做些什麼？」

「看守就好。確保無人干擾犯罪現場，沒有任何賓客亂碰或離開。應該只需要占用您的一段短暫時間。」

「賓客都還在？」她試著隱藏她的失望，她原本懷抱伴著屍體獨飲、欣賞落日的憧憬。

「有五位。我們會回絕後續來客。警察要求我在警官到場做完筆錄之前，不得讓這五位離開。」

「兇手是他們其中之一嗎？」

劉先生滿腹心思的長嘆一口氣。「有可能，對。但若我感覺有任何危險，萬不會請求您做這件事。只要跟所有人待在一起，便有人多勢眾之勢。」

「好吧。」海倫突然緊張起來，在腦中咒罵自己為何要提供協助。她原以為這是件可以快速了結的事。

劉先生牽住她的手。「我當然也邀請您在您所選的時間再度蒞臨本餐廳用餐，與我共進晚餐，而且不收您任何費用，今天也一樣。」

「謝謝您。」她說，語氣虛弱。

「您若需要我，我就在樓下，您只需要叫喊就好。」

說完他便帶她走上血紅色的階梯，打開樓梯頂面對他們的那扇門。他們並肩進門，相連的身形彼此靠近，彷彿手握起拳頭或吞嚥中的喉嚨。

這一次，被帶往祭壇的感覺更加濃厚。五名賓客在包廂內站成一個半圓形，有如一道人類軀體構成的天際線，他們好奇地看著海倫，想知道她是誰、可能帶來什麼改變。他們看了看彼此，接著彷彿喀噠一聲，整個場景活了過來。

劉先生往前一步發話：「我跟警察通電話談過了。」五張各具特色的臉湧現興致。「他們很快就會過來。」他踩開幾步，彷彿置身舞臺。「他們要求各位待在這裡直到警官到來，但火災造成各事延遲。蓋瑞克小姐在此代表他們。」

他揮手，十隻眼睛看著她。

「這段期間將由她負責，確保無人移動所有物品、不起任何衝突，還有所有人都留在此處。」

若不是她站在他正背後、被他纖瘦的身影遮蔽，這段從既有的權威角色移交到冒牌者的過程會更具衝擊性。她感覺自己像個出錯的魔術把戲，略略往前一步。

五名賓客中包含一對非常迷人的男女，他們站在最靠近門的位置，顯然是某種伴侶；最遠的角落裡有另一對男女，他們比剛剛那一對略顯尷尬地站在彼此身旁；而第三個女人則靠牆而立。

迷人女子忽略海倫，對劉先生說道：「我們不能趁天還亮著到外面透透氣，在警察設法找到路來此之前回來嗎？」

劉先生耐心地微笑，後退一步。「恐怕不可能，警察指示我將各位留在餐廳內。」

「太荒謬了。」那名女人接著說，語氣暴躁、難以置信。「我們被困在這裡，不到十碼外就是一具屍體，這實在可憎。」

角落的女人外表弱不禁風，一雙藍色大眼，身穿深藍色洋裝。她想到這畫面不禁叫喊出聲，靠向站在她身旁的男子尋求攙扶。她的手勾住他肩膀，頭靠著前臂。這兩人很明顯並不是情侶關係。男人身穿棕色西裝，有著深色濃密的眉毛，金屬絲般的灰髮，但年紀不可能超過四十。

就像校外教學，海倫暗忖。

夏季開始時，她們去了一趟聖奧爾本斯，當時她得押著一群大約二十五個女孩從火車站走到羅馬遺跡，她們躍動的頭是早熟髮型構成的一片馬賽克。那趟旅程中，海倫認識也討厭起幾種不同類型的搗蛋鬼，她們總是在這種校外活動發病，而這些賓客也毫無二致：剛剛說話的那個女人是平靜、看似講道理的類型，總會本能地反抗權威，以接連的問題作為擾亂的手段。永遠不要跟這種類型的人爭辯，會像是對牛彈琴。

「我同意，」海倫說，「我也不想待在這裡，但我們應該照他們說的做。」

藍衣女子眼中含淚，聽到這裡開口說話：「妳或許會這樣說，但妳可沒看過那屍體，妳沒看過他受到什麼樣的對待。」

暴躁女子微笑，看著海倫。「然後妳又是哪位？妳不是警方的人嗎？」

「我只是上來看守而已。」海倫笑出聲，冒險開了個玩笑。「我猜我可能比你們大部分人都清醒吧。」

無人回應。

她身後傳來細微嘎吱聲，她轉過身。劉先生顯然對情況感到滿意了，正悄悄溜出包廂。他以小得幾乎看不出來的角度鞠躬，打開門離開。

海倫回身面對包廂，五張臉仍瞪著她。

迷人女性的男伴是一個頗富吸引力的年輕男子，輪廓分明的五官上是一頭濃密金髮，他帶著魅力十足的微笑往前一步，伸出一隻手。「我的禮貌跑哪去了？我是葛瑞夫，葛瑞夫‧班克斯。」

他們親切地握手。「謝謝你，我是海倫。」她轉向其他人。這情況對她來說並不陌生。「各位可否都跟我說說你們的名字呢？」

葛瑞夫後退，一隻手臂環住他身旁的女人，而她轉開頭。「這位是史嘉莉。」

海倫轉向另一對男女，他們相較之下顯得邋遢些。棕衣男子正凝望窗外，應該是在看火災，日光纏入他漸漸稀疏的頭髮。他緩緩轉身面對海倫，彷彿是將自己從拳擊賽的關鍵時刻前拖開，看似還一時忘記自己要說什麼。「噢，我的名字是安德魯‧卡特，很高興認識妳。」他微笑，露出一口爛牙，接著擠擠哭泣的同伴，彷彿她是顆過熟的水果。她的藍洋裝起皺，所有悲傷似乎從她體內湧出。「這是我妹妹凡妮莎。很抱歉，她常常把情況想得很糟。」

「噢，沒什麼好抱歉的，」海倫說。事實上，她很納悶為什麼其他人沒有把這件事想得更糟。可能是太衝擊了吧，她想。凡妮莎擦乾眼淚，走上前與海倫握手，腳步有些踉蹌。

「很高興認識妳。」

海倫轉向身穿綠洋裝、緊張地站在那兒的第三名女子，她就像團體中的書擋，正在陰影中啜飲黑酒。她將酒杯放在一張小桌上，清清喉嚨；包廂裡有許多像那樣的小桌散落各處。「妳好，我是溫蒂‧柯普蘭。」不知道接下來該做什麼才好，她略朝其他客人揮揮手。「大家好。」

「謝謝妳。」海倫說。「有人能告訴我屍體在哪嗎？很遺憾，我獲知的資訊非常稀少。」

葛瑞夫舉手。「他在盥洗室。」

「不介意的話，可否麻煩你帶路？」

他皺眉。「妳確定嗎，那場面可不好看。」

海倫主要是被自己病態的好奇心驅使，但她也認為，如果有人逼問她，她會主張她需要了解犯罪現場的樣貌，才能夠加以看守，因此她異常堅持。「對，麻煩了，我確定。」

葛瑞夫上下打量她。「好吧。」他轉向他左側的牆，打開牆上一扇小門。海倫走到他身旁。史嘉莉獨自留在窗邊，猜疑地看著他們兩人。

盥洗室比她預期的大，水槽和鏡子正對著門，馬桶在右側牆邊，兩者之間有一扇破掉的小窗。馬桶右邊有一個塞滿小毛巾的層架，門旁則有一個垃圾桶。一具屍體為這一切畫下底線，斜斜地躺在地板上，頭在靠近他們的這端。

屍體是一名仰躺的男子，一件黑色西裝外套蓋在他的臉上——有人將外套脫下，前後倒反地蓋在他身上。一道起伏的血流從約莫是下巴的位置流下，彷彿他剛吃了什麼難消化的食物，又全部吐了出來。

「他是誰？」她問。

「我們的東道主，哈瑞．川納，那位劇作家。今天是他的生日。」

她跪下掀開外套，看見下面的臉屬於一名年近四十的男性，蒼白無瑕，一圈整齊的鬍子和鬢角。他略略朝左看，整顆頭朝那個方向歪。他的後腦遭打凹，斜斜擱在地板上。一灘濃稠的血形成一個暗沉、難堪的光環。她將一根手指和拇指放上他額頭的一邊，試圖讓頭朝兩邊轉，注意到頭在磁磚上滾動時並不平順。

屍體周圍有多種血跡。

「你們發現他時就是這樣嗎？」

「我們發現他時，他趴臥著，但他後腦的傷口不忍卒睹，所以我們把他翻成仰躺。我們查過他脈搏，然後脫下他的外套蓋住他。除此之外什麼也沒動。」

他衣著完好。「他看起來不像正要使用馬桶。」

「對，兇手一定很快就下手。」

「除非他剛剛才用完。」她起身。「可憐的哈瑞。」

「我想這就是全部了。」葛瑞夫走向門。

海倫猶豫著該這樣就好，還是該問他更多問題。她的直覺是遷就他的不耐，但她也知道，如果她現在盡可能汲取細節，之後當目擊者的記憶開始變得模糊時，這些資訊或許會有用。「所以這是他的生日派對？」

葛瑞夫嘆氣。「一場小聚會。他不是很好相處，但我們中有幾個人喜歡他。」

「可否請教，你們之中是誰發現屍體的？」

「我想是一起吧。哈瑞說他要離開一下，過一陣子之後，我們發現他去了好久。我們敲門，但裡面沒反應，於是我把門砸開。」

她轉身查看門鎖，只是簡單的門閂，釘在門框上的金屬框從木頭被撬開大約一吋，這會兒鬆鬆地掛在兩根釘子末端，像某個踩著高蹺的東西。

「所以發現屍體時你們五個都在這？」

「對。」他聳肩，彷彿他沒多想過這個問題。「我相信是這樣。」

「但沒有餐廳人員在場？」

「對。我們才剛到，我想應該稍後會有食物送上來，但當時有其他客人上門，他們只是把我們跟一大堆酒一起丟在這兒。」

她走到窗邊。剛開始，這扇窗看似眺望一座隱藏在街道後的院子，不過實際上窗戶被安在建築的某一側，並面對著隔壁店家的平屋頂。

「如果盥洗室的門從裡面上鎖，兇手一定是從窗戶離開。」

「對，也以同樣方式進來。」

她想像那名罪犯在屋頂上等待，從對面的建築可以清楚看見他在那裡，而他一聽到有人進入廁所便朝內窺看。

葛瑞夫接著說：「就像我剛剛所說，很多人愛詆毀哈瑞。我不知道他還邀請了誰，但一定很多人知道這場聚會。而那些愛詆毀他的人很輕易就能爬上屋頂埋伏等待，畢竟他到頭來總會使用廁所。」

她認為這畫面有些荒謬。「但你沒看見任何人？」

「恐怕沒有。」

她檢查窗戶。大部分玻璃都已脫落，尖銳的碎片散落窗臺和下方的地板，是從外面砸碎的。她隔著手套撿起一塊仍嵌在窗框上的三角形玻璃：尖端有血。「有人割傷了自己。」

「小心。」他說。

她低頭凝望窗外。屋頂另一邊有一把看起來鏽跡斑斑的榔頭，但她覺得爬出去拿已超出她的職權。一隻黑貓坐在榔頭旁舔爪子，毛色因煙灰而變黑。是日溫暖，屋頂上方的天空覆蓋縷縷黑雲。

「不知道他有沒有受很多苦？」

葛瑞夫轉為不安。「再說下去就太病態了。哈瑞會希望我們慶祝他的生，而非想像他的死。」

「我很抱歉。」海倫的日常生活不太常和男性互動，當他們的情緒像這樣轉變，她便會感到焦慮，儘管她覺得自己剛剛應該說得挺輕描淡寫。她最後一次環顧盥洗室，努力記下所有細節。在這狹窄的空間裡，已慢慢聞得到煙味。「你覺得我們該封起窗戶嗎？所有東西很快就會覆上一層灰。」

「我知道可以怎麼辦。」葛瑞夫說。他離開，帶著兩張長方形大酒單回來：它們剛好嵌入窗框，卡在殘餘的玻璃碎片間。

她故作端莊地微笑。「感謝你的幫忙——葛瑞夫，對吧？」

「哈瑞是我的朋友，如果有任何我幫得上忙的地方，任憑差遣。」他們再次握手，放開前他捏了捏她的手指。「既然我已將所有相關資訊轉移到另一個人腦中，我終於可以喝杯酒了。」

海倫和葛瑞夫從盥洗室出來時，發現安德魯．卡特在外面等待。「我妹妹快昏倒了，妳能幫幫她嗎？」

「當然。」學校常見事件。他帶她來到凡妮莎．卡特坐著的桌邊。海倫讓她往前傾，倒杯水給她。

安德魯看著她工作。「妳知道的，她平常不會這樣。」

海倫不習慣別人在她面前為自己辯護，她發現這令人難堪。「這真的沒什麼，只是一個完全合理的反應。」

「但妳或許已經注意到，這並不是一般的犯罪。」

海倫察覺到他想告訴她一些什麼。「什麼意思呢？」

「妳不覺得犯罪現場異於尋常嗎？」

她試著露出沉思的模樣。「殺手看似從窗戶進來，但那樣的話，很難想像哈瑞怎麼會沒發現。」

「換句話說，」安德魯點頭，試圖將他的熱切表現成貧乏的屈從，「這是一場不可能的犯罪。」

「他們也可能用某個東西伸進窗戶攻擊他。」

安德魯抓住桌子，外表原本輕微的粗野氣息此刻更是表露無遺：「有件事我們得告訴妳，但除非妳認同這樁犯罪的不可能性，否則我們不認為妳會相信。」

海倫不知該如何反應，緊張地笑了笑。「我會盡力。」

「葛瑞夫沒告訴妳的是，」安德魯的臉快速閃過一抹輕視，「就在事情發生前，有一陣可怖、非人的呼嘯。當時很安靜，但那聲音持續了將近一分鐘，跟巨型獵犬的嗥叫一模一樣。」

海倫努力掩飾她的興趣。「確切是什麼時候呢？你說就在事情發生前，那是在什麼之前？」

「我們都發現他不在的大約三分鐘前，只有凡妮莎和我聽見。」

凡妮莎將頭從膝上抬起，她的臉已恢復血色。「我看見了，」她看似認真地說著，「那東西來自火場。我在窗邊看著最初的火焰燃起，而牠突然跳出來：一隻巨大的黑狗，模糊、散發磷光，彷彿是由煙構成。」她藍色的眼睛圓睜。「今天這裡發生了邪惡的事。」

海倫用非常中立的口吻說：「妳認為他是被幽靈所殺？」

在學校時，鬼魂和幽靈形成一種貨幣，女孩們能夠藉此購買彼此的關注，謠傳祂們無所不在。海倫自己不曾見過，只有黑暗中偶爾出現的形體，但當然只是修女在幽暗中潛行。就算在她最輕信易感的時候，她也不曾聽說鬼魂直接做出如他們此刻所暗示的事：用一根榔頭將一名男子打死。

「不。」凡妮莎說。「他極可能是被人類殺死，不過是一個受邪惡之物所導引、協助的人，或許就是惡魔本身。」

「哈瑞，」安德魯說，「是個心思細膩的人。我自己也在劇場工作，我們會談論職業，且一次就會談上好幾個小時。我把他當作朋友，但他人生的其他部分有一種我無法忍受的放蕩——酒和女人。就連我妹妹也不能倖免。」

凡妮莎羞愧地看著地板。「剛認識他時他好迷人，我很年輕，而他如此耀眼。」

「我們相信事情是這樣的，」安德魯接著說，「路上那場火短暫地成為地獄之門，而惡魔發現了收回同類的機會。」

海倫不真心地點了點頭。她靜待片刻，然後才鼓起勇氣提問。「你提到女人。他最近生命中有女人嗎？」

安德魯搖頭，看著凡妮莎，而她聳肩。「就我們所知並沒有。」

「她呢？她獨自一人。」海倫低調地示意另一名賓客，也就是她還沒與她談話過的那一位，身穿綠洋裝的羞怯女子，仍靠牆而立。

「我們不認識她。」安德魯說。

「你們發現屍體時她也在嗎？」

「對，她在。至少我覺得她在。」安德魯說。

海倫搬了張桌子到盥洗室門前，再拿把椅子，幫自己倒杯酒後坐下，閉上眼。她試著想像這場犯罪在理論上可能有哪些不同的進行方式，以免劉先生稍後問起她的想法，但周遭輕柔的聲音令她昏昏欲睡。

她張開眼。

溫蒂仍在包廂另一邊徘徊，她是一名身穿綠洋裝的害羞女子。海倫引起她注意後，揮手示意要她過來。

溫蒂來到桌邊，露出感激的微笑。「參加一場派對卻不認識任何人真是難捱。」

海倫回以微笑。「發生了這件事，還能算是派對嗎？」

溫蒂沒回答。「嗯，我可以想像妳被賦予這樣的責任，一定更加難捱。外面陷入混亂，妳卻要維持秩序。」

「我是海倫。」她伸出手。

「溫蒂。很高興認識妳。大約剛剛那二十分鐘裡，我一直在想我是不是該過來。」

「我很高興妳來了。妳怎麼認識這些人的？」

「噢，我是演員。」她看似羞窘。「噯，其實是興趣。我想我們都是演員。問題是，我並不真的認識這些人，我只認識哈瑞。」

海倫把身體坐直，得知她並不是這裡唯一孤立的人，讓她的興致整個都來了。事情進展很快，她原本一直沒意識到這一小群人只是一場派對最早抵達的五位賓客，因守時而被丟在一起，可能並不全然彼此相識。「請坐下吧。」

溫蒂拉過一張椅子，也倒了一杯酒。「我想妳一般並不扮演偵探的角色吧？」

兩個女人都有過這樣的經驗，坐在聚會邊緣，尋求與其他內向的同伴團結在一起。這種感覺令人安心且熟悉，海倫為這問題而笑了出來。

「對，我是個老師。」

「噢，那一定很美好吧。」

她原本想說不，常常都有如地獄，女孩們每天坐在整齊如網格的座位裡，並以態度早熟且輕蔑的表情看著妳，感覺就像是牢籠的鐵柵。但即便她不適合這個職業，她也不能夠述說這樣的事。

「對，」她回道，「這工作的報酬可以很高。」

「聽著，我不妨告訴妳吧，雖然我還沒跟這裡的其他人說過。」溫蒂拉著她的手用強烈的低語對她說：「哈瑞和我訂婚了。」

她伸出一根手指，有個尺寸不合的戒指套在指根，那是一道被凝結的水珠和汗水弄髒，且細得不能再細的銀圈。「我知道太大，這原本是他母親的，而她體型比我大多了。但男人就是不懂這些事，對吧？」她微扯嘴角，因自己話語中的不真實感而挫敗。「噯，妳是這裡第一個知道的人。」

海倫懷抱某種敬畏看著溫蒂，腦中充滿問題和陳腔濫調。「我為妳的損失感到遺憾。」

「噢，那個啊，」溫蒂皺眉，「我必須說，這其實有點複雜。」

海倫沒說話。

「我不是倫敦人，妳知道的。我在哈瑞為一場戲來曼徹斯特時與他相識，大約是兩個半月前的事。算是旋風式的戀情，只持續了兩週，然後我們就訂婚了。這應該是我們舉行公告的盛大場合才對，至少是告訴他的所有朋友，但我似乎來遲了。」

「是，我也會這樣說。深表同情。」

「謝謝妳。」溫蒂試探地說，對自己的回應感到懷疑。「我知道這情況很糟，我應該要顫抖崩潰才對。問題是，那段戀情發生得太快，而自從我們訂婚，我整整兩個月以來都在猶豫，懷疑的期間甚至是相愛期間的四倍。妳能理解嗎？然後，只要我跟人說我和哈瑞訂婚了，每個人就似乎都有個與哈瑞．川納有關的恐怖故事。我一直好焦慮，焦慮得快死了。我一直在找解決之道。所以當他們發現屍體時，有一小部分的我是高興的。這樣是不是很可怕？」

海倫安撫地看著她，既不贊同也不非難。「這真的不該由我來評判。」

「我都跟這些人說我是他來自北方的朋友，沒跟任何人說訂婚的事。」

「嗯，感謝妳告訴我。妳感覺還好嗎？」

溫蒂焦慮的小嘴因專注而縮起。「還好。他們發現他的時候很難熬，但也是一種解脫，恐怕我無法停止這種解脫感。我是最後到的人，在哈瑞進去盥洗室後才抵達，但是在發現他的屍體之前。所以我今天甚至都還沒見到他。老實說，我幾乎已經忘記他的長相了。」

「所以妳沒看見屍體囉？」

「噢天啊，沒有。我承受不了。」

「能否請問，發現屍體前妳有聽見任何聲音嗎？」

「當然有，」溫蒂說，「砸破玻璃的聲音，很大聲。不過我想應該只有我聽見，因為其他人都沒反應。話說回來，他們都站在窗邊，所以或許以為那是外面傳來的聲音。」

「他們都在窗邊嗎？」

「沒錯。因為沒看見哈瑞，我一度以為我弄錯包廂。我站在門口，他們則看著窗外的某個東西，應該是那場火吧，所以沒人看見我，我還在想是該敲門還是直接離開，就是在這個時候聽見玻璃砸破的聲音。從我站的位置，我聽得出來是來自盥洗室。無論如何，那個名叫葛瑞夫的男人一定感覺到了什麼，因為他當時轉過身來，我告訴他我在找哈瑞，他便邀請我進來。他們因此討論起哈瑞怎麼消失那麼久、他去哪了之類的。之後不過一分鐘他們便把門拆了。」

「當時他們四個都在窗邊嗎？」

溫蒂四處看了看。「對，我想他們都在。」

又過了十五分鐘，還是不見警察人影。溫蒂一開始時帶給海倫的安適感已經消逝，剛剛那幾分鐘，尷尬的停頓在她們之間伸展，有如在火前盡情享受溫暖的貓咪——兩名對話中的內向者不可避免都會遭遇的熱力消逝。

溫蒂似乎冒出一個想法，她起身，用甜美、莊嚴的聲音說：「我需要用盥洗室，可以嗎？」

海倫吃了一驚，竟然有同齡人用對待老師的方式對待她。「當然可以，」她結結巴巴地說，「請用。」

溫蒂的笑容歪斜。「好，那我該下樓用樓下的，還是湊合用男士盥洗室？」

海倫轉身看著旁邊牆上那扇單調的門，門後有具屍體，門中央釘著一個「M」字。「女廁在哪？」

「這是女廁，」溫蒂說，「男廁在走廊。」

海倫再看一次，發現這個M並不十分垂直，只靠一根釘子鬆鬆釘在中央。她伸手輕鬆轉動，將M轉為完美的大寫W。根據木頭上斑駁的痕跡，顯然這才是字母正常的角度。哈瑞．川納在女廁內遭殺害。

溫蒂還站在那兒。「請用男士的吧。」海倫說。溫蒂向她道謝後便離開。

女廁，海倫暗忖，想法在她腦中打轉。

那是葛瑞夫置入她腦中的畫面——有人爬上隔壁屋頂埋伏了幾個小時，因為哈瑞終究會上廁所。這個說法原本只是看似有些荒謬，但若他是在女士盥洗室內被殺，那這說法就不可信了。他怎麼可能會用女廁？那只剩下兩個選項：有人擺弄標誌，或是他們用某種方法迫使他進去，而兩者都需要包廂內的某人涉入。

隨著海倫努力思考各種可能性，更多時間慢慢過去。她不知道自己能否記住她的所有想法和結論。她閉上眼，下巴擱在掌中。

「我們來跟妳喝一杯吧。」葛瑞夫在她對面坐下。她的空酒杯是桌上唯一的物品，彷彿是必敗棋局中的孤單棋子。「我們不喜歡看見派對裡有人看起來這麼孤獨。這應該是個開心的場合才對，哈瑞會希望我們保持那種氣氛。」

史嘉莉站在他身後。她點頭贊同這個和善之舉，也在桌邊坐下。海倫覺得他們真是一對絕頂璧人。

「謝謝，你們真是太好心了。」

史嘉莉倒滿三個酒杯。「關於我們還要在這裡待多久，妳有收到任何新消息嗎？外面差不多算世界末日了吧。」

「沒有。」這問題令海倫感到困惑。「我一直沒離開這包廂。」

史嘉莉只以聳肩回應。

「妳從外地來的嗎？」葛瑞夫問。

「對，吉爾福德。你怎麼看出來的？」

「我總是看得出來。」他咧嘴而笑。「妳來這裡有何貴幹？」

「購物。事實上，那棟建築起火之前我就在裡面。」

他讚嘆地吹了聲口哨。「那真是倖免於難呢。」

「是啊。」她看見自己身陷燃燒的建築，那裡充斥著黑暗、布料般的煙，驚慌失措的孩子在她身旁奔跑。「非常幸運。」

史嘉莉雙肘架在桌上。「妳在吉爾福德是何方高就？」

「我是老師。」

「噢。」史嘉莉想了想。「那不太夠格扮演偵探囉？」

海倫喝了口酒，她醉了，而酒精帶給她非常收斂的魯莽衝動。「我其實有個理論，或許你們會感興趣。」

葛瑞夫一陣大笑，靠向椅背。他拍打桌面。「那就來吧，我們聽聽看。」

「嗯，」海倫說，「你稍早表示殺手在廁所窗外的屋頂上埋伏哈瑞。當時還不清楚的是，這其實是女廁。」她手指高立於他們身旁的那扇門：他們這張小桌的第四名賓客。「哈瑞受騙而使用女廁，而非男士盥洗室，這麼一來，包廂內必定有人涉案。」

「或許吧。」葛瑞夫說。

「但這讓我不禁思考，」海倫接著說，「如果包廂內有人涉案，或許可以考慮更簡潔的解答。若是殺手躲在廁所裡面的門後呢？哈瑞進去後，他們出乎意料俐落一擊。然後他們打破窗戶，移動碎片裝成從外面打破的樣子。他們又躲到門後，在裡面等到你們破門而入，再悶不吭聲加入其他人。誰會注意到？」

「對，」葛瑞夫說，「我想我打開門時會注意到。」

海倫輕蔑地喝一口酒。「當然，除非你是兇手的共犯。」她放下酒杯，露齒一笑。

葛瑞夫又是一陣大笑。

史嘉莉嘶聲說。「她真的在指控我們嗎？還是這只是某種詭異的玩笑？」

葛瑞夫轉向她。「噢，不是妳，親愛的。她知道妳永遠不會像那樣弄髒自己的手。」

「幼稚。」史嘉莉起身回到窗邊。

「很抱歉，她非常敏感。」葛瑞夫說。他一面笑，一面發顫，彷彿一輛地底火車在此刻通過餐廳下方。

他走開時還笑個不停。

海倫頭昏腦脹，這個夜晚愈拉愈長。她注視著那幾乎占據了整面牆的長窗戶——史嘉莉和葛瑞夫站在一端，安德魯和凡妮絲在另一端。海倫起身蹣跚走到中央。外面一片混亂，火勢此刻昂然無愧地肆虐，除了搖曳的黃色火焰，建築物內毫無動靜。街道濃煙密布，無車，與警察或消防隊無關的人也寥寥無幾。

我們被遺忘了嗎？海倫心想，突然滿心恐懼。我們被困在這個餐廳的頂樓了嗎？她右方傳來劇烈咳嗽聲。凡妮莎彎下腰，一手撐在窗臺上。「我妹妹對煙很敏感。」安德魯．卡特不滿地說。或許她就不該站在窗邊，海倫暗忖，但沒說話。「繼續把我們關在這裡也太野蠻了。」

海倫朝他們走去。「你們有看見火裡有任何東西嗎？或是任何人影？」這是挖苦嗎？或只是酒精？

「沒有。」凡妮莎在咳嗽間嗚咽。「但如果對這是惡魔的作為有絲毫懷疑——」她指著排放在對面人行道上的一排屍體，「有人墜樓、有人燒死。我想不會有比這更明確的訊息了。」

海倫不認同。她對著火焰瞇起眼，想看出某個東西的輪廓，真的任何東西都好，但只是弄得眼睛酸澀。

她正打算追問，下方突然傳來響亮的嘎嘎聲。凡妮莎嚇得跳起，彷彿有隻驚慌的鳥兒飛進了包廂。海倫凝視濃煙，想找出聲音的來源。有兩名僕役在路上行走，懷裡滿滿抱著裝有異國鳥類的籠子，有各種鸚鵡，甚至還有一板條箱的活鵪鶉。他們身後，第三名僕役用鍊條遛著一頭豹。一名古怪男子的動物園正從附近的一幢屋子疏散。火災導致各種崩潰，而這場疏散是一個工整的縮影。

海倫看著他們列隊從街道走過，納悶著他們要上哪去。「看起來確實像世界末日。」她說，主要是自言自語。接著她察覺身後的包廂有動靜，反射在窗戶上。

溫蒂穿的特殊綠色洋裝離開她原本站的位置，謹慎地打了個轉，快速朝通往樓下的門前進。門開啟，洋裝消失。

海倫對這大膽行徑眨了眨眼，轉身追了上去。

她在外面的走廊找到溫蒂，她才走到第二階。

「溫蒂。」她轉身。「妳要去哪？」

離去的女人聳肩。「噢，海倫，原本要跟妳說的，我得趕火車。我覺得我在這裡已經沒有其他用處了。」

「但我們不能離開。」

溫蒂不安地動了動，語氣中有一絲乞求。「這些人我一個也不認識，連哈瑞都稱不上熟。無論如何，他在我到之前就被殺了啊。」

「但妳跟他訂婚了，妳是關鍵證人。」

「我不想粗魯無禮，海倫，但妳只是個老師。別要求我還就妳當偵探的妄想。」

海倫因這名原本有禮的女子竟說出這樣的話而臉上一紅。「餐廳經理不會讓妳離開的。」

「對，但我希望他不會注意到。」

「我會告訴他。」

溫蒂不耐煩地嘆氣。「對，我想也是。」她回頭走向海倫，挫敗地拔下訂婚戒指。戒指像溶化中雪人身上的圍巾那樣滑落。「如果我非得留下，那我不妨告訴妳實情。」溫蒂將戒指交給她檢視。「我跟朋友借的，所以尺寸才會大那麼多。」

海倫低頭注視那個簡單的銀圈，上面有好幾處刮痕。「妳不是真的訂婚了？」

「我真的是個演員，來自曼徹斯特，這也是真的。哈瑞真的是為一場戲到那裡時與我相識，但並沒有什麼戀情，一切公事公辦。有人要求我今天到這裡來，在眾目睽睽之下扮演他的未婚妻。」

「誰要求？」

「當然是哈瑞。他寫信給我，說有人在糾纏他，另一個女人，有點太執著，甚至有點嚇到他。他覺得如果我來這場派對、我們假裝正計畫結婚，這樣會對她送出一個訊息。一旦她轉移目標，他再悄悄取消訂婚。我承認並不是最討喜的計謀，但坦白說，我需要這份工作。」

海倫被激起好奇心。「妳不知道那位神秘女子的名字？」

溫蒂搖頭。「哈瑞沒告訴我。」

「但我不懂。妳騙了我，為什麼？他被殺之後妳為什麼要繼續演戲？」

「我想看看妳的反應。聽著，不是只有妳能扮偵探。妳一被領入包廂，我就在想會不會是妳。那個糾纏他的人。」

「另一個女人？」海倫因為其中的不可能性而大笑。「但我沒見過哈瑞啊。」

「嗯，妳突然出現，而且表現得很緊張。我現在知道我弄錯了。」她緩緩走到海倫身旁牽起她的雙手，共謀般地說：「這些人都不知道我的本名，妳能不能讓我在警察到來之前溜走？我們兩個都會省下很多麻煩。」

「我無法因為妳想離開而責怪妳，但我們必須聽令行事。」

兩個女人回到包廂，裡面的人短暫一瞥後又回到各自益發緊繃的談話中。海倫回到她在廁所門旁的桌邊坐下，而溫蒂似乎有些羞愧，自己在另一桌就坐。現在包廂內幾乎寂靜無聲，每個人都在等待某事發生。

而確實有事發生。門打開，外面傳來嘹喨的說話聲：「這派對比白金漢宮還難進入。」

一名文雅、精力充沛的年輕男子，年近三十，俊美無儔，他從走廊走入，迎接他的是滿室震驚的沉默。他解開脖子上的圍巾，和帽子一起掛在門後的衣帽架上。「外面煙冒得像我奶奶抽菸一樣，真該挖出叔叔的舊防毒面具。但下面的人似乎無法決定這派對是否取消，所以我推論他們一定沒有全盤托出。我得等到他們全部忙著端湯才能溜上來。」

帽子掛上架上後，露出他的一頭閃耀黑髮，他轉身面對所有人。「好啦，壽星在哪？」葛瑞夫往前一步。「詹姆士，現在真不是時候，你該聽樓下那些傢伙的才對。」

「胡扯。」詹姆士幫自己倒一杯酒，酒瓶放在海倫桌上。「永遠沒有無藥可救的社交場合：如果我不相信這句話，我就不會這麼多話了。」

海倫注意到安德魯翻了翻白眼，回到窗邊。

「詹姆士，有件事得告訴你，」葛瑞夫又開口，「私下說。」

兩個男人走到包廂角落，但就跟煙味一樣明顯，所有人都聽得見詹姆士說話。「哈瑞死了？我的天！」他轉身面對其他人並舉杯。「欸，敬不在的朋友。」反應冷淡，詹姆士喝乾自己的酒。「好吧，怎麼發生的？」

葛瑞夫低聲說：「他被謀殺。」

「你說謀殺？應該不是朗達下的手吧？」

「朗達？誰是朗達？」

「朗達，哈瑞最新的戀人。頗年輕的小東西，大概十九歲吧。據我所知占有慾變得有點太強烈。」他輕拍額頭。「滿腦子結婚。」

安德魯・卡特意有所指地看著妹妹。「但朗達是凡妮莎的藝名……」

海倫將紅酒瓶推落地，打斷了這段對話。酒瓶發出震耳欲聾的撞擊聲，留下和廁所那灘血不能說不像的汙漬——它們都是少量血和玻璃碎片。所有人轉身看著她。詹姆士也終於靜下來，驚訝地扭過頭。如果有誰懷疑她不是故意將酒瓶推落地，也都在她用指尖將酒杯也輕輕推下桌邊之後打消念頭。她坐在碎玻璃島中。

「我相信我們還沒見過。」詹姆士走向她並伸出手。「我是詹姆士。」

海倫注視著他。「我見過你，詹姆士。」

他有些吃驚。「或許是哪一齣戲？」

「你當然可以這麼說。」她轉向其他人。「我見過你們所有人，我認得你們，認得你們所有人，也認得這整個情況。這包廂裡最安靜的人遭其他人掠食。」她回身面對詹姆士。「他們不是說，不該讓觀眾看著你準備上臺嗎？一旦看過演員在劇院外抽菸、拌嘴、踢道具，幻象就毀了。」

海倫喝醉了。詹姆士看看其他人，不知道該怎麼接續下去。

「很抱歉，我不懂妳是什麼意思。」

「比所有人都晚到之後，你至少該假裝不知道衣帽架在哪，畢竟它在門後頗隱密的位置。」

他看似受辱，但也因有明確的指控能否認而鬆一口氣。「嗯，我來過這家餐廳。」說出腦中冒出的第一個想法，海倫暗忖，所有人說謊時都會退回童年。他跟一個聲稱小鳥將違禁品從打開的窗戶丟進房間的小女孩沒兩樣。

「沒錯。」海倫說。「我們剛剛目擊的進場，其實是你的再次上場。你稍早來過。」詹姆士坐立不安，他被這指控孤立，其他人都聚集到海倫桌邊，但碎玻璃讓他們無法靠近。他們大致形成一個半圓後——連溫蒂都在好奇心驅使之下靠過來。海倫一一注視著他們。葛瑞夫開口：「妳想說什麼？」

「我知道你們所有人的身分。」海倫的頭靠著牆，努力保持清醒，自知驅使她說話的是酒精。「我看見六個外向者。你們全部，甚至連害羞的那些也是。」她看著溫蒂。「六個人，自以為能單靠更強而有力地說話而操弄比他們含蓄的人。」

「她喝醉了。」凡妮莎說。

「有一點，但並不影響我的判斷力。妳還是不要低估我對這場面有多了解比較明智。這經常在銷售員身上看到。他們一發現他們在對安靜、好沉思的人說話，眼睛便亮了起來，覺得能夠代替你下決定，彷彿不傾向說出意見等同沒有能力擁有意見。」海倫有片刻的自我懷疑：她為什麼不把這番話留到跟警察配著一杯茶更愜意談話時再說？「所以我整個晚上耐心聆聽著你們的謊言，感覺就像在學校裡度過一個下午。但你們的計畫本身已不合情理，有個部分更是草率至極：你們都沒人想過，在被要求上來這裡看守之前，我就在這家餐廳裡坐了差不多一小時，而且離門頗近嗎？」

太陽漸漸落下，窗戶幾乎被煙染黑，包廂內隨之轉暗。她正對著一團剪影說話。

「謀殺發生時，我一定坐在那兒喝湯吧。我想你們所有人到達時我應該也坐在那。當然，我並沒有太關注，但我不會漏看一名衣著講究的成年男子抱著另一人進入擁擠餐廳的畫面。」

包廂內充斥喘氣聲，半圓後方有人摔落酒杯。

她對詹姆士說：「你如果不是像剛剛那樣戲劇化登場，我或許還不會想起這件事，但我就是想起來了，因此我可以接起線頭。我今晚稍早看見的是你攙扶哈瑞進入餐廳，那男人喝得太醉，幾乎完全沒辦法走。我只看見他後腦杓，當然是原本、未受損害的狀態，但我確定是他沒錯。他的體型、他的鬍子、他的鬢角，還有他那獨樹一幟的黑西裝。另一方面，我倒是毫無疑問就認出你。」

「沒錯，」凡妮莎說，「我們到的時候哈瑞醉得非常嚴重。我們猜他整天都在喝酒。」她哥哥點頭。「沒錯，他活像個死人。」

葛瑞夫往前一步，嘎吱踩上碎玻璃。「只要認識哈瑞，就不會因為他在自己生日這天六點就醉得一塌糊塗而感到意外。我看不出這會造成任何不同。」

「你們都一直在騙我。」海倫尖銳地說。「我今天聽了好幾個故事，從惡魔犬到狂熱的女人，但都說明不了哈瑞被送到此處時根本醉得連站都站不直的事實。我看出是怎麼回事了。我今晚剛走進這個包廂時，你們都很驚訝。你們原本預期來的是警察，沒想到卻是我，然後你們之中有人看出有機可乘。你們覺得只要每個人都跟我說一個故事，而每個故事都不相同，等到我對警察說話時，我就會陷入混亂。我會重述你們所有人的謊言，把所有事弄得一團亂。我只是一個把犯罪現場變得更加混淆的方法，你們眼中的我就是這樣。為什麼呢？因為我不太有我自己的主張嗎？」

一陣令人不自在的沉默，彷彿包廂內裝滿了水。「有人對我說，」海倫接著說，「而且今晚還不只一次，說哈瑞有許多敵人。他的朋友竟如此堅稱，這也太怪了。除非你們不是他的朋友，你們就是他的敵人。」賓客們交換罪惡的眼神，接著六個人注視著自己的鞋子。「我不知道他對你們個別做了什麼，從你們描述他的方式看來，我想應該有些訂婚和拋棄的戲碼吧，不過我猜你們每一個人跟哈瑞都有些嫌隙。因此你們相聚分享牢騷，決定殺死他的話這世界會變得更加美好。於是你們安排這場派對，在哈瑞生日當天，你們全部都來假扮成他的朋友。想必他沒有多少真正的朋友會提出反對或安排其他活動。」

沒人說話。海倫站起來。

「事情是這樣發生的嗎？詹姆士大約午餐時間在某處遇見哈瑞，裝成像是偶遇，並提議去喝一杯酒。他是那種會讓所有人覺得自己受渴望的人，所以哈瑞欣然同意。」詹姆士臉色轉紅。「你讓哈瑞喝醉，再把他帶來這裡，而他無力反抗。其他人到來，接著準備好看似棘手的犯罪現場：只需要一個人將自己鎖在盥洗室內，讓其他人破門而入，而哈瑞從頭到尾都在包廂一角，或許在打盹。接著你們其中一人打破窗戶，將碎玻璃一片一片放在地板和窗臺，做出從窗外打破的樣子。接著，一旦你們的最後一位成員到來，行動隨即展開。他被扔進廁所，額頭靠膝撐坐著。你們其中一人找來一把榔頭，藏在男士西裝外套內應該可以輕鬆偷渡進來。簡單的榔頭，就像沾滿血、放在外面屋頂上的那把。你們六人輪流用這武器敲打酒醉哈瑞的後腦。六次放肆的攻擊。這可憐的男人幾乎一點頭骨也不剩了。還有呢？窗框碎玻璃上那道洩漏內情的血跡，我想只是煙霧彈吧，好讓現場看起來像兇手從窗戶逃出去。你們身上都沒有明顯傷口，但凡妮莎，妳的腳步有一點跛。妳是否脫下了鞋子，用小塊碎玻璃劃破妳的腳底？這是很不錯的誤導。然後是詹姆士，你一定帶著所有其他證據溜出餐廳了吧。是什麼呢？或許是染血的布？」

詹姆士一臉淒苦。「沾到嘔吐物的桌巾。」他不帶希望地長長嘆了一口氣。「我跑進起火的大樓，把桌巾丟進火裡，再像個英雄一樣跑出來，然後回家換衣服。」

六名賓客靜靜站立，海倫一一注視他們。「然後你們把這晚剩下的時間都用來對我說故事，跟實情八竿子打不著的故事。」

門上傳來巨響，接著嘎吱打開。餐廳經理的頭探了進來。海倫一直覺得他會在最後一幕回來。他那小鬼般的臉上一抹露齒笑。「很抱歉打擾您，女士，但我們被告知必須立刻疏散這棟大樓。」

他消失，海倫轉身面對她指控的人。他們盯著她，詹姆士用一陣大笑打破沉默。「好啦，我們都聽見那男人說的了。看來我們可以自由離開。」

包廂內放鬆下來。安德魯拿起外套，詹姆士拿起帽子，凡妮莎仔細地打量了自己的黑鞋一番，彷彿在思考該怎麼讓這雙鞋變得更舒服，接著所有人走向門。

「妳或許會發現，」史嘉莉經過時這麼說道，「我們離開包廂後，妳的故事就沒那麼可信了。」其他人魚貫從她身邊走過。

「別太擔心。」葛瑞夫說。「哈瑞真的是一個很糟的人，我們幫了這世界一個忙。」

他離開，只剩海倫一個人了。

安德魯剛剛打開了窗戶，算是一個小小的破壞行徑，煙此刻從窗戶湧入。一個合適的隱喻，海倫心想。接著她便起身，穿上大衣後離開。她下樓走出門的過程中，餐廳異樣地空蕩蕩。

她沿街道前進，一面看著燃燒的大樓。真恐怖：距離這麼近的地方發生這樣令人厭惡的事，誰還有空理會廁所裡的單純屍體？然而，儘管這場火災分岔出諸多混亂，但火災本身基本上是神的作為，謀殺卻是經過冷血的計畫與執行。這兩個事件看似涵蓋所有罪惡，彷彿這條單純的西倫敦街道是主日學校所展示的仿真模型。她凝望大火，感覺那高溫將她洗淨。

8 第四場對話

「這兩個事件看似涵蓋所有罪惡，彷彿這條單純的西倫敦街道是主日學校所展示的仿真模型。她凝望大火，感覺那高溫將她洗淨。」茱莉亞．哈特結束閱讀，幫自己倒第二杯咖啡。

格蘭在桌面輕敲兩下。「好，」他昏昏欲睡地說，「妳覺得這一個怎麼樣？」

「每個人都是兇手，」她右手拿杯子，左手一頁頁翻過手稿，「天啟式的故事，發生在天啟式的場景。我喜歡。」

「這是所有嫌疑犯最後都有罪的例子。」

茱莉亞點頭。「這點子之前有人用過。」

「用得太有名了。」格蘭打呵欠。「不過這仍然是偵探小說中的排列。定義有考量進去，所以不能置之不理。」

「我必須說，我沒料到是這種結局。」

「很好。」他充血的雙眼注視著她。「偵探小說總是過度使用說謊。但若所有嫌疑犯都有罪，那他們要說什麼謊都可以。有恃無恐。」

「我剛開始讀的時候以為犯罪的是海倫。她似乎，」茱莉亞思考該用哪個詞，「焦躁不安。」

「又是偵探兼兇手嗎？」格蘭搖頭。「同樣的結局用兩次是廉價的手法。」

「但並沒有違反規則。」茱莉亞微笑。

他們在一張未加工的木桌對坐，中間放著一大壺水，兩顆對切去皮的檸檬在水面律動地載浮載沉，旁邊有裝在玻璃罐內的濃黑咖啡。桌子的另一端是一扇灑落點點雨珠的窗。

這是茱莉亞待在島上的第二個整日。那天早晨，她被雨聲吵醒，稍微有點宿醉。她半跑半走趕到格蘭的小屋。她到的時候格蘭站在外面吃梨子，他看著雨滴飄落大海，表情抑鬱。「我不知道妳會不會來。」他的白襯衫濕透了。

「我們有工作要做。」茱莉亞走近他身邊。「你覺得還好嗎？」

他缺乏熱情地微笑，將梨子的白色果核丟入岸邊的卵石間。「沒睡好。」

茱莉亞自己也幾乎沒睡，但她什麼也沒說。她決定要耐著性子對他。「希望昨天沒讓你太累。」

他一言不發地帶她入內，兩人一起在廚房躲避風雨。「我該來煮點咖啡。」

茱莉亞看著他，不確定是否該幫忙。茶壺放上爐子，格蘭也在水罐裝滿水，這時她開口：「很抱歉我昨晚太放肆。我想是酒精衝腦了。」

格蘭正在切要放進水裡的檸檬。「沒事。」他眺望窗外。茱莉亞在玻璃上瞥見他的臉，看起來並不像沒事。

「對不起，我太無禮了。我不會再問任何私人問題。」

格蘭壓得太用力，檸檬浮起的果肉在他刀下爆開，一滴檸檬汁落在茱莉亞的手腕。她決定改變話題。「我要不要趁你準備飲料的時候開始朗讀下一個故事？」

格蘭轉身對她點頭。

她讀完時雨還沒停，但已轉為毛毛雨。

「我比較習慣這樣的天氣，」她說，「昨天感覺像是我帶著太陽到處走，就像我後腦的一個彈孔。真不知道你怎麼能每天忍受。」

「隨著時間過去，就變得不像彈孔那麼沒人味了。可能像腫瘤吧。」格蘭自顧自輕笑。「妳終究會習慣。我應該先警告妳，太陽多半下午就回來。」

「那我應該趁雨還沒停好好享受。」茱莉亞從包裡拿出用毛巾包住的筆記本。雨水沒有滲進去。「昨天，」她提醒他，「你列出謀殺謎案必須包含的前三個要素。」

「對。兩個以上的嫌疑犯，一個以上的被害人，可有可無的一或多個偵探。」

「第四個要素一定是兇手囉？」

喝下第一杯咖啡後，格蘭的心情明顯好轉，這會兒又咧開嘴笑了。「沒錯，這個故事巧妙地呈現出來了。一個兇手，或是多名兇手，該為被害人之死負起責任的人。少了這個要素，當然就稱不上謀殺謎案了。」

「可以肯定絕對不是非常好的謀殺謎案。」她記下筆記。「至少有一個兇手嗎？」

「對，至少一個。如果死亡是因為意外，或是出自被害人自己之手，責任就歸咎於被害人，並將他們視為兇手。因此我用**兇手**這個詞，而非**謀殺者**。這樣似乎能涵蓋更多案例。」

「蓄意雙關。」茱莉亞又啜一口咖啡。「根據這個故事，兇手應該沒有人數上限囉？」

「沒有。唯一的條件是，兇手或兇手群必須來自嫌疑犯群。數學上我們稱之為**子集合**，並說兇手必須是嫌疑犯的子集合，我們稍後再回來談這部分。意思是，最後所有經揭露為兇手的人原本都必須是嫌疑犯。」

「讀者才能試著自己找出答案，這看似是這個類型的決定性特徵？」

格蘭點頭。「但除此之外，我們沒有為兇手或兇手群設下其他限制。所以我們也已經看到，被害人，甚至偵探，都可以和兇手群重疊。我們也看過嫌疑犯中只有一人是兇手的例子，當然也可以想像其中兩人是兇手的情形。這故事談到數學上的極限情況，也就是所有嫌疑犯都是兇手。」

茱莉亞將筆拿到雙唇間。「還有一件事。」她不慌不忙地一邊思考一邊說：「我同意兇手或兇手群首先也必須是嫌疑犯不算不合理，但除非讀者知道誰是嫌疑犯，否則不就無關緊要了嗎？舉例來說，故事的敘述者說不定最後就是兇手，但可能從頭到尾沒人想到這個敘述者是嫌疑犯。」

「好問題，只不過這會把我們帶離數學的領域。我唯一的答案是每一個角色都應該被視為嫌疑犯，除非作者很明顯沒有打算將他們視為嫌疑犯。調查百年歷史犯罪活動的現代偵探不該被視為嫌疑犯。」

茱莉亞記錄下來。「只要讀者可以接受某個人是兇手，多少就該視這個人為嫌疑犯？」

「沒錯。」格蘭眺望窗外。「我想雨停了。」

透過灰濛濛的玻璃，她可以看見海和山丘，兩者之間，地平線的兩隻手如雜耍般拋接著太陽和月亮，手掌朝上期盼地等待。上方的天空烏雲密布。

「等等，」格蘭說，「我清一下咖啡渣。」他拿起桌上的大咖啡杯，走到外面朝雜草叢倒。

茱莉亞左顧右看。

一只銀色菸盒放在窗臺上，在這家具簡單的房間裡顯得格格不入。茱莉亞拿起菸盒朝內看。空的，但蓋子內側刻有一行字：「致法蘭西斯．嘉納，於你的畢業典禮。」茱莉亞皺眉，將菸盒放回原位。

格蘭回來，在她對面坐下。「好了，剛剛說到哪？」

她想問他法蘭西斯．嘉納是誰，但經過昨晚後，她有點擔心他的反應。「我不知道你抽菸。」

格蘭大笑，納悶著她是透過窗戶看見了什麼，怎麼會有如此嚴重誤解。「事實上我不抽。」

「但那不是菸盒嗎？」

他朝那個扁平的銀色容器轉身，他忘了這東西在這，而她瞥見驚慌在他臉上一閃而過。「我以前當然抽，還年輕的時候。不過這盒子空很長一段時間了。」

她點頭，拿起筆。「所以定義結束囉？」

「對。」格蘭微笑，靜下心來。「那些是四個要素，我們可以等稍微清醒一點時再來看細節。」

「還有偵探小說中的排列，它們包含要素重疊的不同例子嗎？所以我們有偵探也是兇手的例子，諸如此類？」

「沒錯。定義非常簡單，所以結構變異相對來說很少，重疊的要素算一部分，不同規模的族群也算一部分。然後還有這個例子，兇手群等同嫌疑犯群。」

手稿在茱莉亞身旁的長椅上，她拿起來翻閱。「你有沒有注意到，剛剛那個故事裡有幾個地方用了**黑**這個字，而其實本意應該是**白**？」

他揚起一邊眉。「沒有，我沒發現。」

「例如有一個地方講到**黑酒**。」她找到另一個她在幾個字底下畫線的段落。「還有一段描述溫暖的一天卻有**縷縷黑雲**。」

「所以又是蓄意的矛盾囉？」

她繼續搜尋書頁。「還有散發**磷光**的黑狗、**獨樹一幟的黑西裝**，還有毛色**因煙灰而變黑**的黑貓，在描述中都顯得格格不入，但若將黑換為白，就完全合適。你能否解釋呢？」

「不比妳能。」

茱莉亞看似憂愁。「有四個了，到這個地步，我想我們可以說出普遍性的規則。你寫這些故事時都加入某些一點道理也沒有的內容。一個小細節、矛盾之處。感覺它們或許能夠全部彼此結合，構成某種謎題，貫穿七個故事。你覺得有可能嗎？」

格蘭皺眉。「我寫這些故事是超過二十五年前的事了，我幾乎已經徹底遺忘那一段人生。不過我跟妳保證，這些都只是玩笑而已，沒有待解的謎題，有的話我應該會記得。」

「對，我想也是。」茱莉亞劃掉筆記本中的一個條目。

格蘭揉眼睛。「我昨晚做了個惡夢。夢見我們出版這本書，結果大量記者侵襲小島。夢醒之後我就睡不著了。」

「真不好意思，我擾亂了你的日常。你這裡常有訪客嗎？」

「其實少得很，不過我喜歡這樣。」

「有個人可以用英語交談一定是不錯的改變。」

「這裡有些人英語說得非常好。」

「我想他們應該都不是英國人吧？」

「那倒是。」格蘭點頭。「從那個角度來說，妳很新奇，而且聽見跟自己相似的口音總是很親切。告訴我，」他往前橫過桌面握住她的手。「妳覺得《白色謀殺》會大賣嗎？」

茱莉亞悠長地深吸一口氣，表情難以解讀。「很難說，這跟我們出版過的其他書截然不同。」

「妳的老闆怎麼想？他願意大老遠派妳來，一定是覺得這本書有潛力囉？」

「維特是個富裕的人，又對犯罪小說懷抱熱情。他創立血型是因為愛，而非錢。但我們可以預期這本書建立起自己的讀者群。它真的很特別。」

「希望如此。」格蘭說。「這樣說讓我覺得很痛苦，但我幾乎破產了。」他拿起咖啡杯。「妳常常到國外出差嗎？」

「不曾。」茱莉亞說。「但是我特別想見你。」她看似正要說更多，但格蘭起身，把他的杯子拿到水槽。

「真是受寵若驚。」他說。

茱莉亞掃視昏暗的廚房。這裡維護得很差，到處都有灰塵。「希望你不介意我這麼問，但你怎麼有辦法在這麼偏僻的地方生活？你有工作嗎？」

格蘭嘆氣，搖了搖頭。「家族的錢。我祖父有幾家工廠，雖然生意不如從前，但我叔叔還是每個月寄零用錢給我。」

茱莉亞放下手稿，按摩寫字的那隻手。「當然。」她再次眺望窗外。「如果雨停了，或許我們該把握機會出去透透氣？」

9 藍珍珠島上的麻煩

莎拉的父親正在樓上的房間裡死去，她站在門口看著他。他的頭在床單上擺動，看起來一會兒嚇人，一會兒痛苦，一會兒困惑，彷彿她正看著一名泳者在水面掙扎，而未知的恐怖事物正從水底攻擊他。

「莎拉，」她為他送上一碗湯時，他低啞地說，「我的小天才。」

她把大部分的時間都用在整理花園，等待這一切過去。天黑後，她在樓下的各個房間裡漫步，努力忘掉他。她透過郵寄的方式假裝成男人跟人下西洋棋。那天早上，在她的第三場勝利後，她上樓，發現父親死了。

一個月後，她發現他欠了一大筆債，一切很快便化為烏有，包括房子、家具和生意——她在二十五歲陷入赤貧。

她花了一個下午窩在一家冰冷餐廳的角落申請家庭教師的職位，身上還穿著喪服，有如一抹黑色幽靈。除了協助父親，她不曾工作過。「一切都會和簡．愛一模一樣。」她對自己說。

她的申請無懈可擊：她能說四種語言、會彈鋼琴，也懂數學、歷史和英文文法。但將申請書投入郵筒時她還是感到害怕。

兩週後，她在一個貼著鑽石紋壁紙的房間與未來雇主見面。他為這天特地來鎮上。「這不是面試，」他帶著一張紙、一枝筆坐下，「只是友善的談談。」

她鞠躬，想表現得順從。

「我先前是軍人，」老上校開始說話，「現在退休了。我只有這麼一個女兒，妻子沒跟我們在一起了。」他是那種只有同時做其他事時才能自在說話的男人。他拿下眼鏡用袖子擦了起來。「我的名字是查爾斯。」

「莎拉。」她低頭。

他在午餐後到來，會面的整個過程中都在挑一塊卡在牙縫裡的食物，不太認真地試圖維持謹慎，彷彿他的小鬍子能發揮簾幕的功能。「如果妳來和我們住在一起，我希望能把妳當成這個家的一分子。亨麗耶塔她，」他謹慎斟酌用詞，「想要一個同伴。」

她又鞠躬。

他們談完後，他驚恐地抬頭看她。「我好像弄丟了我的眼鏡。」莎拉從桌上拿起眼鏡交給他；他剛剛把眼鏡放這兒了。

他住在一段荒涼海岸上一個小得不可思議的村子裡。她不曾住在城外，但不住城外就只能餓死。

她的所有物剛剛好放得進一個行李箱。

她乘車來到那棟位於林蔭小路最末端的房子。查爾斯幫她把行李提進屋，接著帶她認識住處。樹木遮蔽了大部分光線，屋裡又小又暗。但這是他童年的家，他熱切地在一個個房間之間打轉，沒注意到她比他高，她得屈起身子，每一步，天花板都像迫近的拳頭。

她的房間鋪著棕色地毯，有一張書桌和一個單人床。她站在窗戶旁時感覺到一股寒意，但窗外景色令人屏息。窄花園的另一邊是雜草蔓生的懸崖頂，再過去便是突兀相接的致命大海，如大理石般閃閃發光。

剛開始的幾週，女兒亨麗耶塔在莎拉身旁總是顯得靦腆，但不曾缺課。她們上午上課三小時，下午兩小時，「附近沒有學校」——查爾斯曾在一個木馬圖樣壁紙的房間裡這麼說。她快十三歲，不過擁有超齡的知識，而且明顯非常聰慧。她跟她父親毫無相似之處，有一雙綠眼和銅色肌膚。莎拉懷疑她是否真是他的孩子。她的母親在她很小的時候因瘧疾而過世。

莎拉對孩子一無所知，總是用對待成人的方式和她說話。亨麗耶塔茂盛成長，兩個女人很快便成為朋友。

查爾斯大部分時間都在撰寫厚鼓鼓的回憶錄，內容是他在印度的那些時光。這工作案牘勞形，使得他在冬天時染上不知名疾病。莎拉像照顧她父親那樣照顧他，親自送湯到他位於頂樓的冰冷房間。

他發起燒。最嚴重的時候，他只說得清一件事，在莎拉為他送水時拉著她的手：「如果我死了，請照顧亨麗耶塔。」當他的意識只剩下一陣耳語，他主要關切的竟是這件事，這令她感到驚訝。她很少看見他們同處一個房間，開始覺得這對父女是兩個不相關的個體。亨麗耶塔的反應也令她驚訝。她幾乎無語，晚餐桌上，莎拉坐在她對面，她不停顫抖。

耶誕節前幾天，查爾斯的命運有所轉變。他喝下一整碗湯，坐起來宣告自己已恢復健康。當時莎拉在他身旁。他為她的慈善以及在他生病時的熱忱照顧而感謝她，接著，尚未修面也還穿著睡衣的他向她求婚，彷彿是一份送給她的禮物。

「很抱歉，」她咕噥，「我不覺得這行得通。」

查爾斯看似一時受到打擊，接著溫和地低下頭。「我了解。」

第二次求婚轉為迂迴，在幾週後到來，當時他服儀完好，一派鎮定。這次藏在謙卑之中。「莎拉，我必須為我幾週前的輕率道歉。我當時在發燒，頭腦還不清楚。給妳像那樣的壓力並不適當。」

她頓時感到鬆一口氣。

「然而，」他接著說，「我也必須告訴妳，我的情感本身並不是精神錯亂，而是真誠表露我的內心。」她放鬆的那口氣又糾纏成結。「我無法否認我對妳有某些感情。妳真的是一個出色的女人。」

他拿出懷錶擺弄了起來，撥動著指針，彷彿它們一點意義也沒有。

「讓我給妳一點時間消化我剛剛說的話。」他舔拭指尖，然後畫過懷錶汙跡斑斑的玻璃表面。「妳想花多少時間都沒問題。我只擔心有一天，妳待在這裡對我來說會變得太痛苦，像是未實現的承諾。這樣的話，另作安排對我們兩個來說或許會比較好，而妳則是另謀高就。」

她把這視為隱藏的威脅，而她沒什麼選擇。前雇主的惡言會毀了她的職業前景。他們在春季結婚，他漸漸花白的頭髮經整齊梳理，她的頭髮則往後以蝴蝶結束起。他亂七八糟地說出誓詞，而她一身灰藍，像隻鸚鵡肅穆地對他說出一樣的話。接受或赤貧，她暗忖。

夏日到來，莎拉和亨麗耶塔到夏屋上課。那是一棟木材與玻璃建成的低矮建築，位於花園的最高處，一覽無遺俯瞰大海。一架望遠鏡立於角落，這是亨麗耶塔的生日禮物。

六月一個安靜的早晨，莎拉走進夏屋，發現亨麗耶塔伏在望遠鏡下掃視海岸線。女孩聽見身後的門發出喀答聲，轉過身。「莎拉，來看啊。藍珍珠島上有麻煩了。」

莎拉來到她身旁。「妳看到什麼？」

「前門敞開，在風裡拍打著，一扇窗破了，草叢裡還有一堆衣服。」

藍珍珠島是一塊頑強的岩石，約莫在海外三百碼的位置，一圈剛好在水面下的尖銳黑岩環繞在外，因此小船幾乎不可能靠近。潮水夠高的時候到得了，一天只有兩次，但也得你知道穿過岩石的路徑。潮水退去後，落下的水篩過那些石牙，看起來有如沸騰，因此有些人稱這個島為地獄島，不過上校覺得這名字令人反感，因此總是以他童年時的名稱稱之：藍珍珠島。

二十年前，一位美國百萬富翁對這環境驚為天人，在島上建了一座房子。然而岩石毫不退讓，白牆屋的所有角落都略略歪掉，彷彿一顆融化的冰塊。這是個昂貴的愚行，後來便任其陷於不切實際之中而閒置多年。但一定在哪兒刊登了廣告，因為偶有人入住。有個夏天一名藝術家住了進去，在裡面創作一系列海洋畫；一個苦行的家庭撐了一年才離開；海軍一度把它當作某種訓練活動的基地，不過窗戶在大多數時間裡都是暗的。

「有船嗎？」

亨麗耶塔查看突堤碼頭，船隻通常綁在此處。「有一條切剩一半的繩索，沒船。」

「妳怎麼知道繩子被切斷了？」

「繩子綁在樁上，但長度又搆不到水面，除非被切斷，否則一點道理也沒有。」

莎拉撫摸女孩的頭髮。「妳說得對。事情可能很嚴重。其他可能都要歸咎於縱情酒色，但若唯一的船被切斷了繩索，代表有其他事發生。我可以看看嗎？」

幾天前看見那些訪客蒞臨，她就知道那棟屋子會有怪事發生。通常入住的都是追求孤寂、與大自然交流的人，不會是輕鬆閒聊的一大夥。她當時納悶會不會是某種秘密社團或政治團體，只是他們看起來兩者都不像，反倒看似某種社交聚會。

事情開始在週三，當時史達布斯夫婦準時抵達，準備在那晚渡海。一名當地漁夫與他們同行，帶他們認識水路，一隻黃狗跟在他腳邊。莎拉在外面利用最後的日光閱讀，坐在與林蔭道相鄰的花園一張椅子上；這條小路通往山丘，末端有一小塊沙地，許多人都將船停在這兒。她當時和他們打招呼，因為這麼晚還有人經過是相當罕見的景象。他們停步，並對她家美言了幾句。

「真是個了不起的地方。」史達布斯先生說。

「你們要去島上嗎？」莎拉問。

漁夫在他們身後不耐地跳動，狗兒在他腿間打轉，史達布斯先生則解釋他們此行目的。夫妻兩人都在服勤中，被要求提早到來，準備迎接同週五即將來此的一大群人。他們不能說是誰要來或他們的雇主是誰，但總之是個非常重要的場合。「希望回程時還能見到妳。」說完他們便繼續前行。

兩天後，賓客在一天中的不同時間抵達。他們成雙成對，緊抓著幾張黃色的紙，莎拉推測上面應該寫有指示。她那天大部分時間都待在外面整理花園，根據她的計算有八名賓客，男女老少皆有，看起來都頗為富裕。加上史達布斯夫婦共計十人，對這樣的小島來說算多的了。

有關他們的身分，她得到的唯一線索是一個名字。

「你怎麼認識這個人的，昂溫？」

兩個人經過時，其中一人這麼對另一人說。

「其實我並不認識。」另一人回道。

除此之外他們就沒有這場派對的其他消息了。前兩天下雨，莎拉、查爾斯和亨麗耶塔甚至連花園都沒去，屋內的視線則被杜鵑花遮蔽。然而這會兒，透過望遠鏡觀看，入住者似乎已被驚濤駭浪沖走。

莎拉在她丈夫的書房找到正與報紙和一瓶咖啡為伴的他。完成一半的回憶錄搖搖晃晃擱在桌邊，朝下方的地板投下一道長長的影子。

「我們必須到藍珍珠島去。」她說。「島上的人有麻煩了。」

他看了看錶，然後是牆上的圖表。「早上的潮再兩小時就退了。什麼樣的麻煩？」

「說不準，但前門是開著的，屋裡看起來空無一人，至少有一扇窗破了。」

「說不定住在那裡的人已經離開？」

「他們的船被切斷繩索。」

查理看著她，彷彿她的思緒寫在玻璃上，既透明又脆弱。「莎拉，最親愛的，妳總是把人想得太好了，但他們多半只是開了場派對，把那地方弄得一團亂，接著便逃離他們應負的責任。」

「查爾斯，」她輕蔑地吐出悠長的一口氣，「沒人從破窗子逃走。」

「那妳以為呢？」

「他們可能死了，可能發生一場火災，什麼都有可能。有些衣服散落草地。」

亨麗耶塔出現在她身後的門邊。「他們之中可能有人病了，然後傳染給其他人。」

查爾斯起身，以一股罕見的精力將報紙啪地放下。「妳也來，亨麗耶塔？我可不吃這套。」他拉下臉。查爾斯夢想中的第二段婚姻，應該是像為他這方的棋盤取得另一枚棋子，然而他的新妻子不只在大多數爭執中擊敗他，甚至還鼓勵他女兒也這樣做。「衣服散落在草地上可能代表各種放蕩的行為。」上校的思緒轉為黑暗，他鬆開衣領。「若是發生什麼敗德的事，我們該派個當地人上去調查，沒有女人插手的餘地。」

「沒時間了。」莎拉說。「先去鎮上會錯過太多潮汐。查爾斯，我希望你能跟我一起去，但無論如何我現在就要去島上。亨麗耶塔自己待著也沒問題。」

他嘆氣，這輩子又一次被這女人將軍。「好吧，要去的話就快出發吧。」

「謝謝你。」

雖然這天晴朗平靜，他還是帶上左輪手槍和雨衣。他們替亨麗耶塔準備了一個三明治當午餐，還有一本書供她消遣，然後雙雙快步走到林蔭道盡頭的小沙灣，他們的小船和兩支槳收在此處。查爾斯將船拖入水，接著他們上船。

他在本地長大，也曾是個愛冒險的小男孩，他熟知穿過岩石的水路，甚至在這棟房子建好前就知道了，當時小島以孩童的遊戲來說還算安全。「妳覺得我們在島上會發現什麼？」他一面操雙槳一面說。

「紛亂。」莎拉獨坐船尾。「但是拜託，請讓我專心記水路。」查爾斯溫和地笑了，每次遇到她對獲取知識孜孜不倦，他總是會這樣笑。「以免我需要自己回來。」

在這段距離外，潛藏浪潮下的黑岩所營造的效果是在一片廣闊的海域遍灑一層白色泡沫，而他們的簡單小木船像是一把切過結婚蛋糕的刀子般，輕輕劃過。帶著青春期男孩不可靠的無畏，上校沒回頭，依靠在他們尾跡所見之物的導引往前駛。

偶爾，莎拉心想，他還是有些值得讚賞之處。

水路帶著他們來到小島從海岸看過去的右側，接著繞過後側在左側上岸。小島後側朝大海探出，照不到太陽，叢聚的岩石上升至驚人的高度，其中一部分遭截斷而劇烈陡降，形成某種懸崖，留下一面眺望大海、有如眼罩的平坦黑石牆。懸崖底部是一道幾碼長、延伸向海的沙波，坡度太陡，算不得海灘。

先發現的是注視前方的莎拉。那一塊灰色短沙地散布粗草與海藻，沙地上有兩具屍體：前傾呈現出展示的姿態。查爾斯回頭瞥了一眼，抹掉額頭的汗。他轉回頭看著莎拉，擠出一個明顯代表問號的表情。「他們死了，查爾斯。我們得快點。」他又划起槳。隨著他們靠近海灘，慢慢看清屍體屬於一個男人和一個女人，都扭成不可思議的角度，彷彿他們被某種駭人海獸撿起、泳衣般擰過後放在沙地上曬乾。

莎拉往前靠，她認得他們。「天啊，是史達布斯夫婦。他那麼友善，她似乎也很親切。」她在心臟附近畫十字。

上校這會兒站在小船中央，以他慣常的自信破壞船體平衡，手槍對天。「發生什麼事？他們被殺了嗎？」

「他們摔下來。」她說。「有可能是自殺或意外，也有可能是被殺害。」

「兩個都是？」他似乎感到困惑。

「看起來是那樣。」她沒對他說在她心中慢慢成形的畫面。在那畫面中，八名賓客醉醺醺地將他們的僕人拋下懸崖。

「那麼繼續前進就太瘋狂了，兇手可能還在島上。」

「房子看起來沒人。」

「今天早上？但兇手可能還在睡。」

莎拉知道有此可能，但事實上，她受這種危險所吸引。「證據可不是這樣說的。」

小船發出巨大的刮擦聲。上校立即坐下，雙槳朝他的下巴傾斜。小船漂開了。「岩石！在這裡逗留很危險，我們該繼續前進還是回頭？」

幾分鐘後，他們抵達小島唯一可上岸的地方，此時島上沒顯露任何生命跡象。上校揉捏疲憊的雙手，彷彿它們是以黏土打造，他抬頭注視位於草坡頂的房子。

「地獄島。」這三個字令他的妻子震驚，彷彿他剛剛說了髒話。

他上岸時示意她稍等，同時手槍舉在身前。接著他綁好船，轉向房子，朝後伸出手臂。她純粹為了讓他高興而握住他的手，然而這舉動最終變成他牽著她的手，而她聳立在他身旁，彷彿帶著小孩的母親。他皺眉調整眼鏡。

「親愛的，妳在這裡等。」

他試探地前進，一次一步。附近一塊草地傳來強烈的排泄物味道，她希望他能加快腳步。

來到斜坡頂時他叫喊出聲，更是出於噁心，而非恐懼或痛苦，接著一陣輕微、窒息般的作嘔。莎拉跑上前。他揮手要她退後，不停重複這個動作直到她站在他身旁，他從口袋拿出手帕摀住嘴。他正看著另一具屍體。一名趴臥的男子。

莎拉領悟是怎麼回事，開口道：「丟在草地上的那堆衣服。」

她的丈夫抬頭，確認只要知道往哪看，他們的夏屋確實在視線可及之處，可以直接看到這個點。

「亨麗耶塔。」莎拉納悶著這女孩此刻是否也在觀看。

上校站到屍體前。「我不想讓她看見這個，甚至連妳該不該看都不知道了。或許妳應該在船上等，我的水仙。那裡才安全。」

莎拉嬉鬧地看著他。「查爾斯，你連自己待在家裡都會迷路迷得一塌糊塗。除此之外，也沒理由認為船上會比較安全。」

他皺眉。「他的脖子有一圈鐵絲，這會不會是他的死因？」

「勒殺圈，綁在重物上，設計成重物掉落就收緊，附帶卡扣所以無法解開。痛苦的死亡。」她發抖。「而且是下流至極的陷阱，一般都用這種東西捕兔子。」

上校檢視屍體後頸處的卡扣，納悶著她是怎麼推論出整個機關。「走吧，」他說，「這景象太可怕了。」

她沒理他。「現在有三具屍體了。」

「妳覺得都是同個兇手？」

「有可能，不過手法截然不同。」

她不知道是不是其中一位賓客發瘋想殺死其他人，但剩下的人逃走了。或是他們全部反目成仇。

「不只一個兇手？令人不安的想法。」

「有這可能。」莎拉跪下仔細查看屍體。她回想起週五，當她從玫瑰花叢剪下乾燥花朵時，沿著小路經過她的那些臉孔。那些微笑、興奮的臉孔。他也在其中嗎？她相信是的。她能看見他身穿棕色西裝，和一名較年輕的男子同行，黃色說明書折入胸口口袋。他當時戴著眼鏡。提起昂溫的是那個比較年經的男人，坦承自己並不認識他的則是這一位。她起身。

「前兩天都在下雨，他的衣服卻是乾的。他才剛死。」

「有可能。」

查爾斯皺眉。「妳是說今天早上？」

房子的門在他們身後砰地關上。風勢慢慢增強，在島上吹起一陣細緻水沫，數千個微小水滴吹來，有如小魚。查爾斯舉著槍走近安靜、雪白的房子，如一抹柔軟灰色輪廓在鮮明黑門前站立片刻，接著門又被風吹開，他走入屋內。

「有人在嗎？我手上有槍。請現身。」

屋子恢復如一碗冷湯般，陷入不討喜的沉默。

莎拉跟著他進入主廳。這是個形狀尷尬的空間，挑高直達屋頂，地板鋪了黑白雙色瓷磚。一張供換鞋用的矮長凳放在門右側，此外沒有其他家具。對面一道木梯通往上層，一罐未開封的豆子放在最下面一階。

地板上有一道泥爪印，看來有個東西從打開的門進來，在地磚上繞著圈子走路。

查爾斯和莎拉四處查看這個空間，腳步聲迴盪。除了一扇擠在樓梯下的畸形小門，其他所有門都關著。小門頂部傾斜，使用簡單的磁扣而非門鎖。事實證明磁鐵對這裡的風來說太過無力，這會兒門正規律地來回擺動，彷彿房子正在呼吸。門內傳來類似老鼠奔跑的聲音。

查爾斯走到那扇門前，把槍管輕輕插入門縫，再用左腳將門推開。展示箱排放在門內昏暗無窗的房間裡，宛如一個迷你博物館。箱裡滿是時鐘，顏色各異、年代不一，有些具備精巧機械而有些簡單，其中許多仍滴答走動，而下方的地板上則整齊、恭敬地擺著一具頭部被覆蓋的人體。從衣物判斷，應該是女性。

莎拉跪下，掀開蒙面布。是一名看來年輕的中年女子，臉色發灰，但頭髮仍色彩豐厚。她身穿紅色開襟毛衣，裡面是白襯衫，血跡點點朝上方蔓延。她的眉頭悲傷地微微皺起，雙眼圓睜驚嚇，兩枚豪奢的綠耳飾擱在雙頰。莎拉記得她兩天前曾經過花園，因為她對那件紅毛衣印象深刻。當時她與一名較年長的男性同行，路途中雙方對某件事意見不合，忙著激昂爭執。

女人的屍體對這房間來說有點太長，因此被呈對角擺放，頭靠著一個角落。莎拉摸索她頸部，碰觸嘴角乾涸的血跡，撬開她的嘴。

查爾斯在外面的走廊看守，偶爾轉過來打量房間。「這些時鐘上的時間都不一樣，莎拉。妳覺得是某種密碼嗎？」

「我覺得時鐘只是裝飾品。」

他懷疑地哼了哼。「好吧。她怎麼死的？」

「我不太確定。內部的東西，她似乎吞下了什麼。」

他壓住嘔吐感，手背放到嘴前，手指愚蠢地垂掛臉旁，彷彿某種長觸鬚的海洋生物。

「來吧。」莎拉從他身旁走過。

「我們一定會發現他們十個全部都死了嗎？」

「或許吧。」她說。「不過更有可能是九個。」

快速吸一口氣。「第十個呢？」

「多半逃走或躲起來了。」

入口主廳兩扇最大的門通往挑高、寬敞的餐廳，天花板的角落湮沒在蛛網中。一側的窗戶朝屋頂往上延伸四分之三高的牆面，呈現出洶湧大海的壯闊景觀。他們一走進去便關上兩扇門，查爾斯用備用餐桌和一張椅子築起粗陋的路障。

餐廳本身一團混亂。餐桌擺上盛宴，曾經使用但不曾用完，用餐者甚至還沒吃到點心，一盤盤吃到一半的美食散落整張桌子，殘留的醬汁乾掉，形成灰撲撲、乾裂的新月形，彷彿因一場格外惱人的疾病而留下的瘡。查爾斯數了數，有八個位置，這就是所有人了，減掉兩名僕人。八張椅子都從桌邊拉開，有些整齊，有些歪斜，兩張翻倒。

「晚餐時爆發爭執。」查爾斯刮著桌巾上的一點血跡，也可能是醬汁。

「僕人一定出了什麼事，」莎拉說，「這團混亂才沒人收拾。」被丟下懸崖了，她心想。

她檢視一把刀和一根叉子。叉子少了一齒，原本的位置留下一個整齊的洞。她放下叉子，改拿起盤子。一張方形白卡藏在盤子下。

卡片一面印有一則短訊息，莎拉放聲讀出：「安娜貝兒・理查斯夫人，教師，被控於折磨幼童中獲得性滿足。」其中用詞令查爾斯一縮。背面沒印任何文字。

「我想時鐘房裡的應該是她。」莎拉說。

「妳怎麼知道？」

「因為兒童。他們兩天前經過時，她和另一個男人在討論兒童教育。我猜男士是醫師，而她聽起來像個老師。」

「看，這裡還有一張。」查爾斯舉起桌上的一只手提包，下面是染血的餐巾和一張乾淨的白卡。

他讀出印在上面的訊息：「安德魯・帕克，律師，被控殺害其家人。」他對著光舉起卡片，沒其他線索了。「會不會是外面那個中陷阱的男人？」

「不知道，有可能。」

查爾斯因這場面的殘酷而恍惚地站在那兒注視手中的那張卡片，同時間，莎拉又在桌下的地板上找到另外兩張。第一章印有：「理查．布蘭區，社會主義者，被控逼死一名年老男子。」另一張：「湯瑪士．濤森，酒精中毒患者，被控謀殺其妻。」

「一點道理也沒有。」查爾斯嘆著氣說。「謎團反而加深而已。」

莎拉搖頭。「這些卡片解釋了一切，這些人被帶來這裡受審。」

「但若他們是來受審，那他們為什麼要來？」

「我猜他們是被騙來的，被某個對正義有敗壞認知的人，或是某個需要復仇的人。」

查爾斯哼了哼。「代表這裡算是法庭囉？」

他一冒出這想法便震驚地瞪大眼。莎拉拍拍他的肩膀。「諸如此類，查爾斯，而且看來其中至少有四個人被判處死刑。」

餐廳的另一端有兩扇門，通往一個頹廢的起居室。這個起居室與餐廳成直角，與房子的一側平行。這裡的窗戶有著暗紅色的窗簾，有如一抹抹濃稠的血。所有家具若非正對窗戶眺望湧上岸的海浪，就是對準對面牆中央的火爐。座椅用的都是血紅色的面料，彷彿濺出的紅酒。

起居室中央滿是灰燼，灰色汙跡構成一個輕柔的半圓，從火爐旁散開，覆蓋住桌面和坐墊。莎拉跟著燃燒殘骸的痕跡往中心走，發現木地板上散布動物毛髮和燒黑的木屑，還有破碎的煤塊和幾片白卡的小碎片。

一定有個指控被扔進了火中。

「你看。」她從火爐旁的籃子拿出一塊木材朝查爾斯舉起。木材一端被鑽了一個小孔，裡面填滿砂質黑色粉末。

他碰了碰，手指拿到鼻端。「火藥，這味道我到哪都認得出來。」

「用來對付某人的齷齪把戲。會先正常燃燒個幾分鐘，然後才爆炸。」莎拉一手滑過最靠近火爐的椅子，感覺到大量木屑從襯墊刺出，襯著暗色布料只隱約可見。「上面沒血，看來沒人上當。」

「運氣好沒燒掉整間房子。」

「這說明這暴力行為並不一定有針對性。任何人都有可能因此而死，也就是說，他們全部都被帶來這裡赴死。」

「那控告者是誰呢？」

她思考這個問題。「我們繼續調查。」

一扇較小的門帶著莎拉又回到入口主廳，她在這裡等查爾斯，這時查爾斯眺望起居室的窗戶，想找到他們自己的房子。他看完後，莎拉打開通往隔壁房間的門。

「小心。」他大喊。

她走進房內。這次是一間書房，只是幾乎什麼家具也沒有，只有一張書桌和一個附玻璃門的書櫃，奇怪的是，兩者皆覆蓋一層厚厚的黑色煤灰。她用一根手指畫過桌面，在黑泥中留下一條線。

書櫃的一邊有一扇小窗，窗下是另外兩具屍體。他們像市場商品般躺在那兒，凌亂地疊成矮矮的一堆。兩具屍體都是女性，一人年輕一人年老。莎拉清楚記得她們：她們兩天前經過她家時，她正在拔除毛地黃。她們分別是一位貴婦和她的旅伴，這部分倒是毫無疑問。年長那位頗頤指氣使，甚至有點欺侮人；年輕那位總是一副怯懦模樣，以安撫的單字回應著她，但年長的那位總是不顧一切說個不停，不曾因欠缺興趣而改變話題，從這些地方可見一斑。

查爾斯拖著腳步跟在她身後走進書房。「裡面聞起來有煙味。」他讓門開著，自己則在門檻徘徊。他現在的行徑活脫脫就像個逛美術館逛太久的孩童。

煙浸透了兩具屍體，年輕女子的頭髮因而轉灰，年長女子則幾乎全黑。查爾斯從莎拉身旁走過去打開窗戶，引入乾淨的海風。他低頭看屍體，一面咂嘴。

「六個人了。」他說。「還沒算上兇手。我覺得我們看夠這地方，該走了。」

「還有更多要調查。」

「這裡不安全。」

莎拉沒回應，她在察看房間一側牆上的一個小洞，出現在此處的原因不明。書桌下藏有幾個食物罐頭、一本聖經、一瓶藥丸和一罐變黑的水，但書房內除此之外幾乎空無一物。她粗略檢查過兩名死亡女子，但她們的口袋是空的。她之前看見她們時，兩個人都提著袋子，不過顯然在驚慌中遺失於某處。

她走向門。「燒掉自己指控的可能是這兩人。」

「很有可能。」查爾斯擋住她。「莎拉，我知道妳喜歡表現出剛毅的樣子，但這些恐怖和危險對妳來說真的沒問題嗎？我們是不是該休息一下再繼續？」

她察覺他話語背後乞求的困窘。「查爾斯，親愛的，我完全沒問題。」接著她一手放在他肩上，將他引出書房。

他們離開時，她另一手畫過門框內側，這裡沒有煤灰。「有趣。」她對自己說。

再隔壁的房間是一個小圖書室，除了一張以木材和金屬打造的大書桌外，裡面沒其他值得關注之處。不協調的鐵櫃從書桌上方的牆壁突出，與頭同高，似乎在某處與書桌相連。莎拉仔細研究，查爾斯則站在門口。

這棟房子並不十分大，除了一個壁櫥看似不曾動過之外，一樓所有房間都被用來準備食物。黑白地磚從主廳延續到房子的這個部分，明顯更冷，腳步聲也明顯更響亮。查爾斯領頭，槍在身前瞄準，另一隻手防護地擋在妻子前方，她則耐心地走在後面。他們一起搜索廚房和幾個小儲藏室，但一無所獲。沒其他屍體，也無人生還，只有混沌髒亂。

顯然曾有一段時間，這戶人家遭逢動亂，入住者決定應該囤積一些武器和補給品，廚房的兩者皆被掠劫一空。罐裝食物經人絕望地一把一把抱走，除了掉落地面而滾到角落或被踢過地磚的那些，其他全部消失。一罐糖漬梨子躺在後門旁的墊子上，旁邊是一罐鹽醃牛肉和一雙雨鞋。刀子從掛鉤上掉落，平底鍋都被拿去盛水。

在一個小食品儲藏室內，地板是一片麵粉和幾罐蜂蜜砸碎後形成的沼澤。正逐漸被解凍的冷凍肉如足跡般遍布整條走廊，邊緣有遭咀嚼的牙印，他們還在煙燻房書桌底下發現了少量補給品。任何他們可能在樓上找到的東西，造就了這團混亂。就許多方面而言，這都比屍體本身更能證明此處所遭受的磨難。

「文明在某個時間點崩潰。」莎拉說。「他們一定把補給品帶去各自房間了，這與我一直以來的想法相符。」

「妳的想法是什麼呢，親愛的？」

「控告者是十名賓客之一。如果是其他人，賓客會團結抵抗，然而他們是反目相向。因此兇手一定隱藏了自己的身分。」

「同時他一個接一個殺死另外九個人？所以妳認為其中一個指控是假的？」

「假的，或是自白。」

查爾斯不安地吞了口口水。「那麼可能還有三具屍體有待發現。妳覺得兇手完事之後上哪去了？」

他屏住呼吸等她回答。

「或許搭船離開吧。也有可能還在這裡。」

房子二樓的景象沒那麼驚人。樓梯扭轉銜接一個有大窗戶的梯間平臺，兩道走廊從此處沿相反方向朝屋子的兩端延伸。

這層樓的所有房間都是臥室或浴室。各臥室的大小和華麗程度大相逕庭，有些甚至自附浴室。「如果有人還活著，」查爾斯說，「多半會在其中一間臥室裡。」

他堅持要莎拉緊貼門旁的牆用指尖打開第一扇門，他則雙手握槍站在門口。她還就他，發現這方法有點滑稽。門掃興地朝後盪開，露出兩名僕人的居處。

裡面有兩張床，床單是單調的灰，其他只有最低限度的家具。這個房間接近樓梯頂，想必他們為了能夠在不打擾任何人的狀況下在早晨走動而有此選擇。兩張床都整理過，窗簾也拉下；除了一本攤開的《聖經》，史達布斯夫婦沒留下居住其中的痕跡。

對面是另一個簡樸的房間，有一張棕色單人床。床上方的窗戶遭砸破，他們從望遠鏡看到的就是這扇窗，不過現在才看得清，很多碎玻璃都被人以手移除。

「說不定有一場打鬥。」查爾斯說。

莎拉檢查一張小書桌的抽屜，空的。旁邊有一個廢紙簍，裡面有一根綠色粗蠟燭。

「或是有人幫自己安排了一個逃脫路線。」

屋子同一側還有另外兩間臥室，一間無比巨大，附帶浴室和陽臺，另一間較合理，沒有任何附加空間。兩個臥室內的床都有人睡過，但只有一張床經過整理，也各有擺滿女性用品的梳妝檯。

「樓下那兩位女性的房間，」莎拉說道，「你猜得出哪間是誰的嗎？」

查爾斯哼了哼，半帶興味半是非難。「她們現在在神眼中是平等的了。」

這邊走廊的最後一個房間頗不起眼，附帶廁所、水槽和淋浴間。浴簾被扯掉，地上滿是水，除此之外沒有其他破壞的跡象。

他們回頭穿過平臺來到另一邊走廊，迎面是沿走廊兩邊交錯的五扇門，全部呈關閉狀態。

第一扇門打開後是浴室，鋪著沒品味的橄欖色地毯，水槽上方的櫥櫃經倉促搜索，除此之外沒有值得注意之處。

隔壁門鎖上。查爾斯用槍托搥了幾下，無人回應。他搜尋鑰匙但沒找到。

「這似乎不是好兆頭。」他說。

「還有三扇門，」莎拉說，「也還少三具屍體。我們稍後還必須回來這個房間。」

再過去的門也上鎖，下一扇門打開後是一個狹長、明亮的房間，一張靠牆的單人床，床上躺著一名身穿外出服的女性，鞋子還套在腳上。她看似睡著，但他們都知道並非如此。房內還有少數其他物品，包含床畔桌上的那本俄羅斯短篇故事集，從書攤開的角度看來，應該最近才有人讀過。她的旅行袋擱在床腳，但並沒有拿出任何東西。幾本書排在書桌上方的書架上，抽出一本的位置留下醒目的缺口。

「我記得她。」莎拉回想兩天前這名女子臉上亮藍色的眼影。「她和一個英俊小子一起經過。小子非常安靜，大部分都是她在說話，當時正在發表對鄉間的觀感。」

查爾斯點頭。「太哀傷了，她才跟妳差不多年紀，但其實也不意外。」

他並沒有為這番難解的評論多加說明，他們便一起離開這個房間。

他們在最後一扇門內發現一名年輕男子的屍體，同樣死在床上，只不過身上穿的是睡衣，也蓋著被子，而這個房間的陳設一樣稀少。

「那個安靜的小子？」

莎拉點頭。他袋裡的東西全部被拿了出來，有鑑於後續發展，她覺得這舉動中所代表的樂觀頗令人同情。「真令人難過，」她說，「他似乎是個好人。」

「嗯，無疑是個吸引人的傢伙。」查爾斯拉高床單蓋住他的臉。

莎拉跪下從床底取出一個東西，是另一本書：《神秘與幻想故事》。她轉向床對面的書桌，有一根半融的墨綠色蠟燭放在桌上，她用一根手指謹慎地畫過燭淚。「隔壁房間也有一根像這樣的綠色蠟燭，也曾被使用過。而最後這兩個房間都沒有電燈，我想這蠟燭一定含有某種毒素。」

「妳的意思是燃燒時會釋放毒素？」

「對。毒混入蠟中，形成致命的煙。這個男人和隔壁房的女人一定因此而死，他們之間只有這個共同點。他們多半最早死。我在另一個房間的垃圾桶裡也有看到一根蠟燭。」

查爾斯一臉懷疑。「妳怎麼知道他們最早死？」

莎拉手指床。「他們曾被檢查，而且整齊、尊嚴地擺放。除了時鐘房裡的女人，我們發現的其他屍體都保持他們死去時的模樣。這三個人一定都在恐慌開始前死去，在所有人知道發生什麼事之前。而且這兩個人應該是同時死掉的，因為毒蠟燭這把戲太明顯，沒辦法用兩次。」

查爾斯牽起她的手。「真是太聰明了，親愛的。但我們不能整天就站在這兒推理。外面有個小屋，裡面可能有斧頭之類的工具，可以拿來弄開這兩扇上鎖的門。然後我們就一定得離開了。」

「我在這裡等。」她想進一步調查。

他搖頭。「天啊，不可以。不安全。兇手隨時可能從那兩扇門內衝出來。」

「沒事的，查爾斯。這屋子裡的一舉一動都會被響亮的嘎吱聲洩漏，而且這兩扇門都上鎖了，一聽見任何腳步聲或鑰匙跟金屬碰撞的聲音，我會立刻跑出去找你。」

「很好。」他嘆氣。「我想妳說的有理，不過千萬要注意，我的花瓣。」

「而且，」她補充，「兇手比較有可能躲在小屋。」

他臉色轉白，努力裝出勇敢的樣子。「那好。」

他親吻她，並在她來得及推開他前離開。

莎拉獨自站在走廊底，這沉默有如熱水浴。

她將額頭靠在牆上。這個習慣並不淑女，查爾斯不會喜歡，但能夠幫助她專注。沒有任何干擾，只有她和她的思緒，以及額頭幾不可察地滑過壁紙時，摩擦力所造成的溫熱感覺。然後她便想到了：「把樹葉藏在哪裡最好？樹林裡。那把一張紙藏在哪裡最好呢？」

她走近死去年輕女子所在的房間。「俄羅斯短篇故事集，」她自言自語，一面將厚沉沉的書冊從桌上拿起。「請原諒，但妳似乎不是這種人，妳之所以會挑這本書是因為它的大小吧。」她搜查書頁。「然而就許多方面來說，妳都是最機敏的一個。」

一張折起的手寫紙條和一方白卡塞在書頁間，白卡有淺淺折痕，顯示它曾被揉成球。

「史嘉莉．索普，蕩婦，被控引誘一名男子，並說服其為她個人利益而自殺。」

在滿室沉默中，這指控顯得格外殘酷。

紙條上的語氣倒是友善許多。莎拉在床畔坐下閱讀。

「我發現自己陷入最離奇的情況。一名名叫昂溫的男子邀請我來此度週末，他是透過前雇主得知我的資訊，但他沒說是哪位雇主，他只說他需要一個人在他與潛在客戶會面時扮演他的姪女，因為他想強調他經營的是傳統家庭事業。我只需要留下良好的第一印象，表現出能幹的模樣，諸如此類。於是我遵照指示，發現自己跟另外一群人來此，而這所有人都是由這位昂溫主動接觸。我並不清楚這些人是否就是潛在客戶，因此為求保險，我都說自己是他的姪女。我原本並不知道我們將來到一座小島。那似乎很怪，但我沒想過回頭，酬勞實在是太優渥了。昂溫的僕人史達布斯先生划船送我們過來，他告訴我們昂溫有事延誤，晚點才會加入我們。我們總共有八個人，外加史達布斯夫婦。」

莎拉將紙條翻面。

「從一開始就很詭異。太多閒聊，還有一種全面性的困惑感。晚餐時，史達布斯太太發給所有人寫上自己名字的信封，只是她並不知道我們的姓名，還得一一喊出來，活像學校註冊似的。每封信都控訴其收信者某件不曾被發現的罪行，造成了一陣騷動。一名男子讀出自己的控訴，大家就是否應比照辦理而吵了起來。最後我們都讀了，只有兩位持反對意見的女士除外。一位是古怪的老女士川特太太，和她的籠中鳥同伴蘇菲亞。川特太太是那種討人厭的宗教狂熱者，從不承認任何缺點。不過我站在她們後面，看得見信上大部分內容，有關她們在阿姆斯特丹旅行，將一名乞丐推入運河。真是恐怖。然後醫師——我不喜歡這男人的長相——非常有男子氣概地擔起大局。」

莎拉知道她說的是誰，這名男子和穿紅毛衣的老師一起從她家旁邊經過，但並不在他們發現的屍體之中。

「他轉向史達布斯先生，但史達布斯堅持他只是聽從指示，沒見過昂溫。他們差點打起來，那位醫師真是個狂暴的傢伙。身為那男人的姪女，我也有些尷尬的問題，所以我全盤托出。好笑的是，對我的指控幾乎沒錯，基本上是說我引誘班尼並說服他自殺。嗯，引誘一個巴掌可拍不響，但沒錯，我給了他藥丸，並要他吃下去。這世界少了像他那樣的男人會比較好，他太愛動手動腳了。不過沒幾個人知道這件事。昂溫顯然花了一番功夫調查。然後一切進行到一半，好像是嫌不夠混亂似的，桌邊一位潑婦般的女士嗆到了。我們剛開始以為她只是太受衝擊，但她愈來愈嚴重。有人給她水幫助她吞嚥，但水染紅後，又被吐了出來。他們試著拍打她的背，但似乎只是把情況弄得更糟。接著她在餐廳裡到處跑，一面揮打家具，發出恐怖至極的聲音。最後她倒在窗簾上，死了。就某種意義而言，她幫了我們其他人一個忙。無論昂溫計畫了什麼樣的勒索，這下警察都得插手了。史達布斯說他明天早上一有機會就划船回陸地。從各方面考量，我們都算逃過一劫。我今晚應該睡不著了。走廊另一端有人一直在咳嗽。」

紙條到此結束。

查爾斯在幾分鐘後回來。「親愛的，妳移動了位置，我還以為最糟糕的事發生了。」她讓他看那張紙條。他一手拿著一把小斧頭，另一手拿槍，這會兒將兩個東西都放在書旁，仔細讀起紙條。「所以她最後面描述的那場死亡，應該是我們在時鐘房找到的那名女子囉？」

「看來是這樣。」

「那妳覺得她有可能被下毒嗎？在她的食物裡？」

「我在餐桌上找到一根少一齒的叉子。我相信她是被這東西嗆到。叉齒應該在的位置有一個洞，一旦卡在堅韌的肉塊上就會直接脫落，然後被吞下。」查爾斯瞇起眼，模仿用叉子吃東西的樣子。「那個洞是楔形，彷彿隱藏的那端被磨尖，形成了一把刀，設計來卡在喉嚨中。」

「太惡毒了。可憐的女人。」

她聳肩。「她顯然是個虐待者。你在外面有任何發現嗎？」

他縮起肩膀。「我最後搜索了整個島。我在小屋裡時聽見動靜，所以出去查看，結果只是一隻海鷗，但既然都開始了，我決定檢查所有地方。看不出有人還活著的跡象，也沒有其他屍體。我唯一還沒檢查的地方是海灘，也就是史達布斯夫婦所在之地。有路可以下去，但是條不穩固的小徑，而且我想回來找妳。」

「我們現在知道史達布斯夫婦是第四個和第五個死去。當然，這兩個我說錯了。最先死的不是他們，而是老師。然後當所有人上床——經歷傍晚那些戲劇性的畫面，時間或許頗早——他們都沒睡，並點燃蠟燭，一個人寫紙條，另一個人閱讀，隨後，兩個人都被蠟燭煙毒死。三條人命，情況一定是到這個時候才漸漸明朗。一個還可以說是運氣不好，三個就不會是了。我認為，發現這兩具屍體時史達布斯應該已經死了。他們一定是隔天清晨被殺，還來不及清理餐廳。顯而易見的解釋是昂溫要求跟他們在懸崖頂見面——或許是在跟警察說明晚餐那場小意外前先釐清各自的說辭——然後趁他們沒有防備時將他們推下懸崖。」

「紙條沒提到史達布斯被控訴任何事，他的妻子也是。到底為什麼要叫他們來島上？」

「幫忙準備。準備完成後，他們一定被視為消耗品。要找到過去有未曾被發現的罪行，而且還願意為小錢而工作的人，我覺得這種打算應該不太實際。」

「我懂了。」查爾斯一臉陰沉。「至少他們的死相對來說快速又無痛。或許這說明了一件事。」

「昂溫多少有點良心。」

「我們必須檢查其他房間，走吧。」

查爾斯用斧頭敲打第一扇門，朝鉸鏈劈砍，直到整扇門在他手下脫落。他握不住槍，驚慌了起來，倒下的門將他推向牆壁——像是小孩蓋家具堡壘，但沒人朝他衝來。莎拉跨過門走入空房間。沒屍體，只有一張光禿禿的床和一顆光禿禿的燈泡，迎面是一扇小窗，甚至連根蠟燭也沒有。一隻孤單的蚊子在燈泡旁的天花板上觀看。

門旁有個小旅行箱，沒上鎖，也沒完全闔上，還有一堆罐頭。罐頭旁邊的地板上還有一根叉子、一把大雕刻刀，還有一個裝滿水的臉盆。「有人做了準備，」查爾斯說，「鎖上門後沒再回來。」

他們用相同方法拆下隔壁房間的門。這一次，門一開始倒，查爾斯就後退，拿起兩樣武器等待。「迫不得已時，這兩個房間也發揮不了多少保護的作用。」

這個房間稍大些，有張雙人床，後面還有浴室。他們注意到門框上有帶血且碎裂的連續抓痕。「這裡有打鬥。」查爾斯說。

「當然，」莎拉說，「這是最安全的房間，有水，但沒有陽臺或其他入口。他們多半為了搶奪這個房間而打起來。」

床一團亂，沒鋪好，散落好幾罐甜玉米。一只小行李箱的內容物散落一地。

「浴缸裡有個人影。」查爾斯舉槍緩緩走向浴室。他走到門口低頭看。「又一個。」

莎拉跟在他身後走近，但他轉身。「莎拉，妳不能看。」

她從他身旁溜了過去。死去、赤裸的男體躺在裝滿水的浴缸中，身上滿是水泡和燒傷，頭髮聞起來也燒焦了，地板上也有水。「走吧，」她說，「這裡可能不安全。」

他們雙雙在床邊坐下，從這裡看不見那具起水泡、骨架般的人體。「不知道是不是濤森先生？」

查爾斯點頭：「九具屍體，還剩一名賓客下落不明。」

莎拉一臉不憂心。「我記得第十個人，應該是位醫師。他看起來不太可親。」

「你覺得他是昂溫嗎？是他殺死其他九人？」

「這似乎是唯一可能。」她嘆氣。「但感覺不太對。」

「怎麼說？」

她搖頭。「少了一些，我還無法解釋線索。」

「嗯，有個地方我們還沒調查。」

「海灘，史達布斯夫婦摔落的地方。」

「對。」查爾斯說。「我小時候常在那裡玩，現在卻被玷汙了。」他看著莎拉。「浴缸裡的男人，妳覺得他是怎麼死的？」

她突兀地回答：「他是被燒死的。」

「妳覺得浴缸可能被動過手腳，熱水和冷水龍頭流出來的都是滾燙的水？」

她搖頭。「你進來前應該可以感覺到。不，他是觸電致死。浴缸是瓷製，但溢水口是金屬製。你可以讓電流通過溢水口中間，很聰明的招數。他可能用手試過水，覺得安全無虞，但他只有完全浸入水中，水位才會升到溢水口的高度，然後才開始觸電。當溢水口責任已了，水位又下降，這機關也會自己關閉。根據屍體的狀態，我想他應該拖很久才死。」

查爾斯體內的一道屏障被打破，他衝進浴室對著洗臉槽嘔吐，煮熟的屍體在他眼角。

莎拉跟著進來，坐在浴缸邊緣拍撫他的背。

「小心。」他手指著水，唾沫四濺地說。

「我一直很小心。」她嘆氣。「你準備好後，我們就去調查海灘吧。」

時值午後，潮水快速退去，岩石在小島周遭的水域畫出一道道傷痕，看似怪獸聚集在水面下入睡。這景象對他們兩個來說都很熟悉，但莎拉不曾在這麼近的距離看見。天空陰霾，風不停朝海岸吹。「死在這裡真是悲慘。」她心想。

查爾斯帶路，他們走過構成小島較遠這端的幾座緩丘，來到懸崖時，兩個人都害怕靠得太近。

「這裡。」查爾斯指出穿過灌木叢的小徑。這條路沿著懸崖迂迴，爬過一小段岩石後通往底下的沙地。

他們謹慎地一次踩穩一步前進，來到岩石最高點時，史達布斯先生就在下面仰望著他們，死去的雙眼蒙上恐懼，下巴靠在微微隆起的沙地上，身體其他部分順著斜坡升起的角度：他的脖子一定斷了。史達布斯太太看起來比較祥和，趴臥臉對著一灘光暈般的濕沙，雙臂和雙腿看起來都斷了。

「她一定像貓一樣落地。」查爾斯說。

他用一隻手抬起她的屍體，發現下面的沙是紅色的。撞擊力將她的下巴往上推，略為脫離她的身體，柔軟的頸子斷開，衣服也濕了。他在一陣搜索後，在圍裙口袋找到一張潮濕的方形白卡。史達布斯先生落地的地方離水較近，莎拉在他的一個口袋裡找到了另一張更濕的卡，她把它包在一條泛著點點血跡的手帕中。這兩張卡看起來跟那些控訴卡一樣，但印的文字只有：「用不上你們了。」

「格外殘酷。」查爾斯說。

「符合我的理論。」

有關屍體或屍體上再無其他值得關注之處，於是他們又辛苦地爬上了懸崖頂。「我們需要工具好搬運他們。」查爾斯不知打哪冒出這一句。

來到懸崖頂後，他轉身看著冰冷開闊的海，彷彿這景象有淨化效果，雖然小島附近的海域看起來彷彿患上某種疾病。「真是異常寒冷的一年。」他陰鬱地說。

聽到這句話，莎拉的腦中有個東西開始轉動。她注視遠處海浪的規律波動，思索著關聯性。她的臉轉紅。「我們就是漏了這個。」

她朝房子奔去，一頭霧水的查爾斯努力跟上。

他們經過前門附近草地上的屍體時，他抓住她，慢下她的腳步。「這個被鐵絲絞死的男人，」他上氣不接下氣地說，「妳說妳覺得他才剛死，或許是今天早上。他會不會也有份？跟昂溫聯手？」

「我們稍後再回來找他。」她聳肩抖掉他的手，推門走進前門，上樓，沿左側走廊來到他們稍早發現上鎖的那個空房間。

「查爾斯，告訴我這裡有什麼不對。」

「這房間未被使用，床也鋪好，但有一個行李箱。」

「沒錯，不過還有一個更明顯的矛盾之處。如你所說，這是寒冷的一年，我一隻蚊子都沒看見，除了上面那一隻。」那隻孤單的蚊子還在天花板上的燈泡旁。

她用手試了試床，撐得住她的體重。她爬上床檢查那隻昆蟲。牠沒動。輕輕一彈之後，牠掉到地板上，彈入角落。

查爾斯撿回那隻蚊子。「是個玩具，模型，用鐵絲做的。妳覺得這值得注意？」

但她已開始忙著拉開被單。床上沒有床墊，只是一個包在帆布內的硬鐵架。「幫幫我。」

這張床覆蓋某種鐵蓋，他們在床頂的橫槓施力，將蓋子掀起。裡面是中空的。細緻的網子鋪在開口上，中間有個大洞，而透過這個洞，他們看見失蹤的第十具屍體。查爾斯來到她身旁。「醫師？」

她點頭。

「那他是昂溫囉？」

她搖頭。「沒人會對自己做這種事。我看過有人用這種網子當作廉價的露營工具。你可以坐或躺在上面，網子撐得住你的重量，不過若想站在上面，在那種壓力下你會直接穿破網子摔下。蓋子原本一定被打開了，裝成牆的一部分，所以當他站在床上，他會直接站在網子上。」她從邊緣扯開剩下的網子。「底部滿是附倒鉤的大釘子，所以他會被勾住。而一旦他的重量壓上來，這根拉桿會啟動機關，讓蓋子反彈緊緊關上，然後他便在黑暗中流血致死。」半吋高的血填滿中空床的底部。

「蚊子呢？」

「只是一個誘使他站上床的把戲。」

查爾斯一掌拍在牆上。「真是惡魔的詭計。那麼昂溫或許不在賓客之中。妳有沒有想過，他可能幾週前便來此設置這些陷阱？他不必在場看著他們玩完。」

「那樣行不通。陷阱本身不夠。舉例來說，想想外面被勒死的那個男人。」

「但十個人都死了。」

她一手扶額。「我知道，但他們之中一定有人是兇手，只是需要想出是哪一個人。」

「嗯，如果我們陷入僵局，那我會建議從這裡開始讓警察接手吧。潮水看起來還夠高。」

她轉動眼珠。「不，查爾斯。跟我來。」

他們下樓回到滿是灰燼和木屑的起居室。「時間順序很容易建立，但讓我們精確點，其他部分應該會漸漸明朗。第一天是抵達的時間，接著是晚餐時的所有控訴和第一個死亡，也就是吞下叉齒的女人。我猜想他們早早回房，因為大受震驚，而無法在與陌生人交談中度過這一夜。僕人可能忙於清理屍體，無暇收拾晚餐，覺得清晨再處理也可以。同時，兩名賓客用蠟燭毒死自己。另外五名賓客隔天早晨起床，下樓來到這裡，但僕人已遭除去，沒人送上早餐。他們或許認為史達布斯回陸地了，但終究還是起了疑心。而有兩名賓客莫名晚起，於是他們搜索房間，發現了屍體，確知有某種邪惡計畫正在進行。我會說，他們在這個時候搜索小島，想找出入侵者，並發現史達布斯夫婦的屍體。情況一定在此時崩潰：五場謀殺、五人還活著。他們搜索小島時沒發現任何人，所以知道他們五人之一一定有所圖謀。他們在起居室召開緊急會議，在爆炸的木塊中作結。他們沒有試著團結以求安全，反倒各自蒐集補給品後躲進房間鎖上門，甚至還為了爭奪最好的房間而打鬥。到目前為止你都跟得上嗎？」

查爾斯熱切地點頭。

莎拉繼續說：「他們可能就這樣度過第二夜或隔天早晨，但兩名女士在某個時間點各自離開房間，並將她們蒐集的補給品搬到隔壁的書房。為什麼呢？因為臥室並不安全。一個男人在浴缸裡被煮熟，另一個則在床裡面慢慢流血致死。在這兩者之間，整個二樓都會充斥他們的尖叫聲。而他們兩個都身處上鎖的門後。此時其他還活著的賓客只剩草地上那個較年長的男人。兩位女士來這裡前便相識，所以嫌疑就落在他身上了。無論是否情有可原，她們跑到書房，並推書桌頂住門。」

「那她們是怎麼死的？」

「噢，這很簡單。」她走到火爐旁，將一塊鬆脫的磚塊推回去。「磚頭拉出來時，煙囪後面會形成一個開口，煙便從牆上的洞湧入隔壁房間。通往那個房間的門上沒鎖，但只要窗戶打開，門便會上鎖。你之前打開窗，我看見門栓從門框滑出來，也可以聽見滑輪跑過牆。」

「窗戶太小鑽不出去，所以她們窒息，而唯一能自救的方法是關上窗戶，但這偏偏是她們絕不可能做的事，昂溫有一種噁心的幽默感。所以應該是外面那個男人點起害她們窒息的火吧？但妳不認為他是昂溫？」

「讓我再想想。」

她在一張厚絨布扶手椅坐下，重拾那個在額頭加壓以提高專注力的習慣，這次是用她的掌根。而今就算查爾斯看見也沒關係了，他不會打擾。他只是嘴開開地看著，聽不見她呼吸，他開始愈來愈擔心。接著她忽然挺直身子，彷彿從惡夢中醒來，然而她的話語卻平靜無波。

「不對，他不是昂溫，不過他的死確實最難解釋。從頭到尾都有另一人在場，只是我還不太能將這與其他事串起來。那位老師，理查斯太太，她被叉齒嗆死。我大致是這麼跟你說的，但我檢查過她嘴裡，也摸過她喉嚨，並沒有發現阻塞物。要不是我錯了，要不就是後來被某人移除。我們在兩具屍體旁發現兩根燒過的蠟燭，但沒看見任何火柴。床裡面的屍體被蓋子蓋住，床本身蓋上床單好讓它看起來像床。蓋子會以極快的速度彈回原位，然而當我們發現時，床單卻鋪得整整齊齊。而且這是在一個上鎖的房間，但我們到處都沒找到鑰匙。然後那兩個死在灌滿煙的房間裡的女人，她們被窗戶打開的機關鎖在房內，但當我們找到時，窗戶卻是關上的，桌子也整齊地靠在牆邊。」

「嗯，最後剩下的男人可以做這些事。躺在外面草地上的那個男人。如果他是昂溫，他也會有所有房間的鑰匙。」

「對，但他的死看起來太像謀殺。這部分最難解答，因為機關留下太少線索。但就算有絞索，昂溫也不會當場殺他：太多地方可能出錯。一定有什麼詭計。當然了，當你退後一步思考，答案似乎很明顯。我們在通常綁小船的地方發現了他：除非他打算搭船，否則他沒理由去那裡。但問題是，你要怎麼誘使一個將搭船出行的人把鐵絲圈掛上自己的脖子？」

查爾斯沒有答案。

「透過交給他一件救生衣，或是看起來像救生衣，但內裡穿上鐵絲的東西，只需要一些紙板和便宜的布就可以做到。救生衣套過頭，鐵絲便圈住男子的頸部，接著再放開重物。而這把我們帶到另一件令我困惑的事：第二天，也就是同行者已有半數死去的時候，他們為什麼沒人試著搭上小船？當時海上有暴風雨，他們不可能真的出航，但我會預期其中有人無論如何還是放手一搏。這種死法比其他都合理。除非有人勸他們不要這麼做，說服他們再等一天，而那個人最近才向他們展試過自己在這方面的權威。」

「妳是說？」

「史達布斯。」

他倒抽一口氣。

「從頭到尾都很明顯，我不會原諒自己竟然忽視了。只有他知道穿過岩石的水路。第二天暴風雨肆虐，是他說服他們全部留在島上。他的妻子已死，因此他們信任他，覺得他也是受害者。床和浴缸裡的死一定發生在第二天夜裡或隔天清晨，兩位女士則是遭早晨之火所殺。漲潮後，史達布斯先生宣布可以安全離開了，而他們發現總共只剩下他們兩個人。救生衣的詭計解決了問題，然後史達布斯切斷船繫索，追上他妻子的腳步。他有全套鑰匙，因此可以先把一切整理好。應該很顯而易見才對，只有他的死看起來稍微像自殺。」

「我不懂。他的動機是什麼？」

「我想他應該快死了。夜裡有人咳嗽。我們也在他口袋找到一條有點點血跡的手帕。如果他決定拉一些人作伴呢？這些人都是罪行未受懲罰的罪人，而只有僕人會知道這麼多秘密。況且他是個虔誠的男人，記得我們在他臥室找到的聖經吧。他是將他的任務視為正義還是復仇，我就說不準了。」

查爾斯震驚得幾乎無法言語。「我的天啊，這男人是惡魔。我無法理解。」

莎拉同情地看著他。

他停頓，接著牽起她的手。「莎拉，我為妳感到非常驕傲。妳真擅長這方面的事。」她害羞點頭。「但我們還是別太熱心幫助警察吧。我們不會想給他們留下我們一直在附近窺探的印象。我確信他們一定會自己查清楚的。」

他們上船時太陽才剛落下。經過一個漫長又令人厭煩的下午，潮水再次上漲，最麻煩的岩石都沒入水中。

莎拉開口：「查爾斯，我剛剛才想到，我們是不是該在門上貼張紙條說我們去找警察了？以免有人在我們回來前來這裡？」

他哼了哼。「高尚的想法，但我沒筆，也沒有紙。而且這個時間不太可能有人過來吧。」

「但到了早上就有可能，而我們不知道我們何時會再回來。廚房隔壁的圖書室裡有張書桌，抽屜的最上層裡有紙筆，我稍早在那裡時檢查過。」

「那好吧。妳在這裡等，別凍著了。」他起身，小船搖晃。「我很快回來。」

他漫步走上緩坡，走進屋子的前門。

圖書室的窗戶眺望窄木臺，莎拉就坐在這兒的小船上。屋內昏暗，發電機早已自行關閉，不過她看見查爾斯模糊的身影走進圖書室，也看見他從窗前經過的暗影，接著聽見他一面拉扯卡住的抽屜，一面咒罵，也聽見她稍早在那兒看見的陷阱喀的啟動，發出金屬撞擊聲和鉸鏈尖嘯，還聽見他的頭從身體切斷時，他發出的短促呼喊。那是場迅速的死亡。

「查爾斯，」她說，「跟你說過行不通的。」她拿起雙槳。「原諒我，亨麗耶塔。」她回頭看他們家的方向，納悶著那女孩是不是還在用望遠鏡觀看。但她幾乎可以確定現在天色已經太黑，什麼也看不見了。

她沿那天早上記下的路徑航過岩石間時，發現自己有幾次正對著有兩具屍體的貧瘠海灘划開。隨著月光在水面上嬉戲，有那麼幾個片刻，史達布斯彷彿在對她眨眼。

10 第五場對話

茱莉亞．哈特讀完第五個故事。**「隨著月光在水面上嬉戲，有那麼幾個片刻，史達布斯彷彿在對她眨眼。」**她放下手稿。

雨停了，天空呈現一片單調溫和的藍，只有幾片形狀大小不一的雲，彷彿櫥窗內的各種帽子。格蘭和茱莉亞坐在緩丘頂的教堂墓地，從他的小屋沿海岸走大約一哩便可抵達這裡。他們午餐後散步過來，地已經乾了。

「真是個淒涼的故事。」茱莉亞說。

「對，沒錯。」格蘭掀起帽子，用手帕抹抹額頭。「小島上發現十具屍體。這是在致敬我最喜歡的犯罪小說。」

「我也是這樣想。」

「最後莎拉毫無理由地殺死查爾斯，這結局特別令人不快。」

「根據脈絡，我想也不全然無端。」

格蘭不認同地搖頭。「又是將偵探描寫為壞人，自以為比法律還優越的自大角色。」

「而且場景又是海邊。」茱莉亞拿出她的筆記。「你對大海特別著迷嗎？」

「不，我不會這樣說。只是海會讓我想起童年而已。」

茱莉亞想起他前一晚的爆發，遲疑地說：「你是在海邊長大的囉？」

格蘭看似一時迷失，注視著她的筆來回移動。「我們只是去海邊度過假而已。」她等著他繼續說，但他並沒有。

「我覺得這是我最喜歡的一個故事，」她說，「雖然真的很淒涼。」

他拉低帽子遮住眼睛。「很高興聽妳這麼說。」

茱莉亞注視著距離他們幾碼的一堆岩石，覺得自己幾分鐘前看見一條蛇在上面爬行。只是條小蛇，但也有可能是光影的把戲。

格蘭站起來，將帽子推回髮際線。「我們來做點數學吧。我想是時候討論實際上的定義了，對吧？其實真的很簡單。」

茱莉亞抬頭。「願聞其詳。」

「好。」格蘭在岩石旁的泥地上找到一截橄欖枝。他又坐下，在他們之間的沙地上畫了起來。「這直接引自我的研究論文**《偵探小說中的排列》**，第一章、第一節。」

他在灰撲撲的地上畫出四個圓，標上**S、V、D、K**[4]。

「妳知道這是什麼嗎？」

她瞇眼看圖，不確定該如何解讀他的問題。

「這叫文氏圖。」他接著說。「這是其中一種初始的形式。每個圓代表一個集合，

4. 編註：依序是嫌疑犯（Suspect）、被害人（Victim）、偵探（Detective）、兇手（Killer）的英文字首。

或是一批物體。」他在四個較小的圓外畫出另一個大卵形，將四個圓完全包住，並在靠近她的角落寫下C。「集合都由班底的成員構成。而『**班底**』[5]是我們給書中角色的集合名詞，就連非主要角色也包含在內。所以集合就是不同群組的角色。」

「請繼續。」她說。

「這些圓代表我們先前討論過的四種要素：稱為**嫌疑犯**的一組角色，另外還有稱為**被害人**、**偵探**、**兇手**的三組。我們在這裡加上四種條件。嫌疑犯的人數必須是兩人以上，否則就沒有謎案了；兇手和被害人的人數必須至少各有一人，否則就沒有謀殺了。若是要用數學的方式來表達，我們會這樣談論集合的基數或規模：S的基數是至少為二，K和V的基數都是至少為一。」

「好，」她說，「非常直截了當。」

「最後一個條件是最重要的：兇手必須來自嫌疑犯集合。K必須是S的子集合。」

為了闡明最後這一點，他將標示K的圓擦掉重新畫過，這次畫得比較小，位在標示S的圓內。「我們在文氏圖裡是這樣表現子集合。」

「我想，到目前為止，這只是昨天和今天早上所說的摘要？」

「正確。但現在是正式說明。而那會定義出我們將之稱為**謀殺**的簡單數學結構。下一段話非常重要，我在措辭方面花了很多心思。」

她等著，拿在手上的筆已經準備好要記下。「說吧。」

「我們之前提到，如果讀者能夠將一個故事的角色分入這四個集合，那就可以稱這個故事為**謀殺謎案**。關鍵是，在其他三個集合完成後，就可以在它們的文本中找出兇手集合。就是這句話連結了數學世界與那不精確的文學世界。」

「這就是定義的全部了嗎？」

「對，這就是全部。任何你可能想制定的進一步條款——例如嫌疑犯何時必須出場、謀殺何時該發生的規則等——只會將你導引到若干例外和反例。」

她一臉困惑。「我想這定義之所以難以理解，是因為它的簡單。讓我困惑的不是結構本身，而是它為什麼該被視為值得注意。」

他聳肩。「數學通常都是這樣開始的。」

「舉例來說，這定義跟線索一點關係也沒有，但線索卻是這類型小說的主要成分。」

「對，正是如此，」格蘭往前靠，「正是因此才值得注意。有了這個定義，我們現在可以主張線索並不是謀殺謎案必要的部分。即便將謀殺謎案裡的所有線索都刪掉，那依然是一個謀殺謎案，只要它符合這個結構。所以就某種程度而言，這個定義是一種解放。妳了解嗎？」

「應該吧。」

「我們舉另外一個例子，超自然犯罪。這在謀殺謎案中往往不允許出現，但只要在它被揭露為兇手之前，讓它以嫌疑犯之一的角色出場，沒理由下手的不能是個穿牆的鬼

5. 編註：原文為 Cast。

魂。根據定義，這依然是個有效的謀殺謎案。」

「那這本書裡的故事呢？《白色謀殺》？」

「啊。」他雙手拍合。「那是另一件我們可以用定義來做的事，用來計算。標準的謀殺謎案有一個偵探、一名被害人和幾個嫌疑犯。這些人彼此都沒有重疊，然後再加上一個來自嫌疑犯群體中的兇手。好啦，現在我們可以來看看或可稱為**異常案件**的狀況，也就是群體的大小不穩定，或是兩個或更多群體彼此重疊。謀殺謎案只有四個構成要素，因此排列的數量相對較少。我們可以計算出所有可能，並將它們列出來——所有可能的結構。這些故事就是為了探索這些可能性。」

茱莉亞翻到筆記的某一頁。「所以我們的謀殺謎案裡有一個是兩名嫌疑犯、一個是被害人和嫌疑犯重疊、另一個是偵探和兇手重疊，還有一個是兇手和嫌疑犯為同批人？」

「沒錯。」格蘭說。「而我們剛剛讀的這則故事，決定性的特徵就是被害人和嫌疑犯是同批人。換言之，除了被害人之外沒有其他嫌疑犯，除了嫌疑犯之外也沒有其他被害人。我們知道被害人中的一或多人殺死其他被害人，它的圖表畫起來會像這樣。」

他擦掉標示V的圓，然後在S旁邊寫上V。

茱莉亞也照樣畫下。「不過我一直在想一件事。」格蘭示意她接著說，用橄欖枝代替他的手畫圈。「你會怎麼處理一個故事中有不同犯罪案、每個各有不同兇手和被害人的例子？」

格蘭往後靠，脫下帽子，皺起眉。「好問題。我們必須將剛好綁在同一本書裡的謀殺謎案個別處理。沒其他辦法。那其實是作弊。」

茱莉亞還在做筆記。「了解。」她一面說一面合上筆記本。「非常有幫助。要不要趁還有些雲蔭時走回小屋？」

他沒回應這個提議。「我很享受這些討論，妳知道吧。我近幾年少有這類具刺激性的談話。」那天早晨瀰漫他們之間的霜凍隨著太陽出來而消融。

「我很高興。」茱莉亞說。

格蘭將一隻溫熱的手放在她肩上，手上仍拿著橄欖枝，她感覺得到樹枝刮搔她的背些微發疼。

「走之前，」他說，「妳一定有些話要跟我說吧？」

茱莉亞笑出聲。「對，我都忘了。」她又翻開筆記本。他們的例行公事現在更像某種儀式。「嗯，我確實找到其他矛盾，或是未解釋的細節，你想怎麼稱呼都可以。藍珍珠島上有一隻狗，牠發生什麼事了？」

格蘭微笑。「這就是今天下午的難題？」

「對。」茱莉亞說。「看似如此。莎拉在她家旁的小徑遇見史達布斯夫婦時，有隻狗跟漁夫一起走在他們後面。我們受引導假定狗屬於漁夫，但故事裡不曾為牠的存在多作解釋。唯一合理的推論是，狗屬於史達布斯夫婦，而且跟他們一起待在島上。」

「為什麼這麼說呢？」

「查爾斯和莎拉搜索屋子時找到狗的好幾個痕跡。還有什麼能夠解釋廚房通道上被嚼過的肉、外面突堤碼頭的排泄物味道、起居室地毯上的動物毛髮，還有走廊的動物足跡？小島其他地方荒蕪不毛，只有少數海鳥棲息。」

格蘭用樹枝刮地面。「我想妳是對的。不太可能有更大的生物在那裡存活。」

「然而莎拉和查爾斯上島時，狗消失了。所以牠發生了什麼事？」

「我想牠是另一個被害人吧。」

「或許。但史達布斯會殺死自己的狗嗎？屍體呢？」茱莉亞微笑。「我會希望牠游回陸地了。」

格蘭點頭。「至少有此可能。我們可以邊走邊想，要回去了嗎？」

茱莉亞站起來。「你先走吧。」她突然想起某件事。「我想在這裡再寫一下筆記。」

「好。」格蘭說。「那就小屋見囉。」

她靠著墓園的矮石牆，一直等到幾乎完全看不見他，接著才走到教堂較遠那端，在那裡，有幾座墓碑聳立塵土中。太陽躲在雲後，所以墓碑沒有投下任何影子，但上面刻的名字也只勉強能辨認。她穩穩地走過每一排，左右張望。最後，她在墓園最靠近海的那側停步，面前是一個穩重、奶油色的墓石。

茱莉亞閉上眼。從第一次談話開始，她就懷疑格蘭對自己的過去有所隱瞞。現在她知道他隱瞞的是什麼了。

11 受詛咒的村子

蘭姆醫師從兩個矩形間看見黎明。「這將是我最後看見的美麗事物」，他眺望窗外時心想。他的伴侶，名叫艾爾弗雷的男人站在窗前，遮蔽了光線。

「好啦，有多糟？」蘭姆醫師撐坐起來。

艾爾弗雷轉向床，眼中有淚。「如果我給你鏡子，你可以為你自己診斷。」

「那麼糟？」醫師聲音粗啞。

「看了讓人痛苦。」艾爾弗雷說。「你的腰背部是亮黃色的。」

蘭姆醫師咒罵，他的鎮靜消融為一連串虛弱的咳嗽，有如秋葉在腳下喀嚓粉碎，一切都讓他想起他這具軀體必然的衰敗。

「你現在會怎麼做？」他問。

艾爾弗雷將一隻手放上醫師的額頭，食指覆蓋髮際線。「我必須收拾東西離開。在這裡被發現的話會變成醜聞，我不能冒這種險。你懂的，對吧？」

醫師咕噥。「我們有過短暫快樂，不是嗎？」

「對。」另一名男子嘆氣。「很遺憾必須這樣結束。」

蘭姆醫師看著他打包幾分鐘，接著慢慢睡著。他被關門的聲音吵醒，裹著毯子走到窗邊。艾爾弗雷正沿街道走遠。他的最後一個愛人，正離他而去。

他回到床上。「好啦，這就是了。我貨真價實的臨終之床。」

房間的其他部分毫無陳設，只有角落一張書桌，桌上有一方他前一天放在那兒的白紙。如果他的病已進入最後階段，他知道這代表什麼，浴室裡有一瓶嗎啡和乾淨的針筒在等他。但他想先做另外一件事。

他蹣跚走到書桌旁，在椅子上坐下。毯子從兩邊垂落，刷過地板。他將那張白紙滑向他，拿起一枝筆，在最上方寫下莉莉・摩諦馬的名字。

她五年前來看過他，搭乘地鐵離開市中心到他家附近，再從地底爬出來，踏上冰冷的街道。

一名男子試圖賣她報紙，但她搖頭，堅定地沿人行道前進，仔細查看路標。她從皮卡迪利圓環上車，在那種商店左右林立的大街似乎還比較容易找到方向，然而來到這裡，只有房屋和辦公室，一切看似擠在一起，都是些高聳、蒼白的建築，一道道氣勢恢宏的黑門，沿著冰凍的街道排列，彷彿雪地裡的墓石。

那是她第一次來倫敦，事實上是她第一次自己離開村子，當時她才十七歲。當她告訴馬修她打算來此，他只是嘆了口氣，把狗抱上膝蓋，彷彿這就表達了他針對這件事的看法。

一條狹窄的住宅區街道有著她認得的名字，幾分鐘後，她來到她想去的那棟建築前。

她按下門鈴，一個女孩打開門。「妳好，我來見蘭姆醫師。」

「請問貴姓大名？」

「莉莉．摩謫馬。」

蘭姆醫師在辦公室門口迎接她，讓她在一張椅子上坐下，要接待員送些茶過來。

「莉莉，」他拿走她的大衣，「好多好多年了呢，但妳一點也沒變。我覺得妳一定是我曾有過最可靠的病患。妳還是個小孩時，只要妳擦破膝蓋，妳姊姊就會帶妳來找我。我想她有點被這責任感壓垮了。不過我猜妳應該完全不記得吧。」

莉莉微笑。「對我來說，生命是從摔斷手臂開始的。我想我五歲吧，從樹上摔下來。」

醫師頭往後靠，和藹地笑出聲。「我都忘了。那一次她擔心得差點死掉。她還好嗎，妳姊姊？」

「噢，薇奧蕾很好。她跟班結婚了，當然囉，那是好幾年前了。他們住在劍橋。」

蘭姆醫師咧嘴而笑，在腦中描繪他所認識的那個蒼白、甜美的女孩戴著白紗。「村子的其他人呢？妳的馬修叔叔？」

「老樣子。馬修現在養了一隻狗。村子沒什麼變化。只要你願意回來，你還是認得出來的。」

「好，好。」醫師調整桌上的一枝筆，並挪動幾張紙，以此示意輕鬆的閒談已經結束。「有什麼我能夠幫妳的嗎？」尷尬的沉默有如潑灑的墨水。「我想是跟艾格妮絲的死有關？」

提起這個名字，彷彿將外面的寒冷引入室內。

「我想見你。」莉莉開口，知道輪到她問問題了，只是她的問題比他更黑暗、更直接，她還沒想清楚該如何著手。「我想問，你為什麼在事情發生後那麼快就離開了村子？」

他猛吸一口氣。「這有點私人，不是嗎？妳真認為有關？」

「我覺得是。你介意我問嗎？」

「或許不介意。不過告訴我妳真正想要什麼。」

「正如我信上所說，我想了解我奶奶的謀殺案是什麼狀況。你在村子裡居住、工作了二十年，卻在事情發生一年內就離開，頗突兀地離開你的父母。所以謀殺案對你一定有什麼影響吧？」

「事實上，這兩件事並沒有關係。我只是想要過不同的人生而已。或許謀殺有加快我的腳步吧。之後大家看我的眼神都不同了。妳可以把這算在妳阿姨頭上。」

「我姨婆。」莉莉糾正他。

「要不是她堅持，根本沒人把我當成嫌疑犯。但所有人都想相信醫師也可以是兇手，這真的好可怕、好混亂。無論我到哪裡都有耳語，感覺就像從高草中走過。」

莉莉點頭。「但那些最後都會過去。你在這裡的人生到底有什麼不同？」她想著他在村裡的診療室，那是個跟這裡一樣的一個大房間。「從外觀看來出奇地相像。」

他覺得略受這番言論羞辱，起身走到窗邊，而接待員在這個時候送茶來。蘭姆醫師看著她那雙美麗的手在他桌上擺茶，她走開時目光也流連在她的手指上。

「其一，我在這裡有個接待員。」他又坐下。「有天妳會了解那個村子有多小。」

莉莉還以屈尊的微笑。「噢，那我知道，蘭姆醫師。我也很肯定我很快會走出自己的路。只是我想先弄清楚奶奶謀殺案的真相。我想完結我生命中的這個篇章。」

「那妳就遭束縛於此了，為了一樁妳沒犯下的罪。妳不能把過去拋諸腦後嗎？」

「但那對我來說還不是過去。這件事以前所未有的方式改變了我生命的方向，自從發生後我就日夜思考。或許你無法了解。」

醫師悲傷地看著她。「我真的非常抱歉，對妳來說一定糟透了。」他將茶喝乾到只剩下杯底的渣滓，將杯子放回茶碟。「遺憾的是，除了已經公諸於世的那些事，我沒有其他能告訴妳的了。」

但當然了，他在說謊。五年了，他走到這個地步，檢查出得了癌症，自己也瀕臨死亡，他不再需要保護任何人，也沒有事業可以失去了。那天莉莉離開後，他發現自己希望他曾給予她某種暗示或線索，某些或可幫助她在調查中有所進展的東西。謀殺案後的頭幾週，世界似乎分裂為惡魔與聖人，那幾週裡總有一種令人振奮的感覺，而他現在希望自己曾給予她協助，讓她重拾那種振奮。當時他沒有那麼做，然而現在再也沒有任何事物能阻止他。

距離她的拜訪已經五年，謀殺案本身更是超過十年前的事了。他當然已經不知道她的地址，但若他送信給莉莉．摩諦馬——農莊看護者，信一定會送到。

「遺憾的是，除了已經公諸於世的那些事，我沒有其他能告訴妳的了。」

莉莉緩緩啜茶，彷彿想讓他知道他不能這麼輕易結束這場對話。「你或許不知道是誰殺死她，但你回想起的任何細節都會有所幫助。事情發生時我年紀太小，很難區分回憶與幻想。馬修叔叔又不願意跟我談這件事，他說太痛苦了。我希望可以由你來談。」

醫師微笑。「只要想得起來，我可以填入一些細節。但若照時間順序來看，故事應該由妳開始，不是嗎？妳和威廉。不是該從妳是怎麼發現屍體開始的嗎？」

「對。」莉莉點頭。「我可以先來。」

謀殺發生在六年前。

農莊的庭院滿是秘密，而莉莉和威廉——當時分別是十一歲和九歲——發現有艘小船在柳樹下的小池塘裡漂浮，儘管他們不曾見過這東西，但並不特別驚訝。有可能是外星製品，在夜裡從太空船裡掉出來。不過對他們來說，這主要就是一個超大型玩具，幾乎跟池塘本身一樣大，而他們沒多加遲疑便決定在船附近打發這個早晨。他們常被告誡在庭院裡有某些東西不能玩，但他們推想，那應該並不包含木製品。

莉莉爬上搖晃的船，在橫過船後方的低矮座位坐下，肩膀筆直，彷彿她在練習她的姿態。船在她的重量下輕微晃動。威廉待在岸上，伸長手抓住船尾。

「我在海上。」莉莉說。

「哪裡呢？」威廉猜疑地問。
「北極。」
他開始左右搖晃船。「風暴來了，」他說，「冰暴。」
她優雅地穩住。「感覺更像漩渦。我們快被拉下深淵，船長淹死了。」
他開始用拳頭敲打船側。「鯊魚游過來了。」
「是鯨魚，」她糾正他。「鑿船者。」
一顆蘋果掠過威廉的頭，擊中船側後彈入水中。莉莉睜開眼，和威廉一起轉過身，知道會是誰在那兒。
「某種非常巨大的冰雹。」一名三十出頭的男子說道，他一頭凌亂棕髮，鬍子飄浮在滿意的笑容上方。
「很壞心耶，馬修叔叔。」莉莉說。「你有可能直接把我打落水。」
「我跟著你們的規則玩，不是嗎？」他矗立他們身旁，雙手抆臀。「而且，莉莉，我又不是瞄準妳。」
威廉沒說話，注視著自己的倒影。
「隨便啦。你來這裡做什麼，馬修叔叔？」莉莉問他。「你總是惹麻煩。」
男人難以置信地搖頭。「麻煩？妳這傻瓜。我要去車站接我的桃姨。我跟蘿倫一起來的。她在照顧媽咪，好讓妳姊姊今天上午可以休息。我們會回來一起吃午餐。」
威廉回頭看向白色的房子，從這一邊只看得見閣樓窗戶，房子的下半部被樹勒住。

他壓低音量咒罵。

馬修湊近他們兩個。「你們要蘋果嗎？」

「請給我一個。」莉莉說。他遞給她一顆蘋果。

威廉沒回答，但馬修還是在他身旁跪下。「我想你的蘋果掉進水裡了，下次或許可以試著接住。」

「我恨他。我恨他。我恨他。」

這會兒他們兩個都上了船並坐在後座。馬修已於十分鐘前離開，因自己那小小的殘酷之舉而自滿。

住在農莊的這戶人家自悲劇和劇變中而生，因此殘缺又扭曲。莉莉和威廉是表姊弟，馬修是他們的叔叔和舅舅。他們的奶奶艾格妮絲・摩諦馬有三個孩子：莉莉的父親是她兒子，威廉的母親是她女兒，但兩位皆已亡故——兒子死於戰爭，女兒死於生產——只剩馬修這個兒子。莉莉的父親因西班牙流感病故幾年後，母親也過世，於是莉莉和姊姊薇奧蕾搬來和艾格妮絲住。隔年，威廉在他父親於一個下午消失後也來了。所以現在三名孤兒和本身是寡婦的祖母一起住在這棟位於村子邊緣的高聳白屋。

艾格妮絲太老，身體又不好，沒能妥善照顧他們，但薇奧蕾夠大了，能夠幫忙。馬修已和蘿倫結婚，搬進村裡一棟較小的房子，他也會在他們有需要時伸出援手。這樣的安排中，唯一的摩擦點介於威廉和他的舅舅馬修之間。馬修認為男孩的父親搶走了他的姊姊，並將男孩視為那畜生的縮小版。他們兩個水火不容。

「噯，」莉莉說，「你有天會長得跟他一樣大，他就不能再欺負你了。」

威廉將一把樹葉、小樹枝和草渣放在前面的椅子上，排出折磨他的人。他將樹葉排成鬍子，橫過樹枝做的嘴上方，一隻眼睛是石頭，另一隻是一大坨泥。

「我們何不把這所有葉子拿去放進他的信箱？」威廉問。

莉莉搖頭。「那可憐的蘿倫嬸嬸怎麼辦？」

威廉轉為安靜，因為蘿倫而舉棋不定。

「那可以等他回來再放進他口袋。樹葉和鼻涕蟲和大便。」

「沒用的，」莉莉說，「他會知道是你。」

「那我們可以跟蹤他到野地裡再用石頭丟他。躲起來的話他就不會看見我們。」

莉莉皺眉，換上最像大人語氣。「那非常危險，威廉，你有可能會殺死他。」

威廉用拳頭敲打木板，樹葉飛了起來。「我想殺他。我希望他死掉。」

莉莉沒說話。他像這樣的時候總是令她害怕。小船輕輕搖晃著。

「我無法忍受你這種心情。」她又在努力學大人說話。「我讓你自己靜一靜，你可以坐在這裡，直到你的怒氣消失。大海非常鎮定人心。」

威廉注視她，雙手捧著下巴。「我可以咬一口妳的蘋果嗎？」

她考慮了一下後搖頭。「恐怕沒剩下多少，這樣並不實際。」

「所以，」六年後，較年長的莉莉對蘭姆醫師說，「事情發生時，我實際上並沒有和威廉在一起。我們分開了大約一小時。我進屋，發現薇奧蕾心情低落，坐在那兒，艾格妮絲的早餐托盤平擺在她膝蓋上，她一動也不動，彷彿在進行某種苦行。姊姊有時候會這樣。我對她說話但她沒回應，於是我拿了一本書到外面的樹下讀。」

「威廉呢？」

「不知道。他出來找到我時我才又看見他。我大約讀了四十分鐘吧。他那時已經冷靜下來。事實上，他看起來很興奮。」

最後的幾分鐘，威廉和莉莉都在樓上其中一個未使用的房間裡玩。對稀少的居住者來說，農莊總是太大，從來都沒必要丟掉任何東西，因此價值五十年的回憶被推入遺忘的角落，或在某些情況下，被推入充滿珍奇玩意兒的不同房間。艾格妮絲在這棟房子住幾十年了，時間長得連房子本身感覺都成了一位家人。外表高傲孤僻，但又性格鮮明且滿是雜物，在那兒撫慰、責備他們。對兩個孩子來說，這房子就是永不枯竭的驚奇泉源。

莉莉看著散落地板的各種椅子，挑出一張以精緻暗色木材打造、因亮光漆而爍亮的椅子後交給威廉。他將椅子小心地擺上一張平坦的大書桌，接著在椅子左右各放一張小桌子，做為權宜的扶手，然後各找一個飾品放在兩張小桌上。一個黃銅獅門擋和一隻瓷狗。他們正試著打造一個寶座。

「我先。」威廉說著爬上書桌。

威廉坐下時，一支椅腳從書桌上滑開，他往後朝牆倒去，兩條腿甩向一旁，撞上一張小桌子，將桌子撞落地，黃銅獅著地時發出一聲轟然巨響。

威廉爬下書桌撿起獅子。莉莉牽住他的手。

「算啦，」她說，「我玩膩了。」

「那要做什麼？」

「我們可以畫畫。」

他對這主意不太有興趣。畫畫她比較在行，而他知道她就是因此才提出這個建議。接著，有股帶著些許童稚的殘酷，點亮了他的臉。「我知道了。我可以給妳看點東西。」

「看什麼？」

「跟我來。」他握住她的手肘，轉過她的身子朝門走去。

這棟房子有兩道樓梯，所以很容易便可避人耳目溜過去。他們爬上一段，停在兩道階梯會合的梯間平臺。最後那段階梯又窄又不牢固，通往他們稱為閣樓房的地方，艾格妮絲睡在這兒。

威廉推莉莉過去。

「她生氣怎麼辦？」莉莉低聲說。

「她在睡覺。」威廉溜上通往高聳木門的階梯，轉動門把。「沒關係的。」門盪開。房裡幾乎空無一物，只有一扇窗子，和窗前的白床。床上除了一堆舊毯子和枕頭之外什麼也沒有。莉莉試探地走上前，一邊納悶奶奶早上是不是都在用這些床單枕頭搭堡壘。幾週前的事件後她的神智就不太清楚了。威廉跟在她後面。

莉莉來到窗前停下腳步。奶奶年邁、扭曲的雙腳從成堆的床單底下伸出來，蒼白泛黃，動也不動。威廉撞上莉莉的背，她轉身面對他，眼睛因恐懼而黯淡。他們一起抓住毯子拉開，床單全部掉落地面。

看見奶奶像個被沖上海岸的東西一樣躺在床上，莉莉尖叫。威廉瞪著她那無生命、扭曲的臉，哭了起來。這完全不是他所想像。

有人去請當地的醫師，蘭姆醫師，而他在十五分鐘後到來。過去兩個月以來，自從艾格妮絲垮掉被抬上床，他便來過這裡數次。她輕微中風，而他從此每週都會來個幾回。莉莉的姊姊薇奧蕾陪同他上來閣樓，希望可以因他在場而得到某些安慰。他進房檢查屍體時，她在兩道階梯會合後的平臺等待著。他打開門，立刻知道發生了什麼事。「她在她自己的床上窒息。」

她的嘴不成樣子地張開，像是一圈垂放桌上的細繩，臉上其他部分都被這個凹洞給囊括，脆弱的長脖子滿是瘀青。他打了個顫，仔細查看。有人曾將全身重量壓在那張嘴上。這人是否將她的下巴推離了關節，抑或這只是死亡的空洞表情？

他離開房間，略微受驚。他在通往閣樓房的拼木窄梯頂坐下，點燃菸斗。薇奧蕾站在底端，緊緊靠在牆上以求支撐，因抬頭看他而表情扭曲。他有如國王端坐寶座低頭注視著她。「這裡沒我的事了。」他吐煙。「我們應該等警察來，就這樣。」

「警察？」薇奧蕾低語。

「妳的奶奶因窒息而死，」這是蘭姆醫師的判定，「她是被悶死的。看來有人趁她睡覺時用那些毯子和枕頭蓋住她，再壓上自己的全身重量，她便不曾再次醒來。」

少女哭了起來。

「經過六年，你還是相同說法？」

蘭姆起身幫自己倒杯威士忌，也給了莉莉一杯。她沒喝過威士忌，但這是新體驗的一天。

為了強調她的問題，她啜了一口酒，但沒料到會這麼刺痛。她的喉嚨脹紅。醫師微笑。

「她是被悶死的？對，這點毫無疑問。她身上沒有其他痕跡，沒被打過也沒有抓傷，只是被悶死在那些毯子下。」

莉莉說話時緊緊握住杯子。「那會很痛苦嗎？」

「會。」蘭姆醫師一瞥地板。「恐怕痛苦至極。會像是貓被裝在袋子裡溺死，只不過是在她自己床上。」

「而儘管有人對她這個無辜的老女士做了這種事，卻沒人被捕。兇手只是繼續過他們的日子。」

「我知道，用這種方式說起來確實感覺頗不真實。剛開始我們以為妳姨婆桃樂絲有可能破解這樁犯罪。她當然試過，但她就算成功了，也沒讓其他人知道。」

「這是我記憶最模糊的部分：犯罪接下來的那幾天，桃樂絲在的時候。我太害怕了，沒辦法注意她說的任何一句話。對我來說，那只是一大堆大人們的談話。」

醫師試著放鬆心情。「我有讀過一些妳也能用同樣方式描述的偵探小說。」

莉莉沒有回應，非常專注地將注意力放在每一口威士忌，擔心若非如此，她可能會因為酒造成的刺痛而吐出來。「請告訴我你記得的事。」

被害人的姊姊桃樂絲·狄克森走進農莊前門，鞋子有韻律感地嘎吱踩過砂礫，正要按門鈴時發現蘿倫在花床附近踱步。她是位婀娜多姿的女孩，幾乎像是一朵花。蘿倫是馬修的妻子，艾格妮絲的媳婦。她的金髮如青草般柔順。

「再這樣走下去妳就要做出蜂蜜了，或是把妳自己織成網。」

蘿倫睜著受驚的藍眼轉身面對她。「噢桃兒，我們當然是在等妳。但是我忘記妳要來了。」

兩名女子走近對方，年長者執起年輕者的雙手。「發生什麼事了，親愛的？一定是我妹妹。」她知道蘿倫決不會來到這間屋子或庭院，而卻仍沉浸於任何其他悲傷中。

「對，恐怕如此。該怎麼說呢？噢，桃樂絲。」覆蓋金髮的頭來回擺動。「她死了。艾格妮絲死了。很遺憾是由我來告訴妳。」

較年長的女子維持著沉默。「好了好了。她那次一跌，我們不是都有所準備了嗎？」

蘿倫用手帕按住眼睛，手帕顏色隨即因她的眼淚而轉深。「不，妳不懂，完全不是那回事。她今天早上被謀殺了。」

「謀殺？」桃樂絲放開她的手，退後一步。她抬頭注視著那高聳單薄如尖塔的房子。一名警察從二樓某扇窗戶俯瞰她。

「至少醫師是這麼認為。他說她是被——噢，我幾乎說不出那兩個字。」桃樂絲又牽起她的手，並輕輕一捏。「悶死。」蘿倫沒費多大力氣便說了出來。

「馬修在哪？」

「他在裡面，跟警察一起。來，我帶妳去找他。」

蘿倫帶著她穿過花床，來到兩扇從起居室朝外開放的落地窗。她們轉過角落時，桃樂絲發現農莊的園丁雷蒙正和薇奧蕾一起從附近田地成排的蘋果樹間走過。他在安慰她，一隻手臂環住她的肩膀。桃樂絲納悶著兩人之間是否有什麼曖昧。

她走進屋裡，看見馬修無助地靠在起居室的角落，同時需要兩面牆的支撐。他樹葉狀的小鬍子被淚水沾濕。桃樂絲將他從他所在位置挖出來，給了他一個擁抱。「可憐的媽咪，」他靠在她肩上發抖。「桃姨，我好難過。」

「好了，好了。」她輕拍他，接著把他拉到跟前。「馬修，你看起來像一瓶牛奶。你知道是誰幹的嗎？」

「不知道。」他搖頭，競爭意識冒了出來。「我跟警察說過我的理論，但不，並不確定。」

「什麼時候發生的？」

「我想蘿倫是最後一個看見她還活著的人。」承認見過她活著的最後一個人，桃樂絲心想。她轉身，但蘿倫已經不在了。她將桃樂絲送到丈夫身旁，接著便飄走。「自從媽咪前幾個月中風，她就會來這幫薇奧蕾。她把早餐送上去，看見媽咪還好好活著。那是今天早上十點的事。我們認為一定發生在十一點左右。」

「孩子們呢？」

「他們都跟醫師在一起。」

「那艾格妮絲現在在哪？」

「她床上。」桃樂絲朝樓梯看去。「樓上有警察，阿姨。他們不會讓你見她的。」

「嗯，不試試就一點用也沒有。」

十五分鐘後，桃樂絲淚眼婆娑地跟妹妹的屍體說過再見，這會兒正要下樓。她在圖書室找到蘭姆醫師，他正用人體有多脆弱的殘酷細節分散莉莉和威廉的注意力。

「有種稱為氧氣的東西，就像血液的食物，空氣中充滿氧氣。所以當你呼吸，就像是你的血液在吃東西。因此如果你憋住呼吸，你會有一種跟肚子餓有點像的感覺。而你如果沒有吸取夠多的氧氣，你就會淹死，就像餓死。」

威廉看似嚇壞了。「那勒死呢？」他低聲問。

「對，非常相似，只是那是因為有人阻隔血液流到你的腦，因此你的腦得不到任何食物。」他將一隻溫暖的手放上這孩子的脖子。「懂了嗎？」

莉莉安靜地站在一邊，她看著桃樂絲走進圖書室，稍稍揮了揮手。桃樂絲彎腰親吻她。

「蘭姆醫師，」桃樂絲說，「可以跟你談談嗎？」他抬頭，嚴肅地點點頭，接著讓兩個孩子從門離開。

醫師住在村子的時間幾乎和艾格妮絲一樣長，而且外表一如以往的好看，只是頭髮現已全部轉灰。但他的嘴依然帶著男孩子氣，雙眼也有與他非常相襯的智慧。「狄克森小姐，對吧？」他同情地微笑。「很遺憾妳失去親人。」

「我不記得那個。」莉莉說，又是十七歲的她，空威士忌酒杯在她身旁的桌上。

「妳也不該記得。」蘭姆醫師鬆開領口。「裡面很熱吧？我是不是該打開窗？」

「我很冷。」莉莉有點羞窘。

他攤開雙手表示聽從。「好，總之，妳的姨婆，如妳對她的稱呼，她想知道有關那場犯罪我所能對她說的一切。她是個非常好打聽的老女士。」

「我對她最深刻的記憶也是這樣，總是想知道我在學校學了什麼，鉅細靡遺。」

「天生的偵探。」蘭姆醫師點頭。「嗯，她問我當天稍晚是否願意參加家庭會議。她說的是『太陽下山之後』，讓這邀請聽起來頗戲劇化。她已經盤問過警察，認為家人在自家人間比較有可能找出真相。」蘭姆醫師眺望窗外，臉上一抹興味的殘影。「當然了，我以為自己受邀以專家證人的角色出席，而非嫌疑犯。」

艾格妮絲・摩諦馬的親屬站在起居室的一邊，兩名客人彷彿書擋。兒子馬修與其妻子蘿倫站在中間，薇奧蕾和蘭姆醫師在他們左側，兩個孩子——莉莉和威廉——還有園丁雷蒙在他們右側。桃樂絲面對他們，開始來回踱步。

「艾格妮絲是個頑固的老女人，」桃樂絲說，「而且滿懷秘密，有時候跟在冬天挖地一樣難搞。但我知道這裡的每一個人都愛她。」

雷蒙左右張望，查看是否有人反對。是啊，就跟喜愛下雨天一樣，他心想。但沒人說話，只有蘿倫轉身看著他，而他活像做什麼丟臉的事被逮到一樣垂眼。

「然而，」桃樂絲接著說，「她今天稍早遭謀殺，殘酷又冷血，在樓上她自己的床上。我的妹妹。」

警察已將屍體放入一輛悽慘小車的後車廂帶走。他們整個下午都在盤問家眷，在雷蒙這個外人身上花最長時間。但他們沒逮捕任何人，在日落之前便離棄這棟房子，像成群移動的昆蟲。

「警察相信她是被她認識的人所殺。」桃樂絲一一注視每個人。「動機還不清楚，不過我自有懷疑。」她抬起手，舉起一根手指，對所有人搖了搖，暗示了某種非直接的指控，幾個實心的手鐲鏗鏘相碰，她的手臂因而有如樂器。「我已將她被殺時在這棟房子附近出沒的所有人都聚集於此，對吧？」

雷蒙清清喉嚨。「不算是，女士。班．克雷科今天也在附近閒晃，我有看見。」

馬修往前一步，有人遭懷疑的感覺刺激他行動，彷彿滿懷期望的狼感覺到獵物。

「班．克雷科，沒錯。我也看見了。有人跟警察提起他嗎？」

桃樂絲看似困惑，並略因被打斷而惱怒。「班．克雷科是誰？」

薇奧蕾從口袋拿出手帕，不由自主地在指間絞扭。

「一個年輕人，」馬修說，「住在附近，是薇奧蕾的同學，常常找藉口來這裡。」

「他是我朋友。」薇奧蕾輕聲說。

「不對的那種朋友。」

「你知道的，他其實頗討人喜歡，」蘿倫說，驅散丈夫滿懷希望的語氣，「完全不是那種會犯下謀殺罪的人。」

「印象有可能會騙人。」桃樂絲轉向外甥。「你在哪裡看見他？」

馬修走去車站的途中經過田地，當時一個頭戴棕色帽子的人看似突然冒了出來。儘管他熟知附近地形，知道這只是透視法的把戲，但他還是嚇了一跳。

「嚇我一跳。」他對眼前幻影說。

班沒有回應。

「噢，」馬修說，「是你。你在這裡做什麼？」

班摸了摸下顎。「你是馬修吧？薇奧蕾的叔叔。我在等鳥。」他敬酒般舉起了望遠鏡。

「了解。」馬修點頭。「你嚇了我一大跳。」

「我一動也沒動，盡可能不嚇到麻雀。」

馬修這輩子都住在鄉間，但還是覺得很不便利，他無法理解地瞪著班。「嗯，我得走了。」

班將望遠鏡靠上眼睛，注視著一棵樹。幾個影子飛開，宛如秋天的摩斯密碼。「幫我跟薇奧蕾打聲招呼。」

馬修走遠後，他回身面對房子，又舉起望遠鏡。朝向他的這一側有一扇窗，就在頂樓的位置。

「他在看房子嗎？」桃樂絲問。

「多少吧。」馬修說。

薇奧蕾用手帕輕觸眼睛。

「看起來是。」雷蒙說。

「那真是有意思。」

蘭姆醫師打斷他們，他說話時用的是一種疲憊的氣音，彷彿某人被不耐煩大傷元氣。「聽著，班一點問題也沒有。他只是個年輕人，迷上了一個女孩。」薇奧蕾心如擂鼓，幾乎要暈厥。「我認識他們家好幾年了，他父親在鎮上開骨董店。無論有沒有用望遠鏡，他們都是非常親切的人。」

「但如果他在看房子，他一定有看見些什麼。他為什麼不跟警察說？」外面的天氣微溫，天色愈來愈黑，然而桃樂絲說話時，不禁讓人覺得暴風雨正在肆虐，彷彿她的每一個聲明都將生出爆裂的雷鳴和閃爍的閃電。「還有人看見任何可疑的事嗎？」

無人回應。

「那我們該輪流說出謀殺發生時各自在哪，以及有沒有注意到任何值得關注的事。」

「妳懷疑我們其中一個人嗎？」薇奧蕾緊張地問。「妳懷疑班？」

桃樂絲走近她。「現在說還太早。」她輕撫女孩的頭髮，自己現在也成了這半圓的一部分，他們在起居室中央留下一個空位，彷彿圍坐在營火旁，正要開始說故事一樣。

「誰想先來？」這問題遇上了沉默。「好吧，最後見到她還活著的是誰？」

蘿輪轉向桃樂絲。「我想那就是我了。」

自從中風後，艾格妮絲每天起床都面臨排山倒海的暈眩和失向感。她非常靜止地躺著，努力對抗想嘔吐的衝動，幻想她的木頭房間位在船頭或是掛在熱氣球下，左右盪來盪去。透窗而入的光線如此明亮、令人窒息，房間邊緣的一切彷彿動輒融入牆中，卻會在最古怪的時刻再次現形。

「這種時候還保守秘密就太不負責任了。」一張臉從木頭中浮現，蘿倫在她沒注意時進房了。「如果妳感覺變得更糟，妳一定要跟我們說。」

蘿倫是個輕盈的金髮美女，嫁給她的兒子馬修。艾格妮絲看得出她的吸引力，但她個人向來不喜歡這女人。

「我們來透透氣好嗎？」蘿倫打開窗，站在那兒眺望風景。「雷蒙在那裡打掃小徑。妳不知道自己有多幸運，不用坐著看他整個早上。他真是個好體格的男人，滿身汗水和肌肉。」她轉身對婆婆眨眨眼。「當然啦，別告訴馬修我說這些話。」

艾格妮絲覺得她這媳婦很煩人，但她發現通常最好保持安靜，直到她自己說膩。

蘿倫這時小口小口咬起她用托盤帶上來的吐司。「那位醫師也是。他總是上來這裡，對吧？就你們兩個孤男寡女。」她面對艾格妮絲，輕蔑的表情一閃而過。「妳為什麼不跟我說話？」

艾格妮絲一手放上喉嚨，另一手伸向托盤。她發出木地板嘎吱嘎吱響的聲音，彷彿她的肺是一棟鬧鬼的房子。

蘿倫看著放在托盤邊上的一杯牛奶，又回頭看著老女士。「妳可以自己拿。妳以為我是妳的女僕嗎？」

蘿倫微笑，一度幻想自己將這些食物丟出窗外——兩片吐司像泥土地上的掌印，然後是牛奶的撞擊，像是朝花床嘔吐——但她壓抑這股衝動。「請盡量及時打點好自己好用午餐。」她走向門。「還有別忘了，妳姊姊今天要來。」

接著傳來木頭嘎吱聲和砰的撞擊聲，金髮幽靈便離開了。

桃樂絲低下頭。「她這輩子見到的最後一張友善臉孔。」

蘿倫點頭。「對。我離開艾格妮絲下樓來。薇奧蕾在沙發上睡覺，我沒事做就回家了，心想可以做一小時家事再過來共進午餐。我回來時她就死了。」

「謝謝妳。」桃樂絲捏捏薇奧蕾的手。「或許妳可以接著說，親愛的。」

薇奧蕾打顫。「對，好吧。」但她突然被恐懼和罪惡感壓垮，幾乎說不出話來。

她夢見班。

想起來真怪啊，兩個月前他還只是童年的一個印象，現在卻無時無刻都在她腦中，彷彿她對雷蒙的慾望還不夠丟臉似的。

農莊的一樓有三個陰鬱的起居室，像消化系統的腔室般彼此相連。馬修發現薇奧蕾在最暗的那間起居室的矮沙發上睡覺，窗簾拉下，書桌和桌子排成不間斷的線，不易走近。

馬修走近姪女。他覺得很無聊。他假裝關切，一手放上她額頭，彷彿檢查她是否發燒。這碰觸吵醒了她，她張口尖叫，但在微光中發現只是叔叔後，尖叫便化為炙熱急促的呼吸，像是被悶住的噴嚏。對於他的存在，這樣的回應比較恰當。

「可憐的孩子，妳一定累壞了。」

在班那場熱烈的夢境之後，他的碰觸有種墮落感。她羞愧地看著起居室最暗的角落。「馬修叔叔，對不起，我早起準備午餐，但昨晚睡得很少。我只是打算坐一下的。」

「沒關係，薇奧蕾。妳為這個家的付出非常了不起，才十六歲，實際上卻是一家之主。」十七歲，但她沒有糾正他。「蘿倫把媽咪的早餐送上去了，我們覺得最好不要吵醒妳。」

薇奧蕾起身走到廚房，馬修跟在後面，還說個不停。「當這一切結束，就許多方面而言對我們所有人都是一種福氣。到時候我們可以確保妳得到照顧。」

薇奧蕾虛弱地微笑。對於奶奶節節退敗的健康，她感到一陣憂傷的劇痛。「希望不要太快。」

「桃兒一小時後就到了。我想去車站接她。」

薇奧蕾皺眉，轉開臉。姨婆來訪，表示她的工作又加重了。「對，你真是太好心了。」

「我想我可能很快就出發。」

薇奧蕾眺望窗外。「來，」他朝門走去時她說道，「孩子們在池塘邊玩，幫他們一人拿一顆蘋果好嗎？」

他點頭，而她從碗裡拿出兩顆和網球一樣又大又明亮的蘋果交給他。

薇奧蕾一一注視每張臉。

「之後我就回去睡了，直到大約一小時後聽見妹妹尖叫。」

「謝謝妳。」桃樂絲說。她同情地看著半躲在馬修身後的莉莉。「然後孩子們發現屍體。從這裡開始換你接手講述多半還算合理，雷蒙？」

他似乎很驚訝居然也叫到他。他挺直身體，得意地扮演起自己的角色。「沒錯。我聽見尖叫。我當時在庭院撿落葉。」

艾格妮絲最近叫人難以忍受。她被困在房間裡，只有庭院窗景可供娛樂，她最近於是沉溺於觀看並批評雷蒙所做的一切。最近他花了些個人時間修理他在車庫找到的小船，昨天他犯了一個錯誤——在她窗戶正下方開始他的工作，他把船上下翻倒上漆。他幾乎撐過了整天，直到接近傍晚，他才聽見她虛弱地召喚他。叫喊令她疼痛，因此她打開窗子，用她的手杖敲打窗框頂部和底部。

他抬頭看窗：一顆眼球上黏著一根針葉。她精神失常，他心想。

「我可不是付錢請你來玩那個木頭玩具。」他走上三層的階梯來到她房間後，她這麼對他說。她只有在與錢有關的時候才會對他說話，或談起他。

她叫他去撿起庭院的所有落葉，為她姊姊的到訪整頓整頓。「沒問題，夫人。」說完他又走下三層階梯，一面幻想她殘破的身體彈下每一階，最後折斷頸子降落在底部。

艾格妮絲過世的那天他起得很早，希望能夠將船完工。但事實證明疲憊感超過他所能負荷，他往木頭踢了一腳，在新鮮的白漆上留下一個腳印。接著他將船拖到池塘丟下水。他想測試看看能否浮起。白漆在水中打旋。

他拿起鏟子和獨輪小車開始收集落葉。蘿倫和馬修抵達時，他正在灌木叢旁低低地彎著腰，因此他們倆都沒注意到他。推車快裝滿時，他看見班站在間隔一塊田地之外、將望遠鏡湊近眼睛，並躲在樹後。等到再裝就會撒出來的時候，他將獨輪車推到兩片圍籬角落的堆肥堆，將推車前傾，然後站直讚嘆自己撿拾的樹葉量。有些開始轉棕，不過大部分還是有毒的綠，堆肥堆看起來有如一碟蔬菜。接著他注意到側邊有一處凹陷，那是個重物丟上去後形成的小洞。

他把手伸進去，拿出一隻死松鼠。屍體沉甸甸地躺在他一隻戴手套的手中，除了頭從掌緣垂落，全身硬邦邦的，彷彿以細繩垂吊。他以拇指摸索頸部。什麼也沒有，只有磨損布料般的柔軟肌膚和裡面一些堅韌的肌腱。這動物先是被勒死，接著頸部骨頭盡數被折斷。

他將屍體扔回堆肥中，低聲咕噥：「為什麼要這麼做，威廉？」

一個小時後，工作完成，他將鏟子放回小屋時聽見屋裡傳來尖叫，看見薇奧蕾衝出前門，兩個孩子跟在後面。

沒幾秒他便來到她身邊。「薇奧蕾，」他溫柔地握住她的手腕，「怎麼了？」

「艾格妮絲，有人傷了她。」

雷蒙試著從她身旁擠過進入屋內，但她一隻溫暖手掌抵住他的胸膛。「不，去找蘭姆醫師。」他沒遲疑，轉身跑走。

醫師家在一哩外，位於村子的另一端。儘管雷蒙匆匆忙忙，但他已調整好步伐，確保自己能夠一路跑到那。所以當他從連接農莊的小路轉上大路，發現蘭姆醫師坐在包圍戰爭紀念碑的矮牆上抽菸斗時，剛開始還以為自己在做夢。

「謝謝你，雷蒙。」桃樂絲說。「這真是太有意思了。蘭姆醫師，或許接下來換你？艾格妮絲被殺時你在做什麼？」

蘭姆醫師看似困惑。「不好意思？」

「請問她被殺時你在做什麼？」

神秘怪病「IL
治療出現一綫

只做了普通的治療而已。
要優先考慮的是其他還在
信其他病患在短時間之內
　然而根據本報記者取得
種非正規的治療方法，這
「靈魂救贖」有關，具體
學界的重要醫療成就，是
追蹤其中的真相。

什麼是ＩＬ

特發性嗜睡症候群（
「ＩＬＳ」，患者會因
個世紀怪病首次在一九
有許多ＩＬＳ患者，
國、英國、巴西、南非
然正式紀錄只有三人，
目前全世界累積已達四
雖然有三分之一的病患
何後遺症，但其餘的病
真正成因和治療方式至

5月31日（月曜日）　【日刊】

東都新聞

S」再起
曙光?!

厚勞省日前公布，已經
（ＩＬＳ），近日又出現
是，這四名患者都在同一
傳出之後，也讓居住在西

目前所有病患均收治在
狀，只是一直昏睡不醒。
但已迅速將所有病患進行
確認病情並未進一步擴散

負責治療的識名愛衣醫
近日獲得重大突破。病患
將進行復健和角膜移植手
私，院方也謝絕所有媒體

但被公認無藥可醫的Ｉ
質疑，本報獨家採訪到識

醫師大感驚訝，其他人茫然地注視著他。「我以為我是來當證人的，而非嫌疑犯。妳究竟為什麼會覺得我的行蹤跟這件事有關係？」

「或許沒關係，但事情發生時，你也在房子附近。這部分目前還沒得到解釋。」

「我把我的時間拿來做什麼跟你們所有人都沒關係，要是對你們說，有可能會侵害我病人的隱私。」似乎沒人被這番論述打動，所有人還是期盼地看著他。「如果你們想知道我為何去戰爭紀念碑，我就是在村子裡散步而已。我習慣上午稍晚的時候散步。我只在那裡坐了一分鐘，並點燃我的菸斗而已。雷蒙在那裡遇上我，我派他去找警察，我就沿小路過來了。當然，當時她已經死亡。根據外觀判斷，死亡已經三十分鐘。」

「那好吧。」桃樂絲略受他提高的音量威嚇。「感謝你的澄清。」

六年後，莉莉正在聆聽同樣的聲音說話。「在那之後，她不敢再指控我，至少不敢當著我的面。」

「你當時真的認為她把你視為嫌疑犯毫無道理，還是只是你心胸狹窄？」

蘭姆因這未經刪減的侮辱而大笑。「我不確定我還記得，不過我真的只是在散步。整件事都頗為荒謬。」

「我想也是。」

「但讓我接著說吧，這是妳最感興趣的部分。」

醫師在半圓中央踱步。「妳的思路，桃樂絲，是有問題的。誰都有可能從任何角度溜進這間房子。庭院是亂七八糟的灌木叢和樹，房子本身的門比牆還多。如果妳想知道是誰做的，最好還是找找動機吧。」

「而這裡的任何人都不會有動機，」馬修說，「所以一定是外人做的囉？」

「沒錯。」蘭姆醫師說。

「動機是錢。」桃樂絲輕聲說，但所有人都停下來聽。

「錢？」馬修問。「什麼意思？」

「艾格妮絲大約一週前在信裡稍微提到，她覺得有人在對她下毒。上週有天早上睡醒時她覺得自己幾乎要死了，因此確信有人在她的飲料中放了東西。」

這跟她平常的暈眩有所不同，感覺像是有羽狀的東西活在她體內，一隻靜不下來的天鵝蜷伏在她內臟，脖子沿她的喉嚨伸展。她在劇痛中緊緊咬牙，得到顯而易見的結論：有人想毒死她，但低估所需劑量。他們之中誰都有可能。放在她床邊的水罐整天都在那兒，誰知道之前又放在哪。

醫師聽起來極為憤怒。「妳有告訴警察嗎？」

「我原本希望沒這必要。」桃樂絲平靜地注視他。「她也感覺有人搜過她房間，幾個小東西的位置變了。」

「但是，」馬修說，「媽咪沒什麼可偷的。」

「不盡然。」桃樂絲說。「你父親還健在時，當時田地收穫滿溢，他會買珠寶給她。一年買一件，慶祝週年。」

「對，我聽過這故事，」馬修說，「但她都在艱困的時候賣掉了。」

「沒有。」桃樂絲說。「她騙你的。她什麼都賣了，但無法忍受跟她的鑽石分離。」

「真是可怕。」蘿倫頗為興奮。「那些鑽石被偷了嗎？」

「不知道。」桃樂絲說。「我不知道她收在哪。她把鑽石都藏起來，一開始是因為說謊而覺得丟臉，後來是因為安全問題。」

「還有其他人知道嗎？」馬修環顧左右。

「我知道她保留了幾件小東西，」薇奧蕾說，「但不是鑽石。我打掃過她房間，每一寸都掃過。沒有可能藏鑽石的地方。」

這一天的末尾涓滴流盡，而她還醒著。在現已黑暗的房間中，艾格妮絲坐在打開的窗邊聆聽樓梯上的腳步聲。

她往前靠，從窗框拔起一塊老舊破裂的橫木，窗戶關上後會靠在這塊木頭上。木頭後面有一道細細的裂縫，一直延伸到牆上，那裡有一個鑿入磚塊的藏匿處。她從裂縫中拉出一個粗布囊，小心地將內容物倒在她椅子旁的桌上。珠寶流水般地輕輕落到銀托盤上。紅寶石、祖母綠，還有鑽石，在月光下都半成黑色。白天時拿出來看並不安全，只有在通往她房間的嘎吱樓梯為夜晚屏住呼吸時才可以。總共有三十顆，構成淺淺一堆，看起來像孩童冒險故事書裡埋藏的寶物。

他們都想要這些，這份又淺又重的財寶。

蘭姆醫師替兩人再各倒一杯酒。「不會還冷吧？」

莉莉雙手滑過雙臂。「我覺得讓我的血液變冷的是這個話題。」

「很抱歉。」他說。「我們可以停止。」

「不，不，我沒事，真的。」

「無論如何，我覺得我們已經來到最後了。我離開，讓妳桃樂絲阿姨自己玩她這個幼稚的遊戲。」

「姨婆，蘭姆醫師。把細節弄對很重要。」

「很好。我讓妳姨婆繼續猜測，走了出去，所以我的故事只能結束於此了。她又堅持扮了偵探幾週，甚至審問了村子裡的其他人。當然了，那只讓他們確信我們都是嫌疑犯。我就是在這個時候考慮起搬家。我知道她幾年前過世了？」

「沒錯，比艾格妮絲晚一年。她的話完全是自然死亡。」

「很遺憾。」

「她當然不曾審問我。」

「我有注意到她漏了那部分。除了找到屍體，妳記得那天的任何其他事嗎？」

「噢是的。」莉莉說。「我全部記得清清楚楚。」

桃樂絲的集會解散後，威廉和莉莉發現自己來到二樓幾個狹窄儲存空間的一處。這麼晚不睡對他們來說是罕見的好事。他們應該被送上床，但所有人都心不在焉，也沒人想承認如此重要一天的結束。現在他們單獨在一塊兒。

莉莉在挑弄一道鬆脫的壁紙。「姨婆在扮偵探，你覺得她會破案嗎？」

威廉沒回應。他站在一處遭遺忘的窗臺旁，窗臺上排著幾年前的耶誕卡，他看著外面模糊的風吹草動。她從後方走近。

「威廉，我們去看她的屍體時，你已經知道她在那兒。」

他搖頭。「我不知道。」

「你說你要給我看個東西。」

「我不知道會像那樣。」男孩啜泣。

她躡足走向他，接著將一隻安撫、探詢的手放上他肩膀。他轉身，這會兒不加掩飾地哭了起來，淚水從下巴滴落。她看著他。他伸出一隻胖乎乎的拳頭，月亮般懸在空中。她用另一隻手碰碰拳頭，而它打開。她低頭注視拱成杯狀、壓出紅印子的手掌。他掌心是一只閃閃發光的鑽石戒指。

「就是那樣，」較年長的莉莉說，「我破案了。我表弟威廉殺了她，對我那十一歲的心智來說，我是歐洲最厲害的偵探。」

「嗯。」蘭姆醫師說。「妳一定沒告訴任何人。」

「當然，這起謀殺案令我膽寒，但我還是想保護他。我永遠都會站在他那邊。長久以來，我一直認為他真的殺了她，畢竟他讓我看了證據。」

「但妳現在沒那麼確定了？」

「當你把幼稚的幻想擺一邊，事情其實兜不太起來，對吧？他沒有認罪，只是讓我看其中一顆消失的鑽石而已。更有可能的是他自己發現了屍體——在我們一起發現之前，而戒指就在床邊的地上。」

「也有可能是某人把戒指給他。但妳沒問過他？」

莉莉一臉悲傷。「一旦最初的衝擊過去，我是該問他更多細節的。但我怎麼也沒料到我們這麼快就失去聯絡。在那之後一定不超過幾週。馬修繼承了房子，不想讓威廉繼續住在那兒。因為威廉的父親，他一向討厭威廉。」

「沒錯，他去跟園丁住在一起？」

「跟雷蒙，他一向同情威廉。他們處得很好，雷蒙和他妻子也膝下無子。這似乎是命運的安排。但他們三個幾乎立刻遷居。發生了這樣的事，雷蒙不想繼續在農莊工作，也聽說有其他工作，於是他們離開了。這全部發生在幾週內，而我從此沒再見過我表弟。在我們拒絕威廉之後，他不想再跟我們有任何瓜葛。」

「那是我們唯一的線索嗎？」醫師揚起一邊眉毛。「一個年紀太小，無論如何都不可能殺死她的嫌疑犯？」

「不只如此。」莉莉抿唇又啜一口威士忌。她現在喝習慣了，還想著是不是該也要根雪茄。「首先是大約一年後桃樂絲的葬禮。薇奧蕾的婚禮則緊接在後。」

「跟班・克雷科？」

「沒錯，跟班・克雷科，奶奶被謀殺那天曾在房子附近出沒的人。艾格妮絲死後他也沒離開。我想薇奧蕾應該感覺這悲劇釋放了她，頗公開地開始和他來往，他們很快便訂婚了。」

「妳叔叔一定很高興吧？」

「噢，馬修一點也不喜歡，但他沒怎麼抱怨。雖然他對待威廉的方式很可惡，但他很仁慈，讓薇奧蕾和我繼續住在農莊。不過我們還是覺得像拖油瓶，我很肯定他對擺脫她如釋重負。薇奧蕾自己也亟欲逃離。這場婚姻是必然的。」

「真浪漫。」蘭姆醫師說。

「無論如何，我們都沒真正懷疑過班會是兇手。這想法似乎很荒謬，畢竟他對我們家幾乎一無所知，更絕不會知道鑽石的事。只有馬修叔叔堅持我們要把他視為嫌疑犯。」

「但妳從某個時間點開始認同他？」

蘿倫、馬修和莉莉組成的小家庭圍坐餐廳的桌子吃遲來的午餐。有人敲門，是薇奧蕾。「馬修叔叔、蘿倫、莉莉。」她走入廚房。「你們好嗎？」她坐下。「我只是非得讓你們看看班買給我的戒指。」這個時候，他們已結婚六個月了。「他一直在存錢。你們看到就會懂了。」

她將手伸到擁擠的桌面上方，展示出嵌在簡單銀圈上的巨大鑽石。「是不是很美？」

蘿倫和馬修看著彼此。

「對，非常美。」蘿倫說。

「非常。」馬修說。

莉莉沒說話，不過她注意到這戒指和十八個月前威廉給她看的那只非常相像。班和奶奶的死有關嗎？真的有可能嗎？

桃樂絲還跟我們在一起就好了，她心想。

「但妳在這案子的進展比桃樂絲多太多了。」蘭姆醫師說。

「有嗎？班、威廉、剩下的人。這些都是一個整體中無法調和的部分。」

「但妳有真正的嫌疑犯，她只有懷疑。」

莉莉覺得她的了解有所缺失。「就連你也可能聽說過接下來發生的事，非常轟動。」

蘭姆醫師點頭。「園丁雷蒙的事？」

莉莉十五歲生日那天，蘿倫為她買了一件洋裝，正看著她穿著洋裝在起居室裡展示時，馬修於震驚的狀態中下班回到家。「我從站長那兒聽到流言，妳們不會相信的。」

他完全忘記這是莉莉的特別日子，幫自己倒杯雪莉酒後便坐下。「古怪極了。」他頭髮被手指一再耙過的部位亂成一團，指甲因沾上油脂而閃爍。「跟雷蒙有關。」

莉莉在蘿倫身旁坐下。自從謀殺案後，她們都沒再見過他，這會兒聽見前園丁的名字，她們都豎起耳朵，知道無論馬修接下來說什麼，一定都會將她們帶回艾格妮絲的謀殺案。

「他死了。」她們都沒動，不想洩漏想法。「在倫敦被殺。看起來有場搶劫。顯然他到處找門路賣鑽石。在貧民窟，盡可能避開正當的地方。那天殺的傻瓜害自己被搶劫並被殺。他們刺死他。」

莉莉在腦中看見雷蒙掙扎著呼吸，喉嚨緊縮，一隻手鬆鬆蓋住腹部的傷口。

馬修看看她，又看看她嬸嬸。「妳們知道這代表什麼意思嗎？」

她們完全知道這代表什麼意思，蘿倫將它化為話語：「若非殺死你母親，他從哪弄來這些鑽石？」

「正是如此。」馬修說。「我一直覺得他很可疑。」

「那是幾乎三年前的事了。」莉莉說。「我試著寫信問威廉他好不好，但信從來沒送達，都未拆封退回。顯然雷蒙的寡婦又帶著他搬家了。」

「不幸的小孩。」

莉莉嘆氣。「可憐的男孩。他現在十五歲了，而這將我們帶回現時。」

「妳跟妳姊姊對質過嗎？」

現已微醺的莉莉對他瞇起眼。「什麼意思？」

「我的意思不是她跟謀殺有關，不過她對她當天早上的行蹤顯然說了謊。」

莉莉喝乾她的酒。「你自己也不算太差的偵探，醫師。醫師、偵探。現在大聲說出這兩個詞，它們感覺還真像。」

「慢慢來。」他從她手中拿走杯子。

「對，沒錯。我在謀殺案那個早上看見薇奧蕾時，她狀況很差，心煩意亂又心不在焉。我後來問過她。蘿倫離開後，她上去收拾艾格妮絲的早餐托盤，艾格妮絲對她尖叫，指控她想要她死。嗯，那沒什麼不尋常，但薇奧蕾深受影響。她沒跟警察說。」

「所以薇奧蕾才是最後看見她還活著的人？」

「最後承認的人。」

「當然。」醫師看似陷入沉思。

「我還有一個問題想問你。」酒精給了莉莉勇氣。「我想問你的事實上是一段回憶。」

醫師點頭。

「我把威廉留在船上後，以及帶著書坐定之前，我繞著庭院走了幾圈，在找地方坐。我在一個地方把頭探出樹籬，看見你和蘿倫在小路的另一端擁抱。你在親吻她。」醫師將椅子微微旋向牆，彷彿想使這指控轉向。「沒錯，妳嬸嬸和我。這令妳困擾嗎？」

「要看你們兩個一起做了什麼。」

他嘆氣，看了看錶，或許是在找藉口結束這場對話，或許藉此幫助回憶過往，她無法確定。「顯然我們對警察說了謊。我們調整了各自對那天的描述，好避免提及那場小相遇。事實上，到那個時候，我們已經往來好幾個月了，謀殺發生時我們就是一起待在你叔叔村裡的老家。」

「真是下賤。」莉莉恍惚地說。

醫師哼了哼。他從桌上拿起一枝筆，身體往前靠。「妳可能太年輕，沒辦法了解那種衝動。」她感覺到一陣刺痛的羞愧，看著他手中的威士忌酒杯。「最近我開始認為人類的生殖系統，」他用筆對著約莫她子宮的位置畫圓，「更像毀滅的引擎，而非生命的引擎。」

她將膝蓋抬高縮到腹部，腳放在椅子邊緣。「那你沒有遺憾？」

「我有的是不在場證明，如果妳真正關心的是破案。」

她聳肩抖掉這非難。「嗯，有人能證實你的不在場證明嗎？如果沒有，那也派不上什麼用場。」

「妳問過妳蘿倫嬸嬸嗎？」

莉莉的嘴抿直，皮膚略微撐緊。「很遺憾，我以為你知道的。她去年過世了。」她回想蘿倫棺木中的屍體，雙眼充血，脖子腫脹。「病毒感染，畸形的東西。」

醫師臉色轉白。「我並不知道。」

他轉為深思且沉默。因為儘管蘿倫的身體在冰冷地板上抽搐的畫面令他震驚，他仍不禁生出一股勝利的感覺。她是他的其中一樁罪，而他撐過去了。事實上，他可能會撐過一切。

「很遺憾聽到這個消息。」他說。「上天為證，你們家已經歷太多磨難。」

她懷疑這番言辭有意貶損，垂眼看著地板。

「嗯，」她端出最後的正式程序，「關於那天，你還有任何其他能告訴我的嗎？」

他起身。「還真有。」他又斟滿酒。「妳離開這辦公室後，可能會突然納悶起蘿倫和我怎麼知道那個幽會地點是安全的？那是個馬修沒有工作的一天，而我們待在他自己家裡。那是因為他要去車站接桃樂絲，或說他是這麼說的。這趟路來回各需要二十五分鐘，但他並沒有接到她，對吧？她是自己到的。這會讓妳懷疑起他到底去了哪？」

我們姑且聽任蘭姆醫師懸宕在他的辦公室與臨終之床之間，退後一步。

身為本故事的作者，我在此的責任是確保現在已呈現出足供讀者自行解決這樁謎案的證據。讀者中更具雄心者或許會想稍停片刻，試圖自行破解。

時間來到五年後。

蘭姆醫師從兩個矩形間看見黎明。他透過眼鏡眺望窗戶。他寫下她的名字，再無其他。「最親愛的莉莉。」

接著悲傷將他耗盡。而今他來到生命的終點，看見他們造成的改變有多微小，他的罪行似乎不可能開釋，也因為同樣理由而不可能後悔。

「五年前，妳帶著有關妳奶奶謀殺案的問題來找我。當時我沒有把我所知的一切都告訴妳，原因稍後便會清楚。事實上，我做了相反的事，而我給妳的最後暗示是一個誤導。妳叔叔確實去了車站，但他弄錯火車時間。或許妳已有起疑，只是太禮貌而不說？妳是個令人欽佩的女孩，我希望過去這幾年的時間有善待妳。桃樂絲會為妳感到驕傲的。」

他深深嘆息。他在拖延坦白的時間，而他自己也知道。「那次會面，妳讓我坦承我的其中一個罪行，也就是我與妳蘿倫嬸嬸的戀情。但我還有其他事沒坦白：我在艾格妮絲謀殺案中扮演的角色。這件事的開頭是班．克雷科。」

「打擾了。」年輕人開口叫喚時，醫師正在一個暮夏日從戰爭紀念碑旁走過。

「是班啊，你好嗎？」

班站起來。「你是不是剛從農莊回來，醫師？你介意我和你一起走嗎？」

「對，我是，還有不，我不介意。來吧。你想知道薇奧蕾的事嗎？」

「今天不用。」班說。「今天，我想問你鑽石的事。」

「那是我第一次聽說鑽石的事，」蘭姆醫師寫道，「但班很堅持。艾格妮絲曾請他父親幫她賣掉，當時她一度有此打算，而他經營骨董生意，對那一類的事很了解。當艾格妮絲取消交易，她要他發誓保密，但他當然把一切都告訴了他兒子。班知道我常待在她房裡，問我有沒有見過鑽石。我沒有，但我向蘿倫問起。她告訴我那些往事，也就是艾格妮絲的丈夫還活著時，他們前景光明，他每年為她買一顆鑽石做為週年慶祝。在戰爭前。但她以為那老女人多年前便已盡數賣掉。」

光線轉弱，他對紙張瞇起眼。

「我告訴她班拍胸脯保證絕非如此，接著我們一起策劃了一個計畫。這是在艾格妮絲偶然及時生病、我花很多時間待在那棟屋子裡之後的事。我承諾想出辦法在一次拜訪時讓她服下鎮靜劑，蘿倫再進她房間搜查。我們並不打算拿走所有鑽石，只要足以讓我們三個慷慨平分就夠了——也算班一份——但蘿倫沒找著。她找了一小時，到處都找不到。我們不知道艾格妮絲起床後還感覺到鎮靜劑的效果，並起了疑心，所以幾天後，我們計畫再試一次。這一次我會跟她一起幫忙找。」

班用望遠鏡掃視庭院的角落和隔籬，終於在樹木之間找到他們倆，蘿倫和蘭姆醫師。

「他們應該更小心的。」他自言自語。

他先繞大圈避開正在房子另一邊忙著撿落葉的園丁，還有薇奧蕾那個在樹下讀書的妹妹，然後在小路最高處攔截他們——他先前已經看見馬修離開家去車站——走出去打斷他們：「我要跟你們一起去。」

蘿倫疑心地看著他。「為什麼，你不信任我們嗎？」

「我們想讓找到的可能性最大化，對吧？」
醫師搖頭。「但如果你被發現，我們要怎麼解釋你為什麼出現？」
「不會走到那一步。」蘿倫說。「薇奧蕾在起居室睡覺，如果我們走另一道階梯，她不會聽見。」
「好。」醫師攤開雙手，接著轉身面對蘿倫。「妳給她鎮靜劑了嗎？」
蘿倫點頭。「加在她牛奶裡。」
「那我們這次一定要找到。」
「我一直在看她，」班舉起望遠鏡，「但沒看過她藏在哪。」
「你們找不到的。」一個細小的聲音從樹木間傳出。「她從不在白天拿出來。」樹葉一陣窸窣，一個人形從附近一叢接骨木鑽出來。是威廉，壓碎的果實染黑他的雙手。
「我知道在哪，藏得非常隱密。」
「那在哪？」班問。
蘿倫在孩子面前跪下。「威廉，你怎麼知道藏在哪？」
「她有一次離開房間，我爬到她床底下，本來想嚇她，但是她回來的時候甩上門，我太害怕了。我在那裡待了一整晚。她都在晚上拿出來。」
醫師努力壓抑微笑的衝動。「你不告訴我們藏在哪嗎？」
男孩搖頭。「我帶你們去。」他神情自大地說道。
蘿倫抬頭看蘭姆醫師，然後快速瞥一眼班。她的視線回到孩子身上。「威廉，你可以保守秘密嗎？」

蘭姆醫師按摩著他的手，他寫滿兩頁了。光線漸漸轉弱，但他想在天黑前寫完。他再度拿起筆。

「嗯，就這樣。我們四個一起上去艾格妮絲的房間，沒花太大力氣就從你和雷蒙和薇奧蕾旁邊溜過去。威廉指出窗框上鬆脫的木頭給我們看，木頭後只露出帆布囊的角角，拿出來時很像從蘋果拉出蟲，稍微有一點點阻力。然後我們把帆布囊裡的東西全部倒在桌上。數量比我們預期還多，如此炫目。感覺好不真實。小威廉是我們之中最興奮的。」

「你們！」

他們轉身。艾格妮絲坐在床上。枕頭上原本枕著頭的位置有一塊暗色潮濕的汙漬。早餐後她太虛弱，碰不到窗子，於是她非常小心地將那杯牛奶倒在枕頭上，讓蘿倫以為她喝下去了。然後她躺回去，用頭髮蓋住枕頭。

「我知道有人不懷好意，但居然是你們四個聯手！」

班毫不猶豫地前進一步，從床邊的衣箱拿出備用床單丟到老婦身上。很快地，她看起來有如鬼魅。接著他將床單全部拱向她。「來啊，現在不能回頭了。」

她看見太多，他們知道他們必須怎麼做。沒人反對，就算威廉也是，他似乎以為這是一場遊戲。他們把他們所能找到的所有寢具都丟到她身上，然後爬上去。他們四人共同犯下這樁謀殺。在他們四人的重量下，她幾乎無法掙扎，但他們還是感覺得到下方在動，於是抓住彼此坐在上面，直到艾格妮絲不再動彈。為了確定，他們在原位多逗留了幾分鐘。然而，他們之中沒人願意掀開床單看她的屍體。

「我們當然換過枕頭。沒人注意到床墊有點濕。然後我們把藏匿處封起來，除此之外一切保持原樣。最糟妳可以說我是一個不情願的共犯。」

他嘆氣，不知道這樣說是否精確。就算到現在，如實坦承還是很難。

「蘿倫和我透過班的父親賣掉了我們的份，他什麼問題也沒問。但當時威廉已經搬走。我們當然也給了他一份，希望那會讓他閉嘴，也確實這樣過了幾年。但他一定在某個時間點把所有跟鑽石有關的事都告訴雷蒙，而那傻瓜顯然把鑽石帶去倫敦，太過高調，最後落得在小巷被刺殺。」蘭姆醫師微笑。「雖然不多，但這是我所能給妳唯一類似正義的東西了。」

他漸漸失去耐性，而且手發疼。

「謀殺後，蘿倫似乎對我失去興趣。我想罪惡感應該超出她所能負荷。所以我讓她跟馬修待在一起，而我來此，來倫敦，這裡沒人會注意我的財富突然有所變化。而我過得很寬裕，就這樣。我覺得那是我們所有人在那場謀殺中最大的收穫：只是一點寬裕。我很想說很值得，但我不確定這是不是真話。希望妳能好心原諒我們。葛溫·蘭姆醫師敬上。」

他放下筆，悲傷地注視窗外的黑暗。接著他開始咳嗽。他咳了好幾分鐘。然後他去浴室，在署名旁留下一個鮮紅的血點。

12 第六場對話

茱莉亞．哈特的手指滑過最後一段文字。**「他咳了好幾分鐘。然後他去浴室，在署名旁留下一個鮮紅的血點。」**

時間晚了，讀到最後一頁的一半時，她的眼皮已開始沉重。「不好意思。」她打呵欠。

格蘭填補沉默。「又一個卑鄙的故事。我們討論過謀殺謎案的定義了，所以現在我能做的事當中，或許最有用的就是說明怎麼從定義導出這個故事。」

「對。」茱莉亞拿起筆。「我很想聽。」

他們坐在一個木造小棚屋裡，距離格蘭海灘上的小屋幾百碼外。裡面有一個存放了一條小船的架子，還有空位放另一條。他們打開面對大海的寬闊雙開門，坐在剛進門的兩張木折椅上。平整無瑕的沙地從他們眼前往下方的大海鋪展，整齊一如地毯。

「我們看過好幾個嫌疑犯中最後只有一人是兇手的故事了，今天早上讀的則是到最後所有嫌疑犯都是兇手。嗯，根據定義，我們馬上清楚知道也有介於兩者之間的，可以有恰恰一半嫌疑犯最後是兇手，或是任何其他比例也都可以。」

「我們這裡有班、蘿倫、威廉和蘭姆醫師。」茱莉亞說。「模糊的陌生人、小男孩、醫師和他的情婦，四名兇手，而我總共數到九名嫌疑犯。」

格蘭點頭。「重點是，嫌疑犯中的任何子集合最後都可能有罪。有可能是四分之一、一半，或甚至除了一名嫌疑犯之外全部有罪。根據定義，這些解式都同樣成立。這故事單純描述出這個論點。」他坐在椅子上往前靠。「我跟妳說過這定義是一種解放，這就是原因。它幾乎創造出一種新的類型：現在，除了猜誰是兇手，讀者必須猜個別嫌疑犯是否涉入犯罪。可能的結局數量呈指數性成長。」

茱莉亞一副沉思的模樣。「你不擔心這樣的自由幾乎有點太多嗎？如果所有嫌疑犯都有罪，讀者要猜到真正的結局幾乎就是不可能的了，感覺頗任意多變。」

「讓像那樣的結局令讀者感到滿意是作者的挑戰，那倒沒錯。然而它本身並不會比任何其他種結局更任意多變。請記住，我已經否定將偵探故事視為邏輯謎題的觀點，在後者之中，線索定義出某種唯一解法，而推演這解法的過程幾乎就像數學。然而並不是，偵探故事從來就不是數學，一切都只是巧妙的手法。」

她記下他所說的每字每句。「這無疑是一種有趣的觀點。」

「我們必定不可忘記，」格蘭接著說，「謀殺謎案的核心目的是給讀者幾名嫌疑犯，並保證在大約一百頁之內，其中的一或多人將被揭露為兇手。那正是這個類型之美。」他的視線飄向海，彷彿看著她說出「美」這個字是不禮貌的。「偵探謎案呈現給讀者少量有限的選項，到最後再繞回來，並將結局付諸其中一個選項。仔細想想，人類的腦竟會因這樣的解法而感到驚訝，這真是一個奇蹟。而定義並沒有改變這點，只是釐清可能性而已。」

茱莉亞點頭。「對，我沒這樣想過。那麼手腕就在於誤導：在於挑選在某些方面看似與你寫就的故事最不相符的解法，但在其他方面卻又完美相符。」

「對。」格蘭說。「也就是這一點區隔出謀殺謎案和其他結尾出人意表的故事。可能性一開始就呈現給讀者，結局只是回過頭指明其中之一。」

一盞骨董燈掛在他們身後的天花板上。茱莉亞開始讀的時候太陽已經下山，此時的小棚屋是一盒酸腐的黃光，埋在夜晚星光點點的藍色中，彷彿洞窟中的寶石。茱莉亞覺得輪到她說話了。

「跟其他故事一樣，」她說，「這個故事也有一個小細節格格不入，我讀了幾次才注意到。」

格蘭在點頭。「我想聽聽。」

茱莉亞翻過一頁頁筆記。「我首先發現，儘管艾格妮絲是被悶死的，故事中卻提到好多次勒殺。一開始是松鼠被發現遭勒死，然後我們看見醫師對威廉解釋勒殺。就連房子本身也被描述為『被樹勒住』。感覺就像這些細節被放在那裡以預示某些不曾發生的事。」

「對。」格蘭說。「很有意思。我沒注意到。」

「第二次讀的時候，我發現描述故事中的每一個死亡時都會用上至少一個勒殺的表徵，就算一點道理也沒有。剛開始時，醫師應該是正因肺癌或胰臟癌而瀕死，但他卻聲音粗啞。艾格妮絲的頸部有瘀傷，但並沒有相關解釋。然後當雷蒙被刺殺，莉莉幻想他喉嚨緊縮、無法呼吸。就連蘿倫的屍體也有充血的雙眼和腫脹的脖子，而她是死於病毒感染。」

「對，」格蘭說，「那非常令人困惑。這矛盾或許比其他故事微妙些。」

燈光在他們身後閃爍。格蘭舉起手將燈從天花板取下。燈油快用完了。他熄掉燈，只留下月光。

「你一直獨居於此嗎？」

「對，沒錯。」格蘭說。他在椅子上挺直身子，轉身面對她。「稍早妳問我是不是對大海著迷。我現在有個答案。」

「我很想聽。」

「對我來說，大海就像有隻寵物狗在壁爐旁睡覺。當我靠近它，就算是在我的小屋裡，彷彿就像我能感覺到它在呼吸。海就像某種同伴。獨居海邊比較不那麼孤獨。」

茱莉亞搖頭。「不好意思，我沒辦法認同。」微弱的腐肉味乘微風重回，她看著海，不由自主就是會幻想自己溺死其中。「對我來說，大海總是有點嚇人，像排下顎般湧動，咀嚼其中的一切。海不會偶爾讓你想起死亡嗎？」

格蘭的回應有如謎語。「妳會以為海會讓妳有此聯想，但實則不然。」

茱莉亞沒說話。

三十分鐘後，茱莉亞．哈特回到旅館房間，摸黑上樓。她打開電燈，在窗邊的書桌前坐下。明亮的燈光反射擋住了星星，只剩下她還能在房間陰暗的部分裡看見的那幾顆。她揉揉眼，打開窗，好讓夜晚清涼的空氣為她提振精神。然後她拿起筆。

面前的書桌上有一本綠皮裝訂的小書。這是原版的《白色謀殺》。她將書滑向自己，翻開接近書末的位置，用一顆卵石壓住。她拿起筆記本，翻到空白的一頁。她從頁緣撕下兩個方塊，各寫上一個問題，接著身體往前，將兩張紙釘在窗臺上。一張寫著：「誰是法蘭西斯．嘉納？」另一張：「他跟白色謀殺案有關嗎？」她思索片刻，接著加上第三張，這張是早晨的提醒：「跟旅館經理談談。」

她翻到新的一頁，看了看時間。還有好多事得做。她吸氣，屏住氣息片刻，試著集中注意力。電燈嗡嗡作響，聽起來像牆上滿是昆蟲。

她吐氣，開始書寫。

13 樓梯上的陰影

經過週日令人窒息的沉默，週一早晨是趣事發生的第一個機會。中午前，偉大的偵探萊諾·暮恩收到兩封讓他毫無頭緒的信件。

他出門工作時發現第一個：一盒巧克力和一張卡片。他踏上公寓外的走廊，看見一個低淺的矩形盒子放在他的地墊中央，看起來像是麥草田中農舍的模型，卡片則是某種屋頂。他拿起盒子，感覺到巧克力在裡面喀喀滾動，腦中冒出骨頭在棺材裡滾來滾去的畫面。卡片上則以兩撇深藍色墨水寫了一個X字。

「是禮物嗎？」他問自己，「還是某種警告？」

萊諾·暮恩沒幾個朋友，他想不出誰會買巧克力給他。他退回公寓，將盒子放在門旁的小桌上。接著他鎖上公寓，離開大樓。

他在那天傍晚下班到家後發現第二個信件。那是一個用膠帶黏在他門上的信封，上面則以筆畫蜿蜒的大字寫著他的名字。他還站在走廊上便打開信封，裡面是一張他的「照片的照片」，影像中的他正要離開這棟大樓。拍攝的位置是外面的街上，或是對面的商店。他知道是「照片的照片」，因為影像中的影像有一點扭曲，彷彿是擺在桌上，往後斜拉開與照相機的距離，粗白邊不太直，模糊的影子蓋住相片邊和其中的影像。

「照片的照片。」他自言自語。「那到底有什麼意義？」

如果他稍加思索，或許會假設這兩個信件，巧克力和照片之間有某種關聯。然而事實上，照片的效果——將照片拿在面前，看見自己縮小的側影有決心地大步橫過他的手掌——讓他完全忘記巧克力的事，進入自家公寓時甚至沒注意到它們。

「一個訊息。但它試圖告訴我什麼呢？」

他帶著信封和內容物到廚房，一面等爐盤上一鍋湯加熱，一面研究它們。鍋子是個多節、金屬的東西，裡面的湯是黃色的。儘管被視為全歐洲最厲害的偵探，萊諾·暮恩卻過著非常簡單的生活。他在一棟高聳的公寓大樓中租下幾個房間：一間角落附廚房的起居室和一間臥室——大樓位於一條起點是倫敦某廣場的堂皇大街。走廊底是共用的浴室。房東太太哈莎米太太，是一名寡婦，獨居頂樓。

他聽見湯沸騰，將湯鍋從火上移開，內容物倒入一只有缺口的白碗。他一面吃晚餐一面檢視信封，小心不在之後可能成為證據的東西撒上任何東西。沒有不尋常的標記，也看不出從哪裡送來。他放下信封，改拿起照片。跟信封本身沒多大差別，他心想，只有一個影像整齊地裝在另一個影像中。只不過沒辦法打開照片檢查內容物。

「似乎隱約有點威脅感。」

如果有人寄他的一般照片給他，他會假設照片的意圖就是警告：一則訊息，說明有人在監視他，以圖像的方式表達。但照片的照片感覺就曖昧多了。他湊近看，發現這是拍攝雜誌中某一頁的照片。幾年來，當他的名字出現在知名案件時，幾本雜誌刊登過他的側影。底部有一排黑色痕跡，一定是文章第一行的頂部。有人翻開桌上的雜誌，拍下那一頁。

「但是為什麼呢？」

他已對偵探生涯心生厭倦，但這謎團仍成功讓他入迷。他逼自己不要再思考。他用冷水洗淨碗和湯鍋，收入碗櫥，然後將照片放回信封，再放到起居室的書櫥上。接著，因為今天頗晚下班，他隨即關上廚房的燈，直接就寢。

跟所有最有效的惡夢一樣，夢的開頭是一個應該有意義，卻沒了意義的地方——兩天後，萊諾．暮恩回到家，發現第三個信件等著他，此時照片中的照片依舊是一團謎。命運似乎變成一隻貓，在他門口留下這些難以理解又亂七八糟的物件。這次是一具屍體。

當時他已進入自家大門，沒注意到任何不尋常之處。一直到他走到廚房，才發現有什麼不對。臥室門開著，但他知道那天早上他分明仔細地將門關上了。為了將熱氣留在房內，他總是這麼做。各個房間有如洞穴，這棟大樓通常冷冰冰。然而房門和門框間有半呎的空隙，形成一個跟街燈柱一樣又高又窄的黑色矩形。萊諾從內側口袋拿出槍，用右手拿著，站在門口從空隙窺看。

一具屍體躺在他床上。那是一具男人的屍體：深棕色西裝好好地穿在身上，中年，沒剃鬚、外表強壯。萊諾厭惡地發現死人腳上還穿著鞋，床單在鞋子的重量下隆起起皺。他的臉腫得無法辨認，皮膚呈天鵝絨紫色。很有可能遭下毒，或染上某種疾病。沒有明顯掙扎的痕跡，男人可能在死前就被放在那兒，也可能是死後，很難說。

他的一邊臉頰有看似燒燙傷的大面積疤痕：儘管時間久遠，也只看得到一點點，冒水泡起皺的皮肉不可錯認。疤痕一直延伸到蓋在帽子下的髮際。古德督察曾是萊諾多年的夥伴，他有這麼一句格言：「如果你進入天堂，你便受允許忘記你人生的痛苦，但在地獄，你就必須牢牢記住。」萊諾每次看見剛死屍體飽受折磨的臉都會想起那句話。那些扭曲是再度經歷所有痛苦回憶的結果，或只是死亡的作用？他走上前合上屍體的眼睛，封住其後的真相。

「那麼你覺得他在哪？天堂還是地獄？」

他身後傳來話語聲。萊諾回頭，看見古德督察站在門口。萊諾一如平常，呼吸一窒，即便督察已過世幾乎一年了。他的住處發生了瓦斯外洩，而發現他屍體的，就是萊諾。幾天後，萊諾也幫忙將他的棺材抬去一間小教堂的屋簷下，彷彿這死去的男人選擇窩在這裡躲雨，並抽菸抽到永遠。

然而那並沒有阻止督察回來繼續和他搭檔，彷彿他不曾死去。葬禮一結束就開始了。萊諾覺得他看見這名死者站在人群中對他微笑。現在這會發生在最無害、最居家的片刻。只要萊諾獨處，督察就有可能現身。他很久以前便放棄思考自己是不是發瘋了，慢慢開始接受這狀況。

「午安，古德。」他回身面對屍體。「你有什麼想法？」

「他吞下不該吞的東西。請你檢查他的口袋好嗎？」

萊諾聽從死去夥伴。無論男子的身分或他在哪裡被殺，都沒有更多線索。

「你覺得為什麼屍體被帶來我這裡？」

「我想得到三種可能。」古德督察伸出三根手指，而萊諾發現那並沒有在他身後的牆上投下任何影子。只是我想像力虛構的東西，他心想。「可能是警告，」督察說，「或是兇手不完全的自白。」

「或是有人試圖栽贓我謀殺？」

「對，那是第三個選項。但你何不泰然面對？很難栽贓別人謀殺。除此之外，你有優勢。有一個你還沒注意到的線索。」

萊諾防備地說：「我哪有時間。」他離開臥室，檢查家門。門沒人動過，鎖還好好的，上面也沒有刮痕。然後，儘管他住在三樓，他還是檢查了窗戶。靠著梯子或一條長索爬上窗戶並非不可能。不過所有窗戶都緊緊拴上，也未遭損傷。

古德督察站在門口看他，正不耐煩地吹著口哨。

萊諾檢查到臥室角落最深處的窗戶時，注意到對面的大樓有動靜。住在那兒的女人站在她的廚房窗前，一面料理燉菜一面隱隱朝他的方向窺看。希望沒被她看見；他站到一旁透過窗簾縫查看對方。

她住的那棟大樓沒他這棟那麼高雅，朝向他的這面磚塊多過窗戶，但經過多年觀察，他為居住其中的家庭描繪出一個相當可信的畫面。他們有三人。父親工時長，總是晚歸，妻子白天都在照料家務和小孩；一個小男孩，因為某種疾病而長久臥床。

他們看似不幸福的家庭，不過男孩的臥室在走廊底的浴室對面，夏天時，起霧的玻璃窗推開，萊諾會對男孩扮鬼臉自娛——他潮濕的頭化為一列被雨水浸濕的滴水嘴獸——男孩總是發笑。

「她從那裡看得見屍體嗎？」他轉身，期待古德回應，不過萊諾一注意到那名女子，他的前夥伴旋即消失。

他看著床。床被陰影遮掩，還有角度的關係，他確信她多半看不見。他鬆了一口氣。不能有人在他好好調查前打電話給警察，這點非常重要。如果有人要用這具屍體陷害他，一定有什麼原因才會還沒人通知警察。或許兇手稍後會回來布置更多證據，或是正忙著編織自己的不在場證明。在他進一步掌握狀況之前，他不能行動，也不能讓任何人插手。

女人看似失去興趣，從窗前轉開。他看著她將一碗燉菜放上托盤後離開廚房，然後他走出藏身處。

他想到，他有一個勝過兇手的優勢：他到家的時間比平常早許多。現在是週三，下午剛過一半，這時間他一般來說都在辦公室裡，因此有機會出其不意逮住他們。

他走回起居室。古德督察坐在扶手椅上。萊諾在他對面坐下。「你上哪去了？」督察微笑。活著時，他總是表現出知道所有問題答案的樣子，萊諾有時候會覺得他很煩人。「我剛剛走出去一下。找到那個線索了嗎？」

「外門的鎖沒遭破壞，兇手一定有我家鑰匙。」既然窗戶緊緊拴上，他們沒其他方法可以進來。這代表一定有他認識的人涉入。反常的是，他竟覺得這想法頗令人欣慰：

原本看似可能性無窮無盡的狀況這會兒有了限制。

「很好。那就不需要我來告訴你嫌疑犯有誰了。」

「第一個是哈莎米太太。」住在頂樓的房東。除了他自己之外，只有她有萊諾家的鑰匙。「但她不是兇手，不會像這樣。」

最後那五個字似乎逗樂了督察。「你覺得她比較像是會在樓梯上灑油的那種？」

萊諾皺眉。「這很嚴肅，尤斯塔斯。有人試圖毀了我。」

轉為謙恭的幽靈聳肩。「欸，那那個女孩呢？」

「第二個，漢娜。」萊諾坐在椅子中，把身子往前靠。漢娜是個年輕女孩，一週來打掃大樓和各公寓幾次，從房東太太的房間拿他們的鑰匙。「她可能把鑰匙給了別人。」

萊諾很肯定漢娜和房東都不會想陷害他，也沒有能力犯下謀殺。但她們可能還是牽涉其中，好比用他家鑰匙換錢，還是說她們遭到了威脅？

「我該審問哈莎米太太嗎？」

「你會失去提早回家的優勢。要是她警告同夥呢？」

萊諾閉上眼。還有其他可能的人嗎？鄰居貝爾先生，夜貓子攝影師，幾乎稱得上朋友，但萊諾在這種狀況下無法信任任何人。還有派恩先生，樓下鄰居，一個安靜的書呆子，在一所大學工作。但萊諾幾乎完全不認識他，也有好幾週沒見到他了。「他們都沒有動機。」

萊諾·暮恩熟知犯罪心理。滾瓜爛熟。他很確定必須是專業好手才策劃得出這樣的陰謀。所以他把鑰匙的問題放一邊，自問：「誰會想陷害我？」

第一個想到的人是名叫凱勒的匈牙利偽鈔製造者。

凱勒帶領倫敦的一個偽造集團好幾年了，當時他的一個同夥想拿走比應得還多的利潤。凱勒綁住那男人的手腳，把他活生生塞進工業用絞肉機裡，然後取走他的血，取代墨水，用這被害人的內臟印了一百張一鎊假鈔，並發送給幫派裡的每一個人一張，提醒他們背叛的代價。不可避免地，其中一個人喝醉了，想花掉自己的那張一鎊鈔。

鈔票就這樣來到警察手上。根據店主的描述，以及覆蓋紙鈔的大片汙漬與指紋，萊諾得以拼湊出幫派的習性，接著一一推論出他們的身分。那是偵探分析工作的傑作，像一個內旋的圓。一如平常，證據並不足以控告幫派首領，因此凱勒被判了一些芝麻蒜皮的罪。

那是四年前的事了。凱勒上個月獲釋，萊諾從此惶惶不安。他太老了，沒辦法保護自己，而就萊諾所知，凱勒渴望復仇。畢竟萊諾毀掉他的整個生計和聲譽。

「而漢娜不也是匈牙利人嗎？」萊諾不知道這是否只是巧合。

當然還有其他人怨恨萊諾，多得他都記不清楚了。

不過三週前，他才跟他的新夥伴艾瑞克·羅瑞督察討論起這些過往案件，其中有些頗為傳奇。像是多產的藝術竊賊奧圖·曼那林。在他的案件中，萊諾根據他選擇下手的畫作推理出犯罪者的職業、教育和年齡。還有一個案件是在倫敦北方一座貯水池發現一個被切成兩半的小男孩：萊諾推理出兩半軀體不僅分屬不同人，上身實際上還屬於被裝扮成男孩模樣的小女孩。

「有沒有一個起源？」羅瑞當時問他。「啟發你開始推理的第一個案子？」

「確實有。」萊諾講述那個他已說過一百次的故事。

他說他是個孤兒。聖巴薩羅繆孤兒院是個殘酷的地方，有天下午他逃跑了。當時他十歲。他走了八英里，來到一塊犁好的田地邊緣，發現壕溝旁邊有個小土丘，看起來像最近才加入這片地貌，頂端有一朵玫瑰和一個孩童的玩具。他拂掉塵土，看見散開的泥土間露出一個死去小女孩的臉。這是他第一次遭遇死亡，他跑到最近的馬路，毫不停歇地跑了幾哩。約莫一小時後，他被救起送回孤兒院。

因為自身麻煩已經夠多，他沒告訴任何人發現屍體的事。一直到他十七歲，離開孤兒院來到倫敦，才在一個下雨的週日發現自己突然被一股想破解那案子的欲望席捲。當時該地並沒有失蹤女孩的報告。他花了一天的時間回到孤兒院，短暫停留重訪兒時住過的房間，但沒辦法再找到當時那片田地，最後他失望地回到倫敦。他知道，當然了，一定是女孩的家人或監護人殺了她，但沒有上報她的死亡——這是唯一說得通的可能。但他不曾查出她是誰，或是她為何那樣遮遮掩掩地被埋葬。

羅瑞當時輕撫山羊鬍。「太有意思了。」

兩個男人一致同意，一旦試過，推理就像毒品。最棒的謎案，會讓他們兩個都整夜睡不著——不是那些找不到行兇者或行兇手法的，而是找不到意義的案子。就像他眼前的謎案。床上的屍體可能代表諸多事物，而除非他知道真相，否則他無法休息。

他到這時才想起兩天前收到的照片。

他找出信封，將內容物放在廚房桌上。他的照片的照片，青春時期的他，幾乎無法辨認，正離開他家大樓要左轉。這可能代表什麼意義？跟床上的屍體有關嗎？

「讓我們合乎邏輯地走一遍。」他自言自語。如果一張照片的目的是描述照片被拍攝時那個短暫、局限的現實片斷，那照片的照片是否也描述同樣的現實片斷、相同的時間區段？或者就某種方式而言，是對原始描述的評註，用意是內含的諷刺或批評？它的意圖是將焦點拉到照片身為一個實體物件的這個事實——閃閃發光的銀點貼靠著一片明膠——彷彿有人在說：「看看我找到什麼」？抑或拍下照片的是某個不知道如何以任何其他方式製作副本的人？

萊諾閉上眼。這些問題此刻令他疲倦。屍體和照片似乎都無法解讀，沒有足夠的線索能夠釐清兩者中的任一個。他極度渴望抽他的菸斗，只是他幾年前就戒菸了。

有人拍打他面前的桌子，他睜開眼看見古溫督察俯身向前。「醒來，暮恩。你還沒完。你先列出了兩名嫌疑犯，從她們開始吧。」

萊諾沒說話。這個時候，他聽見有人上樓的熟悉砰砰腳步聲。是哈莎米太太，他認出了她走路的方式，他可以在廚房桌旁想像出那個畫面——生氣勃勃、永遠微笑的嘴，沒跟人說話時總是開開的，隨著她踩下的每一步而上下擺動。她會在第一個梯間平臺停下，點根菸，她停下時無疑將會有一段無聲的時間證明他推想無誤。這時他突然想到，如果她以某種方式涉案，她在這意料之外的時間看見他的反應將會闡明情況，無論那是興奮或恐懼或緊張。

古德合拍雙掌。「就是這精神！」

「我來嚇嚇她。」

萊諾躡手躡腳走到門邊等待。哈莎米太太走近樓梯頂，正要經過，他探出頭左右張望，試著裝出在等某人的樣子，發現是她時，萊諾禮貌地微笑、祝她有美好的一天。她皺眉，用幾近耳語的語調說：「這些樓梯，這些該死的樓梯。」一點也不焦慮，只有她慣常的好心情。

萊諾沒應聲，只是點點頭便退回自己家。

那就弄清楚了。房東太太沒有涉入。他幾乎對這結果一點也不意外。「幹得好，暮恩。」古德督察說。「接下來去逮另外一個吧。」

萊諾想看著漢娜忙她自己的活兒，一陣子就好。她是個膽小的女孩，他很確定如果她將他家鑰匙交給其他人，她一定藏不了。他想像她不停查看時間，或一聽見聲音就回頭看。

但是他被看見的風險太大了。於是他偽裝自己：亮橘色捲子的簡單假髮，用來蓋住他頭髮漸漸稀疏的腦袋；一件從衣櫥底的層層衣物中挖出來的黑色長外套。他只希望在走廊昏暗的光線中，這樣的偽裝應該足矣。身穿精巧服裝的偵探，沒有比這更荒謬的事了，他常這麼想。他光是想就覺得丟臉。

他輕手輕腳溜出家門，站在樓梯頂。下方傳來遲滯的刮擦聲。他謹慎走下樓，盡可能不發出任何聲響，走到一半時停步，頭朝下探：從這裡可以看見她在一樓的走道底部，手拿著拖把，機械地來回擺動，一面低聲哼唱。「她看起來不緊張也不緊繃。」不過從這距離很難判斷。

他快步下樓出去街上，彷彿正趕著上哪去，經過時掃了她一眼。但他的感覺還是一樣。她似乎很放鬆，聽見他的腳步聲甚至沒回頭。

萊諾幾乎撞上了古德督察，他正站在外面人行道上的郵筒旁。「也不是她。」萊諾說。古德雙臂往後伸，將自己撐上郵筒坐在那兒，鞋子懸在離地四呎的高度。只有死者能達到這樣的靈活度。他低頭看萊諾。「那你得問問自己是否還有其他嫌疑犯。」

萊諾．暮恩回到他家，在起居室裡踱步。「那麼還有可能是誰做的？」

哈莎米太太有一個朋友，那個男人是街尾花店的店主。萊諾常常跟雙手捧花、正上樓朝房東房間走去的他擦肩而過。他的雙臂滿是刺青，是另外一段人生的殘跡。不過萊諾總發現他很友善，覺得他多半無害。

他停止踱步，可以聽見附近某處傳來鋼琴的音符。他靜立片刻。似乎來自隔壁的一個房間。一定是貝爾先生。他踮腳走到相連的牆旁，頭平貼上去，可以聽見地板的隆起幾不可察地上下起伏，他於是發現根本不是有人在彈鋼琴，而是在聆聽留聲機。

移動聲停止，萊諾腦中出現一個荒謬的畫面：他的鄰居跟他一樣，也貼在另一邊牆上。他家前門突然傳來如雷的敲門聲。他太仔細專注於音樂，沒注意到從樓梯上來的腳步聲。

訪客又敲門，這次更用力些。萊諾依然平貼牆上，努力屏住呼吸，然後聽見離去的腳步聲，只是步伐倉促，他聽不出是上樓還是下樓。

他走到廚房桌旁，把槍放在桌上，槍口不對著自己。然後他坐下等待。他直覺訪客還會回來。從這個位置，他可以看見整個起居室，槍就在手邊。在他來得及破解之前，這個案子已進入必定是最終一幕的階段，他略感失望。然而隨著退休逼近，他的思緒轉慢，失望最近已成常態。

下一分鐘延續很長一段時間。古德督察沒出現。

接著腳步聲重回，這回還加上房東的。他立即認出她的腳步。又一陣響亮的敲打，然後停頓。沉默。空無。他聽見哈莎米太太摸索著打開門鎖時嗚咽的恐慌，聽見門盪開時緩慢的嘎吱聲，然後是一名男子走進門。那是他的新夥伴，艾瑞克．羅瑞督察。

萊諾太訝異了，手直覺地挪向槍。不過這動作夠細微，沒引發任何注意，而羅瑞和房東快步經過他走向臥室。他們都沒看見他坐在這兒。

「他死了。」他聽見羅瑞這麼說，接著是房東震驚的哭喊。他們兩個走出臥室，一面快速交談，都沒朝他這裡看。「請打電話找醫師，」羅瑞這麼說著，「看起來像謀殺。

來，佩維斯醫師是我的朋友。」羅瑞在一張紙上潦草寫下一組電話號碼交給哈莎米太太。

「告訴他萊諾．暮恩死了。」

她跑出他家。

萊諾歷經一段冰冷、延遲理解的片刻，接著夥伴的話語滲入。他起身，槍沉甸甸的。

「羅瑞。」他說。但那男人並沒有轉過來。萊諾走到夥伴站立的位置，在他面前揮手。然而羅瑞似乎沒看見他，只是走回臥室低頭看床。處於絕望狀態的萊諾跟在後面。

屍體看來眼熟，但到現在他才發現那是他自己。腫脹隱匿太多他的臉，疤痕也令他困惑。他忘記孩童時孤兒院的那場火了。整棟建築付之一炬。他也因自己此時看起來竟比照片中蒼老那麼多而感到震驚。

如果你進入天堂，你便受允許忘記你人生的痛苦，但在地獄，你就必須牢牢記住。

萊諾把自己忘記火災的事當作好兆頭。

他想起其他事，於是回到起居室。羅瑞似乎跟著他。週一早上有人寄給他的那盒該死巧克力就放在廚房桌上，直到現在才被注意到。昨晚他很晚才下班回家，而且有點醉——羅瑞和他一起喝了些威士忌慶祝一個案子的結束——他失去理智，吃了一顆。還是不只一顆？他看著打開的盒子：少了好幾顆。愚蠢，他心想。愚蠢、不可原諒的行為。

但會是誰寄有毒的巧克力給他？還有一張畫上親吻符號的卡片？一樁謎案結束，另一樁又開始。他過濾可能的嫌疑犯，搜尋同時具備動機與機會的人，某個知道他習慣的人，甚至還知道他對巧克力缺乏抵抗力。這一次對上了。

他走到窗邊。對面公寓的女人躲在窗簾後，小心地窺看他這棟大樓。她知道發生了什麼事，正在觀看事態發展。他想著那個生病的孩子，皮膚一緊。好幾個月以來——甚至可能是幾年，他不確定——這女人都在毒害自己的兒子。萊諾．暮恩在自己甚至沒發現的情況下目擊了一切。她在燉菜裡拌入什麼？老鼠藥還是除草劑？他聽說過這樣的案子。她一定憎恨萊諾老是看著她，終於決定送他上路。他認為是為了她自身安全。她是不是在巧克力中放入相同東西——當然是更強的劑量——然後寄送給他？「沒有其他解釋。」

身後有人清了清喉嚨。他轉過身。是古德督察。他走過來，手伸到萊諾頭頂拿下他忘記自己還戴著的那頂橘色假髮。「就你要去的地方而言，尊嚴是很重要的。」古德說。「跟我來。」

他們倆走出公寓，把羅瑞督察獨自留在滿是線索和障眼法的房間，還有個待解的謎案。萊諾．暮恩的重大遺憾，當他最後一次穿過他家前門時，是他依然不知道兩天前有人寄給他一張他的照片的照片是為了什麼，或其中到底有什麼含意。

14 第七場對話

「萊諾．暮恩的重大遺憾，當他最後一次穿過他家前門時，是他依然不知道兩天前有人寄給他一張他的照片的照片是為了什麼，或其中到底有什麼含意。」

她放下手稿。格蘭．麥卡利斯特抬眼看她。「好。」他說。「那麼這就是最後了？」

「對。」茱莉亞說。「這本書的結尾是一樁未解的謎案。」

「至少他破解了他自己的謀殺案。」

「沒錯。這故事有一種和其他故事略不相同的感覺。你不覺得嗎？」

「或許吧。」格蘭想了想。「別的不說，這篇有超自然元素。我說過定義並沒有禁止這樣的東西。」

「但這樣確實對讀者頗不公平。」她將這句話說得像控訴。

「或許吧。」格蘭聳肩。「但這故事呈現出被害人和偵探重疊的案例。我們看過嫌疑犯和偵探重疊、嫌疑犯和被害人重疊，所以下一步是必然的。不過儘管定義容許，在實務中成功表現還是相當困難。」

「所以你才訴諸超自然？」

「對。」格蘭搔搔鼻子。

他們正在茱莉亞旅館的玫瑰園裡喝咖啡。格蘭提議在此會面，以省去她走到他小屋的路程。這是她來島上的第三個早晨，看得出來今天又是酷熱的一天。

他在早餐後不久就出現，身穿寬鬆白西裝、頭戴帽子，褲腳因步行而染橘，而且很快就把咖啡灑在自己襯衫袖子上。

「這是一家非常典雅的旅館。」他說。「妳老闆讓妳住得很闊氣。」

「島上我們只找到這家旅館。」茱莉亞說。「還有其他家嗎？」

「好問題。」格蘭大笑。「我從沒需要過。現在一想，多半是沒有。」

他心不在焉地注視花園，低聲對自己吹口哨。

茱莉亞打斷他的思緒。「有關這故事，你有任何能告訴我的事嗎？你說很難表現這樣的結構，為什麼？」

「只因為偵探在我們的定義中並不是必要的。因此，如果你藉由讓他們也是被害人而太過模糊他們的角色，讀者可能根本不會意識到有偵探存在。讓被害人以鬼魂的方式回來是避開這問題的一個方法。至少值得一試。」

他看著一隻停在雕像上的鳥。雕像的主題是一個女人抱著水瓶，以白石雕刻，平滑如巧克力。而茱莉亞看著他。此時一切將來到結局，她覺得緊張不安。

「我覺得你成功了，」她說，「我也喜歡這故事有別於其他故事。」她從包包拿出一個資料夾在膝上攤開。她不希望他起疑，時候未到。「我昨晚又試著讀了一次你的研究論文。」她看似徹夜未眠，雙眼充血。「經過你解釋其中的幾個主要論點，這次比較看得懂了，但還是有很多無法領會之處。」

「我們還有很多地方還沒討論呢。」

「我對你在第二章、第三節提出的清單特別感興趣。」

格蘭把所有注意力都拉回她身上。「繼續說。」

「我讀出來好嗎？」

格蘭點頭。「當然。」

她低頭看資料夾。「在本定義的武裝下，」她讀道，「我們現可以數學的方式闡述經典謀殺謎案的基礎變異。」

「對。」格蘭閉上眼。「偵探小說中的排列。」

「案例如下。」茱莉亞深吸一口氣，繼續讀：「第一種：嫌疑犯人數為二者。第二種：嫌疑犯為三人以上者。第三種：嫌疑犯無限多的異常案例，我們容許此種案例，但不認為其值得評論。第四種：兇手集合只有一人者，單獨的演員。第五種：兇手集合有二人者，犯罪同夥。第六種：兇手集合等於整個或幾乎整個嫌疑犯集合者。第七種：大部分嫌疑犯即三人以上但並非全部為兇手者。第八種：僅單一被害人者。第九種：有多名被害人者。

「透過以嫌疑犯、偵探、被害人或兇手的任意組合取代A與B而形成的任何案例——嫌疑犯與兇手的組合除外，此已有說明——如下：A和B不相交的案例、A包含B為嚴格子集合的案例、A與B相等的案例、A與B重疊但互不包含的案例。

「案例特別包含所有偵探皆為兇手者、所有嫌疑犯皆為被害人者、所有偵探皆為被害人者；嫌疑犯完全由偵探與被害人以及兇手構成者；兇手僅為並非被害人的偵探者；兇手僅為並非偵探的被害人者；所有嫌疑犯皆同時為被害人與兇手者；所有嫌疑犯皆同時為偵探與兇手者；所有嫌疑犯皆身兼被害人、偵探與兇手者。最後，四個集合皆完全相同者：嫌疑犯、兇手、被害人與偵探。以及所有與上述相符的組合。」

格蘭眼中閃爍著滿意的光芒。「弄得我懷念起做研究的日子。」

「這是一個詳盡、令人精疲力竭的清單。你本來曾打算為每一種排列各寫一個故事嗎？」

格蘭看著幾碼外一隻螞蟻爬上日晷尖端。「那樣會太多。尤其當妳把最後一個句子考慮進去。或許是一種熱望吧，從來不是我的打算。」

「然而你才寫七個故事就停了，為什麼呢？」

他花了些時間回答。「大戰後就沒人對謀殺謎案感興趣了。擺在所有真實的死亡旁邊，它們非常快就過時了。」

「或許有些傳統手法過時，但結構本身卻仍存在且活躍。」

他一臉懷疑。「妳真相信是那樣嗎？」

「我的意思是，如果你現在閱讀一本犯罪小說，你不可能不想知道故事將如何了結。對結局的重視是從謀殺謎案借來的。你或許不會特別想知道是哪一個角色犯下了謀殺——或許這自頭到尾都相當明顯，但你仍會想知道，在有各種封閉小組合的不同結局中，作者最後會選擇哪一種？所以結構還是在。」

格蘭微笑。他安靜了片刻。「對，我想妳說得很有道理。我沒這樣想過。不過妳的論點並沒有推翻我對於傳統謀殺謎案已經過時的主張。我在接近一九四〇年代中期時真真切切地產生那樣的感覺，因此就不再寫了。」

「真可惜。」茱莉亞說，並拿起咖啡杯。

「妳有在這故事中看到任何矛盾之處嗎？」他拿起自己的咖啡杯，喝下最後滿滿一口苦澀液體。現在只剩微溫了。

「有的，這一次很簡單。」茱莉亞聳肩。「整座孤兒院在他小時候付之一炬，但青春期的他卻又重回他小時候住過的房間。所以到底有沒有燒掉？」

「了解。」格蘭說。「對，我應該要注意到才對。」

茱莉亞放下空杯，手指他後方。「你上去過那裡嗎？」

她指的是在小鎮外的一段海岸，那裡的陸地隆起至可觀的高度，陡峭的懸崖猜疑地俯瞰著大海。

「有。」他低聲說。「我很熟。」

茱莉亞移不開視線。「那裡看起來非常戲劇性。我包包裡有一份引言的草稿，我們或許可以更慎重一點，走上去那裡讀？」

格蘭揚起一邊眉。「我很感動，妳怎麼有時間寫？」

「大多是昨晚寫的，在我離開你之後。」

他讚嘆地吹了聲口哨。「妳喜歡的話我們就去吧。我好久好久沒上去了，但我非常想聽聽妳寫了些什麼。而且是該一覽島嶼全貌了。」

「好。」她收拾東西。

15 最後一場對話

茱莉亞．哈特掙扎著爬上鬆軟的山坡地時回頭看，格蘭落在後面，他們之間的年齡差距第一次這麼明顯，儘管他的興奮之情不曾稍減。她稍微離開小徑等他跟上。

「很抱歉，」她說，「從下面看起來沒那麼陡的。」

格蘭停下來，用手帕抹了抹額頭。「沒那麼糟，只是因為太熱才變得這麼困難。」他身上白衣服的角落泛起一圈汗漬。

茱莉亞回到小徑上。前面的山丘會通往他們在旅館玫瑰園裡看見的那座戲劇性懸崖，上半部散布小塊小塊轉黃的林地。

「那些樹會給我們一些遮蔭。」她說。「到那裡後我們可以休息一下。」

「上次來的時候還覺得輕鬆。」格蘭對著她的輪廓瞇起眼。「恐怕老化是一件欠缺優雅的事。」

他們又走了起來。

他們沒花多少時間便抵達一排纖細、不可靠的樹木，這些樹標示出窄林地的起點，他們走的那條小徑直接從窄林地中間穿過。約三十碼後，他們來到一塊外圍圍著一圈浮誇岩石結構的空地。太陽穿透樹葉，在裡面撒滿華麗而俗氣的黃綠色光線。

「天然的圓形露天劇場。」格蘭撫摸一塊岩石。「上次來這是幾年前的事了。」

「這座島似乎應有盡有。」

他們停下來休息後，格蘭便恢復了精力。他撐上一塊岩石，轉身面對茱莉亞，雙腿垂掛在岩石側邊。「我一到這裡就愛上這座島了。」

茱莉亞左右張望。她希望他們有帶水或酒來。「我沒去過任何像這裡的地方。」

他拿下帽子搧風。「我必須承認，妳的來訪一開始頗令我憂慮，畢竟過去幾年我都過著簡單的生活。不過我後來發現妳的來訪頗激勵人心。」他又抹抹額頭，讓潮濕的手帕沉沉落地。

「我覺得我們還是不要繼續往上了。」茱莉亞說。「這裡沒風，可能更好談話。」

格蘭點頭。「而妳要讀引言的草稿給我聽？」

「對。」她拍拍包包。「但在我們討論引言之前，我覺得我們應該先決定書名。」

「**白色謀殺**。妳覺得應該要改嗎？」

「我不會是唯一注意到那一起白色謀殺和這本《白色謀殺》相似之處的人。我們至少該決定出現疑問時的說辭。」

「那我覺得我們應該改。」他在兩手間拋擲帽子。「**藍色謀殺**怎麼樣？」

「聽起來頗不愉快。」

格蘭咯咯笑。「那妳有什麼建議？」

「或許有。」她深呼吸。「但我還是想知道你為何要將它命名為**白色謀殺**。」

格蘭撿起一根小樹枝，用指甲剝起樹皮。「跟妳說過了，我覺得這名稱引人深思。

如果聽起來跟其他東西相似，那也只是巧合。」

「整本書還有不少像那樣的巧合。白色謀殺案肯定引發你的想像力。」

格蘭扯下一片葉子放在他身旁的石頭上，棋局中防禦的一步。「我不確定妳是什麼意思。」

「你記得白色謀殺案的細節嗎？」

經過一陣漫長的沉默。岩石上的格蘭看起來像隻蜥蜴，幾乎文風不動。「只記得妳前幾天說的那些。」

「那麼聽著。」茱莉亞像黑板前的老師一樣站在他面前，身後是一牆樹。「白色謀殺案發生在一九四〇年的八月二十四日。伊莉莎白．白在漢普斯特荒原遭到謀殺。當天她在快日落前帶著狗去散步，她來到西班牙人客棧，這是一家開在荒原北端邊緣的知名酒館，一名男子停下來跟她搭話。有許多人目擊她和一名身穿藍西裝的男子談話。他們接著一起往前走，大約一小時後，有人在西班牙人酒館外面的路上發現她已遭勒斃。當時是晚上九點三十分。她的狗消失，從此沒人再見過。他們不曾找到兇手。」

格蘭搖頭。「非常有意思，但妳為什麼要告訴我這些？」

茱莉亞接著說：「第一眼看起來似乎不相關，不過我們有你的七個故事，每一個都包含至少一個說不通的細節。第一個故事有格局矛盾的西班牙別墅和矛盾的時間。第二個故事的場景應該發生在白天，結果卻是安排在夜晚，剛好就是九點三十分。第三個故事有個身穿藍色西裝的男人，但並沒有解釋他的存在。第四個故事藉由以相反的詞彙取代所有『白』而加以強調。第五個故事有一隻看似消失的狗。第六個故事充滿勒殺的描述，但故事中並沒有任何人真正遭勒死。第七個故事有個孤兒院以聖巴薩羅繆為名，這位聖人的瞻禮日剛好是八月二十四日。而這所有故事在一個標題下集結：『白色謀殺』。巧合也太多了。」

格蘭吞了口口水，發出清楚的聲音。「對，是不少。」

「你還是否認嗎？」

他花了很長時間思考這個問題，看似在計算。「我不認為那對我有什麼好處。妳逮到我了。那些都和白色謀殺案有關。」他露出痛苦的表情。「我不記得自己這麼做，我是說把那些細節放進去。」

「感覺你不太可能忘記那樣的事。將那麼多細節安插到故事中，這一定是個相當謹慎、深思熟慮的舉動。」

「對，可能吧。」

「一定花很長時間。」

「我不記得。」

她直直盯著他。「格蘭，我現在愈來愈難相信你對我說的話了。」

他以鞋跟輕叩岩石。「我還能說什麼？」

一陣風充盈空地，接著一股塵土與落葉似乎從地上揚起，成一個個旋繞的圓。小島突然喧鬧了起來，茱莉亞等噪音消退才回答他。

「我不期待你說任何話。我什麼期待也沒有，因為我不相信你是這些故事的作者。」

空地再度轉為安靜。

只有一個人坐在裡面的圓形露天劇場充其量只是個精巧的寶座，於是格蘭坐在那張雄偉的椅子上，動彈不得，彷彿是被將死的王。

「這樣說真是太詭異了。」他的聲音粗啞，接著咳了起來。「妳為什麼會這樣說？」

「是真的，不是嗎？你不是這些故事的作者。你不是格蘭‧麥卡利斯特。你根本就是另外一個人。」

他的臉血色盡失。「這當然不是真的，完全不是。妳到底為什麼會有這種想法？」

「對，你當然一定想知道。」茱莉亞朝他走近一步。「嗯，我會告訴你。我從一開始就對這情況起疑了。我見過因自己早期作品而羞窘的作者，其他則頑強地為那些作品得意。但我沒見過這麼明明白白沒投注心力的。」她開始從空地一邊踱步到另一邊，一邊將一隻手舉起，手指對準天空。「你長篇大論對我解釋數學，但幾乎隻字不提故事本身。像是怎麼會寫出那些故事、你為什麼做出那些決定。」

「我很久以前就寫下那些故事了。」

「還有一點，格蘭生長於蘇格蘭，但你並沒有蘇格蘭口音。格蘭也比你看起來年長個十歲左右。」

「我在靠近邊界的地方長大。我看起來比實際年齡年輕。」

茱莉亞停在空地中間。「而且你落入我的陷阱。」

聽到這兩個字，格蘭左右張望，彷彿擔心自己有生命危險。但焦慮的片刻過去，他再度放鬆。茱莉亞看著他，而在她不屈不撓的注視下，他似乎陷入某種被動的認命。

「妳做了什麼？」他問。

「從第一個故事開始的。我犯了一個錯，就這樣。在我朗讀時。我因為炎熱而頭昏、視線模糊。我用紅筆把最後幾行圈了起來，想提議更動措辭。不過事實上我整個漏掉了。所以我只讀出結局的一半，而你甚至沒注意到。」

「區區幾行，那沒什麼。」

「區區幾行，」茱莉亞說，「卻改變一切。故事走向讓梅根和亨利爭論他們之中是誰殺死他們的朋友邦尼，記得嗎？他趴在樓上的床上，一把刀插在背上。他們在非常熱的一天受困他家，試著決定接下來該怎麼辦。他們知道他們之中有一個人是兇手，但沒人承認。」

「對，我記得。」

「時間過去，他們沒任何進展，於是決定喝一杯。梅根接下亨利給她的酒杯，緊握幾分鐘後還回去，而亨利喝了這杯酒，幾分鐘後癱倒。他顯然被下毒，而梅根實際上也坦承不諱。你當時以為邦尼也是她殺的。」

「對。」格蘭說。「妳想說什麼？」

「接下來的幾行否定了那種可能。你記得亨利癱倒後梅根對他說了什麼嗎？」

格蘭搖頭。

「說謊是這樣的，亨利。」她起身聳立他身旁。「一旦開始就無法停止，無論謊言帶你到哪，你都只能跟隨。」梅根喝完她的酒。「嗯，我再也聽不下去。我知道你殺死邦尼，你也知道我知道。要是我讓你也殺死我，那我可真該下地獄。」

格蘭瞪大眼。「所以她為了自衛而殺死亨利？」

「對，」茱莉亞說，「因為亨利謀殺了邦尼。我後來才發現我漏掉那幾行，而那幾行改變整個結局。然而你並沒有發現。你真有可能忘記這麼精心安排的東西嗎？」

他提高音量。「經過漫長的二十年，我當然有可能。」

「對，」茱莉亞說，「我也是這麼想，所以我保留我的判斷，決定測試你。遺憾的是，我得說你並沒有通過。」

他閉上眼。「什麼意思？」

「第一篇故事犯的錯給了我一個靈感。我們在那天下午讀第二篇故事，場景是在海邊一個稱為暮臨的小鎮。」

格蘭點頭。「繼續。」

「名叫戈登．佛由的男人被控將凡妮莎．艾倫推下懸崖，但他宣稱那是場意外。我們確定知道的只有他們經過彼此，反向而行。偵探是個持重的角色，名叫布朗先生。」

「我記得是個穿黑衣的大傢伙。」

「他發現一條女用圍巾纏在懸崖頂的灌木叢裡，上面有一個靴印，以及一個纖細的威靈頓鞋跟。」

「而他判定她一定是被往後拖向死亡。」

茱莉亞點頭。「那是我唯一更動的地方。那裡和結局。」

格蘭注視她，滿臉疑問。「妳更動結局？」

「還有導向結局的幾個細節。我這次是蓄意的，趁你去散步時安排。我帶著故事坐下，微調了幾個地方。如我所說，這只是一場測試，看看你會不會發現。我預期你感到困惑，也準備好面對怒火。我覺得我能夠為自己開脫，而這將會是這件事的終點。不過事實上你根本沒發現。」

「妳欺騙我？」格蘭抗議地扔下帽子。「而我一直在幫助妳，一直對妳很友善。」

「你一直在騙我。」

「我老了，記性不好。妳真的能夠為此而責怪我？」

「你沒那麼老。」茱莉亞撿起帽子交還給他。

格蘭嘆氣，聽起來又好奇又不安。「那故事原本的結尾是怎樣？」

「無論如何，」王爾德督察說，「我來啟發你吧。」

他點燃一根火柴，正要再點一根菸，這時布朗先生橫過桌面從他指間彈掉火柴。火柴在紅地毯上悶燒，留下黑色痕跡，看似一滴灑出來的墨水。「再等一下，」布朗先生說，

「我不想讓你稱心如意，我已經知道事發經過了。」

王爾德督察揚起一邊眉。「你不可能知道啊，我們先前都同意並沒有證據。」

「嗯，我找到一些，」布朗先生說，「至少足以給我一個不錯的概念。」

他的朋友懷疑地看著他。「那就說吧。」

紅潤的年老男子靠向椅背。「奉上被害人的圍巾。」布朗先生就此從外套口袋拿出那一方折起、被踩髒的白布，交給督察，督察隨即在桌上展開。

「你在哪找到的？」

「勾在一叢石楠裡，你手下一定錯過了。」

「那這到底能告訴我們什麼？」

「這裡，你會看到一個威靈頓雨鞋的鞋印，寬楦，男人尺寸，與被害人小屋內一張半版報紙上的鞋印對照過，不是她的。無疑你應該能夠告訴我，佛由先生那天早上就穿著一雙威靈頓雨鞋吧？」

王爾德督察點頭。「被逮捕時他還穿在腳上。」

「很好。」布朗先生說。「那現在回答這個問題：擦肩而過的一男一女，男人如何才能踩上女人的圍巾？在颳風的一天，圍巾的尾端應該會飄在空中，總之沒有真的長到足以拖在地上。」

王爾德督察被勾起好奇心。「繼續說。」

「這問題在我腦中放入了某個影像。想像戈登・佛由聳立艾倫太太身旁，她懸吊在懸崖邊，而他的腳與她的頭同高，靴子不經意地踩在她的圍巾上。」

「那麼你認為是他幹的？」

「不。」布朗先生聚攏他的指尖。「我認為他是無辜的。如果他將她推下懸崖，她最後絕對不會是那種姿勢，應該會頭朝下才對。但若她失足滑倒，她有可能攀住懸崖，圍巾拖在邊緣，佛由才能踩上去。好啦，還有哪裡需要解釋？石楠叢被踩踏的地方？我們假定他說的是實話。他看見艾倫太太在前面幾碼處摔落，他穿過石楠來到懸崖邊，看見她攀住懸崖，於是他跑回小徑，繞到她摔落的位置。這跟我們目前所知的一切相符嗎？」

王爾德督察看起來有點茫然。「應該吧。」

「他往下看，發現她就在那兒。他的最初直覺當然是幫助她，不過他又想了想。考量所有情況，他並不真的希望她活下來。於是他站在那兒看她掙扎了幾分鐘，直到她該死的手變得滑溜、扭傷，只能鬆手，片刻後宿命地落地。她墜落時圍巾鬆開，被風吹入石楠叢。他說不定根本沒注意到。」他拿起酒杯。「好啦，督察，現在你可以啟發我了。」

王爾德督察朝他朋友挖苦地一笑。「我還能說什麼呢，看來你從猜測中收穫不少，不過你完全正確。船主的妻子看見你方才所描述的一切。就無罪這兩個字最討厭的意義而言，戈登．佛由確實無罪。」

「不能說我不同意。所以他會無罪開釋囉？」

督察點頭。「多半是。不過我想那個女兒應該不會要他了吧。」

布朗先生同情地搖頭，他那疲憊、猶疑的臉彷彿木偶，靠從他頭顱延伸而出的細繩懸吊。「可憐的女孩，先是母親過世，又發現她所愛的男人看著事情發生而沒伸出援手。」

他回想她是怎麼說的：**如果他們吊死他，我不知道我會做出什麼事**，接著因其中的諷刺而微笑。更艱難的問題是，他們不吊死他，她又會怎麼做呢？

「死亡總是一團亂。」王爾德督察說。「不過只有法律是我們的責任，再無其他。」兩個男人興致缺缺地舉杯互敬，接著便遁回各自的亮紅色扶手椅中。

格蘭哼了一聲。「非常聰明，但這證明不了什麼。大部分的故事都沒有更動。妳很訝異我沒發現有所不同嗎？」

「我才剛認識你。」茱莉亞說。「我的目的不是要證明你在說謊，我希望能證明我是錯的。」

「那妳承認這決定不了什麼？」

「對，當然決定不了。但我並非就此打住。」

格蘭將小樹枝一折為二。「還有其他的？」

茱莉亞點頭。「第一個測試太幽微，證明不了什麼，但也沒有驅散我的懷疑。我知道我必須用下一個故事再測試你一次。」

格蘭呻吟，但並沒有隱藏他的興致。「那個醜陋的故事，兩名偵探和浴缸裡的屍體？」

「沒錯，你覺得很討厭的那一個。我為此道歉。那天下午我坐著大幅改寫了那個故事。」

「妳做了什麼？」

「記得嗎？故事發生在一個稱為柯卻斯特園的廣場，在一棟高聳白牆附陽臺的房子，艾莉絲．凱文迪許和她的家人、廚師和女僕一起住在那兒。一天早晨，有人看見一名身穿藍色西裝的男子在屋外和她妹妹談話。艾莉絲下午去洗澡，有人進去將她溺死。」

「然後兩名偵探跑來調查。」

「羅瑞和邦莫，用他們那些殘酷的手段。他們審問了女僕、母親和父親，然後一位名叫理察．帕克的年輕人，最後是藍衣男子。除了那個穿藍衣的可憐傢伙之外，每個人都有不在場證明。邦莫對他施刑直到他認罪，然後他上吊自殺。」

「全面性的快樂結局。」

「我們到這時才知道，原來羅瑞督察自己才是兇手。可憐的藍衣男子是被陷害的。」

「而這都出自妳之手？」

茱莉亞彎腰微微一鞠躬。「對，沒錯。」

「真正的結局是什麼？」

邦莫抽了一根菸，又回到牢房中，這次帶著一把剃刀。麥克．珀西．克里斯多福如爛泥般躺在地上，透過嘴呼吸，稀疏的八字鬍因血而糾結。邦莫矗立在他身旁。

那一刻，牢房的燈光突然熄滅。

邦莫凍結，拇指壓著剃刀平坦冰冷的刀背。「又停電了。」他對站在外面的夥伴咕噥。

大樓的這部分總有各種問題。他等了幾分鐘，燈還是不亮。

在黑暗中，邦莫覺得只有獨自一人，腳邊的影子不復存在。接著那微弱的聲音對他說話：「拜託，我準備好吐實了。」

「你準備好認罪了嗎？」

搖頭的聲音。「不是我，我沒殺她。我跟你一樣，也是個偵探。」

邦莫嘆氣。他沒興趣聽，但他還能怎麼打發這段時間？「你不是警方的人。」

「對，我是私家偵探。」

「你名片上寫的是劇場經紀。」

「那是我的偽裝。客戶希望我低調。」

邦莫哼了哼。「嗯，你的說法是什麼？」

他聽見那男人撐跪起來。「我因擅長處理勒索案件而聞名。劇場很多那樣的事。去對的圈子裡打探，會有人提起我名字的。有一天，兩個男人來找我，他們的名字是理察．帕克和安德魯．蘇利文。艾莉絲．凱文迪許在勒索他們兩個。」

戀愛角色和青梅竹馬？「為什麼？」邦莫問，說話時沒低頭。要是燈恢復了，他會把這男人架在牆上。「用什麼？」

「她想讓帕克娶她。他們見過一次面，他當時喝得太醉，對她透露太多他的從軍時光。他當時跟一位表親一起去法國，並確保他們之中只有一人回來。欸，艾莉絲是那種只要男人一兩杯黃湯下肚，她就有辦法讓他們開口的女孩。於是帕克坦承一切，而艾莉絲隔天就要求結婚。對她來說是樁好親事，對男方來說就沒那麼好了。」
「蘇利文呢？」
「他們原本很親近。她曾經逮到他處於有失體面的情況中。姑且說他是個擁有不自然愛好的男人吧。跟他在一起純粹是為了錢。」
「我不相信你。」
「她是那種女孩。被賦予權力、不受拘束。在劇院工作很常見到。」
「蘇利文和帕克怎麼會相識？他們是朋友嗎？」邦莫不知道羅瑞督察為什麼不介入。他一定在黑暗中的某處聽著。
「稱不上。艾莉絲變草率了。他們把要給她的訊息放在她家外面庭院的一棵樹上。」就在邦莫找到理察·帕克舊信件的那個位置。「但她讓兩個人都用同一處。有天他們碰上彼此，談了起來。整個陰謀就是這樣開始的。」
「他們做了什麼？」
「他們來找我幫忙。處理勒索的方法是以其人之道還治其人之身，我是這麼跟他們說的。只要能找到他們的弱點，通常就夠了。所以我四處打探，問了些問題，結果還有其他受害者，女僕就是一個。」
「埃麗絲？」
邦莫看不見男人點頭，但他假設他正在那麼做。「她偷艾莉絲母親的珠寶。艾莉絲發現後威脅要趕她走。那一次，她甚至什麼都沒要，只是享受那種力量。父親也是。」

「艾莉絲的父親？」

「其實是繼父。埃麗絲都告訴我了。如果他不聽話，艾莉絲威脅要告訴母親他一直在占她便宜。」

「繼父？」邦莫嘆氣。「然後呢？」

「我接下這四個客戶，安排在艾莉絲家會面。當然了，她並不知情。但她只是一個被寵壞的女孩，對自己應有的權力非常有意識。我以為如果他們一起對抗她，她會打退堂鼓。我帶兩個男人到廣場，派安德魯·蘇利文去辦公室接她繼父，然後等廚子離開。接著我敲門。埃麗絲應門。她未婚夫也在，就是蔬果店老闆。她告訴我艾莉絲在洗澡。真是天上掉下來的好運，我心想。她會更處於弱勢。所以我叫所有人進屋，總共五個人。他們上樓和她面對面。」他的聲音轉輕。「之後我就不知道了。」

燈閃亮，不過只有一秒。邦莫看見羅瑞站在牢房外，雙手圈住鐵柵，臉上又是要笑不笑的表情。黑暗重回之前，邦莫並沒有費心低頭看藍衣男子。「所以你是共犯？」

「我並不知道他們要殺她，我是要他們跟她談談。」

邦莫回憶他們的不在場證明。他感覺現在像是從另一個角度審視，而所有證明都是假的，像是木製舞臺布景。對埃麗絲來說，她的不在場證明是她未婚夫，但他也涉入了謀殺案。而凱文迪許先生和理察·帕克，原本似乎因為他們手的狀態而不會是他們下的手。但現在還有另外三雙手，那就一點問題也沒有了。還有，為什麼她母親不告訴他們凱文迪許先生只是女孩的繼父？安德魯·蘇利文似乎出國了，但他們並沒有查證。他只需要跟他母親一起在倫敦某旅館躲個幾週就好。「他們把她壓進水裡囉？全部聯手。」

黑暗中他冒出一個想法，再次開口：「如果你知道他們要殺她，你永遠不會把自己的名片留在現場。」推理，偵探的藝術形式。邦莫終於領會。

他在漆黑中咧嘴而笑。

「對，對。」聲音從正下方傳來，他感覺一雙手包覆他的鞋子。溫暖、乞求的臉頰貼上他的左小腿，感覺像有人正試著熨燙他的褲子。「請相信我。」

燈恢復，亮度更甚原本，似乎將沉默強加於這牢房。羅瑞設法無聲無息地進入，這時站在邦莫身後幾步之外，倨傲地看著在地上乞求的人。邦莫踢開男人，轉身面對夥伴。

「你都聽見了嗎？」

羅瑞點頭。「有一定道理。」

「那我們怎麼辦？」邦莫問。「逮捕那五個人？」

「我們沒證據。」羅瑞說。「這男人的證詞在法庭上站不住腳，無法對抗五個人。」

「那怎麼辦？」

「我們倒是有很多不利於這位克里斯多福先生的證據。盡早結案對所有相關人等來說才是最好的。你懂我的意思嗎？」

「懂。」邦莫說。他嘆氣，從腋下撐起麥克·克里斯多福。

「很好。」羅瑞說。「記得要弄成自殺的樣子。」

藍衣男子開始怒號。邦莫將一根手套中的手指勾進他其中一邊鼻孔，拇指扣合他的下巴。「安靜。」

羅瑞轉身離開，臨走前一隻手最後一次放在夥伴肩上。「你知道的，他稱不上無辜。他安排了整件事。」

邦莫哼了哼，扯下克里斯多福先生的藍色西裝外套，用一隻袖子綁住男人的長頸。「而這該死的傻瓜自己也承認了。」

格蘭已準備好藉口。「我認為我將那故事封鎖在記憶之外了。」

茱莉亞沒直接回應。「結果這是所有嫌疑犯都是兇手的案件。」

「我知道。」格蘭說。「那就跟第四個故事一樣了？」

「對，」她說，「發生火災和參加者全是演員的派對。當然，那一個原本也頗不一樣。」

格蘭一臉挫敗。「妳也更動過？」

「我必須謹慎。我設計出這個更動結局的計畫，但還是受限於某些限制。畢竟故事都衍生自數學論文，我只能以與論文相符的方式更動，否則計畫就瓦解了。」

「妳必須遵守規則，我才會自行認罪。」

「我必須讓你持續談話，因此捏造出整個新結局從來就不在選項內。因此我只將第三和第四個故事的結局交換。」

格蘭忍不住微笑。「非常聰明。那第四個故事呢？」

「我把原本的結局給第三個故事了。故事的開頭是餐廳內的派對，附近一家百貨公司發生火災。海倫．蓋瑞克受託看守犯罪現場直到警察到來。她查看屍體，發現東道主被以榔頭擊斃。」

「在由內鎖上的廁所裡。」

「派對的其他賓客都是演員，各自告訴海倫自己的誇大故事，直到整個場面陷入混亂與困惑。時間過去，警察沒出現。嫌疑犯開始惶惶不安。」

「而敏銳的讀者會發現，如果謀殺發生時海倫在樓下，她應該也可被視為嫌疑犯？」

「那就是我給前一個故事的結局：兇手是偵探。」

海倫將紅酒瓶推落地，打斷了這段對話。酒瓶發出震耳欲聾的撞擊聲，留下和廁所那灘血不能說不像的汙漬——都是少量血和玻璃碎片。

「很抱歉，」她說，「不過我已經坐在這兒聽你們的理論聽了一整晚，我不想再聽下去了。」

如果有誰懷疑她不是故意將酒瓶推落地，也都在她用指尖將酒杯也輕輕推下桌邊之後打消念頭。她坐在碎玻璃島中。

「我相信我們還沒見過。」詹姆士走向她並伸出手。「我是詹姆士。」

「我是海倫。這裡應該由我負責。」

「別理她。」葛瑞夫說。「她喝醉了，我想應該是餐廳經理的朋友吧。」

「唔，為什麼不呢？」海倫問。「外面要世界末日了，在這樣的情況下，誰不想喝一杯？」

「終於，」史嘉莉從門後取下她的大衣。「我想我們應該可以離開。」

「我是妳的話就不會走。」海倫將一些碎玻璃踢向門，像個在水坑裡玩耍的孩子。「妳會錯過所有樂趣。」

安德魯．卡特站到妹妹凡妮莎前方。「妳想做什麼？妳發瘋了嗎？」

葛瑞夫注視海倫的瞳孔。「妳神智不清了，還是躺下比較好。」

「但你們不想聽聽我的告白嗎？」海倫起身站上椅子。「你們跟我一起困在這包廂幾個小時了，居然沒人想問問我分明住在二十哩外，為什麼獨自跑來這家餐廳，也沒人問我為什麼明明回家的最後一班火車幾小時後就會開走，我卻自願看守犯罪現場。你們不覺得有點可疑嗎？」六張臉孔茫然地看著彼此。「你們沒人想到有可能是我殺死他嗎？你們至少可以表現出一點點感激之情吧。」

包廂內充斥喘氣聲。半圓後方有人震驚得摔落酒杯。

太陽漸漸落下，窗戶幾乎被煙染黑，包廂內隨之轉暗。她正對著一團剪影說話。

「過去大約半小時以來，我都在思考該怎麼解釋這樁犯罪，一套能夠提供給餐廳經理的說辭，將注意力從我自己身上轉開。」她思考著惡魔狗、潛伏在屋頂的人、龐大的陰謀，但似乎都一點也不妥。「所以我耐心聽你們想說的一切，感覺就像學校裡的一個下午。哈利與女人私通的故事、收錢假扮他新娘的故事。我真是再也承受不了了。」

「所以是妳謀殺了他？」凡妮莎問。「為什麼？妳是誰？」

海倫坐下，雙手捧頭。她為什麼不把這番話留到跟警察配著一杯茶更愜意談話時再說？但她喝得太醉，停不下來。

「噢，只是海倫而已。海倫．朗達．蓋瑞克。跟你們其他人一樣，只是哈利的一個女人。我聽說他要舉辦派對，但他當然不希望我來。所以我在樓下餐廳訂位，在餐點之間上來，看見你們都看著窗外。真是天上掉下來的好運。哈利沒跟你們在一起。然後我聽見沖水聲，他從盥洗室出來。當然是外面走廊的男用盥洗室。他看到我並不開心，但我尾隨他進入包廂，帶著他進女廁，你們沒人轉過來查看。我告訴他我想跟他私下談談。嗯，接下來你們應該能夠想像。」

「懇請賜告。」詹姆士說。他沒看見屍體的狀況，著迷於海倫的演出。

她臉紅。「我讓包包掉在地上。哈利一向紳士，他彎腰幫我撿。我從袖子裡抽出榔頭打他後腦。只敲一下，他便像從製冰盤裡掉出來的冰塊一樣倒地。第一下真是令人難以置信地滿足。再敲個六、七下，他的頭就一團血肉模糊了。」

凡妮莎暈倒在哥哥懷抱中。史嘉莉轉向葛瑞夫、揚起眉。溫蒂前進。「我知道是妳，哈利想擺脫的那個女人。妳就是他找我來的原因。」

「對，很有可能。不過行不通，對吧？火災的聲響和外面的騷動蓋住殺戮的聲音。接著我敲破窗戶，將碎片挪進來。我爬出窗外，被一塊碎玻璃割傷了大腿，然後橫越屋頂，從太平梯下樓，留下上鎖的廁所門。然後我回到餐廳坐下，剛好趕上第二道菜。」

史嘉莉聽起來沒有動搖。「妳為什麼要全盤告訴我們？」

海倫的頭還是擱在雙掌中。「因為我想自白。我以為我做得到，但其實沒辦法。罪惡感太強烈了。」她閉上眼，看見修女圍立她身旁，每一張臉都是相同的非難瞪視。「不是因為哈利，你們懂吧。我對那並不感到內疚。因為他對待我的方式，他本來就該死。」

「別荒唐了。」葛瑞夫說。安德魯搖頭。

不過群體中的女人只是看著彼此。

溫蒂為所有人開口：「那妳對什麼感到內疚？」

海倫啜泣，感覺得到伴隨她長大的審判機制終於逮住她了。「我需要有東西分散注意力，在我殺他時讓所有人忙得沒空理我。」她深呼吸。「引發百貨公司火災的是我。」

此時門上傳來巨響，接著嘎吱打開。餐廳經理的頭探了進來，小鬼般的臉上有著一抹露齒笑。「很抱歉打擾各位，但我們被告知必須立刻疏散這棟大樓。」

他下樓離開，海倫則轉身面對聆聽她告解的聽眾。他們瞪著她，驚訝得不能言語。詹姆士打破沉默。「嗳，這可真是奇怪的一天。」他拿起大衣和帽子。「妳是個瘋子。」

凡妮莎哭成淚人兒，靠在她哥哥身上。葛瑞夫和史嘉莉一臉驚恐。他們魚貫走出包廂時都沒對海倫說話。

「他真的是個很糟糕的男人。」她對最後離開的溫蒂說。「至少我的意圖是好的。」

溫蒂離開，留下海倫獨自一人。

她的雙手因酒精與腎上腺素而顫抖。她振作起來，穿上大衣後便離開。她下樓走出大門的途中，餐廳異樣地空蕩。她自己拿起一杯只剩一半的酒。勇氣，她心想。接著她沿街道前進，走入大火中的大樓。

她感覺高溫將她滌淨。

「第四個故事花了我很多力氣，趁第一個下午你睡覺時。我盡可能瘋狂地寫，當天晚餐後也一樣。」

格蘭瞇起眼。「所以還有更多囉？」

「我用第五個故事給你另一個證明自己清白的機會。我在昨天午餐前重寫結局，在晴朗的陽光下寫到手背灼燙。」

「這次妳更動了什麼？」

「這個故事中，有個男人和他妻子一起探查一座島，發現所有居住者都死了。」

「查爾斯和莎拉，我記得。」

「包含兩名僕人，島上共有十個人，他們都在一個名叫昂溫的男子邀請下因不同原因來到那裡。不過當他們抵達，昂溫卻不在。這個故事的重點是所有嫌疑犯都是被害人，所以輕易就可將兇手從一名被害人改成另外一名。最後我就是這樣讓史達布斯成為罪犯。」

格蘭閉上眼。「原本是別人？」

他們下樓回到滿是灰燼和木屑的起居室。

「時間順序很容易建立，」莎拉說，「但讓我們精確點，其他部分應該會漸漸明朗。第一天是抵達的時間，接著是晚餐時的所有控訴和第一個死亡，也就是吞下叉齒的女人。我猜想他們早早回房，因為大受震驚而無法在與陌生人交談中度過這一夜。」

「驚嚇是會令人疲乏。」查爾斯說。

「同時，兩名賓客用蠟燭毒死自己。另外五名賓客隔天早晨起床，下樓來到這裡，發現僕人和兩名賓客不見了。他們先搜索房間，然後是整座島，發現四具屍體，情況一定在此時崩潰。已有半數居住者被發現已故，但他們在島上沒發現任何其他人，所以知道他們五人之一一定有所圖謀。他們沒有試著團結以求安全，反倒各自蒐集補給品後躲進房間鎖上門。到目前為止你都跟得上嗎？」

查爾斯熱切地點頭。

「兩名女士在某個時間點離開各自房間，並將她們蒐集的補給品搬到隔壁的書房。為什麼呢？我還沒有清楚的頭緒。同時間，一個男人在浴缸裡被煮熟，另一個在床裡慢慢流血致死，兩人都身處上鎖的門後。此時其他還活著的賓客只剩草地上那個較年長的男人。」

「那兩位女士是怎麼過世的？」

莎拉走到火爐旁，拉出一塊鬆脫的磚塊。「磚頭推進去時，煙囪後面會形成一個開口，煙便從牆上的洞湧入隔壁房間。通往那個房間的門上沒鎖，但只要窗戶打開，門便會上鎖。」

「而窗戶太小鑽不出去，所以如果有人窒息，唯一能自救的方法竟是關上窗戶？真是變態。」查爾斯搖頭。「那麼躺在外面的男人是兇手囉？只剩下他了。」

「容我再想想。」

她在一張厚絨布扶手椅坐下，在額頭加壓以提高專注力，這次是用她的掌根。查爾斯略帶反感地注視她。

「不對，」她說，「他不是兇手。他的死最難解釋，但那是因為機關留下太少線索。我們在通常綁小船的地方發現他。你要怎麼誘使一個將搭船出行的人把鐵絲圈掛上自己的脖子？」

查爾斯沒有答案。

「透過交給他一件內裡穿上鐵絲的救生衣，只需要一些紙板和便宜的布就可以做到。救生衣套過頭，鐵絲便圈住男子的頸部，接著再放開重物。」

「如果他不是兇手，那是誰？」

「如果兇手在十個人之中，他們之後一定也自殺了。誰的死看起來最像自殺？」

查爾斯聳肩。「應該是史達布斯吧。」

「而這些謀殺如此複雜，肯定意味需要兩個人合作。誰可能有共犯？」

查爾斯抽氣。「妳是指史達布斯夫婦？」

「幾乎，但還不盡然。史達布斯是兇手的話完全說得通，只不過他不可能有錢完成像這樣的事。」

「那是誰？」

「還會有誰？當犯罪的動機是提出批判，那就找最具批判性的人。那位年長女士，川特太太。她在同伴蘇菲亞的協助下殺死大部分的人。」

查爾斯搖頭。「但怎麼做？」

「我不會原諒自己竟然忽視這件事，」莎拉說，「唯一一件看似沒有解釋的事。她們為什麼要離開上鎖房間的防護，跑到隔壁貧瘠的書房？」

「我不知道。」

「不，沒道理。除非她們知道在屋子裡走動安全無虞。然後，更久之後，她們才去那個房間死去。」

「但是吸入煙沒辦法自殺。」

「沒錯，她們也不是因此而死。所有謀殺完成後，她們一定吃了什麼，砒霜或相似的東西。她們點起爐火，在那房間躺下，好讓煙蓋住味道，將她們的秘密埋藏在她們身旁。」

「但她們的動機呢？」

莎拉想了想。「我想川特太太應該快死了。夜裡有人咳嗽。我們也在餐桌上的手提包底下找到一條有點點血跡的餐巾。如果她決定拉一些人作伴呢？罪行未受懲罰的罪人。她一定說服了她的同伴幫忙，或以某種方法強迫她，但只有沉浸在流言蜚語中的人會知道這麼多秘密。她是個虔誠、嚴厲的女人，記得我們在她們陳屍處找到的《聖經》吧？旁邊有一瓶藥。她是將她的任務視為正義還是復仇，我就說不準了。」

查爾斯幾乎震驚得無法言語。「我無法相信，一個女人真的能這麼邪惡嗎？」

莎拉同情地看著他。「這是你有天必須學會的課題，查爾斯。」

「然後我也對第六個故事做了相同的事。」茱莉亞說。「昨晚讀的那個故事，關於一棟農莊的女王為了一些鑽石而被悶死在自己床上。故事的主要結構特徵是最後發現嫌疑犯中約莫半數是兇手。」

「對。」格蘭說。「我看得出來會怎麼發展。」

「結構跟原本一樣，我只是把兩邊人交換。」

格蘭大笑，笑聲充滿絕望。「真的是巧奪天工。我告訴妳結局實際上是任意多變的，而妳把我說的話身體力行。」

「在那個故事中，一個名叫莉莉．摩諦馬的女孩拜訪藍姆醫師，她希望能破解六年前她奶奶的謀殺案。他們倆討論彼此對事件的記憶。共有九名嫌疑犯，各有不在場證明。莉莉當年是個孩子，事件發生時在跟表弟威廉玩，姊姊薇奧蕾在沙發上睡覺，叔叔正走去火車站接被害人的姊姊桃樂絲。其他嫌疑犯還有藍姆醫師、馬修的妻子蘿倫、園丁雷蒙，以及對薇奧蕾有意思的當地人班。」

「結果醫師、他的情婦、威廉和班是兇手。但真正的結局是反過來？」

蘭姆博士從兩個矩形看見黎明。他透過眼鏡眺望窗戶。他寫下她的名字，再無其他。

「最親愛的莉莉。」

接著悲傷將他耗盡。透過寫這封信，他覺得他好似會摧毀她內心的某個東西。但必須說出真相。

「五年前，妳帶著有關妳奶奶謀殺案的問題來找我。當時我沒有把我所知的一切都告訴妳，原因稍後便會清楚。妳是個令人欽佩的女孩，我希望過去這幾年的時間有善待妳。」

他在拖延坦白的時間，而他自己也知道。「那次會面，妳讓我坦承我的其中一個最大罪行，也就是我與妳蘿倫嬸嬸的戀情。但我必須告訴妳另一段時光，那是在那五年前，當時我自己扮演的角色是聆聽告解者。」

一個秋日，薇奧蕾．摩諦馬出聲叫喚時，他正從戰爭紀念碑旁走過。「蘭姆醫師，你有空嗎？」

他停下腳步，轉身面對她。「薇奧蕾，怎麼了？妳看起來一副都沒睡的樣子。」女孩爆出眼淚。「是艾格妮絲的事，」她說，「我必須找個人說。我必須對某個人說出一切。噢，蘭姆醫師，我需要告解。」

「於是妳瞧，」醫師寫道，「薇奧蕾告訴我事件的完整真相，也正是因此，這封信才如此難以下筆，莉莉。謀殺妳奶奶的是你們自家人。你們自家人將她悶死，幾乎像隻昆蟲一樣把她壓扁在她床上。」

事情是從桃樂絲和馬修開始的。

桃樂絲在妹妹中風後第一次拜訪她時，將她外甥拉到一旁，告訴他鑽石的事。「我一向知道還在她手上，但她不告訴我藏在哪。要是她過世，並帶著秘密入土呢？」

想到這麼一大筆財富白白浪費，馬修覺得毛骨悚然。「別擔心，阿姨。我們會說服她的。那些鑽石理當是給我的遺產。」他抬頭對著天花板咒罵。「畢竟房子並不是人。她沒有權力把鑽石留給房子。」

不過他過度自信了。那天下午，自己的姊姊和兒子來探望艾格妮絲，晚餐托盤笨拙地擺在他們之間，她覺得虛弱頭暈，他們談起鑽石也令她生氣。

「你們比賊好不了多少。」她低語，抗議地將她那杯牛奶吐在枕頭上。「我還沒死呢，你們知道吧，你們卻只關心我的錢。」

那天稍晚，馬修將桃樂絲拉到一旁。「桃姨，幫我拿到那些鑽石。在她死之前。我跟妳對半分。我無論如何一定要拿到。」

桃樂絲微笑。「我只要求你在我年老時照顧我。」

「當然。」馬修握住她的手腕。在這場交易中，這動作夠接近握手了。

數週後，他們第二次嘗試。桃樂絲來到村子，將一瓶鎮靜劑塞進馬修手中。「到我這個年紀，醫師什麼藥都會開給你。」

他將鎮靜劑混入艾格妮絲的茶裡，整晚搜索她房間，但一無所獲。「對不起，阿姨，我讓妳失望了。」

「下次吧。」桃樂絲說。「一定藏在某個地方。」

不久後，他們又試了第三次。馬修到車站跟阿姨碰面。桃樂絲下火車時握住他的手。

「我們這次會成功的。」一個會意的微笑撕開她寬闊的臉。他們走過田地時，她說出她的計畫。「薇奧蕾一向最得艾格妮絲寵。她會告訴薇奧蕾藏在哪的。」

馬修點頭。「或許可行。」

他們抵達農莊後，發現薇奧蕾在沙發上睡覺。桃樂絲叫醒她，跟她說鑽石的事以及她必須做什麼。「否則鑽石就永遠找不到了。一筆小財富，取自這個家，卻誰也不給。」

馬修一路點頭，眼裡一抹閃光，努力裝出誠摯的樣子，但沒多大幫助。不過薇奧蕾看出他們所說的道理。「但我為什麼得這麼做？」

「妳是她唯一信任的人。」

因此更不該由我來做，薇奧蕾心想。「我想跟雷蒙討論一下。」

「有什麼必要？」馬修感到驚駭。看樣子他的姪女跟園丁太親近了。雷蒙已婚，家裡出這種醜聞對誰都沒好處。「跟他一點關係也沒有，他只是園丁。」

薇奧蕾很堅持。「他是我朋友。」

然而，雷蒙碰巧建議她照叔叔所說的做。「那也是妳的遺產，」他說，「妳有權利得到。」

於是他們四人——馬修、桃樂絲、薇奧蕾和雷蒙，於那天近午在艾格妮絲房門外碰頭。薇奧蕾抬頭看那三張臉，他們都對她懷抱好高的期望。

她嚇壞了。

她獨自進房。艾格妮絲醒著。老婦親切地薇笑。「薇奧蕾，寶貝，真是個美好的驚喜。」

「我來幫妳收拾早餐的東西。」她在床緣坐下，拿起托盤。「我還想問妳一件事，有關爺爺給妳的鑽石。」

她一說出那兩個字，艾格妮絲隨即彈向前，攫住孫女的手腕。早餐托盤落地。「連妳也是！」老婦陷入歇斯底里。「想殺我的是妳。是妳在我的飲料下藥。妳和馬修和我姊姊。」薇奧蕾尖叫。雷蒙跑進房裡，後面跟著另外兩個人。他拉開艾格妮絲。

艾格妮絲看著他們四個人。「你們都只不過是小賊。我該把你們從我遺囑中剔除。」她轉向雷蒙。「而你該另謀高就，立刻。」

園丁聳肩，撿起從早餐托盤掉出來的刀，他俯身在床上方，刀對準艾格妮絲一隻眼睛。「鑽石在哪，老女巫？我受夠妳像這樣威脅我了。」

艾格妮絲嗚咽。她等待其他人挺身幫她，但他們沒有反應。接著她舉起一根脆弱的手指對準窗戶。「左邊窗框。」

馬修檢查她指出的位置。「在這。」

「很好。」雷蒙從床邊退開。

艾格妮絲轉向孫女和姊姊，她們正沉默地站在一旁。「妳們會因此而在地獄燃燒，兩個都是。」

雷蒙從旁邊的衣櫃拿出一堆床單丟到久病的女人身上。「來啊，」他說，「不能留活口。」

聽見這句話，艾格妮絲尖叫了起來，薇奧蕾也震驚地倒抽一口氣。奶奶脆弱的身形在床單下瘋狂扭動。雷蒙爬上蠕動的床單堆，把自己的重量壓在她肩膀的位置。「來啊，」他說，「全部過來。」

「我們必須做，」馬修說，「別無選擇了。」他拉住兩個女人的手把她們帶到床邊，三個人滾到床單堆上，閉上眼，緊緊壓著直到身下的動作終於停止，也不再有聲音。

薇奧蕾輕聲說。「你們覺得她還好嗎？」沒人回應。

「瞧。」馬修打開他從窗戶那兒取來的帆布囊，將內容物倒入掌中。鑽石從指間墜落。「發財了。」

「就這樣，」蘭姆醫師寫道，此時房內的光線轉為黯淡，「感覺一點也不像他們正犯下謀殺罪，薇奧蕾是這麼說的。他們將鑽石平分四份。原本沒計畫算上雷蒙，但情況有變。桃樂絲溜出房子，一個小時後才又回來，並確定蘿倫有看見她。馬修在樓下閒晃，薇奧蕾則回到沙發上，雷蒙也回頭撿落葉。事情就是這樣。桃樂絲確定一定還有其他人也知道鑽石的事，因此主動提起以轉移嫌疑。剩下就只是一場默劇。當然，薇奧蕾在那之後沒辦法保持沉著太久，很快便深受罪惡感折磨。她沒辦法再看著雷蒙，當然也當不成朋友了。於是她來找我全盤托出。我相信她把嫁給班當作一種苦行，他為她著迷，總是用望遠鏡看著她。雷蒙覺得事態嚴重，於是搬走。後來，他試圖在一個可怕的貧民窟賣掉他那份珠寶，過程中遭刺死。桃樂絲在看見她的錢之前便過世。馬修繼承房子後感到心滿意足，重拾安靜的生活。我不知道他拿他的鑽石來做什麼。所以，罪行確實並沒有付出代價。我們所有人都學了一課。」

蘭姆醫師按摩著他的手；他寫滿四頁了。光線漸漸轉弱，但他想在天黑前寫完。他再度拿起筆。

「莉莉，告訴妳這可怕真相令我痛苦。」他嘆氣，不確定自己是否真的在乎。如此接近自己的死亡，他卻依然難以誠實陳述。「長久以來，我一直在保護妳。我們都在保護妳。蘿倫當然也知情。我告訴她了。薇奧蕾也對班坦承一切。但我們一致決定，妳一旦知道，會對妳造成莫大傷害。因此我們沒有告訴警察。當威廉在馬修口袋找到那枚鑽石戒指，就連他也想通了。要不是他被雷蒙帶走，或許會告訴妳真相。欸，妳現在年紀夠大，能夠自己做決定了。妳一定要做妳覺得正確的事。」

他原本想為這封信下一個充滿希望的結尾，但也只能這樣了。

「葛溫·蘭姆醫師敬上。」

他放下筆，悲傷地注視窗外的黑暗。接著他開始咳嗽。他咳了好幾分鐘。然後他去浴室，在署名旁留下一個鮮紅的血點。

「然後你就上鉤了，」茱莉亞，「又一次，你沒注意到結局變了。」

格蘭迴避她的視線。「我的記憶力比我自己所知的還糟。」

「這帶著我們來到昨晚。」茱莉亞對著他頭側說話。「我回旅館，很確定我的直覺是對的。我們讀了六個故事，每個結局都有所更動，有些幅度還頗大，但你一次都沒發現。二十年是一段漫長的時間，但你至少該記得一個吧。我確信至少一個。其中一定有你最喜歡的故事。然而我還是決定讓你享有無罪推定。我們還剩最後一個故事，而我會進行最後一個測試。」

格蘭轉回頭面對她。「妳做了什麼？」

「還是只更動結局的話似乎不夠，於是我放棄整個原始故事，完全創作一個新故事取而代之。我重讀你的研究論文〈偵探小說中的排列〉，挑出其中描述的一種結構，然後據此寫出一個我自己的故事。我幾乎寫了整夜，到了早上，便有了一個嶄新的故事。然而你依然聲稱那是你的故事。」

「我們一兩個小時前讀的那一個？」

茱莉亞點頭。「萊諾．暮恩，死去的偵探。這故事是我寫的。」

「那被取代的是什麼？」

「一篇短故事，」茱莉亞說，「有兩名偵探，都是男人，都是知名的業餘人士。他們在一棟據稱鬧鬼的建築中調查詭異的事件，一個以聖巴薩羅繆為名的廢棄孤兒院。」

「他們叫什麼名字？」

「尤斯塔斯．艾倫和萊諾．班尼迪。他們對於超自然界是否存在意見相歧，因此約定在閣樓度過一夜，認為這樣應該能產生定論。於是他們架起行軍床等待日出，喝著用移動式火爐煮的熱可可。這是一棟荒廢的建築。沒多久，他們雙雙聞到煙味。他們發現原來牆上有一道裂縫，通往煙囪，而樓下有人把火生起。煙漸漸充斥閣樓。他們試著離開，卻發現門被鎖上，鑰匙不翼而飛。他們保持冷靜，假設火會自己燒盡。他們打破窗戶。他們叫喊求救，但孤兒院在鄉間深處。」

「那怎麼收尾？」

萊諾・班尼迪站在窗邊，可以感覺到煙在他身後漸漸堆積。

「這樣不夠。」他看著玻璃上約莫拳頭大小的洞。窗戶的對角線大約與他的前臂同長。他敲落剩下的的玻璃，割傷了指節。「還是不夠。」

他轉身面對同伴。「你不感興趣嗎？我們或許會死在這裡。」

除了他們自己帶來的行軍床之外，濃煙密布的閣樓中，唯一的家具是一張絢麗藍色的虛浮梳妝檯，尤斯塔斯・艾倫正注視著檯上的鏡子。這張桌子要不是又過時又不切實際，要不就是為孩童而打造，他得低頭才能看見鏡中的自己。

「我領先你一步，萊諾。我們會死在這裡，現在必然如此了。煙愈來愈多，而我正試著接受現實。」

萊諾看著較年經的夥伴研究自己的相貌，令人生畏的眼睛與尖牙，彷彿它們不知怎地總結了他活過的這一生。

他轉向牆上的裂縫。破洞從地板延伸到天花板，有無數的分支，宛如冬之樹。煙從裂縫的每一寸滲入，他們不可能把它整個塞住。萊諾閉上眼，想到自己的死亡令他膽寒。

「這裡有一個上鎖的抽屜。」尤斯塔斯回頭說道。「廢墟中一個上鎖的抽屜。那將是我們最後的謎案。要幫我破解嗎？」

萊諾走到夥伴身旁，他們一起踢梳妝檯，直到它笨拙地歪向一旁，再推拉一陣便可拉出抽屜。裡面是一個深藍色的紙板盒。「說不定是鑰匙。」萊諾說。

尤斯塔斯搖頭，拿起盒子時感覺到內容物輕輕窸窣。「巧克力。」他說完揭開盒蓋證實他的假設。巧克力因時間流逝而泛白，不過每一顆都是水果的形狀，而且都沒有皺縮或乾掉，擺在各自的小格子中，看起來有一種淫穢又肉感的浮誇。「來一顆？」

「一定放超過二十年了吧。」萊諾的臉顯現出他的嫌惡，尤斯塔斯將盒子放在梳妝檯上，自己撿起一顆。「我不該吃，」萊諾說，「說不定會害你生病。」

尤斯塔斯大笑，彷彿萊諾剛剛說了個笑話。他將巧克力咬成兩半。萊諾看著他吃，期待他說出某種批評。但他什麼也沒說，萊諾彷彿為了填補沉默，消沉地開口：「尤斯塔斯，我一定要告訴你，樓下的火是我升起的。我想把我們逼出去，這樣就不用完成調查了。我以為會增添神秘感。一定有人看見我生火，利用機會把我們鎖在這裡面。有人要我們死。」

「我知道誰想殺我們。」尤斯塔斯說，一面吞下最後一口巧克力。「我已經想通了。」

儘管瀕死，萊諾仍不由自主感覺到一股嫉妒的刺痛。他從朋友面前轉開，檢查巧克力，納悶著盒中是否有線索。儘管只在一臂之外，巧克力的顏色也已因煙而顯得黯淡。他一無所獲。接著他不情願地拿起一顆巧克力咬一口。裡面有酸櫻桃的味道。

「你還是不相信有鬼？」萊諾試圖讓朋友分心，好為自己爭取時間找出答案。

「對，我不相信。你呢，萊諾？就算發生了這件事？」尤斯塔斯對他露出一個挖苦的微笑。「你還不堅信生命是無意義又殘酷的？」

萊諾走到窗邊，穿過湧動的煙朝外面吐出巧克力。他注視在窗外成形的灰雲。「沒這麼相信過。」

「當然。」尤斯塔斯聳肩。「你希望能變成鬼回來。」

萊諾搖頭。他摸索口袋，找到一張自己的宣傳照。他放在那兒的，以免有人跟他要。他閉上眼，讓照片掉出窗外，試圖留下他的一個碎片。新鮮空氣撐開他的肺，下一次吸氣時卻深深吸入一大口煙。他咳了起來，踉蹌走到尤斯塔斯身旁。「我頭暈，沒辦法思考。告訴我是誰。誰把我們鎖在這裡等死？」

「是我。」對方聳肩。「我想確保我們整晚都待在這，永遠解決這個案子。所以我鎖上門，丟掉鑰匙。我們早上就會得救。」

「到時我們就死了。」

「對，因為吸入太多煙。我把我們鎖在裡面時並不知道你在樓下生火。運氣真背。」

「鑰匙怎麼了？」萊諾揪住另一個男人的翻領。

「不見了。」尤斯塔斯說。「我從門縫底下踢出去，距離我們不超過四碼，但我們就是拿不到。」他覺得很有趣似地微笑。

萊諾走到門邊，把頭貼在地上，看得見鑰匙，從閣樓往下有好幾階樓梯，鑰匙就停留在第二階上。尤斯塔斯是對的，拿不到。他又搖晃門，發現以金屬和木頭打造的門跟先前一樣巨大且無法動搖。

「你這傻瓜。」萊諾站起來。「是你害我們的。」

尤斯塔斯伸手碰了碰梳妝檯歪斜的鏡子，接著調整角度，好讓萊諾看見自己。「還有你。」他也開始咳嗽。

他們兩人在數小時後死亡。到了那個時候，閣樓房間裡已濃煙密布，他們都開始咳出黑色的痰。是夜漆黑無月。他們在隔天早上被發現，拳頭因捶門而鮮血淋漓。

「我懂了。」格蘭活躍了起來。「艾倫和班尼迪同時是嫌疑犯、兇手、被害人以及偵探。這是另一個極限情況。用文氏圖表現的話，會是一個簡單的圓。」

「對，」茱莉亞說，「而且跟我寫的故事，也就是我們早上讀的那一篇，毫無相像之處。你又騙了我，而且過去兩天以來一直都在騙我。就算這樣，你還想繼續抵賴？」

格蘭滑下岩石，雙手插進口袋站在她面前。「有差嗎？妳似乎深信不疑。」

「我會說證據勢不可擋。」

他搖頭。「那現在呢？」

「我希望你告訴我真相，然後我就會回家。這本書的出版計畫當然會取消。」

「取消？」

茱莉亞點頭。「你還期待什麼？我們的合約是跟格蘭．麥卡利斯特簽的，不是你。」

「妳會去找警察嗎？」

她搖頭。「我不知道這樣的控訴要從哪裡開始著手。此外，我語言不通。」

「那就沒有，」格蘭嘆氣，「我現在抵賴並沒有意義。我不是格蘭．麥卡利斯特，也沒有寫下這些故事。我想妳會想知道我是誰？」

太陽躲到雲後，轉暗的空地響起熱鬧活躍的鳥鳴。

「我知道你是誰。」茱莉亞說。「你的名字是法蘭西斯．嘉納。」

站在她對面的男人癱靠在身後的岩石上。「妳怎麼可能會知道？」

「小島有其記憶，儘管你並沒有。擁有我留宿那家旅館的老男人今天早上非常高興能跟我聊天。我聽說了一切，有關那兩個一起住在海邊小屋的外國人，小屋就在通往教堂的小徑旁。他們是如何形影不離，甚至難以分辨，直到有天其中一人過世。他說不出名字，但我在你廚房看過那個菸盒，也檢查過教堂墓園的墓石，也就是你每天散步的那個地方。其中只有一個英文名字。」

「法蘭西斯．嘉納。」

「過世的日期刻在下方。十年前，在這座島上。只是那其實並不是他，對吧？」

法蘭西斯搖頭。「是格蘭．麥卡利斯特。儘管以某種方式來說，法蘭西斯也在那天死去。我從此沒再用過那個名字。」

「那你是誰？你是格蘭的什麼人？」

「我是個數學家。我跟他相識於倫敦的一場會議，很久很久以前，之後便保持聯絡。他在愛丁堡，我在劍橋。我們剛開始是共同研究者，很快變得不只如此。」法蘭西斯聳肩。

「他的婚姻是一場騙局，於是他有天搬來這裡以求脫身。那是大戰剛結束的時候。我思考過後，決定跟隨他的腳步。」

「你們不只是朋友？」

「對。我愛他，他也愛我。」

「然而當他過世，你卻占用他的名字、身分，無疑還有他的錢？」

法蘭西斯敏銳的目光掃向她。「妳在暗示什麼？」

「我在問那個必然的問題。你殺了他嗎？」

「殺了他？沒有，天啊，沒有。完全不是那回事。」

「那到底發生什麼事？」

兩名男子從成排的樹木間走出來，儘管這天晴朗溫暖，他們卻身穿正裝。他們前方一片草坡延展約三十碼後連到懸崖邊，再過去就是冰冷、閃爍的海。

較年輕的男人一隻手放上另一人肩膀。「值得一爬吧，你不覺得嗎？」

格蘭點頭。「都走了那麼遠，去最邊緣的地方吧。」

他邁步往前走，法蘭西斯跟在後面，一手緊緊壓住帽子。這高度的風難以預料。「別太近了，格蘭。我們需要一點空間鋪地墊。」他另一隻手拿著一個柳條籃，一條毯子被揉成球狀塞在腋下。

格蘭略微眺望洶湧起伏的海，隨後便回到同伴身旁。他正忙著清掉石頭，把它們都踢下山。

「幫幫我。」法蘭西斯轉身面對格蘭。他握住桃色毯子的一端，另一端拋向天空。風抓住毯子後打了個結，一瞬間看似法蘭西斯將一桶油漆朝格蘭丟去。較年長的男子抓住另一端，找到兩個角落後撐開一臂的寬度。他們攜手將毯子平整地攤開在草地上，接著脫下鞋子壓住四角。

格蘭背對大海坐下，法蘭西斯面對著他。「你不想看風景嗎？」

格蘭搖頭。「我可以看樹，還可以隱約看見小鎮。這就是你我之間的不同，法蘭西斯。「我喜歡看著屬於我的事物，你卻喜歡看著可及範圍之外。」

「你也把我算在屬於你的事物中嗎？」風如此喧囂，他得用吼的，而這聽起來像是修辭性的疑問句。「你今天早上的心情很文學。」他補充。

格蘭皺眉。「這裡好冷。」

法蘭西斯將帽緣塞在毯子被壓住的角落下，帽子隨即在強風下抽搐了起來，上上下下，好似湯鍋蓋。他脫下外套交給格蘭，換手的過程中，那塊脆弱的布料幾乎被風扯走。格蘭扭動手臂穿上外套。「謝謝你。」

法蘭西斯將一些食物擺上毯子，有一罐蜂蜜和一條麵包。他扯下麵包一端，從籃子裡拿出一顆全熟的蛋，放在格蘭腳邊，然後再幫自己拿一顆。格蘭拿起他的蛋，猛力往手錶的邊角敲，接著剝起蛋殼。「謝謝你。」他說。

兩個男人沉默進食。格蘭離懸崖邊夠近，只要把蛋殼往身後丟、讓風吹到海裡就好，法蘭西斯則謹慎地將蛋殼丟進一個空酒杯。他正專心地從指尖拔下一塊特別黏的碎片，這時聽見後方傳來一陣巨響。大地震動，酒杯翻倒，法蘭西斯砸嘴，將酒杯扶正，彷彿事情就該這樣結束。然而震動之後，他下方的土地發出一陣駭人、極響亮的刺耳聲響。

他難以置信地抬頭，這才理解發生什麼事。懸崖的最後兩碼正從他面前墜落，像他剛剛從麵包掰下的那塊一樣整塊崩落，而格蘭也跟著一起墜落，在掉落到視線之外前，他的臉只露出一剎那的驚詫。

法蘭西斯眨眼，努力理解剛剛發生了什麼事。懸崖的線條現在直接經過這條毯子下方，將毯子一分為二，一半垂落邊緣，有如戰敗的旗子，片刻後又被風吹起，飛揚空中。發生的事似乎砸到法蘭西斯身上，他撲向懸崖邊緣。「他不會還在墜落。他不會還在墜落。」他閉上眼傾身探出懸崖時，腦中只有這一個荒謬的想法。然而震驚擾亂了他的時間感，當他睜開眼，格蘭就在那兒，仍在墜落，打著轉穿過空中。一雙鞋和成白點的水煮蛋也在他身旁下墜，法蘭西斯的帽子在他頭上方飄盪。格蘭的臉是一幅不斷縮小的驚駭畫面。兩個男人視線交會了嗎？或者只是透視法的把戲？

掉落的岩石先落水，破開水面，因此格蘭看似在片刻後降落於一個柔軟、白色浪花構成的墊子，接著身體卻斷成兩截，形成強烈的衝突。

「太可怕了。」茱莉亞說。

「對，痛徹心扉。」法蘭西斯注視最近一棵樹，視線拒絕對焦。「鎮上都聽見岩石墜落的聲音，所以沒有可疑之處，只是一場意外，一個異常事件。我把發生的事一五一十告訴警察。不過要不是他們聽不懂我的腔調，要不就是我聽不懂他們的腔調，因為我下次再聽說這個事件時，已變成法蘭西斯．嘉納慘死。」

「而格蘭．麥卡利斯特還活著。」

「我把皮夾放在外套口袋，懂吧，裡面有我的名字和身分證，而他死時穿在身上。於是他們認為他的屍體是我的。起初我打算糾正他們。」

「後來想想還是算了？」

「一切似乎天衣無縫。我們靠格蘭的錢過活，我自己則身無分文。他叔叔大約每個月都會寄錢給他，格蘭只需要偶爾寫信給他就好，而我很會模仿他的筆跡。」

「於是你成為格蘭．麥卡利斯特？」

「並繼續領錢。我很確定格蘭會希望這樣。」

「那關於那本書呢？」

法蘭西斯對她露出懺悔的表情。「當妳寫信給我，說妳同事找到一本舊版的《白色謀殺》，想出版這本書，那種誘惑令人無法抵擋。這些日子以來，格蘭的錢買不了多少東西了。此外，反正我已經用了他的名字這麼久，看起來顯然就該這麼做。而且我擁有些生計又會傷害誰？」

茱莉亞忽略這個問題。「但你沒讀過這些故事？」

「對，這是唯一的問題。我知道他寫過些東西，但格蘭搬來這裡時，並沒有帶上《白色謀殺》，而他看似也沒想過要拿到一本。我想，沒人願意出版那本書對他來說是一種痛苦的根源。他一度夢想過文學的名聲與財富。」

「那你真覺得這行得通？」

「對，恐怕我確實這麼認為。」法蘭西斯用鞋子輕推一顆石頭。「我們同居了好幾年，幾乎討論過所有格蘭的數學工作，包含那份謀殺謎案的論文。因此我熟知那些數學概念，以為剩下的可以蒙騙過關。我沒想到妳會這麼大費周章。」

「是，嗯，」茱莉亞拿起她的包包，「關於我，你不知道的可多了。」她將背帶掛上肩，拍掉底部的塵土。「在我離開之前，我還有最後一個問題。」

法蘭西斯點頭。「是什麼？」

「這道謎題中，只有一個地方我想不透。白色謀殺案。格蘭為什麼要在他書中布滿那樁案件的參照？你真的不能告訴我些什麼嗎？」

法蘭西斯聳肩。「我們沒討論過。不過我了解格蘭，也了解他的幽默感。」他摩挲後頸。「幾乎可以確定是一個玩笑。他有時候可以非常要命。放入這些參照自娛很像他會做的事。愈冷血愈好，他就是這樣的人。」法蘭西斯嘆氣。「我不會期待有任何更深層意義，只是幌子而已。」

「我懂了。」茱莉亞微笑。「我想那就可以鬆一口氣了。」她在空地邊緣徘徊，猶豫了一會兒才再開口。「這應該是我們最後一次見面了，法蘭西斯。儘管我很享受我們的一些談話，但我希望我不曾遇見你。」

然後她便離開了。

16 第一個結局

三十分鐘後，茱莉亞．哈特又一次走上通往旅館房間的那道昏暗樓梯。她帶著一絲勝利感走入蔭蔽的房間。她的計畫奏效了，最終智取試圖欺騙她的那個男人。彷彿為了慶祝，她打開窗遮，讓光線透入，對面的牆上出現一個乾淨白光的完美方形。

窗外，夢幻般的藍海和水邊的白方塊漸漸因人影而顯得活力十足。下午最熱的時候已過，小鎮重現生機。茱莉亞後退兩步離開窗邊，坐在床上，過去這幾天讓她累壞了。她躺下，踢掉鞋子，很快便睡著了。她衣著完整，窩在陽光的懷抱中。

她二十分鐘後醒來，發現自己在哭，她感覺到肌膚上已經形成了一行行的鹽。她拉起頂層床單最靠近自己的那一角蓋在臉上，三角形白棉布輕輕壓著眼睛，她維持這個姿勢，直到太陽曬乾她的眼淚。

接著她撐坐起來。

那本皮革裝訂的《白色謀殺》放在床畔桌上。她拿起書，在股間翻開。她在大約六個月前得到這本書，當時是在另一個規模相似的房間裡，有一張床和差不多大小的窗戶，不過那一次天空陰沉，窗外唯一能看見的只有一隻棲息路燈上的鴿子。茱莉亞的母親在那個房間裡漸漸走向死亡，房間位於一幢小房子，在威爾斯，茱莉亞在那幢房子度過童年。她坐在母親旁邊握著她的手。

「有件事得讓妳知道。」較年長的女人呼吸窘迫、斷斷續續。抽菸抽了一輩子，她的肺終於不行了。「麻煩妳。」她手指床旁書架上一本不起眼的書，茱莉亞走過去拿出來。書很薄，書名《白色謀殺》，以皮革裝訂，不過茱莉亞認出象徵自費出版的厚紙頁與寬頁緣。茱莉亞自己也是作家，獨立創作了三本羅曼史小說。她將書交給母親，而她翻開封面，發黃的食指滑過印在書名頁上的作者姓名。

「格蘭·麥卡利斯特。」她咳嗽。「這男人是妳父親。」

當時茱莉亞的眼睛湧出淚水。當她還小時，母親一向都說她父親已在大戰中亡故。

「他還活著嗎？」

較年長的女人閉上眼。「我不知道，可能吧。」

「他住在哪裡？」

「我很抱歉。」她母親搖搖頭。「他在妳還很小時離開我們。」她捏捏女兒的手。「多半不會想見妳。」

茱莉亞沉默地想了想，接著，她的回應如此低微，她母親根本不可能聽見。「我不確定我會給他任何機會。」

母親喪禮隔天，她想出一個計畫。她非常了解犯罪小說，因此能夠編出一封專門出版社發出的信，表示對格蘭以前的故事集《白色謀殺》有興趣。她給了自己編輯的頭銜，並以中間名茱莉亞寫信。其他細節就簡單了：「維克特」和「李奧奈達」是她兩隻貓的名字，「血型圖書」則是一個簡單的雙關。幾週後，格蘭回信問起錢。她以維克特的名義回信，承諾隨格蘭開價，只求他同意見她。格蘭建議她去小島，於是她請人將書打字成手稿形式，踏上旅程：他們一起修訂內容時，她會觀察他個幾天，然後再決定下一步是要離開還是坦承一切。

她就這麼走到這一步，發現父親已亡故十年後躺在昏暗旅館房間裡的床上。她翻開《白色謀殺》的第一頁，手指畫過他的名字。**格蘭．麥卡利斯特**。她發現，伴隨著一股排山倒海的失望感，她並不比第一次看見這本書時更靠近他。她永遠無法與他見面，但透過這些故事，她也不可能認識他。不過她現在至少了解他為何離開她和她母親、跑來住在這座島上。並非如她原本所恐懼，為了逃離一個不想要的女兒，而是為了坦蕩蕩地與一個男人一起生活。安慰雖貧瘠，但也只能這樣。

一群海鷗降落在附近的屋頂，她被嚇了一跳，脫離原本的思緒。

她合上書，手掌蓋在上面。墨綠色皮革摸起來感覺溫暖。她又躺下，聽著海鷗的聲音。牠們聽起來像處於劇痛中。

17 第二個結局

腎上腺素拖著法蘭西斯度過與茱莉亞的最後一段對話，她離開後不久，他獨坐在上山半途中的空地，之後再獨自走回小屋，喝掉一大杯琴酒後直接上床，他已精疲力竭了。此時是下午三點。他睡掉十二個小時，隔天很早便醒了過來，此時是島上最冷、最黑的時刻。他夢見格蘭，那個他愛的男人在海底過著他的日子，坐在水底，無聲注視游過的魚，傷口附近破碎的皮膚看似珊瑚。法蘭西斯很高興自己能夠醒過來。

他把自己拖下床，帶著一杯咖啡坐在小屋的前廊下，思考著現在書不出了，該去哪裡弄錢。他轉身看著兩個晚上前，他和茱莉亞一起坐在裡面的那個小棚屋。沿海灘四分之一哩外，在月光下僅勉強可見。裡面裝滿著他不再使用的物品，肯定有些什麼能賣錢吧？

他閉上眼，喝完他的咖啡。

兩小時後，太陽漸漸升起，法蘭西斯一面低聲吹口哨，一面沿海岸出發。在早晨的這個時間，你不可能相信這天會暖起來，感覺像夏天在一夜之間就結束。他決定節省時間，切過海灘的和緩弧線，於是他脫下鞋，用雙手拿著，走過冰冷的淺水，這感覺就像走在冰上。

幾分鐘後，他來到棚屋前那塊沙灘，讓鞋子從手中掉落，接著將木雙開門開到底。

屋內無光，船是他面前的一抹剪影。「如果走投無路，」他心想，「我總是可以賣船。」

他從卡通感的船頭旁擠過，來到藏在船後的一堆舊紙板箱旁。就算門已全開，後面還是很暗，於是他拿下掛在天花板的骨董燈，用一小罐煤油將燈填滿油，接著點燃燈芯，將燈擺在倒放成小丘的船上，再跪下查看那些箱子。

第一個箱子裝滿了書。不意外——他上個月來找《白色謀殺》時才看過——他這次想知道裡面會不會有哪一本賣得了錢。他隨機取出幾本，但因為視力的關係很難辨別書名，於是很快便挫敗地放棄。

下一個箱子裝滿樂器，大多壞了。一把小提琴、一面鼓，還有一把一條弦也沒有的魯特琴。格蘭堅持他有天會把它們修好，但總是沒時間。第三箱裝的是釣具，狀態良好，他稍後再回來這一箱。第四箱裝著各種古怪玩意兒。一具單筒望遠鏡、一個燭臺，還有好幾副紙牌。

第五箱令他一頓。雖然數週前才看過，但他已忘了這一箱。裡面裝滿格蘭的文件，還有若干手寫筆記。其中有些一定超過三十年了，但都與《白色謀殺》無關——沒有早期草稿或結構筆記——當然了，也都毫無價值。

接著他想起一件事。

他試探地將一根指尖沿發黃的紙張側邊往下探，直到感覺到一張紙卡堅硬的邊緣。他抽出卡片對著光看。那是一張黑白照片，從雜誌內頁裁下後黏在一方卡紙上。一名年輕女子的大幅照片。法蘭西斯不認識她，但她非常美麗，看起來有可能是名演員。右下角有一團糾結的線條，以濃黑墨水書寫，他原本以為無法辨識，但現在勉強可以看出線條構成一個名字：**伊莉莎白．白**。所以不是巧合，格蘭真的以她為書命名？法蘭西斯將卡片翻面，發現後面以模糊的藍筆寫下一段註記。要不是他對格蘭的筆跡如此熟悉，他根本完全沒辦法讀。

「漢普斯特荒原，一九四〇年八月二十四日。她的最後簽名。」

棚屋的一片門被風吹得關上，突如其來的陰影落在白色卡片上，遮蔽住那些文字。法蘭西斯讓卡片落地，匆忙起身退開，踉蹌撞上身後的船。整艘船震動，油燈從船殼上直直落入滿箱的文件中，立刻燃燒了起來。如此工整、自發的災難，使得法蘭西斯剛開始只能站在那兒看著紙箱燃燒。然而在這場小火的新生光明中，他又一次看見那段註記被照亮。文字還在那兒，日期也沒有改變。

一九四〇年八月二十四日。白色謀殺案當天。如果她這天在照片上簽名，那他一定就在她被殺之前見過她。再納入所有其他資訊一起考量——書名、故事中的線索——說是巧合就太過了。「格蘭，你到底做了什麼？」

法蘭西斯又跪下拾起照片，折起後放入後口袋。船側最靠近火焰的地方有一圈黑色熱模開始擴散，他發現後焦慮了起來。火還沒蔓延到紙箱下半部，於是他伸長赤腳把紙箱推開，一路推到半開的門旁。接著他彎腰抱起箱子朝海丟去。紙箱幾秒後彈落沙灘，彷彿如一陣燃燒爆裂的碎片雲，灰燼與火星撒落海灘。

法蘭西斯踉蹌前進，肺裡滿是黑塵，走到他稍早留在那兒的鞋前才停下腳步。鞋子還在原位，成完美隊形，並肩擺在沙上。法蘭西斯覺得他幾乎能看見格蘭的鬼魂站在那兒等著迎接他。

「格蘭，」他伸手抓那隻隱形的手，接著往前跪倒，「所以你真的殺了她？」

他從褲子口袋裡拿出照片，在日光下再次檢視。膠水在火災的熱氣下融化，那張列印出來的照片脫離了卡片。一封手寫信夾在兩層之間。法蘭西斯將信紙從藏匿處抽出，讀了起來。

「親愛的麥卡利斯特教授。」

字跡工整但非常小，他得瞇起眼才能看清。

「我的名字是伊莉莎白．白。」法蘭西斯屏住呼吸。「我們沒見過面，但或許您看過我登臺，或看過我的哪場戲？我有幸參加了您去年在倫敦皇家文學學會的那場偵探小說講座，覺得那真是一場非常啟發人心的演講。我希望您能原諒我的放肆，但我寄上啟發的成果，以免您有興趣一讀。我以您的想法為基礎寫了七篇謀殺謎案的故事：角色與設定雖各異，但借用了您的說法，各自表現出不同偵探小說中的**排列**。我希望能將這些故事以短篇集的形式出版，命名為《白色謀殺》，作者是伊莉莎白．白。請原諒這個以自我為中心的書名，但我想不出更好的了。不知道能否請您一讀，並給我一些意見？這是我第一次寫這樣的東西。如果您願意讓我請您喝一杯，或許我們可以見面談談？不過還是要請您下手輕些，您是這些故事最初也是唯一的讀者。誠摯感謝，伊莉莎白．白。」

署名的簽名與照片相符。

法蘭西斯將信揉成團丟入大海。他拿起鞋子，一手一隻，絕望地哭喊。「格蘭，你怎麼能這麼做？」他將頭埋入雙手中，兩隻鞋子變成一對滑稽的角。「你只是為了竊取這些故事就殺了她嗎？」

他想像格蘭，她的成功戳破了他的虛榮，他一定以某種方法說服她帶著原始手稿和他會面，然後殺死她，帶著手稿逃走。故事中那些指向謀殺案細節的矛盾一定是後來才加入的。格蘭在故事中加入那些線索，知道除了自己之外無人能理解。法蘭西斯知道這會帶給他無盡的歡樂，難道他是因為同樣的噁心理由而沿用原始書名的嗎？

隨著時間一分一秒過去，潮水益發往內陸湧進。法蘭西斯眺望大海，看見一道大浪朝他打來，在抵達海岸的幾碼前潰碎，濺得他手肘以下全濕。海水寒氣逼人。

「你怎麼能？」

身後的火已經燒盡。然而他身上濕透的白色西裝，卻讓他看似一個已開始融化的雪人。

國家圖書館出版品預行編目資料

第八位偵探 / 艾利克斯・帕韋西著；歸也光譯. --
初版. -- 臺北市：皇冠, 2021.06 面; 公分. --(皇冠
叢書；第4945種)(CHOICE；344)
譯自：Eight Detectives
ISBN 978-957-33-3735-5 (平裝)

873.57　　　　　　　　　　　　11000695

皇冠叢書第4945種
CHOICE 344

第八位偵探

Eight Detectives

作　　者—艾利克斯・帕韋西
譯　　者—歸也光
發 行 人—平雲
出版發行—皇冠文化出版有限公司
台北市敦化北路 120 巷 50 號
電話◎ 02-27168888
郵撥帳號◎ 15261516 號
皇冠出版社（香港）有限公司
香港銅鑼灣道 180 號百樂商業中心
19字樓 1903室
電話◎ 2529-1778　傳真◎ 2527-0904
總 編 輯—許婷婷
責任編輯—謝恩臨
內頁設計—李偉涵
著作完成日期— 2020 年
初版一刷日期— 2021 年 6 月

法律顧問—王惠光律師

讀者服務傳真專線◎ 02-27150507
電腦編號◎ 375344
ISBN ◎ 978-957-33-3735-5
Printed in Taiwan
本書特價◎新台幣 399 元 / 港幣 133 元